Zu diesem Buch

Der St. Patrick's Day am 17. März ist ein irischer Festtag, der bekanntlich Aufstände, Rassenunruhen, Besäufnisse, Erbrechen und Blut heraufbeschwört. Joe Cullen, Halbire, Anonymer Alkoholiker und Cop bei der Mordkommission hat sich diesen Feiertag frei genommen. Doch er kommt nicht auf seine Kosten: Erst kauft er sich eine Baseballmütze, die ihm im Kino gleich wieder geklaut wird, und dann muß er noch aus direkter Nähe einen kaltblütigen Mord miterleben. Ein schwarzer Junge aus der Bronx wird auf belebter Straße niedergeschossen. Aber *ein* Zeuge ist eben *kein* Zeuge, und so steckt Cullen genau da, wo er nicht hinwollte: tief in der Scheiße. Zeitgleich dazu wurde ein schwarzes Pärchen entführt: Die Täter vergewaltigten Salome Speed und ermordeten brutal ihren Freund James Cobb. Einer der Täter trug eine auffällige Jacke, die auch bei dem streng zölibatären Priester Mike O'Neill im Schrank hängt. Die Jagd beginnt.

Jerry Oster entwirft auf den ersten Seiten seines vorerst letzten Kriminalromans ein mosaikartiges Chaos, das sich zu einem kunstvollen Gesellschaftspanorama wandelt. Ganz so, als hätte er jene Zeile von *George Grosz* über New York beherzigt:
«Alles dörrt, siedet, zischt, grölt, lärmt, trompetet, hupt, pfeift, rötet, schwitzt, kotzt und arbeitet.»

Die Krimi-Autorin *Uta-Maria Heim* schrieb nach ihrer Lektüre über das amerikanische Manuskript: «Der Anfang ist ganz in Jerry Osters bewährter Manier gehalten: Riskanter Quereinstieg, unverständliche Gewalttat, sehr blutdürstig, sehr brutal, aber nie voyeuristisch. Der Roman ist gekonnt waghalsig aufgebaut und von der ersten Seite an spannend. Alles ist geschmückt mit schier schnörkellosen Ab- und Ausschweifungen, die, obgleich sie sinnlos sind, den Plot ausmachen. Ich habe das Manuskript mit feministischer Faszination und literarischem Wohlwollen gelesen.»

Jerry Oster

Wenn die Nacht kommt

Deutsch von
Jürgen Bürger

Mit einem Nachwort
von Frank Göhre

rororo

Rowohlt

Aufgabe zu stellen, versuchte er den langen, knotigen Knüppel in sie hineinzurammen. Als es nicht klappte, schleuderte er den Knüppel fort; er knallte gegen den Laternenmasten und polterte in den Rinnstein. Seine Hand und eine bösartig schwarze Kanone kam aus der Jackentasche. Er richtete sie auf Salomes Gesicht. Er sah ihr direkt in die Augen, sie direkt in seine. Wortlos unterhielten sie sich.

Ich muß es tun, sagte er. *Du wirst weder mich noch einen anderen von uns je vergessen.*

Nein, stimmte sie zu. *Bitte, tu's.*

Du willst es?

Bitte... bitte.

Aber sein Verstand arbeitete fieberhaft; er sah die Zukunft. Er konnte Stahlgitter dröhnend zufallen hören, den Elektroschock spüren und das Gas riechen. Er steckte die Kanone weg und lief los, kleine Füße in kleinen, engen Lederstiefeln, braun, fast wie die einer Frau, verängstigt von seiner Vision der Zukunft, von den Sirenen, jetzt mehr und noch näher, und von dem Schrei.

Eine Frauenstimme:

«Die Polizei kommt, Herby! Laß das arme Mädchen in Ruhe! Um Himmels willen, Herby, laß doch das arme Mädchen in Ruhe!»

2

Für Joe Cullen war es ein völlig normaler, durchschnittlicher St. Patrick's Day gewesen: Er hatte das eine oder andere in der Wohnung erledigt, war zu einem Treffen der AA gegangen, hatte eine Baseballmütze gekauft, hatte beobachtet, wie ein Schwarzer mit breitem Kreuz einem schmalen Schwarzen mit Goldzahn mitten ins Gesicht geschossen hatte.

Baseballmützen waren schon so lange modern, daß sie fast schon wieder ein alter Hut waren; Mädchen und Frauen, kleine Jungs, erwachsene Jungs, alte Jungs und gute alte Jungs trugen sie drinnen wie draußen, bei Arbeit und Spiel, zu jeder Jahreszeit. Ein Gletscher, wenn's um Mode ging, kaufte sich Cullen schließlich im *Paragon* auch eine, die Reproduktion einer Mütze der St. Louis Cardinals aus den vierziger Jahren: marineblauer Kopf, kirschroter Schirm, kirschroter Knopf und die kirschroten, ineinander verschlungenen Buchstaben *S*, *t* und *L*.

1

Salome Speed sah James Cobb sterben. Sie sah, wie James das Leben aus dem Leib geschlagen wurde, wie Staub von einem Teppich – mit Füßen, mit Fäusten, durch Schlag um Schlag um Schlag um Schlag mit einem langen, knotigen Knüppel, der von einem Mann in einer *Boston Celtics*-Jacke und einem albernen Partyhut auf dem Kopf geschwungen wurde.

Sie erinnerte sich: Es war St. Patrick's Day – beziehungsweise der Morgen danach.

Bislang war Salome von vier Männern vergewaltigt worden. Ein fünfter bearbeitete sie gerade, schleifte ihren nackten, blutigen Hintern über den harten, rauhen, kalten und nassen Bürgersteig. Sein nach Bier und Erbrochenem und Zigaretten stinkender Atem schlug ihr ins Gesicht. Noch genau so viele oder mehr warteten darauf, daß sie an die Reihe kamen, rülpsten, drängelten, kicherten wie kleine Mädchen. Doch dann jaulte weit weg eine Sirene auf, und noch eine näher, und die Männer zerstreuten sich, hierhin, dahin, dorthin. Nummer Fünf zog sich mit einem Ruck aus Salome zurück, sein Schwanz immer noch hart, feucht glänzend und blutig; er stopfte ihn sich in die Hose und watschelte, wobei er die Hose am Bund hochhielt, wie ein Kasper aus einem Stummfilm zur nächsten Straßenecke, umrundete sie und war verschwunden.

Der Mann in der *Celtics*-Jacke trat zu Salome und baute sich zwischen ihren Beinen auf, trat gegen ihre Fersen, damit sie die Beine noch weiter spreizte. Die linke Hand steckte in der Jackentasche, und in der rechten hielt er den langen, knotigen Knüppel, ganz klebrig von James' Blut. Der alberne Partyhut saß keck auf seinem Kopf, ein smaragdgrünes Schiff in einem Meer goldener Locken, festgehalten von einer dünnen, silbernen Kordel von der Sorte, mit der man ein Geschenk verschnürt. Sein Gesicht war schmal und weiß, die Zähne krumm und schief, die Augen so fahl, daß sie gelb wirkten im Licht einer der malerischen alten Stablaternen, die außer an den Straßenecken der Narrows in New York sonst nirgends mehr zu finden waren.

Geistesabwesend, und ohne sich den speziellen Problemen dieser

rororo thriller
american crime scene
herausgegeben von Bernd Jost

Originalausgabe
Veröffentlicht im Rowohlt Taschenbuch Verlag GmbH,
Reinbek bei Hamburg, Dezember 1994

Die Übersetzung folgt dem Manuskript
«When the Night Comes» von Jerry Oster
Das Nachwort «New York Babylon» von Frank Göhre wurde seinem
Buch «Frühstück mit Marlowe» (Wunderlich, 1991) entnommen.
Umschlagfoto Blaine Harrington / ZEFA-Stockmarket
Umschlagtypographie Peter Wippermann / Susanne Müller
Redaktion Peter M. Hetzel
Satz Aldus (Linotronic 500)
Gesamtherstellung Clausen & Bosse, Leck
Printed in Germany
1290-ISBN 3 499 43155 6

«Gute Wahl», meinte der Verkäufer. «Sind Sie ein Fan der Cardinals?»

Cullen schüttelte den Kopf. «Mir gefallen die Buchstaben.»

«Ich glaube, die Schriftart heißt Baskerville», sagte der Verkäufer. «Sie sehen aus wie die Initialen eines mittelalterlichen Manuskripts – *The Book of Kells* zum Beispiel oder das *Très Riches Heures de Jean, Duc de Berry.*» Mit zurückweichendem Haar und einem Bierbauch sah er vielleicht ein wenig pastorenhaft aus.

Cullen lachte. «Sportartikel verkaufen ist für Sie nur ein Job?»

«Ich bin Archäologe mit Spezialgebiet Mesopotamien», erwiderte der Verkäufer.

«Mesopotamien liegt ...»

Der Verkäufer nickte düster. «Im Irak, ja. Es herrscht heute keine besonders große Nachfrage nach Spezialisten für Bewässerungssysteme im Ur der Zeit der Chaldäer. Die Wiege der Zivilisation, und wir haben das Ding gottverdammt geschaukelt, stimmt's nicht?... Und was machen Sie beruflich?»

«Ich bin, äh, Polizeibeamter. Detective.»

«Mordkommission?»

«Gelegentlich.»

«Zögern Sie immer, bevor Sie sagen, was Sie machen? ‹Ich bin, *äh*, Polizeibeamter.› So als wär das gesellschaftlich nicht akzeptabel?»

Cullen zögerte überhaupt nicht, bevor er antwortete: «Wenn ich zögere, bevor ich sage, was ich mache, würde mich irgendein Drecksack ausknipsen.»

Der Verkäufer hob beschwichtigend eine Hand. «'tschuldigung. Sie haben's schwer, ich weiß. Und ich bin nur ein verbitterter alter Akademiker, der Spielsachen verkauft.» Er hielt ihm die Mütze hin. «Wollen Sie die gleich aufsetzen?»

Cullen fühlte sich überhaupt nicht mehr modisch. Zum einen litt er immer noch unter seinem 50. Geburtstag vor drei Monaten, zum anderen war er natürlich (oder übernatürlich) gehemmt, und wieder zum anderen wollte er auch nicht auf dem Grab der Karriere eines verbitterten alten Akademikers tanzen. Also log er: «Die ist für meinen Sohn. Wir haben die gleiche Größe.»

«Dann wollen Sie also eine Tüte.»

«Bitte.»

«Es wird Ihren Sohn vielleicht interessieren: Die Cards haben in den Vierzigern vier Meisterschaftswimpel und dreimal die World Series gewonnen. Zweiundvierzig haben sie die Yanks geschlagen, Dreiundvierzig haben sie gegen sie verloren, Vierundvierzig haben sie die Browns geschlagen – im folgenden Jahr dann gleich noch mal, und 1946 die Red Sox.» Er zuckte mit den Achseln. «Neuere Archäologie – auch eine Art der Beschäftigung.»

«Danke. Das wird ihn bestimmt interessieren. Danke.»

Der Winter hatte die Hacken in den Boden gestemmt und dachte ja gar nicht daran, die Stadt in absehbarer Zeit zu verlassen, aber um schon mal sein Schlendern für wärmeres Wetter zu üben, bummelte Cullen über den Gemüsemarkt am Union Square, wobei er sich die *Paragon*-Tüte unter den Arm klemmte, wurde von Knoblauchketten und Rosmarinsträußen, von Krügen mit dunklem Cider und extrem nahrhaften Brotlaiben, von Schnittblumen und Knospen und Kräutern in Töpfen in Versuchung geführt. Am Abend würde er zweifellos in seinem Supermarkt um die Ecke landen, wo er dann schlaffen Salat und versteinerte Tomaten untersuchte, mißtrauisch an mutmaßlichen Hühnchen und angeblichem Rindfleisch schnupperte, versuchte, wenigstens eine einzige Konservendose von irgendwas zu finden, die nicht verbeult war, ein Gewürzglas, in dem sich etwas anderes als Minze befand. Doch er war weit weg von zu Hause, sein Viertel lag im tiefsten Queens, und er hatte keine Lust, noch mehr Tüten quer durch die ganze Stadt zu schleppen. Und es war noch nie sein Ding gewesen, sich selbst was Gutes zu tun; für Freunde und Familienangehörige konnte er ein Festessen zaubern, sich selbst servierte er jedoch die Kost eines Knackis, der im *Loch* saß, in der Einzelzelle.

An der Fahnenstange in der Mitte des Platzes, unter dem Text der Unabhängigkeitserklärung (*«When in the Course of human events»*, las Cullen aus den Augenwinkeln. *«We hold these truths... The Present King of Great Britain has refused... He has forbidden... He has dissolved... He has obstructed...»*), saßen zwei alte Schwarze links und rechts von einem alten Einkaufswagen und hörten aus einem alten Radio *New jack swing*: Bell Biv DeVoe: «Poison.» Bei näherem Hinschauen erkannte Cullen, daß es zwei junge Männer waren, viel zu früh und abrupt gealtert: Dealer, die Cracker geworden waren.

In der Nähe der Fourteenth Street, hinter dem U-Bahnkiosk, griff ein Albino-Dealer, der noch nicht zu seinem eigenen besten Kunden geworden war, unter den Ärmel seines langen Ledermantels, um ein elektronisches Zwitschern abzustellen: Sein Meister befahl, zu Hause anzurufen.

«Schön stehenbleiben», Cullen raunte ins Ohr des Dealers, und der

Dealer spürte, nur einen winzigen Augenblick lang, wie er von ganz oben runterkrachte. Dann erholte er sich wieder und lachte.

«Scheiße, die Bullen haben keinen Nachwuchs mehr.»

«Wie spät ist es?»

Feindseligkeit ließ die weißen Augen des Dealers hellrot werden. «Zieh hier keine Show ab, Bulle. Wieso zum Geier willst'n wissen, wie spät es is?»

Cullen deutete mit dem Daumen auf die Zeckendorf Towers. «Von hier aus konnte man früher die Con Ed-Uhr sehen. Heute nicht mehr. Ist schon eine Schande. Der Fortschritt. Also, wie spät ist es, Dealer? Pisser.»

Der Dealer sah Cullen weiter fest in die Augen, während er den Ärmel hochschob, unter dem ein *TNI Motorola*-Armbanduhrenpieper zum Vorschein kam.

«Scheiße!» sagte Cullen und ging weiter. Wenn er nicht im Dienst war, zog er nur selten eine Schau ab, trotzdem versuchte er, alle Ganoven, große wie kleine, auf den Hinterbeinen zu halten. In dieser Stellung knipsten sie sich manchmal gegenseitig aus, und das war doch schon mal was, oder nicht?

Auf dem Broadway:

Eine Blondine mit einer Yankee-Mütze starrte ehrfürchtig auf einen barocken Pooltisch im Fenster von *Blatt Billiards*, eine Latina mit einer *Texas A&M*-Mütze überquerte bei Rot die Great Jones Street, eine Asiatin mit einer *Rhythm Nation*-Mütze trat aus *Ed Debevic's* – für Cullen sahen sie alle toll aus, und er wünschte sich, er besäße Mumm genug, seine eigene Mütze aus dem Sack zu lassen, sie aufzusetzen und voll dazuzugehören.

Als er an einem Tisch im Foyer des *Angelika Film Center* saß und darauf wartete, daß sein Espresso endlich abkühlte, zog Cullen schließlich die Mütze heraus, achtete dabei sorgfältig darauf, daß die Tüte weder raschelte noch zerriß – ein Spion, der sein Handwerk übte. Er hielt die Mütze zwischen seinen Knien, rollte den Schirm auf und machte einen Kniff in ihren Kopf. Als sie nicht mehr ganz so jungfräulich war, nonchalantete er die Mütze auf und, nach einem Herzschlag, linste zur Seite auf ein gerahmtes Plakat an der Wand.

In der Glasscheibe sah er das Spiegelbild eines heimlichtuerischen, fünfzigjährigen Mannes in einem zerknitterten alten braunen Tweedsakko, einem löchrigen alten marineblauen Rollkragenpullover, einer braunen Hose aus einem *J. Crew*-Katalog oder von der Heilsarmee, den Unterschied konnte man nicht erkennen, ehemals weißen *Head*-Tennisschuhen, mit denen einmal zuviel Racquetball gespielt worden war, und einer Kleinjungenmütze.

Er nahm die Mütze wieder ab und schob sie in die Tüte zurück. Er *hatte* einen Sohn, was das betraf, hatte er nicht gelogen, und würde ihm das Ding im September zum 19. Geburtstag schenken, würde andeuten, daß eine Mütze, die eine kleine Geschichte besaß, doch mal eine nette Abwechslung von der *Bollé* (*Put 'em on your face*) sei, von der sein Sohn behauptete, sie nur zum Duschen und im Bett abzunehmen.

(Cullen hatte auch eine Tochter, und ihr Geburtstag – ihr süßer sechzehnter – war schon in acht Wochen, und ihr hätte er die Mütze auch schenken können. Da sie aber ein modischer Trendsetter war, hatte sie erst kürzlich und völlig abrupt aufgehört, Baseballmützen zu tragen und verkündet, daß sie nicht länger geil waren [modisch, übersetzte ihm die Mutter seiner Tochter, Cullens Ex-Frau], sie waren für Leute, die «Filme machten» [sich lächerlich machten].)

Cullen warf wieder einen Blick auf die Glasscheibe, sah diesmal das Plakat an. Es war auf französisch, für einen französischen Film von 1956:

Et Dieu Créa La Femme
Un film de Roger Vadim
avec Brigitte Bardot
interdit au moins de 15 ans

Die Bardot war Cullens erster Schwarm gewesen. 1956, mit dreizehn Jahren, und es war für sie tatsächlich verboten gewesen, an der Kasse des *Trylon Theater* in Rego Park, Queens, eine Karte für *Und immer lockt das Weib* zu kaufen, hatten er und ein paar Freunde (Ira Schwartz, Chuck Story, Tom Valentine, Dave Blankenstein, vielleicht auch noch andere) sich durch den Notausgang hineingeschlichen und den Grund für das Verbot herausgefunden: Knallharte Brüste, lässige Mähne, Schmollmund.

Seit diesem Nachmittag kämmte Cullen Filmmagazine und Skandalblättchen nach Fotos der Bardot ab; er schnitt sie aus und bunkerte sie in einem großen braunen Umschlag, den er zwischen Matratze und Sprungfedern versteckte. (Anschließend überraschte er seine Mutter, indem er jeden Morgen sein Bett machte, die Laken wie bei einem Krankenhausbett an den Ecken ordentlich unter die Matratze steckte, das alles, ohne mit der Peitsche gedroht zu bekommen, und am Waschtag das Bett selbst abzog und es auch wieder bezog, bevor sie auch nur *Papp* sagen konnte.) Nacht für Nacht, wie ein Bobfahrer auf dem Rücken, das Bettzeug wie ein einfaches Zelt über den Knien, eine Taschenlampe unters Kinn geklemmt, immer eine andere herausfordernde Pose als Talisman, raste er die schnelle, steile Bahn hinunter und dem unheimlichen, feuchten, umwerfenden Orgasmus entgegen.

Fast vier Jahrzehnte später hatte Cullen eine Einladung in das Zimmer seines Sohnes angenommen (seine Kinder wohnten bei ihrer Mutter und ihrem zweiten Mann, und sie erlaubten ihrem leiblichen Dad den Zutritt zu ihren Heiligtümern, wohl wissend, daß er dort keine Verfügungsgewalt mehr besaß) und war baff gewesen, dort nicht etwa versteckt, sondern fast in Lebensgröße an der Wand, in schwarzem Spitzenbustier und mit dieser ach so vertrauten Schnute, ihn direkt ansehend durch einen wie ein Monokel um ein Auge geschlungenes *Accroche-Cœur,* niemand anderen als die Bardot vorzufinden. Sie schien sich zu freuen, ihn zu sehen, immer noch scharf nach all den Jahren.

Seine Tochter, die mitgetrottet war, ohne allerdings direkt willkommen zu sein, korrigierte Cullens Fehlurteil: Die junge Frau an der Wand ihres Bruders war nur ein Epigone namens Claudia Schiffer, «Tittenmonster», wie Tenny Cullen es ausdrückte, einer Jeans-Firma. Der Bardot-Look war wieder in, begünstigt durch Implantate und Collageninjektionen, und «Filmemacher» wie James Cullen fielen auf die Imitate herein.

(Trotzdem: Würde es Vererbungsforscher nicht interessieren, daß Vater und Sohn das gleiche autoerotische Spielzeug besaßen?)

Das Poster war eines von zweien links und rechts neben einem deckenhohen Fenster mit Blick auf die Mercer Street, die Silver Towers, das Gym der NYU und pflichtbewußte Jogger, die sich auf der Außenaschenbahn im ersten Stock des Gym abmühten. Das andere Poster, ebenfalls auf französisch, warb für einen amerikanischen Film:

L'Homme Tranquille
Le plus grand triomphe de John Ford
John Wayne Maureen O'Hara Barry Fitzgerald

In Irland gedreht, voller Schmus und Verschmitztheit, war *Der Sieger* genau der richtige Film für den St. Patrick's Day – und lief tatsächlich an diesem Abend auch im Fernsehen, auf Channel 9, um 20 Uhr, wie Cullen in der U-Bahn nach Manhattan bemerkt hatte, als er einen Blick in das Fernsehprogramm seiner Tageszeitung warf. Vielleicht würde er ihn sich ansehen, falls der Lowbudget Roadmovie, wegen dem er ins *Angelika's* gekommen war, angelockt durch einige gute Kritiken und eine Anzeige mit (*plus ça change, plus c'est la même chose*) einer langbeinigen Frau in abgewetzten Jeans, Cowboystiefeln aus Echsenleder, einem schwarzen Muscleshirt und einem schwarzen Cowboyhut, nicht genug Kino für einen Tag war.

Joseph Patrick Cullen – väterlicherseits mit irischem Blut in den Adern (Bantry, County Cork, Munster Province, Éire) – hatte sich an diesem 17. März freigenommen, jedoch nicht etwa, um den Schutzheiligen Irlands zu feiern, sondern um in seinem Viertel und in seiner Wohnung Verschiedenes zu erledigen, ein Fluß, viele Meilen und einige verschlossene Türen entfernt von dem Chaos; das St. Patrick's Day-Parade hieß.

Es war einmal in einer unschuldigeren Zeit, da war Cullen mit seinen Kids zur Parade gegangen. Sie hatten sich die Gesichter grün geschminkt, grüne Nelken angesteckt, grüne Bagels gegessen und grüne Limonade getrunken, den Dudelsackpfeifern zugejohlt, Witze über Kilts gerissen, «*Kiss Me, I'm Irish*»-Buttons und smaragdene Kokarden getragen und sich von rotgesichtigen Betrunkenen kneifen lassen. Die Fifth Avenue raufmarschieren, die Third runtertorkeln: das war das ziemlich harmlose Motto des Tages gewesen. Heutzutage wäre ein passender Slogan gewesen: Uptown marodieren, downtown plündern. Der Saint Patrick's Day war zu einem Tag des Lernens geworden, oder daran erinnert zu werden, daß *Hooligan* und *Donnybrook* ursprünglich irische Worte waren.

Beginnend unmittelbar nach der Rush-hour strömten blasse Jungs mit schlechtem Teint in Zweier- und Dreier- und Vierergruppen aus den Vororten, von Long Island, von Norden aus dem Hudson Valley und vom Süden von der Küste New Jerseys nach Midtown Manhattan. Auf den Köpfen trugen sie kleine grüne Plastikmelonen und Zylinder, auf ihren ausgemergelten Leibern trugen sie Jacken, mit denen sie ihre Zugehörigkeit zu Schulen mit Namen wie Holy Blissful Martyr, Shantytown Catholic oder Our Lady Queen of Abject Weeping dokumentierten; ihre Fäuste umklammerten Bierflaschen in Papiertüten, sie sprachen in Brüllern, Rülpsern und Kotzlauten. Zierliche, blasse Mädchen zockelten hinter ihnen her wie stumme Geister.

Dann fing die Parade an, und die Burschen wurden streitlustig. Daraus resultierte eine einzige lange Massenkeilerei – ein *Donnybrook* – von den Forties bis zu den Eighties, von der Fifth über Madison, Park, Lex zur Third, von Mittag bis um vier oder fünf oder sechs. Unterdessen stiftete die ältere Generation, die Väter und Onkel und älteren Brüder dieser Jungs, Unruhe in den Kneipen. Im *Blarney Stone* und *Blarney Roses*, im *O'Thises* und *McThats* überall in Midtown und auf der East Side tranken Männer und prügelten sich, prügelten sich und tranken, tranken und prügelten sich und pißten und bluteten und kotzten.

Wo waren die Cops? fragte sich oft die nicht-keltische Bevölkerung der Stadt an einem blut- und pisse- und kotzebefleckten St. Patrick's Day-Nachmittag. Viele von ihnen waren damit beschäftigt, sich gegenseitig die Scheiße aus dem Leib zu schlagen. Selbst in einem Polizeirevier, ganz besonders in einem Polizeirevier, war der St. Paddy's Day, mit den Worten von Captain Jacob Neuman, «ein Tag, an dem man auf jeden Fall vergessen sollte, zum Dienst zu erscheinen». Cops, die das ganze Jahr über keiner besonderen Religion oder nationalen Herkunft angehörten, einfach nur *boyz 'n' girlz*, einfach nur Cops waren, tauchten am St. Paddy's Day mit ihren Konfessionen und familiären Hintergründen auf den Ärmeln prangend auf – oder, genauer gesagt, sie balancierten beides auf ihren Schultern, weswegen sie jeden herausforderten, sich mit ihnen anzulegen. Ganz sicher und garantiert würde es irgendwer versuchen, und aus einem Schubser wurde ein Stoß, und ein Stoß führte schnell zu Schlag und Schlag zu Trommeln zu Klatschen zu Keilerei. Es wurde Partei ergriffen, Punktezähler bestellt und neue Verpflichtungen eingegangen. Ein Wortwechsel zwischen zwei *Micks* konnte zu einem feindseligen Gerangel mit Schwarzen, Italienern, Juden, Polen, WASPS und Frauen führen. Cullen hatte noch nie mit eigenen Augen gesehen, daß auch Waffen gezogen wurden, aber er hatte schon davon gehört.

Alles in allem mehr als genug Grund zu Hause zu bleiben, einen tropfenden Wasserhahn zu reparieren, einen Flur für einen Neuanstrich vorzubereiten, neu zu verkabeln und einen Spiegel aufzuhängen, Möbel zu verrücken, an Stellen Staub zu saugen, an denen schon seit Jahren nicht mehr Staub gesaugt worden war; das Haus nur bis zum nächsten Haushaltswarenladen verlassen, dort einen Spachtel und *Spackle* kaufen, zur Reinigung gehen, um einen Frühjahrsanzug abzugeben, zum italienischen Lebensmittelladen, um einen Laib Brot und etwas frische Linguini zu kaufen, später vielleicht noch auf einen Film in das Multimultimultiplex des Viertels, etwas Sicheres und Vertrautes – *Schon wieder allein zu Haus* oder *Drei Männer und eine Oma* oder *Stirb in Zeitlupe*.

Doch als er zu Ende gespachtelt und neu verkabelt und staubgesaugt hatte, begann sich Cullen quirlig und streitsüchtig zu fühlen. Ihm gefiel die Vorstellung gar nicht, von einem Haufen randalierender Betrunkener in seiner Wohnung, in seinem ziemlich öden Viertel gefangengehalten zu werden. Wenn er schon Freizeit hatte, dann wollte er auch was davon haben: Eine Baseballmütze vielleicht oder den leichten Rausch hervorgerufen von langbeinigen Frauen in abgewetzten Jeans, Cowboystiefeln aus Echsenleder, schwarzen Muscleshirts und schwarzen Cowboyhüten.

Damit es bei diesem Rausch blieb, ging er zum Treffpunkt der Anonymen Alkoholiker an der Thirty-first Street. Er hatte bereits 88 Tage geschafft, er arbeitete jetzt am 89. Kathy war dort, Nachkomme von Alkoholikergroßeltern, die fünfzehn Kinder hatten, von denen die Hälfte Säufer oder Drogensüchtige waren, und 75 Enkel, von denen die Hälfte Säufer oder Drogensüchtige waren.

Kathy war seit sechs Monaten trocken.

Und so kam es, daß Joe Cullen, halbirischer Police Detective, gelegentlich bei der Mordkommission, im Foyer eines In-Kinos saß, an einer Tasse starkem Kaffee herumspielte, neben seinem Ellbogen in einer Tüte ein frühes Geburtstagsgeschenk für seinen Sohn, aus der Stereoanlage Lisa Stansfield lauschte, ohne wirklich zuzuhören (*«All Around the World»*), aus einem Fenster schaute, ohne wirklich etwas zu sehen, gerade als, direkt draußen vor der Scheibe, direkt gegenüber auf der anderen Seite der Mercer Street, auf einem Bürgersteig nur ein paar Meter nördlich der West Houston, ein Schwarzer mit breitem Kreuz einem schmalen Schwarzen mit einem Goldzahn mitten ins Gesicht schoß.

Cullen riß seine Privat-.32er aus dem Knöchelhalfter und seine Dienstmarke aus der Innentasche der Jacke. Er rannte zu der zweiflügeligen Glastür und stieß sie mit der Schulter auf. Ein grauhaariger Mann mit Baskenmütze, eine Frau in einem roten Parka und Pilotenbrille, ein kräftiger Bursche mit Bart und ohne Hüften, an denen seine Jeans sich halten konnte, schoben sich auf die Kinokasse zu, griffen nach ihren Geldbörsen, studierten das Programm. Cullen walzte mitten in sie hinein und trat ans Fenster der Kasse.

«He, Kumpel, das hier ist 'ne Schlange.» Der kräftige Bursche, ziemlich laut.

«Oh, toll. Nette Manieren.» Die Frau, *sotto voce*.

«Himmmmel.» Der Grauhaarige, geflüstert.

Die Kassiererin, ein Punk mit lila Haaren, verschränkte die Arme, bereit, Dränglern nicht einen Millimeter nachzugeben. «Sie müssen schon warten, bis Sie ...»

«Rufen Sie die Polizei an.» Cullen hielt seine Marke ans Fenster. «Ich bin Polizeibeamter. Ein Mann ist erschossen worden. Rufen Sie die Neun ... Eins ... Eins an.»

Er quicksteppte die Treppe runter.

Er hatte Rot, schlug aber eine Hand auf den Kotflügel eines Taxis, das an der Kreuzung gerade anfuhr, und lief vor ihm über die Straße. Der Taxifahrer legte sich mit ausgestreckten Armen auf die Hupe.

Zehn Sekunden? Fünfzehn? Zwanzig? Mehr Zeit konnte nicht vergangen sein seit dem Verbrechen und Cullens Ankunft am Tatort. Das mußte eine Rekord sein – unbedingt aber eine persönliche Bestzeit; zweifellos eine Rekordmarke des NYPD; gottverdammt wahrscheinlich ein Standard, der Mitarbeitern der Strafverfolgungsbehörden von Akron bis Youngstown, von Afghanistan bis Zimbabwe als leuchtendes Beispiel vorgehalten werden mußte.

Der Schwarze mit dem breiten Kreuz war verschwunden. Spurlos. Nichts. Er existierte nicht, er hatte nie existiert; es war, als sei überhaupt nichts passiert. Der schmale Schwarze lag, alle viere von sich gestreckt, auf dem Bürgersteig, ja, wie verschüttete Farbe, wie Peter Pans Schatten. Aber, he, sehen wir der Sache doch ins Auge, geben's zu, sind wir doch mal ehrlich, ist das hier vielleicht das erste Mal, daß du so eine Scheiße siehst, oder was? Du hast schon Säufer gesehen, du hast schon Junkies gesehen, du hast schon *sogenannte* Obdachlose gesehen, ausgestreckt auf dem Boden, wo auch immer zum Henker ihnen danach war, wobei sie taten, wonach auch immer ihnen war, schlafen, saufen, fixen, sich in die Hose pissen, sich in die Hose scheißen, sich einen runterholen, direkt hier im beschissenen Freien. Das ist *normal*, so ist das *Leben*, genau das geht doch gottverdammt ab, das hier ist das beschissene New York City.

Zwei Collegemädchen waren aus dem NYU Gym gekommen und gingen auf der Mercer Richtung Süden. Bestimmt hatten sie irgendwas gesehen; sie waren auch schon auf der Mercer Richtung Süden gegangen, als der schmale Schwarze ausgeknipst worden war, und jetzt gingen sie auf der Mercer Richtung Süden. Sie hatten Squash gespielt. Sie trugen ihre Squashschläger in speziellen Squashschlägertaschen über den Schultern. Sie trugen ausgeleierte Sweatshirts – *Russell Athletic* auf der Linken, *LeHigh* auf der Rechten – und geile Lycra-Leggins und geile, komplizierte Turnschuhe mit riesigen Laschen und fetten Schnürsenkeln. Keine Filmemacher, sie trugen keine Baseballmützen; sie hatten Stirnbänder. Cullen kam wieder mal zu spät, um auf den Modezug aufzuspringen.

Andere Zeugen: Ein SoHo-Künstler, die Haare schwarz gefärbt, großer schwarzer Blazer, kurze schwarze Hose mit engem Bein, schwarze Lederimitatmappe, machte sich die Spitzen seiner großen schwarzen Schuhe in NoHo naß, tagträumte davon, der nächste Salle oder Fischl oder Kostabi zu sein; ein Latino-Kid mit einem gestrickten Scheitelkäppchen und einer *8-ball*-Jacke, noch vor zwei Jahren eine Jacke, für die man umgebracht werden konnte, aber jetzt interessierte sich kein Mensch mehr einen Scheißdreck dafür, man würde sie einem nicht mal abnehmen, wenn man sie verschenken wollte; eine alte Italienerin, man konnte sie aus Palermo rausholen, aber Palermo holte man nie aus ihr raus, genauso dunkel gekleidet wie der SoHo-Künstler, aber nicht, weil's Spaß machte, Spaß hatte sie einmal gehabt, eines Nachts, als sie träumte, die klaffenden Wunden in Jesus Füßen zu küssen; eine Rotblonde in einer elektrisch blauen *Patagonia*-Bluse, ein Dreijähriger in einem Buggy, ein Fünfjähriger, der auf der Hinterachse des Buggy stand, ein Säugling in einem *Snugli* vor ihrer Brust, ein verdutzter Ausdruck auf ihrem Gesicht, wie in dem alten Witz: «Welcher Schwanz hat mir das angetan?»

Nur daß sie keine Zeugen waren, sie hatten absolut nichts gesehen. Wie es kam, daß der schmale Schwarze, alle viere von sich gestreckt, auf dem Bürgersteig lag, wie verschüttete Farbe, wie Peter Pans Schatten, davon hatte keiner von ihnen auch nur einen Schimmer. Was sie aber *sehr wohl* wußten, sie wußten es ganz sicher, war, daß dort rittlings über dem schmalen Schwarzen, in einem zerknautschten Tweedsakko, einem löchrigen Rollkragenpullover, einer Hose, die brandneu oder auch uralt sein konnte, in schäbigen Tennisschuhen und mit einer kleinen, häßlichen Kanone in der rechten Hand und mit großen Augen ein fünfzigjähriger Weißer stand, der ersteren höchstwahrscheinlich niedergestreckt hatte.

So schnell war Cullen zum Tatort gekommen – so schnell, daß er wie ein Straftäter aussah, der nie vom Tatort verschwunden war –, so sehr wie ein Straftäter, daß die Collegemädchen, der SoHo-Künstler, die alte Italienerin, die junge Mutter anklagende Finger auf ihn richteten, schrien, «Kanone, Kanone, er hat eine Kanone, omeingottpaßtauferhateinekanone», und sich umdrehten und wegliefen.

Cullen steckte die .32er weg. Die Marke behielt er in der Hand, damit er sie den Uniformierten aus dem ersten eintreffenden Streifenwagen entgegenwedeln konnten, damit sie ihn nicht ausknipsten. Er kniete sich und schob seine Finger um den Hals des schmalen Schwarzen. Kein Puls, nur eine trockene, reglose Arterie.

Dic Uniformierten des ersten Streifenwagens waren aus einer Krimiserie im Fernsehen abgehauen: eine unscheinbare, schlaksige Blondine mit gebleichten Haaren namens Wisniewski; ein Bild von einem Mann namens Della Femina. Ohne ihnen je zuvor begegnet zu sein, wußte Cullen alles über sie: Sie nannten sich untereinander Noosk und Del, wenn er sie nicht gerade eine blöde Polacke und sie ihn nicht gerade einen dämlichen Spaghetti nannte. Er haßte es, daß sie nicht hübscher war, sie haßte es, daß er verdammt gut aussah. Einmal, als sie sich nach dem Geburtstag von irgendwem oder der Beerdigung von irgendwem wehrlos und verletzlich fühlten, hatten sie am Bordstein vor ihrem Haus in seinem Wagen gefummelt; sie gingen die Stufen zur Haustür hoch und hinein und die Treppen zu dem Absatz vor ihrer Wohnung hinauf, bevor sie sich wieder im Griff hatten und, außer Atem und zerzaust, darin übereinkamen, daß sie jetzt Schluß machen mußten, daß sie das nicht vergessen durften. (Außerdem lebte sie mit ihrer Schwester zusammen, die unter dem Down-Syndrom litt, und er war verlobt mit einer Frau namens Angela, die er schon seit der dritten Klasse kannte.) Von nun an vertrauten sie einander mehr denn je und niemals ließen sie den anderen hängen. Eines Tages würde einer von ihnen ausgeknipst werden, und der andere würde nie wieder einen auch nur annähernd so guten Partner finden.

«Also, äh, Sergeant», sagte Wisniewski, nachdem sie und Della Femina ins Bild gesetzt worden waren, «was machen wir jetzt, wessen Job ist das hier? Ich meine, wir hatten noch nie einen Job, bei dem ein Cop Augenzeuge war.»

«Es ist euer Job», sagte Cullen. «Ihr gebt ihn dann an eure Detective Squad ab.»

«Also, äh, aber jetzt, im Moment, sollten wir Sie vielleicht verhören?» fragte Della Femina.

«Und jeden anderen, der etwas gesehen hat.»

Sie lachten nervös und zückten ihre Notizbücher.

«Also, äh», sagten sie unisono.

Cullen lächelte. «Warum rede ich nicht einfach mit einem von euch? Der andere sollte die Squad verständigen.»

Noosk sah Del an, der nur mit den Achseln zuckte. Noosk zuckte auch mit den Achseln, und sie lachten nervös, und Del kehrte zum Streifenwagen zurück und hängte sich an den Funk.

«Also, äh, Sie wissen nicht, wer er ist?» fragte Wisniewski.

«Seinen Papieren nach ist er ein gewisser Arverne Dale. Er ist neunzehn, wohnte in der Bronx.» Cullen reichte ihr die Brieftasche des schmalen Mannes.

Sie warf einen Blick in die Fächer der Brieftasche, klappte sie zu, fragte sich, was sie jetzt damit anstellen sollte und schob sie in die rechte Vordertasche ihrer Hose. «Keine Angst, ich werd schon nicht vergessen, wohin ich sie getan habe.»

Besorgt das Wenige zu vergessen, das er gesehen hatte, sagte Cullen: «Der Täter war ein Afroamerikaner, einsachtundsiebzig, hundertfünfzehn Kilo, ausrasierter Nacken – ich habe nur seinen Hinterkopf gesehen, schwarze Baseballmütze, schwarze Satinjacke, wie eine Mannschaftsjacke, aber ohne Beschriftung, schwarze Hose, schwarze Basketballschuhe. Die Kanone war klein – keine Stupsnase, vielleicht eine *Raven* oder eine *Baby nine*. Ich hatte die zwei gerade erst bemerkt, da hatte er das Ding auch schon draußen und gezückt und abgefeuert. Ich habe sie nicht zusammen kommen sehen, möglich, daß sie schon eine ganze Weile dort standen, einer von beiden kann auch erst kurz zuvor zum anderen gekommen oder aus einem Auto gestiegen oder vom Himmel gefallen sein, ich weiß es einfach nicht. Arverne ging zu Boden, der Täter entfernte sich. Er hat sich nicht mehr umgedreht. Ein Lastwagen ist vorbeigefahren, ein Lieferwagen, der hat mir die Sicht versperrt. Der Täter ist nicht nach Osten geflohen, ich hätte ihn gesehen, als ich rauskam. Er kann Richtung Süden oder Westen oder Norden gelaufen sein. Ich weiß es einfach nicht. Er kann auch in einen Wagen gestiegen sein. Was ich aber bemerkt habe war Arvernes goldener Frontzahn. Sie können ihn jetzt nicht mehr sehen, aber er war da.»

Wisniewski schaute von ihrem Notizbuch auf, ein Leuchten in den Augen. «Er könnte auf diesen Lieferwagen aufgesprungen sein, der Täter.»

Cullen nickte, zuckte mit den Achseln, schüttelte den Kopf, womit er so ziemlich alle möglichen Reaktionen abgedeckt hatte. «Könnte sein. Keine Ahnung.»

Wisniewski warf wieder einen Blick auf ihre Notizen, sah dann erneut zu Cullen auf. «Das ist ja toll, Sarge. Ich meine, einen Cop als Tatzeugen zu haben ist einfach super.»

Cullen nickte nicht, zuckte nicht mit den Achseln, schüttelte auch nicht den Kopf, was ebenfalls wieder so ziemlich alle möglichen Reaktionen abdeckte. Er gab Wisniewski seine Karte und kehrte ins *Angelika* zurück.

Der Film hatte schon angefangen, sein Espresso war kalt und irgendwer hatte seine Baseballmütze geklaut.

3

Eine Baumgruppe, Regen und Nebel, drei Frauen und ein Priester – eine Szene wie von Shakespeare oder den Brontës oder Bergman.

Oder Woody Allen: Eine Frau trug ein schwarzes Cocktailkleid, eine schwarze Bolerojacke, ein schwarzes Cape mit scharlachrotem Besatz; die zweite eine gelbe Öljacke und eine rote Baseballmütze; die dritte einen bunten Kaftan und einen Turban. Der Priester trug über seinem Kragen und der Hemdbrust eine Jacke der Boston Celtics.

Als junger Mann, dem aufgrund seiner Berufung die Jugendlichkeit vorenthalten wurde, wußte der Priester weniger über Pygmäen als über Frauen, aber nur etwas weniger. Seine Mutter, zwei fleißige Schwestern, unzählige Nonnen, alte Schachteln und Jungfern und Jungfrauen seiner Gemeinde, die ihm eifrig so läßliche Sünden beichteten, daß er schon eine Todsünde in Erwägung zog, um ihnen endlich das Maul zu stopfen – das waren die Frauen in seinem Leben gewesen. Noch nie zuvor war er solch erfahrenen, solch eindrucksvollen, solch selbstbewußten Frauen so nahe gewesen – Frauen, die nach etwas anderem rochen als säuerlicher Wolle und Milchtee. Ihre Erdverbundenheit, ihre Derbheit raubte ihm den Atem, trieb ihm den Schweiß aus den Poren, als wäre er gerade vom Harbor Walk die Grant Avenue heraufmarschiert, dem letzten Abschnitt jenes Spaziergangs, den er jeden Morgen unternahm: Von St. Finnian's südlich auf die Ninth bis zur Washington Avenue, dann auf der Washington nach Westen bis zum Walk, weiter auf dem Walk nach Norden bis zur Grant, die Grant rauf, rauf, rauf bis zur Ninth und wieder zurück zur St. Finnian's, ein Gang um das gesamte Viertel der Narrows, um vor einem Tag der Seelengymnastik seinen Körper aufzuwärmen.

Indem sie ihr Handgelenk aus dem übergroßen Ärmel schüttelte, befreite die Frau in der Öljacke ihre Uhr und warf einen Blick darauf. «Wir haben vielleicht noch zwei Stunden, Father, bevor die Kacke zu dampfen beginnt. Ich werde mich nicht jedesmal entschuldigen, wenn ich etwas Unanständiges sage. So rede ich eben. Darf ich Sie Michael nennen? Nennen Sie mich einfach Jill.»

«Ich, ich –»

«Susan.» Jill – Jill Freedman, Bürgermeisterin Jill Freedman, berührte den Arm der Frau in Schwarz, Acting Police Commissioner Susan Price. «Ihre besten Leute. Keine Stümper. *Keine* Stümper. Lieber warte ich ein Jahr auf eine Festnahme, statt heute morgen jemanden festzunehmen, der in einem Jahr wieder frei auf der Straße rumläuft. Okay? Legen Sie los. Und halten Sie mich bitte stündlich auf dem laufenden. Michael, Sie gehen auch. Und nehmen Sie sich ein paar Minuten, Michael, um ordentlich zu frühstücken. Nicht nur ein Muffin oder so was – Proteine. Ich rufe Sie später an.»

«Ich, ich, äh-äh-äh-äh.» Sein Stammeln wurde nur noch stärker, als Susan Price zu ihm trat und sich bei ihm einhakte.

«Ich begleite Sie, Father», sagte der Acting Police Commissioner und zog ihn hinter sich her, gleichzeitig aber auch an sich heran, an ihre Hüfte und Brust.

Jill Freedman nahm ihre Schildpattbrille ab. Sie griff unter ihre Öljacke, zog den Zipfel einer marineblauen Chamoisbluse heraus und putzte die beschlagenen Gläser. Die Mittelfinger an den Scharnieren setzte sie die Brille wieder auf, rückte sie genau in die Mitte und sah der Frau in dem Kaftan und Turban direkt in die Augen. «So. Kinshasa. Können Ihre Leute bei diesem Regen Freudenfeuer entfachen?»

Kinshasa Ballard legte den Kopf zurück und lachte markig und aufrichtig. Als er sie hörte, zögerte der Priester einen Moment und warf einen Blick über die Schulter zurück, weil er überzeugt war, daß *er* ausgelacht wurde.

Mit einer Hand immer noch auf seinem Arm und der andern den Saum ihres Capes anhebend, zog Susan Price ihn weiter. «Was würde man im Viertel sagen, Michael, wenn wir St. Finnian's als Einsatzzentrale benutzen?»

«Ich, ich, ich –»

«Alles andere eignet sich nicht. Die Schule ist nicht gut, die Bibliothek nicht; es gibt kein YMCA, kein Gemeindezentrum, keine anderen Kirchen. Wir könnten eine mobile Einheit kommen lassen, aber die sind sehr –» Price blieb abrupt stehen und atmete tief ein, als eine fette Ratte aus einem umgestürzten Papierkorb aus Drahtgeflecht herausgeschlichen kam und direkt vor ihnen den Weg überquerte. (Früher mal eine winzige Oase, war der Parnell Park durch Vernachlässigung, Mißbrauch und Verachtung öd und freudlos geworden.) Sie schaute sich nach einem Wurfgeschoß um, doch außer Flaschenscherben war nichts da; als sie schließlich einen Brocken von einem zerschlagenen Bordstein gefunden hatte, war die Ratte längst hinter einen Baum gewatschelt und in einer Ligusterhecke verschwunden. Price warf das Stück Beton zur Seite und wischte ihre Fingerspitzen ein halbes Dutzend mal schnell aneinander ab. Dann legte sie die Fingerspitzen erneut auf seinen Arm, und sie gingen weiter. «Mobile Einheiten sind sehr auffällig, Mike. Wenn Sie also keine bessere Idee haben...»

Ideen – gute, bessere, am besten – waren durch den flüchtigen Blick, der ihm auf die Vertiefung zwischen Susan Prices Brüste vergönnt worden war, als sie sich blitzschnell nach diesem Wurfgeschoß bückte, aus dem Kopf von Father Michael O'Neill, kurz Michael, urplötzlich Mike, gestrichen worden.

«Denn die Pforte ist weit», warnte schon der heilige Matthäus, «und der Weg ist breit, der zur Vernichtung führet.» Und doch war hier eine Rinne gerade mal anderthalb Zentimeter breit – laß einen Finger hineingleiten, und schon spürt man weiche Brust an seinen beiden Seiten –, die mit Sicherheit eine Schnellstraße zur Hölle war: Abfahrt unmöglich, letzte Ausfahrt vor der Verdammnis.

Price blieb wieder stehen, ließ ihn los und baute sich vor ihm auf. «Wie die Bürgermeisterin schon sagte, Mike, uns läuft langsam die Zeit davon. Schon sehr bald werden die Menschen in der ganzen Stadt aufwachen.»

Ohne ihre Hand auf seinem Arm geriet er ins Wanken. «Äh, es gibt noch eine andere Ki-Kirche. So-so eine Art. Adventisten vo-vom Siebenten Tag. Eine Straßenki-kirche Ecke Eighth und Adams.»

Price legte den linken Arm quer über ihre Taille, stützte den rechten Ellbogen darauf, ballte die rechte Hand zur Faust und stützte darauf ihr Kinn ab. «Schwarze? Latinos?»

«Schwa-wa-warze.»

Price schüttelte den Kopf, ließ die Arme fallen und ging weiter. «Was ich Ihnen jetzt sage, Mike, ist nur für Ihre Ohren bestimmt. Sie dürfen es niemandem sonst weitersagen, bis die Bürgermeisterin oder ich oder ein anderer hochrangiger Beamter das Okay dazu gibt. Wir glauben, daß Folgendes passiert ist. Sie werden im Verlauf der nächsten paar Stunden Hunderte verschiedene Gerüchte darüber hören, aber wir glauben, daß Folgendes passiert ist...

Zwei schwarze Kids, ein Junge und ein Mädchen, Teenager, gingen heute morgen gegen zwei Uhr die Seventh Street hinunter. Wir glauben, daß sie aus der U-Bahn gekommen sind, wir glauben, sie hatten die falsche Bahn erwischt und wollten in einen Zug umsteigen, der in die andere Richtung fuhr. An der Haltestelle Van Buren kann man allerdings die Bahnsteige nicht wechseln, man muß rauf auf die Straße, sie dann überqueren und ein neues Ticket kaufen. Wenn man um diese Uhrzeit den Ausgang Monroe Avenue nimmt, muß man nicht nur zur Straße rauf, man muß auch noch zwei Blocks auf der Seventh zur Van Buren zurückgehen. Vorbei am *Flood's* –»

«Je-je-jetzt aber mal –»

«Ich weiß, Mike, Sie hätten es gern anders.» Price ging jetzt schneller, zog ihr Cape gegen die Kälte enger zusammen und machte sich gleichzeitig windschlüpfriger. «Sie wollen, daß diese Kids Ärger gesucht haben. Sie hätten gern, daß es Kids von der Ninth und Grant waren, die auf der Seventh Street als Mutprobe abprotzten, Kids aus anderen Vierteln, aus Flatbush oder dem Hook, die hier in den Narrows ein bißchen aufmischen wollten. Aber das hier war keine Gang, Mike. Das hier war ein junges Pärchen, das stehengeblieben war, um nach dem Weg zu fragen. Sie wollten Hilfe. Sie hatten sich *verlaufen.*»

Mike O'Neill war wieder völlig außer Atem, während er versuchte, mit ihr Schritt zu halten. Wenn sie sich von ihm fangen ließ, würde er sie halten, die Kälte mit seiner Körperwärme verjagen; dafür könnte sie ihm... Slang beibringen, ihm beibringen, was es bedeutete *abzuprotzen* und *aufzumischen.* Mit gesenktem Kopf und emsig trippelnd hätte er sie beinahe über den Haufen gerannt, denn sie war wieder stehengeblieben, um ihn anzusehen.

«Einer der Straftäter...» Sobald sie das gesagt hatte, kehrte Price schnell wieder zum Jargon zurück. «...eines dieser *Tiere*, die im *Flood's* getrunken haben, die diesen Jungen umgebracht und dieses Mädchen vergewaltigt haben, trug eine Jacke der Celtics.» Sie nahm seine rechte Hand und legte ihre linke Handfläche auf seinen Unterarm, als drücke sie eine Wunde ab. «Sie sollten Ihre besser eine Weile nicht mehr anziehen.»

«A-a-a-»

Price legte einen Finger auf Mike O'Neills Lippen. «*Und*... wenn wir anfangen, Celtics-Jacken in Mülleimern zu finden, oder brennend in Ölfässern oben unter dem Gowanus Expressway, wenn wir nicht eine gewisse Anzahl von Celtics-Jacken auf der Straße sehen, als wären sie in den Narrows auf einmal keine geilen Klamotten mehr, dann schneide ich Ihnen die Zunge raus.» Einen kurzen Augenblick nahm sie sein Gesicht in beide Hände und drückte leicht zu – ermutigend, ermahnend, körperlich. Dann ließ sie ihn los und ging weiter. «Wir richten uns im Pfarrhaus ein. Es wird zwar eng, aber es wird schon gehen. Bis zehn Uhr brauche ich zwei Listen: die eine – Unruhestifter, die andere – Friedensstifter. Sie können schon mal selbst anfangen, die Friedensstifter anzusprechen – Kaufleute, Angehörige Ihrer Gemeinde, Politiker, wen auch immer –, und denen sagen, daß die Verantwortung für die Aufrechterhaltung der öffentlichen Ordnung auf ihren Schultern ruht. Aber gehen Sie nicht als Bittsteller zu ihnen; bei dieser Sache sind Sie mein Deputy, Mike. Sagen Sie denen: Wenn auch nur ein einziger der Demonstranten verletzt oder belästigt wird – Sehen Sie mich nicht so überrascht an, Mike. Sie glauben, es wird keine Demonstranten geben? Es wird *Millionen* von Demonstranten geben. Wenn auch nur ein einziger der Demonstranten verletzt oder belästigt wird, werden wir nicht die üblichen Verdächtigen festnehmen; wir werden die führenden Köpfe dieser Gemeinde in die Kiste stecken.»

Inzwischen war sie bereits ein gutes Stück vor ihm, und er war fix und fertig; ihre Verwünschungen hingen wie Schlingpflanzen des Dschungels in seinem Weg, schwer beladen mit Feuchtigkeit und Bedeutung, was ihn nur noch mehr behinderte. Diesmal rannte er direkt in einen breiten, massigen Mann.

Mike O'Neill schrie auf, es war ein schrilles, mädchenhaftes Kreischen, das Susan Price unvermittelt innehalten ließ und tiefe Falten auf ihre Stirn zauberte.

«Kommen Sie, Mike», sagte sie, «werden Sie mir jetzt nicht komisch.»

«'tschuldigung, Father», sagte der Mann und streckte eine große Pranke aus.

'tschuldigung, weil er drauf und dran war, die Celtics-Jacke auf Mike O'Neills Taille runterzureißen, damit seine Arme an den Seiten zu fixieren, während er ihm eine Beichte aus dem Leib drosch?

«A-a-a-»

«Braverman», sagte der Mann. «Officer Sid Braverman, der Fahrer vom PC. Ich fahr Sie zurück nach St. Finnian's. Sie wird mit den

Burschen da vorne an der Ecke reden; sie wird mich nicht brauchen.» Er legte eine Hand mitten auf Father Michael O'Neills Rücken. Seine Hand fühlte sich dienstbeflissen an; seine Hand fühlte sich an, als könnte sie einen *platsch* auf und in den Boden knallen, einen *slamdunken* wie die Kids aus den Sozialsiedlungen Basketbälle durch die in 2 Meter 45 Höhe angebrachten Ringe auf dem Spielplatz Ecke Ninth und Grant *slam-dunkten*.

Susan Price hatte inzwischen die Sixth Street überquert und ging – nein, eigentlich lief sie; sieh nur die Muskeln und Sehnen ihrer Waden, sieh nur, wie ihr kurzgeschnittenes blondes Haar wippt – auf die Jackson zu. Sie hatte nicht Good-bye gesagt; sie hatte nicht gesagt, daß sie sich wiedersehen würden. Sie hatte ihn nicht mehr erinnert, anständig zu frühstücken. «Ich wu-wu-wu-»

«Wußte nicht, daß der PC eine Lady ist? 'ne Menge Leute sind ziemlich überrascht, auch wenn Sie's in der Zeitung gelesen oder in der Glotze gesehen haben müßten. Sie ist der Acting PC, solange Phil Hriniak krank geschrieben ist. Seine Pumpe. Aber sie hält sich auch ziemlich zurück. Sie war First Dep, und davor Deputy Commissioner beim Büro für Öffentlichkeitsarbeit. Früher war sie auch mal bei CBS Radio, falls Sie das schon mal gehört haben. Hier ist der Wagen. Sie hat Ihnen gesagt, Sie sollen diese Jacke vergessen, stimmt's?»

«Ve-ve-ve-»

Braverman lachte. «Nicht *vergessen* vergessen, einfach nur, Sie wissen schon, eine Weile ganz weit hinten im Schrank verstauen, okay?»

Hinten in Father Mikes Schrank wurde es allmählich eng. Im Augenblick hing dort, zerknittert und zerknautscht, denn er hatte bislang noch nicht die Zeit gehabt, es ordentlich aufzuhängen, folgendes:

Um vier Uhr an diesem Morgen, eine Stunde bevor er durch den Anruf aus dem Büro des Bürgermeisters in den Parnell Park zitiert worden war, hatte ihm das Summen, wie ein gigantischer elektrischer Moskito, der Türklingel des Pfarrhauses von St. Finnian's so lange keine Ruhe gelassen, bis er schließlich hellwach war. Seine erste und einzige Vermutung war gewesen, daß es ein Überfall vor Morgengrauen von Kommandotrupps der Diözese war, die wissen wollten, warum er um diese Uhrzeit noch nicht auf war, die seinen Glauben auf die Probe stellen wollten; sie würden ihn an die Bettpfosten fesseln, seine Zehen kitzeln und mit ihm den Baltimore-Katechismus durchgehen.

Vor der Tür stand aber nur Patrick Quinn, Bier auf dem Atem und Blut auf dem Gesicht, flennend und wimmernd und wollte beichten, daß er und ein paar Freunde gerade eben zwei Bimbos umgebracht hatten.

Jill Freedman stand gegen eine riesige Eiche gelehnt, drückte den Rücken dagegen, die Arme und Beine, hoffte, etwas Energie, etwas Weisheit, etwas Erfahrung aus dem Baum ziehen zu können. «Ich war so erleichtert, als gestern die Parade zu Ende war. Kein politischer Schaden, keine Bierbüchsen, keine Buhrufe, keine Schimpfnamen. Ich bin auch nicht aufs Gesicht geknallt, als ich dem Kardinal die Hand geschüttelt habe. Ich mußte auch keine Pinkelpause machen... Ich bin im Lenox Hill Hospital auf die Welt gekommen, ich wohne schon mein ganzes Leben in New York. Ich habe sogar eine Weile in Brooklyn gewohnt, Park Slope, direkt nach dem Jurastudium. Aber von den Narrows erfuhr ich erst, als ich für den Stadtrat kandidierte. Während der Fahrt hierher meinte Tony Sabo, die Narrows seien wie *Brigadoon*: Nur in Wahljahren materialisiert es sich aus dem Nebel. Tja, diesmal ist es außerplanmäßig und noch dazu ganz gewaltig erschienen; und es wird für immer und alle Zeiten zu einem Synonym für den gewalttätigen Mob sein. Howard Beach, Bensonhurst, Central Park, die Narrows.»

Kinshasa Ballard saß auf einer Felsnase, hielt die Knie weit gespreizt und benutzte den Kaftan als Hängematte für ihre riesigen Hände. Mühsam, als bereite es ihr Schmerzen, hob sie eine Hand und schwenkte sie in weiten Bögen, zitierte die Geschichte. «Selma, Birmingham, Philadelphia, Mississippi, Meridian, Memphis, Detroit, Newark, Watts, Harlem, Miami –»

Freedman stieß sich vom Baum ab. «Vergessen Sie nicht Wappingers Falls.» Sie parodierte die schwingende Armbewegung von Ballard. «‹Tawana lügt nicht.› Vergessen Sie nicht Teaneck. Vergessen Sie nicht –»

«Arverne Dale?» fragte Ballard.

Freedman ließ ihren Arm sinken. «Wo zum Geier liegt Arverne Dale?»

«Arverne Dale, meine liebe Jill, ist das Kind – ein weiteres unschuldiges Kind –, das gestern nachmittag, am hellichten Tag und kaltblütig zusammengeschossen wurde. Übrigens nicht weit von Ihrer Wohnung entfernt. In Ihrem eigenen Hinterhof, wie man so schön sagt.»

Freedman schnaubte. «Ihr ‹unschuldiges Kind› war ein Dealer, und er ist zusammengeschossen worden, weil er versucht hat, sich im Revier eines anderen breitzumachen. Machen Sie aus einem Stück Rattenscheiße keinen Märtyrer.»

«Rattenscheiße finden Sie auf allen Barhockern im *Flood's*», erwiderte Ballard scharf.

«Und keine Märtyrer.»

«Oh, da irren Sie, liebe Jill. Da irren Sie aber ganz gewaltig. Bleiben Sie in der Gegend, gehen Sie ein bißchen herum, halten Sie die Augen auf. Beobachten Sie, wie die Täter zu Opfern werden, beobachten Sie, wie die Angeklagten zu Verleumdeten werden. Beobachten Sie, wie sich die Märtyrer in diesem Viertel ausbreiten wie Maden. Beobachten Sie die Kriminalisierung von Salome Speed und James Cobb.»

Freedman schüttelte wieder das Handgelenk aus dem Ärmel der weiten Jacke, packte ihre Armbanduhr und drehte sie so, daß sie die Zeit ablesen konnte. «Es gab einen Zeugen.»

Ballard atmete langsam durch die Nase ein und genauso langsam wieder aus. «Ja?»

«Eine Frau hat 911 angerufen. Ihre Nummer wurde automatisch gespeichert –»

«Ach, Scheiße, Jill. Ich bitte Sie. Ein Telefonanruf? Ein Anruf ist eine Sache, aber in den Zeugenstand zu treten ist eine gottverdammt völlig andere. Wenn Sie schon Ihr ganzes Leben in New York wohnen, haben Sie auch immer richtig aufgepaßt? In Howard Beach, Bensonhurst, einem Viertel wie diesem hier, in einer Enklave, da ist ein Zeuge doch nur einen Schritt weit davon entfernt, ein Ausgestoßener zu werden. Sobald solche Leute vereidigt werden, tendieren sie doch dazu, ziemlich schnell zu vergessen, was sie angeblich gepeilt haben.»

«Sie ist nach draußen gekommen», sagte Freedman. «Sie ist auf die Straße gekommen, sie hatte keine Angst, sich zu zeigen. Sie hat einem von ihnen etwas zugerufen, sie hat seinen Namen gerufen.»

«Hat ihn höchstwahrscheinlich noch angestachelt.»

«Sie hat ihm gesagt, die Cops wären unterwegs. Sie hat ihm gesagt, er solle aufhören. Salome hat sie gehört.»

Ballard brauste auf. «Welchen Namen?»

«Sie wissen genau, daß ich Ihnen das nicht sagen kann. Aber soviel kann ich Ihnen verraten: Wenn Sie sich aus den Narrows fernhalten, wenn Sie Ihre Leute draußen halten, wenn es keine Demonstrationen gibt, keine aufwieglerischen Talkshows im Radio, keine redaktionellen Beschimpfungen wegen Rassismus und Vertuschung –»

«Scheiße, Mädchen. Sie stehen da und bitten *mich* zu vertuschen?»

«Hören Sie doch einfach mal zu ... Wenn Sie die Straßen der Narrows mit schwarzen Gesichtern füllen, erreichen Sie doch nichts anderes, als die Situation zu polarisieren –»

«Scheiße. ‹*Pol*arisieren.› Die Weißbrote können von mir aus *pul*verisieren, einen Scheißdreck werden wir tun und –»

«Wenn Sie Ihre Leute draußen halten –»

«Meine Nigger. Sagen Sie's doch. Na los. Sagen Sie Nigger.»

«– erhält damit der in diesem Viertel vorhandene Anstand eine Chance, an die Oberfläche vorzudringen. Diese Leute sind Christen. Sie praktizieren Nächstenliebe. Sie werden schockiert sein, daß so etwas passieren konnte; sie werden um die Opfer weinen; sie werden die Zeugin unterstützen, und diese Unterstützung wird wiederum andere Zeugen ermutigen. Sie glauben, ich sei voller Scheiße; ich seh's deutlich auf Ihrem Gesicht. Führen Sie heute nachmittag eine Demonstration durch die Narrows, und wir werden es nie erfahren.»

Ballard stand von dem Steinbrocken auf und klopfte sich mit beiden Händen den Hintern ab. «Zwei Freunde von mir, Andy und Mary ... Andy ist Texter – für die Fernsehnachrichten. Mary ist Weberin – sie macht wunderschöne Decken. Andy ist hyperinformiert, liest einfach alles. Mary liest weder Zeitungen noch schaut sie Fernsehen; sie hört gern Musik – Opern. Andy sagt, Mary hätte so wenig mit der wirklichen Welt zu tun, es sei fast als lebe sie in einer Phantasie: Er nennt den Ort, an dem sie lebt, *Mary Land.* Ich glaube, Sie befinden sich im Moment selbst in *Mary Land,* meine liebe Jill. Direkt außerhalb von Baltimore.»

Tony Sabo erwartete Jill Freedman am Rand des Parks und begleitete sie über die Sixth Street zu dem *Mercury Colony*-Kombi, von dem Sabo, damals als Reporter des *Dispatch* zuständig für das Rathaus, einmal als ein «vernünftiger Schuh von einer bürgermeisterlichen Limousine» gesprochen hatte, woraufhin er den Job als Freedmans Pressesprecher angeboten bekam. «Und?»

«Es war richtig, daß wir sie angerufen haben. Sie weiß das zu schätzen.»

Officer Yolanda Navarro, Freedmans Leibwächterin und Fahrerin, war ausgestiegen und hatte die hintere Wagentür geöffnet; nachdem Freedman und Sabo eingestiegen waren, schloß sie die Tür wieder, stieg aber selbst nicht ein, blieb statt dessen neben dem linken vorderen Kotflügel stehen und ließ ihnen so Zeit für ein vertrauliches Gespräch.

«Jemand hat Jack Farrell einen Tip gegeben», sagte Sabo. «Er lungert seit ein paar Stunden im Viertel herum.»

«‹Jemand›?»

«Ich habe es Ihnen immer und immer wieder gesagt, Jill. Ich empfinde keinerlei Loyalität gegenüber dem *Dispatch*, ich erweise Jack keine Gefälligkeiten. Es gibt zehn Millionen lockere Mundwerke in der Gnadenlosen Stadt; jedes könnte Jack angerufen haben.»

«Jemand aus dem *Flood's*?»

«Könnte sein. Das *Flood's* ist eine Bar nach Jacks Geschmack. Möglicherweise aber auch jemand aus Kinshasas Dunstkreis.»

«Kinshasa und Jack einen Tip zuspielen? Das ist grotesk.»

«Sie hat unzufriedene Geister in ihrer Organisation, genau wie jeder andere auch. Yolanda hat Jack aus dem Park kommen sehen, darum geht's, unmittelbar bevor Sie rübergekommen sind.»

Freedman schlug gegen die Rückenlehne des Fahrersitzes. «Warten Sie nicht, bis er es schreibt, Tony. Einen Schaden begrenzt man, bevor er angerichtet ist.»

«Yolanda hat ihn zur Rede gestellt. Ich war nicht mal hier. Sie hat es ganz allein gemacht. Sie ist Spitze. Jack hat gesagt, er sei nur zum Pinkeln in den Park gegangen, er dachte, auf der Seventh Street würde noch alles geschlossen sein, also ist er hinter einen Baum gegangen.»

«Finden Sie ihn und sagen Sie ihm, daß ich mich mit ihr getroffen habe. Sagen Sie ihm zur Mitschrift, ohne aber einen Namen nennen zu können, daß es eine Höflichkeitsgeste war, es seien keinerlei Abmachungen getroffen worden. Ich will nicht seine Spekulationen lesen, worüber wir uns unterhalten haben, während er uns nachspioniert hat...

Eine andere Sache: Der Mord gestern auf der Houston Street?»

«Arverne Dale?»

«Sagen Sie Suzie Price, je früher die Sache aufgeklärt wird, desto besser. Sagen Sie ihr, je mehr Arverne Dale wie Abschaum aus dem Drogensumpf und nicht wie ein weiterer unschuldiger Teenager aussieht, desto glücklicher werde ich sein.»

Sabo notierte in einem ledernen Notizbuch. «Die Aussichten sind nicht schlecht, daß sie kurz davor stehen, die Sache aufzuklären. Ein dienstfreier Detective war Tatzeuge.»

«Gab es noch weitere Zeugen?»

Sabo zuckte mit den Achseln. «Keine Ahnung.»

«Haben Sie mir nicht mal erzählt, Sie hätten Latein gelernt?»

Sabo lachte leise. *«Hic, haec, hoc.»*

«Testis unus testis nullus», sagte Freedman. «Ein einziger Zeuge ist gottverdammt überhaupt kein Zeuge.»

4

«Hallo, Joe. Ich wünsche dir einen verspäteten fröhlichen St. Paddy's Day.»

«Jack.»

Wie zwei altmodische Gentlemen zogen Joe Cullen und Jack Farrell ihre Lederhandschuhe aus, um sich die Hände zu schütteln. Sie zogen die Handschuhe wieder an und griffen tief in die Taschen ihrer Trenchcoats auf der Suche nach ein bißchen Wärme. Der Regen hatte aufgehört, der Nebel hatte sich aufgelöst, schwaches Sonnenlicht sickerte über die Jackson Avenue, färbte Pfützen auf der Straße silbern und vergoldete die Mansardenfenster der großen alten Häuser entlang der Südseite des Parnell Park, nahm jedoch der Kälte nichts an Schärfe.

«Schlimmer als im Winter», meinte Farrell. «Und wir haben keine Mützen und Ohrenschützer», sagte er mit klappernden Zähnen. «Werden wir denn nie auf unsere Mütter hören?»

«Genau genommen ist noch Winter», meinte Cullen. Eine dumme Spitzfindigkeit, aber vielleicht brachte er damit Farrell davon ab, sich nach Ann zu erkundigen.

«Ann hat's schon richtig gemacht – Kalifornien. Hörst du ab und an was von ihr?»

«... Klar.»

«Falsche Frage. Tut mir leid. Hab gehört, du bist Augenzeuge von diesem Drogenmord gestern in SoHo geworden», wechselte er schnell das Thema.

«Ich würde es Village nennen.»

«Genau genommen?»

Cullen lächelte. «Ann hatte schon recht. Du schläfst im Leichenschauhaus.»

Farrell lachte. «Wir vermissen sie alle, Joe. So einer wie ihr begegnen wir vielleicht nie wieder. Die Journalistinnen heutzutage in der Stadt – stur, verkniffen und mit soviel Humor wie schiitische Moslems», sagte er ohne eine Spur von Neid in der Stimme. «Die sehen sich *Murphy Brown* an und kapieren nicht, daß es eine Parodie ist, die lernen die Scheiße *aus*wendig. Ann war absolute Spitzenklasse, und natürlich haben wir das damals nicht gesehen; wir dachten, sie sei eine Kettensäge, die's auf unsere Eier abgesehen hat. Und hör nur, wie wir reden: wir reden ja gerade so, als sei sie entschlafen, wo *wir* es doch sind, die ein klein wenig gestorben sind.»

Reminiszenz erfordert Exegese:

Vier Jahre und neun Monate lang, von einer Frühlingszeit bis zu einer Weihnachtszeit, war Ann – Ann Jones – Joe Cullens Mädchen und er ihr Typ gewesen. Von Ann stammten die Substantive, auf die sie nach einer beachtlichen Safari durch die englische Sprache während und nach der Beziehung gekommen war, stets auf der Jagd nach Worten, die den grundlegenden informellen Charakter ihrer Beziehung ausdrückten. «‹Lover› haben sich die Schwulen angeeignet», sagte Ann in einem Brief an Cullen, den sie ihm nach der Trennung geschrieben hatte. «Das gleiche gilt für – und von mir aus können sie das auch gerne machen – ‹bessere Hälfte› und ‹Abschnittsgefährte›. ‹Liebhaber› ist irgendwie schnurrig und suggeriert Ehebruch. ‹Freier› bedeutet Mann; so was wie eine ‹Freie› oder ‹Freierin› gibt es nicht. ‹Freund›, ‹Freundin› – was sind wir, Archie und Veronica vielleicht?»

Als sie sich kennenlernten war Ann festangestellte Journalistin beim *City Magazine*, aufstrebendes Talent bei *News-Focus 14* als sie sich trennten. Ann war nach Los Angeles gegangen, um einen anderen Moderatorenjob bei KNBC anzunehmen. Nach sechs Monaten nahm sie das Angebot an, als Redakteurin bei *Left Coast* einzusteigen, einem neuen Magazin. «Eine Mischung», schrieb Ann ein anderes Mal, «eine echte Mischung und ein Tritt zwischen die Beine, zwischen *Spy*, der *Nation* (*gibt* es die *Nation* überhaupt noch?) und der Bikiniausgabe von *Sports Illustrated* – Satire und Sinngehalt in einem Tanga.»

Mit zwei Koffern und einem Kleiderbeutel war Ann in den Westen aufgebrochen, ohne jedoch ihre Wohnung am Riverside Drive aufzugeben. Sie lebte in Hotels, wohnte bei Freunden, spielte Haussitter, wohnte zur Untermiete und kaufte neue Kleidung, wenn sie welche brauchte. In einem ihrer letzten Briefe jedoch hatte sie geschrieben, daß sie einen Mietvertrag für ein Penthouse-Apartment in Westwood unterschrieben sowie einen Spediteur beauftragt habe, ihren New Yorker Kram zusammenzupacken und rüberzuschicken, und «kennst Du zufälligerweise jemanden, der ein kleines, feuchtes, dunkles, sogenanntes Garten-Apartment mit einer guten Adresse haben will? Nicht Du. Du hattest wegen meiner Wohnung schon immer einen Apartment-Neid, wegen dem Park und dem Fluß und allem, aber ich will nicht, daß Du dort wohnst und in den Wandschränken nach Spuren von mir schnüffelst.»

Nachdem sie keinen Erfolg damit hatte, Cullen zur Ehe zu bewegen («Manchmal höre ich mich zu meinen Freunden sagen, Du würdest nicht mal auch nur mit dem Gedanken spielen, aber das ist unfair. Du hast mit dem Gedanken gespielt und gespielt und gespielt.»), war sie jetzt mit einem Sozialarbeiter verlobt, einem Experten für Straßengangs. («Früher war Tomás ein Junkie, aber, he, wer bin ich, mit Steinen zu werfen? Ich war süchtig nach *Dir.*»)

Nicht kleinzukriegen, respektlos, streitlustig: Adjektive, die oft auf Ann angewendet wurden – zusammen mit unausstehlich, unverschämt, aggressiv. Jeder, der sie kannte, hatte eine Lieblingsgeschichte über Ann Jones. In vermutlich der bekanntesten, wahrscheinlich weil sie von allen Sechs-Uhr-Nachrichten der Stadt live aus dem Polizeipräsidium gesendet worden war – und als Aufzeichnung noch mal um zehn und um elf Uhr –, war Jack Farrell als Volltrottel vorgekommen:

Die beiden achtjährigen Zwillingsbrüder einer Chassidim-Familie aus Williamsburg waren irgendwo zwischen ihrem Apartmenthaus an der Bedford Avenue und ihrer *Schul* verschwunden. Gerüchte sprachen von einem karibischen Kult, der hebräische Kinder als Ritualopfer kidnappte. Dann gab es noch das Gerücht, daß der Vater der Jungs sie schlug und daß ihre Mutter einen Geliebten hatte, einen Rabbi. Es war eine große Story. Die Erinnerungen an Etan Patz, Lisa Steinberg und die Crimmins-Kinder wurden ins Gedächtnis gerufen. Nach einer Woche wurden die Jungs gefunden, mit aufgeschnittenen Kehlen und in eine Plane gewickelt, unter einer Brücke, die den Shore Parkway über das Paedergat Basin in Carnesie trug. Die Polizei hielt die Journalisten hinter Absperrungen einen halben Block vom Polizeirevier Brooklyn West entfernt, während sie die beiden Männer von der Autobahnmeisterei verhörten, die den grausigen Fund im Verlauf einer Inspektion der Brückenfundamente gemacht hatten. Die Pressesperre hinderte Jack Farrell nicht daran, einen Artikel zu verfassen, in dem er die Anblicke, Geräusche und Gerüche im Büro der Kriminalpolizei im Revier Brooklyn West beschrieb, ein Artikel, wegen dem alle anderen Reporter zur Schnecke gemacht wurden, da sie nichts Gleichwertiges entgegensetzen konnten. Als Tage später die Arbeiter der Presse vorgestellt wurden, stellte Ann die erste Frage: «Könnt ihr mal beschreiben, Jungs, was ihr dabei gefühlt habt, als ihr diese Plane ausgewickelt habt und Jack Farrell rauskullerte?»

Farrell zog die Hände aus den Taschen und verschränkte die Arme, damit ihm wärmer wurde; seinen Füßen zuliebe tänzelte er ein bißchen auf der Stelle. «Bei jeder Meldung in den Verkehrsnachrichten im Radio heißt es, es gebe einen Stau oder die Straßen seien gesperrt ‹aufgrund von polizeilichen Maßnahmen›. Aber ‹aufgrund von› in Einleitung einer Adverbialbestimmung, die die Ursache einer Handlung bestimmt, ist ein Solözismus. ‹Aufgrund› ist ein prädikatives Adjektiv; es muß auf ein verbindendes Verb folgen. Richtig würde man sich ausdrücken: Die *Sperrung* erfolgt aufgrund von polizeilichen Maßnahmen.»

«Danke, Jack», sagte Cullen. «Du hast was gut bei mir.»

«Geschenkt. Das war gratis. Im Augenblick bin ich mehr an ‹polizeilichen Maßnahmen› interessiert», sagte Farrell. «Wo ich jetzt hier stehe, zu all diesen Uniformierten rüberschaue, die *dort* stehen und mit ihren Eiern spielen, weil es viel zu kalt ist, um sich in der Nase zu bohren, bin ich unter großem Druck, irgendeine Maßnahme zu erkennen. Oh, ich sehe die hohen Tiere – Mamselle Commissioner, die aussieht wie Chynna Phillips, genauso dünn, genauso blond. Ist ihr in diesen Klamotten denn nicht *kalt?*» sagte er und ließ so gerade eben durchschimmern, daß er sich als erster freiwillig melden würde, um sie aufzuwärmen. «Wo *ist* sie *gewesen*, als sie herzitiert wurde? Hat sie im *Coco Pazzo* gegessen? Hat sie die elektrische Violine am Amateurabend im *Tatou* gespielt? Nein – Amateurabend ist immer montags. Ich sehe den First Dep, ich sehe den großen alten Powell Ruth, ich sehe Abruzzi, ich sehe Novak, ich sehe deinen Chef Jake Neuman – ich sehe sie *denken, planen, Aus*weichpläne schmieden oder was auch immer hohe Tiere eben so tun. Erhofft hatte ich allerdings Hausdurchsuchungen, Razzien, Streifenwagen, die auf den Straßen kreuzen, jaulende Sirenen, Gebrülle aus Megaphonen, daß die Übeltäter mit erhobenen Händen herauskommen sollen, die Sache sei gelaufen. Ist es recht und billig von mir zu mutmaßen, daß es in diesem Fall keine Verdächtigen gibt, weder die üblichen noch unübliche, und was zum Teufel hat Brian Cassidy hier zu suchen?»

Cullen zog die Kragenspitzen um seine Wangen hoch und kehrte dem Park den Rücken – und den hohen Tieren der Polizei, die Farrell gerade aufgezählt hatte und die dicht gedrängt vor einer Mauer standen, auf die *Oglaigh na hËireann* gesprayt worden war, der gälische Name, das wußte der väterlicherseits irischstämmige Cullen irgendwie, für die IRA (etwas weiter unten auf der Mauer stand, in Rot, eine persönliche Nachricht: *Sue, komm zurück!*): Commissioner Susan Price, First Deputy Commissioner Alfonso Pabon, Chief of Department Powell Ruth, Chief of Detectives Paolo Abruzzi, Deputy Chief Inspector Elihu I. Novak von der Mordkommission, Captain Jacob Neuman von den *Widows and Orphans*, Deputy Chief Inspector Brian Cassidy vom Drogendezernat. «Cassidy wohnt in den Narrows – ich glaube, in diesem Block hier, ich glaube, in dem Haus da.» Er deutete mit dem Kinn auf die 220 Jackson Avenue. «Bei der I.A. mußten wir Cassidy manchmal zu Hause aufsuchen.»

«Schon mal seine Tochter kennengelernt?» fragte Farrell. «Ann kennt sie, da bin ich sicher. Mary Catherine Koenig. Sie ist geschäftsführender Direktor der GFW – der *Guild of Freelance Writers*. Irgendwann haben wir mittellosen Schreiberlinge alle mal diesem Verein angehört. Fehlt dir die Internal Affairs Unit manchmal, Joe?» fragte Farrell. «Cops aufs Glatteis führen.»

Cullen verdrehte nicht die Augen, er steckte sich auch keine zwei Finger in den Hals. Er sagte: «Dieser Aphorismus von Santayana? Wer die Vergangenheit vergißt, ist dazu verurteilt, sie zu wiederholen.»

Farrell lachte. «Ein Cop, der ein Buch gelesen hat.»

«Ich habe immer gedacht, daß jeder, der diese Redensart schon mal gehört hat, dazu verurteilt ist, *sie* zu wiederholen.»

Farrell lachte erneut.

«*Und* daß jeder, der schon einmal einen Beamten der Internal Affairs Unit kennengelernt hat, dazu verurteilt ist zu fragen, wie es war, Cops aufs Glatteis zu führen. Ich habe Kriminelle aufs Glatteis geführt, deren Beruf es war, Cop zu sein. Zweimal in neun Jahren habe ich Leute aufs Glatteis geführt, was nicht mit einer Anklageerhebung geendet hat. 80 Prozent meiner Anklagen führten zu Verurteilungen oder Aushandlungen bezüglich des Strafmaßes mit der Staatsanwaltschaft. Also fick dich, so ist's gewesen.»

«Sachte, Kumpel», sagte er beschwichtigend. «Mich mußt du nicht überzeugen; war noch nie nötig. Ich bin hundertprozentig dafür, die Polizei zu überwachen. Ich bin dafür, Leute wie mich zu überwachen, uns auf die Pfoten zu hauen, wenn wir was Falsches sagen oder was Falsches schreiben. Ich bin voll dafür, daß jemand die ganze verfluchte Menschheit scharf im Auge behält, aber dann auch wieder, wer könnte sie im Auge behalten? Und wo wir gerade von Reportern reden, Joe, ich brauche einen Ansatzpunkt, denn die Konkurrenz wird bei dieser Sache heftigst sein. Wo du doch zu den *Widows and Orphans* gehörst, einer Einheit, die außer meiner Wenigkeit kein Schreiberling in dieser Stadt selbstbewußt genug ist, *nicht* Elite zu nennen, welche Rolle genau spielst du bei dieser, äh, polizeilichen Maßnahme?»

«Ich bin gerade erst gekommen. Ich weiß nur das, was ich über Funk im Wagen gehört habe.» Cullen trat einen Schritt näher zu Farrell. «Du kannst das jetzt nicht schreiben, Jack, weil man gesehen hat, wie wir miteinander sprechen. Aber vielleicht läßt du mich in einer Stunde von einem deiner Kollegen anrufen. Ich stehe im Telefonbuch.»

Farrell wartete, aber mehr kam nicht, was bedeutete, es war an ihm, Cullen mehr aus der Nase zu ziehen, beharrlich und Stück für Stück. «Ich bin ein wenig verwirrt», räumte er ein. «Entweder weißt du was über diese Sache oder eben nicht.»

Cullen sah Farrell einfach nur an.

«Oder handelt es sich um die Sache aus dem *Village* – genau genommen?»

Cullen sah Farrell an.

«Über die Sache im Village weiß *ich*», sagte Farrell, «genau genommen nur, was *ich* im Radio gehört habe. Gehört zwischen Verkehrsmeldungen über polizeiliche Maßnahmen. Ein Dealer legt einen anderen Dealer um, der in sein Gebiet eingedrungen ist. Arverne Dale.»

Cullen sah Farrell an.

«Und du hast es gesehen, und du ... hast den Straftäter erkannt?»

Cullen sah Farrell an.

Farrell stopfte die Hände wieder in die Taschen des Trenchcoats, spreizte sie dann. Er sah aus wie ein Exhibitionist. «Ich kapier das nicht», sagte er, und kapierte es wirklich nicht. «Ich dachte, du hättest ...»

Cullen sah Farrell an.

«Du ... hast den Mord gesehen, aber ... du konntest den Täter nicht erkennen. Er war ... zu weit weg, er stand mit dem Rücken zu dir, es ging alles blitzschnell, er ist verduftet. Und ... und was? Ich kapier das nicht. Es sei denn ... Ich hab's. Oh, gut, ich mag solche Geschichten ... Jemand», sagte er erleichtert, «möchte, daß du sagst, der Täter war eine gewisse Person.»

Cullen sah Farrell weiter an.

«Eine Person, die jemand von der Straße haben will, es wäre sehr praktisch, wenn er für eine Sache wie diese eingelocht würde, das würde manches entpfuschen, was ansonsten ernstlich verpfuscht ist.»

Cullen sah Farrell an.

«Ein *Narc*», platzte er heraus. «Es muß ein Drogenbulle sein.»

«Ich stehe im Telefonbuch», sagte Cullen, wendete sich ab und überquerte die Jackson in Richtung zur Sixth.

«Cassidy», sagte Farrell, «murmelte er leise vor sich hin.»

5

«Cassidy.»

Die Stimme war bereits aus dem Telefon gescheppert, noch bevor Cullen den Hörer ans Ohr bekam, so als sei sie nach einem voraufgegangenen Gespräch irgendwo in der Leitung gefangen gewesen und hätte sofort versucht, in die Freiheit zu entkommen, als er den Hörer von der Gabel nahm.

«Hallo?» hatte Cullen trotzdem gesagt. Sein Telefon war einer dieser altmodischen Wählscheibenapparate, und er war ein altmodischer Bursche, der die Ansicht vertrat, ein Anrufer sollte nichts sagen, bis er angesprochen wurde.

«*Cass*idy.» Cassidys Tonfall war der eines Mannes, der sein ganzes Leben lang damit verbracht hatte, Idioten auf das Offensichtliche hinzuweisen.

Einen Augenblick lang sagte Cullen nichts. Sollte man ihn ruhig Träumer nennen, jedenfalls wollte er gefragt werden: *Bist du das, Joe?* Es war acht Uhr abends am St. Patrick's Day, er hatte seit Mittag nichts mehr gegessen, er wollte ein paar Stunden unter der Dusche verbringen und die Erinnerung an diesen Schwarzen mit dem breiten Kreuz wegwaschen, der dem schmalen Schwarzen mit dem Goldzahn mitten ins Gesicht geschossen hatte, sein Espresso war kalt geworden, jemand hatte seine Baseballmütze geklaut, er wollte gefragt werden: *Bist du das, Joe?* Und auch: Wie geht es dir, kommt mein Anruf im Moment ungelegen, aß er vielleicht gerade zu Abend, war er nicht allein, störe ich bei irgendwas. Aber das würde nicht so laufen, nicht heute abend, überhaupt nie, nicht solange der Anrufer Deputy Chief Inspector Brian Cassidy vom Drogendezernat war. «Joe Cullen hier.»

Cassidy sagte «Unten» und legte auf.

Oh, ich wünschte, ich hätte den Mumm, den Drecksack von einem Zuchtmeister unten zu lassen, in seinem Auto, auf dem kalten Bürgersteig, ganz einsam und allein, umgeben von Speichelleckern, was auch immer, bis die Ozonschicht völlig weg war und die Polareiskappen schmolzen und die Austin Street in Kew Gardens eine Strandimmobilie wurde und der Drecksack von einem Zuchtmeister in der Brandung absoff. Und während die Unterströmung Cassidy wegzog, eine Dose *Progresso*-Linsensuppe aufmachen, einen Teller mit *Carr's Poppy & Sesame Thin Savoury Crackers* (*Pavot et Sésame Craquelins minces savoureaux* stand auf der anderen Seite der Schachtel) und *Cracker Barrel sharp natural cheddar* vollpacken, zu duschen, während die Suppe leise vor sich hin brodelte, das T-Shirt und die Trainingshose anziehen, das ihm als Schlafanzug diente, den Kronkorken einer Flasche *Martinelli's sparkling cider* abschnippen, sich an den Küchentisch setzen, den getreuen alten *Panasonic*-Schwarzweißfernseher anschalten, und ein bißchen... Dienstag, Dienstag... ein bißchen *Matlock*, ein bißchen *In der Hitze der Nacht*, ein bißchen (ha!) *Law & Order* sehen. Oder, he, nicht vergessen, es ist schließlich St. Paddy's Day, Channel 9, 20 Uhr, *Der Sieger*, du hast nur ein kleines Stück davon verpaßt, du hast es schon hundertmal gesehen, keine große Sache, überhaupt nicht.

Aber.

Immer noch in seinem zerknitterten, alten, braunen Tweedsakko, seinem löchrigen, alten marineblauen Rollkragenpullover, seiner braunen Hose von *J. Crew* oder der Heilsarmee, den Unterschied konnte man nicht erkennen, seine ehemals weißen *Head*-Tennisschuhe, mit denen einmal zuviel Racquetball gespielt worden war, ging Cullen runter. Er schloß seine Wohnungstür nicht zweimal ab, pflanzte einen Samen der Hoffnung, daß er schon bald zurück sein würde. Statt wie üblich die fünf Treppenabsätze hinunterzugehen, wartete er auf den Fahrstuhl, um der Welt zu zeigen, daß er die Zeit hatte, sich Zeit zu lassen.

«Ich habe nicht die gottverdammte ganze Nacht Zeit, Cullen», schnauzte Cassidy vom Rücksitz eines silbernen... Cullen verstand nichts von Autos... *LeBaron*. Dann sagte er: «Mit dir *rede* ich nicht», nicht zu Cullen, sondern in ein Funktelefon, das er zwischen Kinn und Schulter eingeklemmt hatte. In einem blauen Nadelstreifenanzug, einem Kamelhaarmantel, einem Fedora, der zu Cullens Wählscheibentelefon paßte, nicht zu seinem eigenen Hightech-Modell, sah Cassidy einschließlich der Glupschaugen und dem sehr beweglichen Kinn aus wie Jimmy Cagney. Hinter dem Lenkrad arbeitete ein Solo-Speichellecker, schwarzes Ledersakko, schwarzer Seidenrollkragenpullover, schwarze Stoffhose, zurückgegeltes schwarzes Haar, im Rückspiegel an seiner Andy Garcia-Imitation. Sein spöttisches Grinsen war perfekt. Keiner von beiden machte Anstalten, eine Tür zu öffnen, also blieb Cullen am Bordstein stehen, wünschte sich, noch ins Bad gegangen zu sein, bevor er runterkam, er mußte mal pinkeln, wünschte, er hätte den Mumm, auf die rechte vordere Radkappe des *LeBaron* zu pinkeln.

«In ungefähr einer Stunde», sagte Cassidy ins Telefon, lustlos und müde, denn es lag selbst für einen Idioten auf der Hand, daß es ungefähr eine Stunde dauern würde. Er lauschte, wiederholte dann: «In ungefähr einer Stunde. Wenn ich es prä*ziser* sagen könnte, Pauline, dann *würde* ich es auch präziser sagen. Ich bin in unge*fähr* einer Stunde da. Wenn sie bleiben kann, schön, wenn nicht, dann eben nicht.» Und er legte auf und rutschte über den Sitz, um aus der Seitenscheibe aufzuschauen. «Den *Widows and Orphans* ist es vielleicht scheißegal, aber ich sehe es gern, wenn meine Männer selbst außer Dienst so aussehen, als wären sie bereit, jederzeit richtig loszufetzen. Oder sehen Sie immer so beschissen aus, Cullen?»

Eigentlich fühlte er sich ziemlich gut, danke; er war froh, nicht Pauline zu sein, er war froh, nicht die Frau zu sein, die bleiben konnte, wenn sie bleiben konnte, oder gehen, wenn sie gehen mußte. «Captain Lambert hat gesagt, Sie wollten mit mir sprechen. Mir war nicht klar, daß er damit persönlich meinte. *My bad.*» Lambert, der Detective des Drogendezernats, der den Mordfall Arverne Dale von der Ninth Squad übernahm, hatte Cullen nach Hause geschickt, Cassidy würde ihn anrufen. Cullen hatte Lambert vor diesem Nachmittag noch nie getroffen, Lambert hatte Cullen im *Angelika* einen Espresso spendiert, Cullen sah keinerlei Veranlassung, Lambert hängenzulassen.

«Ihr *was*?» sagte Cassidy.

Cullen zuckte mit den Achseln und erzählte seinen Schmus. «Bond, *James* Bond, einer der Jungs von der Abteilung – er heißt James Bond, aber jeder nennt ihn Bond, *James* Bond, Sie wissen schon, wie in den Filmen – jedenfalls, Bond, *James* Bond spielt Basketball. Er hat früher Manndeckung bei Coastal Carolina gespielt, und heute mischt er überall in der Stadt als Auswechselspieler bei improvisierten Spielen mit. Jedenfalls, ‹*my bad*› ist Basketballer-Jargon für meine Schuld. *My bad, your fine, my ill, your beauty* – was auch immer. Jedenfalls, tut mir leid, Sir. Ich habe Captain Lambert mißverstanden.»

Cassidy machte diese kleine Rodney Dangerfield-Bewegung, reckte den Hals und ließ die Schultern kreisen. «Haben Sie immer noch ein Alkoholproblem, Cullen?»

Er hatte seine Hausaufgaben gemacht, er war vorbereitet gekommen. «Ich werde das Problem immer haben, Sir. Aber nein, ich habe nichts getrunken.»

Cassidy reckte wieder den Hals und ließ die Schultern kreisen. Dann tippte er Andy Garcia auf die Schulter, eine Berührung, die bedeutete *verpiß dich*, da Andy Garcia aus dem *LeBaron* stieg und die Straße überquerte, die Daumen die Unterseite der Revers entlang gleiten ließ, mit einer Hand seine Frisur berührte, die linke Seite, oben drauf, sie warnte, nur ja zu halten. Er zauberte eine Zigarette aus einem schwarzen Lederetui, steckte sie mit einem goldenen Feuerzeug an und ging die Austin Richtung Union Pike hinunter, wobei seine schwarzen Halbschuhe im Licht einer Peitschenlaterne schimmerten, ein richtig losfetzender *prince of the city*. Tja, ein Prätendent.

Cassidy ließ die Aktentasche auf dem Sitz neben sich aufschnappen und nahm eine Akte heraus. Er schlug sie auf, zog die Verbrecherfotos unter der Büroklammer weg und reichte sie durch das Fenster zu Cullen hinaus: Ein gutaussehender Afroamerikaner mit gebügelten Haaren, heller Haut, zarten Gesichtszügen und einem Schnurrbart, der aussah, als wäre er mit einem feinen Stift gezogen worden.

«Dewey Traynor», sagte Cassidy, «Straßenname Nads, Kurzform von Gonaden, er ist entweder gut ausgestattet oder er hat viel Mumm, ich weiß nicht, was von beidem, ist mir aber auch scheißegal. Meterlanges Vorstrafenregister. Er hat einen unserer besten Informanten ausgeknipst, Sammy Sylvester. Oder hat ihn ausknipsen lassen. Ich will seinen Arsch in der Kiste, ich bin total scharf drauf. Ist mir egal, weswegen er einfährt, wenn er erst mal drin ist, gibt's dort Leute, die schulden mir noch was, und er gehört mir. Das hier ist eine einmalige Chance für Sie, Cullen, zur Abwechslung mal was gottverdammt Gutes zu tun. Diese Unterhaltung hier hat nie stattgefunden. Ich bin Ihnen in meinem ganzen beschissenen Leben noch nie persönlich begegnet.» Er streckte die Hand aus, klapperschlangenschnell, und riß

Cullen die Verbrecherfotos aus der Hand, legte sie wieder in die Akte, warf alles in den Aktenkoffer und ließ ihn zuschnappen.

Andy Garcia mußte in der Lage sein, eine Stecknadel fallen zu hören, denn er kam jetzt zurück, wobei seine ledernen Absätze klick-klick-klackerten.

In einer Schublade irgendwo oben lagen ein paar Medaillen und Belobigungen, die bewiesen, daß Cullen bereits das eine oder andere gottverdammt Gute getan hatte, aber er wußte, daß Cassidy nicht beeindruckt sein wurde, Cassidy redete Klartext. Der Mord an Sammy Sylvester, Lieferant von Kevin Jackson, auch bekannt als Kay Jay, führender Alphabet City-Franchiser für *P-funk* – das ist unverschnittenes Heroin – und nebenbei Spitzel des Police Department, hatte eine mehrere Jahre dauernde Ermittlung ruiniert, die alle Pferde und alle Männer von Cassidy nicht wieder auf die Beine stellen konnten. «Das ist nicht der Täter.»

Cassidy lachte nur. Andy Garcia lachte ebenfalls und lachte auch noch, als Cassidy, immer noch lachend, wieder seine Schulter berührte, eine Berührung, die bedeutete, *Sehen wir gottverdammt zu, daß wir hier weg kommen,* denn er ließ den *LeBaron* an und legte einen Gang ein und gab Gas und entfernte sich vom Bordstein, und das alles in einer einzigen, geschmeidigen Andy Garcia-Bewegung, ließ dort, wo sie gewesen waren, nichts außer dem Echo ihres Lachens zurück, und ein paar Tropfen Öl oder vielleicht auch Getriebeflüssigkeit.

Farrell ging in die andere Richtung, zur Fifth, wo eine Traube Reporter auf ein Briefing durch Susan Price wartete, das vor einer kalten Stunde versprochen worden war. Im Vorbeigehen warf er einen Blick auf 220 Jackson. Vor den Wohnzimmerfenstern hingen, natürlich, Spitzengardinen, die Jalousien der Schlafzimmerfenster im ersten Stock waren bis auf eine zugezogen. In dem Zimmer hinter diesem Fenster brannte ein Licht, eine Tisch- oder Nachttischlampe, wie es aussah. Mehr konnte er nicht erkennen, ohne stehenzubleiben und hinzustarren, und so gern er auch immer stehengeblieben wäre und gestarrt hätte, damit Brian Cassidy es schließlich mitbekam und sich wunderte, wollte er im Augenblick viel lieber die Journalisten und Journalistinnen quälen, sie sich darüber den Kopf zerbrechen lassen, in was für eine Plane er sich diesmal hatte einwickeln lassen.

Soviel, über das man schreiben konnte, und nur sowenig Zeit. Tony Sabo hatte Farrell um drei Uhr nachts mit einem Anruf geweckt und gesagt, er solle seinen Arsch zum Parnell Park in den Narrows in Bewegung setzen, dort ergebe sich eine echt große Story.

«Größer als –» Als eine St. Patrick's Day-Parade ohne Aufsässigkeit? wollte Farrell schon sagen, denn New Yorks zweihundertdreißigundirgendwastes Gedenken an den Tod des in Wales geborenen Geistlichen aus dem 5. Jahrhundert war außerordentlich unkontrovers verlaufen: Kein Aderlaß darüber, ob ein Mann oder eine Frau den Zug anführen sollte, ob Schwule und Krüppel folgen sollten, über die Marschordnung lokaler, staatlicher und Bundespolitiker. «Weihnachten im Juli, rutsch rüber», hatte Farrell im Anreißer seines Artikels für den *Dispatch* geschrieben, «ein kalter Tag in der Hölle, schleich dich. Macht Platz für einen pazifistischen St. Paddy's Day.»

Aber Sabo war ihm ins Wort gefallen. «– so groß wie Howard Beach, wie Bensonhurst, wie Bürgermeister für eine Amtszeit. Nehmen Sie mal eine Bar Ecke Seventh und Jackson unter die Lupe. Das *Flood's*. Euer Ehren führt genau in diesem Augenblick einen Präventivanruf mit Kinshasa Ballard. Ich muß los, Jack. Von mir wissen Sie das nicht. Ach ja, Coney Island E. R. Salome Speed.»

Von Farrells Wohnung mit Blick auf den Clove Lakes Park auf Staten Island (sofern er tagsüber je dort war, um auf den Park hinauszuschauen, je die Jalousien aufzog und die Fenster putzte) war es ein Katzensprung, über die Verrazano und den Shore Parkway runter zum Coney Island Hospital, und dorthin war er zuerst gefahren. Er interviewte eine Krankenschwester der Intensivstation und den Fahrer eines Notarztwagens – nicht der, der Salome Speed von den Narrows hergefahren hatte, aber man kann nicht immer Glück haben; der Fahrer hatte mit dem Fahrer *geredet*, der Salome transportiert hatte, die Krankenschwester war aber dabeigewesen, als sie alle Hände voll zu tun hatten, Salomes Leben zu retten, und Farrell erhielt einen Haufen Material, das niemand sonst haben würde. Die anderen würden die offizielle Krankenhausversion in sterilem Fachchinesisch bekommen; er hatte Blut und Innereien und einen über den Ocean Parkway rasenden Wagen; er hatte eine Bahre mit einem defekten Rad, das sich nutzlos zweieinhalb Zentimeter über dem Boden drehte.

Beim *Flood's* kam Farrell nicht weiter – oder das dachte er wenigstens, als er sah, daß die Stahltür zu und mit einem Vorhängeschloß verriegelt war. Aber er ging nach hinten und entdeckte eine Tür, die einen Spalt offen stand, und einen alten, gebeugten Schwarzen, der die Küche aufwischte und Etta James von einem Cassettenrecorder zuhörte: *Tell Momma*. Der Hausmeister war einer dieser seltenen

Bürger, die begriffen, daß es keine Behinderung der freien Presse ist, einem Reporter zu sagen, er solle sich um seinen eigenen Scheiß kümmern. Er behielt seinen Namen und seine Meinung über die Geschäftsleitung des *Flood's* und dessen Gäste für sich, erlaubte Farrell jedoch, sich den keltischen Nippes über der Theke und an den Wänden anzusehen. Die gerahmten Fotografien: koboldhafte Patriarchen; blasse, schlammbeschmierte gälische Fußballer und Hockeyspieler, Terroristen-Märtyrer. Die laminierten Titelseiten der *Irish Voice*, im Halbdunkel unmöglich zu erkennen, warum sie so konserviert wurden. Die Eichenknüppel und Stöcke der irischen Hockey-Variante. Die mit Taschenmessern in die behemothartige Theke geschnitzten Namen – Finn, Gallager, Kern, Joyce, McCarthy, Booth, Doherty, Moran, Reilly, Shanahan, Mulligan, Fitzgerald, Fitzpatrick, Fitzgibbon, Fitzsimmons, Fitzhugh.

Mit den um Bäume und Bänke und parkende Autos gewickelten gelben Absperrbändern der Polizei hatte die Parnell Park-Seite der Jackson Avenue zwischen Fifth und Sixth Street ausgesehen wie ein Objekt von Christo, und die Leute der Spurensicherung waren nicht in der Stimmung für einen Plausch mit Farrell – ein weiteres scheinbares Aus, doch wieder mal hatte er mehr Glück als Verstand. Farrell war die Jackson zur Fourth Street hinuntergeschlendert, dann nördlich auf der Fourth weiter zur Van Buren, östlich auf der Van Buren zurück zum Park und in der Hoffnung hinein, von hinten an den Tatort heranzukommen und die Cops zu überzeugen, ob sie ihm nicht, Scheiße, wo er doch schon mal da war, ein kleines bißchen geben könnten, was die übrigen Reporter nicht hätten?

Als er den Weg verließ, der diagonal durch den Park führte, war Farrell ganz von allein auf dieses kleine Bißchen gestoßen, und es war von unschätzbarem Wert. Er würde nicht darüber schreiben können, noch nicht, aber eines Tages würde er es schreiben, und das nicht für den Hungerlohn, den der *Dispatch* zahlte, sondern für großes Geld, Bestseller-Bucks, Film-Bucks, eines Tages würde er darüber schreiben, wie er im südöstlichen Quadranten des Parnell Park um die Rückseite eines ansehnlichen Felsblocks kam und Bürgermeister Jill Freedman über Kinshasa Ballard stehen sah, der nervtötendsten Bremse nicht nur der Freedman-Administration, sondern von mehreren vergangenen und noch nicht geborenen Administrationen, Kinshasa Ballard, die auf einer Felsnase saß, die Beine weit gespreizt auf den Boden gepflanzt, die Ellbogen auf den Oberschenkeln, dabei aussah wie Gertrude Stein, und Jill Freedman sagte: «Wenn Sie die Straßen der Narrows mit schwarzen Gesichtern füllen, erreichen Sie doch nichts anderes, als die Situation zu polarisieren», und Kinshasa Ballard unterbrach sie: «Scheiße. ‹*Pol*arisieren.› Die Weißbrote können von mir aus *pul*verisieren, einen Scheißdreck werden wir tun –» und Jill Freedman unterbrach: «Wenn Sie Ihre Leute draußen halten –» und Kinshasa Ballard unterbrach wieder, duellierende Unterbrechungen: «Meine Nigger. Sagen Sie's doch. Na los. Sagen Sie Nigger», und Jill Freedman dampfte unerschütterlich weiter, «erhält damit der in diesem Viertel vorhandene Anstand eine Chance, an die Oberfläche vorzudringen. Diese Leute sind Christen. Sie praktizieren Nächstenliebe. Sie werden schockiert sein, daß so etwas passieren konnte; sie werden um die Opfer weinen; sie werden die Zeugin unterstützen, und diese Unterstützung wird wiederum andere Zeugen ermutigen. Sie glauben, ich sei voller Scheiße; ich seh's deutlich auf Ihrem Gesicht. Führen Sie heute nachmittag eine Demonstration durch die Narrows, und wir werden es nie erfahren», und Kinshasa Ballard stand von ihrem Felsen auf und wischte sich die Sitzfläche ihres Kaftan oder ihrer Dschellaba oder wie immer man das nannte ab und sagte: «Zwei Freunde von mir, Andy und Mary ... Andy ist Texter – für die Fernsehnachrichten. Mary ist Weberin – sie macht wunderschöne Decken. Andy ist hyperinformiert, liest einfach alles. Mary liest weder Zeitungen noch schaut sie Fernsehen; sie hört gern Musik – Opern. Andy sagt, Mary hätte so wenig mit der wirklichen Welt zu tun, es sei fast, als lebe sie in einer Phantasie: Er nennt den Ort, an dem sie lebt, *Mary Land*. Ich glaube, Sie befinden sich im Moment selbst in *Mary Land*, meine liebe Jill. Direkt außerhalb von Baltimore», und Jill Freedman nimmt ihre rote Baseballmütze ab und schüttelt die Regentropfen herunter und steckt sie in die Tasche ihrer langen gelben Öljacke und tritt dicht vor Kinshasa Ballard und legt die Arme um sie und legt den Kopf an ihre Brust, bis Kinshasa Ballard schließlich Jill Freedman ebenfalls umarmt, und Jill Freedman hebt ihr Gesicht, um geküßt zu werden, und Kinshasa Ballard küßt ihr Gesicht und ihre Augen und ihre Lippen, und Jill Freedman küßt sie ebenfalls, küßt ihr Gesicht und ihre Augen und ihre Lippen, und dann läßt jeder den anderen los und tritt zurück, und das war alles, was Jack Farrell sah, denn er hatte genug gesehen, und er flitzte los so schnell er konnte, ohne sich selbst zu verraten, flitzte aus dem Park, kam unmittelbar vor der Nase von Yolanda Navarro, Jill Freedmans Fahrerin so scharf wie Tamale, auf der Sixth Street raus, und Yolanda sagte: «*Mira*, Farrell, du Drecksack. Was zum Henker hast du im Park zu suchen?», und Farrell antwortete, er hätte mal pinkeln müssen, und sie machte ein Gesicht, als glaube sie ihm keine Sekunde, aber was konnte sie schon tun, vielleicht seinen Schwanz kontrollieren, oder was?

6

«Okay, Leute, kommt jetzt alle mal ein bißchen näher, ihr habt's dann wärmer, und ich muß nicht brüllen.» Captain Neuman trank einen Schluck Kaffee aus dem Pappbecher, der schon viel zu lange auf dem Dach eines *Gran Fury*-Streifenwagens gestanden hatte. Er schüttelte sich bei dem bitteren, kalten Gesöff, schaffte es aber, einen Schluck runterzukriegen. Er beugte sich vor, um den restlichen Kaffee in die Gosse zu kippen, richtete sich dann wieder auf und starrte hilflos den leeren Becher an. Neuman befehligte eine Eliteeinheit von Detectives, aber viele Dinge des alltäglichen Lebens stellten ihn einfach vor unlösbare Rätsel.

Detective Two Molly Evers schraubte den Verschluß ihrer Thermosflasche auf und bot sie ihm an. «Nehmen Sie was von meinem, Captain. Er ist mit Milch und süß, ich weiß, Sie mögen ihn lieber schwarz, aber dafür ist er immer noch ziemlich heiß.»

Neuman ließ sich einen halben Becher einschenken. Er trank einen Schluck und hob die Augenbrauen. «Gut. Danke.» Er stellte den Becher wieder auf das Dach des *Gran Fury*. «Kann mich jeder hören?... Okay, bislang wissen wir folgendes: Ziemlich genau gegen zwei Uhr morgens verließen zwei Afroamerikaner, der eine männlich, Alter zwanzig, der andere weiblich, Alter achtzehn, die U-Bahnstation Van Buren Avenue durch den Ausgang Monroe Avenue. Der Ausgang befindet sich auf der Westseite der Seven. Sie überquerten die Straße auf die Ostseite und gingen dann in nördliche Richtung. An der Jackson, an der nordöstlichen Kreuzungsecke, betraten sie eine Bar, das *Flood's*. Sie kamen sofort wieder raus, setzten ihren Weg Richtung Norden fort, gingen zuerst, liefen dann. Der Mann, sein Name ist James Cobb, lief auf die Straße hinaus und um ein Haar direkt vor einen in nördlicher Richtung fahrenden City Bus. Er wechselte auf den anderen Bürgersteig, Cobb, den westlichen Bürgersteig, und machte kehrt, rannte in südlicher Richtung auf der Seven zur Jackson, dann westlich auf der Jackson zur Six und zum Park, wobei er von zwanzig männlichen Weißen verfolgt wurde. Sie holten ihn genau dort drüben ein.»

Die Detectives der *Widows and Orphans* in Neumans Gefolge drehten sich nicht zu der Stelle um, auf die er jetzt mit dem Kinn deutete. Sie waren an dieser Stelle des Parks gewesen, sie hatten das spärliche Gras und die harte, von zahllosen Füßen bearbeitete Erde gesehen; hatten die abgestorbenen Zweige gesehen, abgebrochen von winterlichen Bäumen oder hochgerissen vom kalten Boden, dann achtlos wieder weggeworfen, befleckt mit James Cobbs Blut, bespritzt mit Fragmenten seines Schädels, mit Fetzen seines Gehirns; hatten die sechs schartigen Kratzer auf der Platane gesehen, drei auf jeder Seite des Stammes, den James Cobb vergeblich umarmt hatte, nur einen Augenblick lang, um hinauszuzögern, tiefer in den Park geschleift zu werden, die Kratzer mit Spuren von Haut und Blut und Nägeln von James Cobbs Zeige-, Mittel- und Ringfinger.

«Salome Speed, die Frau – heißt es *Sal*omay oder Sa*l*ome, ich will wirklich nicht respektlos sein, Leute, aber ich weiß es einfach nicht, ich werd's aber noch in Erfahrung bringen –, sie hat es nie von der Seven Street weg geschafft. Ein paar Häuser vom *Flood's* entfernt ist sie eine Kellertreppe runtergelaufen, ein paar Typen haben sie geschnappt und in einen Wagen gezerrt. Sie sind dann mit ihr auf der Seven bis zur Van Buren nach Norden gefahren, weiter nach Westen zur Five, dann südlich zur Jackson, östlich zu der Stelle, wo sich die andere Gruppe befand. Wieso sind die so in der Gegend rumgefahren? Vielleicht wußten sie nicht, wo die anderen waren und haben sie gesucht. Vielleicht haben sie sich aber auch – und es wär schon ziemlich schräg, wenn's so gewesen wär – an die Einbahnstraßenschilder gehalten. Sie haben sie durch diese Hecke dort drüben geschleift, in dieses kleine Tal oder was das ist. Sie wurde vergewaltigt... wiederholt.»

Wieder hob Neuman das Kinn. Wieder schauten die *Widows and Orphans* nicht hin, sie hatten bereits gesehen, was es zu sehen gab, die Mulde, die Salome Speeds Rücken in den Boden gescheuert hatte, die Absatzmarken, die Salome in den Boden gebohrt hatte, die Spuren von den Schuhspitzen ihrer Vergewaltiger, der kalte, harte Boden ein Palimpsest des Hasses und der nackten Angst und des Chaos.

«Um zwei Uhr siebenundzwanzig erhielt Neun-eins-eins einen Anruf. Ein Streifenwagen vom Brooklyn South und zwei Undercovercops von der Brooklyn Anti-Crime trafen praktisch gleichzeitig hier ein, nämlich um zwei Uhr zweiunddreißig. Um zwei Uhr fünfundvierzig waren zwei Notarztwagen hier. Cobb war bei seiner Einlieferung ins Downstate bereits tot, die Speed wurde nach Coney Island gebracht. Ihr Zustand war kritisch, sie hatte umfangreiche Kopfverletzungen, sie hatte eine Menge Blut verloren. Einer der Onkel, eine Frau, Detective White oder Weiss, ich hab's hier in beiden Fassungen, begleitete die Speed, sie konnte etwas reden, sie hat ein paar Dinge gesagt. Sie hat gesagt, sie habe einen der Täter mit einem Stein erwischt. Ob sie ihn geworfen oder aufgehoben und damit zugeschlagen hat, weiß ich nicht, jedenfalls hat er geblutet. Er hatte rotes Haar. Sie hat gesagt, ein anderer der Täter habe eine Celtics-Jacke getragen, Boston Celtics, grün mit weißem Besatz, und habe mit einem Knüppel zugeschlagen.» Neuman zog einen kleinen Spiralblock aus einer Tasche seines Mantels und schlug ihn auf. «Sie nannte es einen ‹knotigen Stock›. Die Spurensicherung hat etwas Derartiges gefunden, einen Spazierstock, sie nannten es ‹einen Schwarzdorn-Spazierstock›. Darauf befindet sich Blut und Haare von einem der beiden Opfer. Außerdem haben sie einen Stein mit Blut und rotem Haar gefunden.»

Neuman blätterte einen Augenblick im Notizbuch, dann klappte er es zu und steckte es weg. «Das war's, was wir wissen, jetzt kommt, was wir glauben: Wir glauben, die Kids haben sich verlaufen, sie wohnen beide in Manhattan, Cobb in der Schomburg Plaza, Speed in den Amsterdam Houses. Wir glauben, daß sie in einem Club gewesen sind, vielleicht waren sie auch auf einer Party, in Lower Manhattan, vielleicht auch in *downtown* Brooklyn, sie haben eine Bahn in die falsche Richtung genommen, sie wollten umkehren. Wir glauben, sie wußten nicht, daß man im Bahnhof Van Buren nicht einfach die Bahnsteige wechseln kann, man muß dazu erst rauf auf die Straße. An der Monroe gibt es keinen Eingang, nur ein Ausgangs-Drehkreuz. Der Eingang befindet sich an der Van Buren, aber den kann man von der Monroe aus nicht sehen, daher glauben wir, daß sie ins *Flood's* gegangen sind, um sich nach dem Weg zu erkundigen. Wir glauben, daß einige der Gäste im *Flood's* bereits seit 24 Stunden den St. Paddy's Day gefeiert haben.

Brooklyn Homicide, Inspector Giglio, leitet die Ermittlung. Unser Job besteht darin, Zeugen zu finden. Special K, Greenfield, Evers, X-Man – ihr übernehmt das *Flood's*. Ich will den Namen von *jedem einzelnen* wissen, der gestern nachmittag nach fünf Uhr dort getrunken hat. Fabricante, Dellinger, Birdsong, Granich – sobald diese Namen ermittelt sind, teilt ihr euch die Vernehmungen auf. Moore, Bond, Mendoza, Brolin, Richards – Haus für Haus, Geschäft für Geschäft auf den Strecken, die ich euch gerade genannt habe: Die Seven zwischen Monroe und Van Buren, die Van Buren runter bis zur Five, die Five zwischen Van Buren und Jackson, die Jackson zwischen Five und Seven. Lanzetta, Smith, Malkowski – ihr beackert den Rest des Viertels, vom Hafen bis zum Gowanus, von der Washington bis wohin auch immer, zur Grant. Breckman, Whatley, Estefan – setzt euch mit der Transit in Verbindung, mit Captain Kerrigan, und beackert die U-Bahn, fahrt herum, treibt euch auf den Bahnhöfen rum. Einer von euch – wer, das macht ihr unter euch aus – haut sich jetzt in die Falle, denn ihr werdet die ganze Nacht mit den Bahnen fahren. Kerrigans Leute werden mit den Busfahrern reden, jemand sollte sie begleiten. Cullen, Sie machen mit mir einen Spaziergang. Umstead, Izenberg, trefft euch mit Lieutenant Lokaj von der Brooklyn Anti-Crime. Falls einer von euch meint, ein Job, an dem er gerade arbeitet, sei wichtiger als das hier, dann soll er zu Lieutenant Desmond gehen. Good-bye, Leute, was steht ihr hier noch rum?»

Und dann waren sie auch schon ziemlich bald weg.

«Gehen wir spazieren, Cullen», säuselte Lou Dellinger, als sie mit Paul Fabricante, Julian Birdsong und Jamie Granich vorbeiging.

«*Wir spazieren*, Cullen», schubiduaaahten die Männer.

Cullen lächelte.

«Kaffee, Sarge?» Molly Evers bot ihre Thermosflasche an.

Er schüttelte den Kopf. «Nein, danke, Mol.»

«Ich hasse Scheiße wie diese.»

«Ich auch.»

«Bei so was wünsche ich mir, ich hätte keine Tochter.»

«Sergeant?» fragte Neuman.

Molly Evers trat einen Schritt zurück und berührte ihre Stirn. «Wahrscheinlich sehen wir uns noch.»

Cullen salutierte ebenfalls – falls es das gewesen war – und fiel in Gleichschritt mit Neuman, der die Jackson in westlicher Richtung hinunterging.

«Wie geht's denn so, Joe?» fragte Neuman.

«Mir geht's gut.»

«Ich schätze, ich meine –»

«Ich weiß, was Sie meinen. Ich habe neunundachtzig Tage.»

«Neunundachtzig. Neunzig ist so was wie ein Meilenstein, stimmt's? Da kriegt man eine Anstecknadel oder so was. Meine Glückwünsche.»

«Ich habe neunundachtzig.»

«Ich höre Sie. Ich höre Sie. Tut mir leid. Ich bewundere Sie. Das tue ich wirklich. Mein Vater... Ach, vergessen Sie das. Ist Molly in Sie verknallt?»

«Sie ist geschieden, sie hat eine siebenjährige Tochter. Sie glaubt, es wäre gut, sich mit jemandem wie mir einzulassen.»

«Jemand wie Sie oder Sie?»

«Wir kennen die Vorschriften, Captain. Keine Angst.»

«Es ist keine Vorschrift, es gibt keine Vorschriften. Es ist vernünftig. Eine Einheit wie unsere... Tja, Sie wissen schon, was ich sage.»

Neuman hatte natürlich nichts gesagt, er hatte einfach nur seinen Satz mit Belanglosigkeiten beendet, denn es gab keine Einheit wie die *Widows and Orphans*, nicht beim New York Police Department, vielleicht bei keinem Police Department irgendwo. Auf dem Papier bekannt als Special Investigations Squad, aber nie laut so genannt, war die Einheit aus der früheren kuriosen Safe, Loft and Truck Squad entstanden, die 1911 ins Leben gerufen worden war, um Raubüberfälle, groß angelegte Einbrüche und Frachtdiebstahl zu bearbeiten. Im Verlauf des Jahrhunderts war ihr Aufgabengebiet erweitert worden um Kunstdiebstähle und Entführungen. Die Einheit hatte den Spitznamen *Tiger Unit*, eine Anspielung auf die Freiheit ihrer Detectives, auf der Spur von Übeltätern von Borough zu Borough, von Staat zu Staat, von Nation zu Nation zu streifen, und Safe, Loft and Truck wurde dann schließlich im Alter von 79 Jahren in den Ruhestand geschickt, von den Personallisten des Departments gelöscht durch effizienzsüchtige Manager, die argumentierten, daß die Einheit eine Miezekatze geworden sei, ein Papiertiger, der anachronistische Verbrechen mit anachronistischen Methoden bekämpfte, die in der Neuen Zeit nicht mehr subventioniert werden konnte.

Kaum war sie verschwunden, da begann man Safe, Loft and Truck auch schon zu vermissen. In einer einzigen berüchtigten Woche im Sommer 1991 machte ein Sechsachser voller *Nike Air Jordans* eine Bermuda-Dreieck-Nummer auf der Deegan, die beiden Chassidim wurden in Brooklyn ermordet, ein Rogier van der Weyden wurde von Fassadenkletterern aus einer Madison Avenue-Galerie gestohlen, in einem Fahrstuhl an der West 47th Street wurde ein Diamantenkurier garrottiert und um Steine im Wert von einer Million Dollar beraubt, Mitglieder einer jamaikanischen Gang entführten die Frau des Chefs einer anderen Gang, kassierten Lösegeld und gaben eine Leiche zurück. Da Kriminelle nicht aufhören würden, so eklektisch in ihren Verbrechen zu sein, war man allgemein der Ansicht, eine Einheit der

Kriminalpolizei aufstellen zu müssen, die mit Spezialisten in Eklektizismus bemannt war.

Und da war noch ein Problem, das eine Lösung verlangte: Lange vor 1911, bis zurück ins Jahr, oh, 1011, waren Cops im Dienst ausgeknipst worden, hinterließen ihre Partner ohne Partner und bis zu einem gewissen Grad in einem Zustand, in dem sie keinen Partner mehr bekommen konnten. Dann waren da die Cops, die zwei oder mehr Partner verloren hatten und die niemand je wieder sehen oder sprechen wollte, ganz zu schweigen von aufsatteln und mit ihnen reiten.

Jake Neuman und Joe Cullen, wie sie jetzt Seite an Seite nebeneinander hergingen, repräsentierten eine kritische Masse an glücklosen Partnerwahlen. Neumans berühmte Paarung mit Bobby Redfield (*Zwei Banditen* und *Der Clou* waren den Leuten damals noch frisch im Gedächtnis gewesen, und daher wurden sie Redford und Newman getauft) hatte damit geendet, daß Redfield von anderen Cops ausgeknipst wurde, von Scharfschützen des Sondereinsatzkommandos, nachdem man herausgefunden hatte, daß Redfield der Psychopath war, der drei Frauen ermordet hatte und eine vierte in Vorbereitung ihrer Ermordung als Geisel hielt. Ein anderes Mal stellte sich Dave Milner, Neumans Partner bei der Aufdeckung eines Komplotts zur Diskreditierung eines einflußreichen U. S. Attorney, als einer der Verschwörer heraus und knipste sich selbst aus, fraß seine eigene Kanone, während Neuman, mit Langlaufskiern an den Füßen, die Milner ihm geschenkt hatte (es ist eine *lange* Geschichte), dabei stand und zuschaute.

Neil Zimmerman, Joe Cullens Partner, war von Blond Tommy Muldoon, einem Ex-Cop, ausgeknipst worden, der außerdem seine eigene Frau, einen weiteren Cop und die Frau eines neugierigen Zeitungsreporters umbrachte, das alles im Auftrag eines Magazinverlegers, dessen sadomasochistische Homosexualität besagter Reporter an die Öffentlichkeit bringen wollte. Cullens folgender Partner, Maria Esperanza (die, ausgerechnet, Cullen und Zimmerman Rückendeckung gebend, Blond Tommy ausgeknipst und damit Cullen das Leben gerettet hatte), knipste sich *selbst* aus, fraß *ihre* Kanone, als ein Plan gründlich in die Hose ging, die Karriere eines Ehemaliger-Cop-jetzt-Politikers zu fördern, an dem sie selbst beteiligt war.

Sie hielt man für die schweren Fälle. Aber der ganze Rest von ihnen, Birdsong, Bond, *James* Bond, Al Breckman, Petey Brolin, Karen (Special K) Caputo, Dellinger, Johnny Desmond, Deedee Estefan,

Evers, Fabricante, Granich, Susan Greenfield, Ike Izenberg, Lee Lanzetta, Jim Malkowski, Jim Moore, Matias Mendoza, Xavier (der X-Man) Nuñez, Conrad Richards, Hal Smith, Houghton B. Umstead und Yas Watley hatten mindestens zwei Partner verloren (Fabricante, Moore und Smith hatten drei verloren), waren ebenfalls Witwen und Waisen.

Genau wie niemand aufsatteln und mit den Witwen und Waisen reiten wollte, besaßen die Witwen und Waisen eine verständliche Abneigung dagegen, aufzusatteln und miteinander loszureiten. Das war schon in Ordnung für Neuman, Mitbegründer und erster Commander der Special Investigations Unit, und auch für seinen Komplicen Police Commissioner Philip Hriniak, der verfügt hatte, daß die Detectives der Einheit manchmal in Dreier- und Vierergruppen, manchmal allein arbeiteten und wenigstens einen neuen Teamkameraden bei jedem neuen Job hatten. Neuman und Hriniak theoretisierten, daß, obwohl sich jeder einzelne der Witwen und Waisen in der Öffentlichkeit die Schuld am Tod des Partners auf die Schultern lud, die Verantwortung dafür verlangte, jeder doch im Grunde glaubte, wenn auch unbewußt, daß eigentlich ihr Partner selbst die Schuld trug, nachlässig oder unaufmerksam oder unangemessen mutig oder leichtsinnig oder schlicht und einfach abgedreht oder vollgedröhnt oder dumm gewesen war. Jeder Job, der ohne Verluste erledigt werden konnte, würde die gute Meinung jeder Witwe und Waise von sich selbst stützen, seine Überzeugung, daß er ein gerissener Hund war und jeder andere Cop sich glücklich schätzen sollte, aufzusatteln und mit ihm zu reiten.

«Wir haben ein Problem, Joe. Oder vielleicht auch nicht. Vielleicht ist es überhaupt kein Problem. Herauszufinden, ob es ein Problem ist oder nicht, ist Ihr Problem. Es dürfte nicht lange dauern, Sie haben diese Arverne Dale-Sache, ich will Sie nicht unnötig mit anderen Dingen belasten.» An der Fifth und Jackson-Ecke des Parks bog Neuman scharf rechts ab, und Cullen, der außen ging, mußte Gas geben, um mit ihm Schritt zu halten.

«Das Problem, falls es überhaupt ein Problem ist, ist dieser 911-Anruf. Der Anrufer war eine Frau. Ich habe das Band gehört, ich würde sagen, eine Weiße, irgendwas in den Dreißigern, gebildet, aber nicht intellektuell, nicht Park Avenue. Sie hat gesagt: ‹Parnell Park, die Narrows, Südseite, die Jackson Avenue-Seite, zwischen Five und Six. Eine Bande Männer schlagen schwarze Kids zusammen. Sie werden sie umbringen.› Kurz, klar und präzise, jeder Anruf sollte so sein. Dann sagte sie es noch mal: ‹Die Jackson Avenue-Seite vom Parnell

Park in den Narrows. Haben Sie das?› Der Mann in der Notrufzentrale wollte sie etwas fragen, doch sie unterbrach ihn. ‹Haben Sie das? Wiederholen Sie's noch mal.› Er wiederholte es: ‹Parnell Park, die Narrows, Jackson zwischen Five und Six.› Die Frau sagte: ‹Genau. Und, um Himmels willen, beeilen Sie sich.› Und sie legte auf.»

Neuman hatte keinen Blick in sein Notizbuch geworfen, hatte nicht gesagt, daß er es verkürzt wiedergab oder paraphrasierte. Cullen zweifelte nicht an seiner Genauigkeit; er hatte selbst schon einige 911-Bandmitschnitte gehört, und er wußte, daß manche in der kristallenen Klarheit ihrer Eindringlichkeit, ihrer Panik unauslöschlich waren. Sich an sie zu erinnern war nicht schwer; was schwer war, war sie wieder zu vergessen. Sie hatten so eine Art, einen um drei Uhr morgens aus dem Schlaf zu reißen, einem ins Ohr zu schreien, um Himmels willen, um Gottes willen, Jesus Herr im Himmel, großer Gott, Himmel hilf, lieber Gott hilf, bitte hilf, bitte hilf mir, bitte. Bitte.

«Ich weiß, was Sie sich jetzt fragen», sagte Neuman. «Sie fragen sich, wo wir ja *Caller ID* haben, wo doch die *Caller ID* die Nummer des Anrufers anzeigt, wo wir daher wissen, von wo der Anruf gemacht wurde, warum ich so rede, als sei es vielleicht ein Rätsel, wer den Anruf gemacht hat.»

Neuman bog wieder scharf rechts ab, an der Van Buren, und Cullen hastete hinterher, fragte sich genau das, und wunderte sich auch über die Loopings, die Neuman veranstaltete, bevor er endlich zur Sache kam. In fast vier Jahrzehnten beim Department hatte Neuman sich den Ruf erworben – zusätzlich zu seinem Ruf, Pech mit denjenigen zu haben, mit denen er aufsattelte und losritt; seinem Ruf, mehr schwere Fälle aufzulösen, ausgeknipste Partner oder keine ausgeknipste Partner, als selbst einige fiktive Detectives; seinem Ruf, sich nicht nur schlecht zu kleiden, sondern zudem noch ein Mann zu sein, der nicht die geringste Ahnung hatte, daß es so etwas gab, wie sich gut zu kleiden, ein Mann, der überzeugt war, daß man sich überhaupt nur deshalb kleidete, damit man irgendwo seine Schlüssel und Brieftasche deponieren konnte, um einen Wanst zu verbergen und die Kanone –, hatte er sich den Ruf erworben, ein großer Redner vor dem Herrn zu sein. Und zu reden und zu reden. (In einem Artikel im *City Magazine* über Redford und Neuman hatte Ann, Ann Jones, damals noch nicht Cullens Mädchen, aber bereits interessiert an Polizisten, geschrieben: «Zu sagen, Neuman sei weitschweifig, wäre das gleiche, als würde man sagen, New York City sei ein wenig schmutzig. Sein Wortreichtum, seine Logorrhöe, ist offenbar motiviert von dem gleichen Urtrieb, der Haie motiviert zu schwimmen – der Drang, Sauerstoff durch seine Lungen zu zwingen, um weiter atmen zu können, um am Leben zu bleiben.»)

Aber während er durch sein 61. Lebensjahr dampfte, dabei Visionen im Kopf hatte, vielleicht schon sehr bald sein Tempo und seinen Kurs zu ändern, vielleicht in einen tropischen Hafen einzulaufen, hatte Neuman begonnen, einige Modifizierungen vorzunehmen, die auch den Hütern seines Rufs einige Änderungen abverlangen würden. Er kleidete sich besser, er kleidete sich überhaupt: Keine nicht zueinander passenden, zusammengestoppelten Anzüge mehr (eine verwitwete Jacke vom einen, eine verwaiste Hose von einem anderen), keine gestreiften Hemden mehr, keine karierten Krawatten zu Karohemden, keine weißen Socken zu schwarzen Budapestern oder senffarbene Socken zu *Hush Puppies*. Die Tatsache, ein Witwer und Waise zu sein, schien in Neuman eine Ader genau der Eitelkeit angezapft zu haben, von der er und Phil Hriniak überzeugt waren, daß sie in allen Witwen und Waisen schlummerte, die Überzeugung, daß er ein ausgekochter Hund war und jeder andere Cop sich glücklich schätzen sollte, aufzusatteln und mit ihm zu reiten – ein ausgekochter Hund und ein abgefahrener Scheich –, dieses hohe Lob wurde Neuman von Julian Birdsong erteilt, dem augenblicklichen Experten in Sachen Mode der Witwen und Waisen.

Und er redete weniger. Ann, Ann Jones, hatte in ihrem Artikel Henry Ford zitiert, von dem es hieß, er habe im Telegrammstil geredet (geboren in Detroit und als Kind eines ehemaligen Chrysler-Managers der mittleren Ebene steckte Ann voller Automobilien), und Neuman würde nie so kurz angebunden sein; aber er verfaßte jetzt, wie die Dinge lagen, informationsreiche Kurzmitteilungen, statt seiner früheren Ergüsse von automatischem Schreiben. Weitschweifig zu schwafeln, wie er jetzt schwafelte – nun, das war der alte Neuman.

Vielleicht um ihm zu helfen, man konnte nie wissen, sagte Cullen: «Was mir an diesem Anruf besonders aufgefallen ist, Captain – und ich weiß, daß Sie es auch bemerkt haben: Die Frau sagt: ‹Five und Six› statt Fifth und Sixth.»

Neuman blieb stehen und sah Cullen dankbar an. «Wie nennen Sie so was, Joe? Was sind Five und Fifth, Six und Sixth.»

«Five und Six sind Kardinalzahlen, Fifth und Sixth sind Ordinalzahlen. Zum Zwecke der Klarheit Kardinalzahlen zu benutzen ist, nun, so macht es das Militär, so machen es Cops.»

Neuman zückte sein kleines Notizbuch, nicht um diese Trivialitäten des alltäglichen Lebens aufzuschreiben, sondern um sich an etwas zu erinnern. Er fand die gewünschte Seite, klappte das Notizbuch zu und steckte es wieder fort.

«In den Narrows wohnen einen Menge Cops. Mir fallen auf Anhieb ein oder zwei ein – Tim McIver, Johnny Quinlan –»

«Und Cassidy.»

«Cassidy.» Eine längere Pause. «Der Anruf erfolgte aus der Wohnung eines Polizeibeamten. Die Frau des Officers hat angerufen. Ihrem Mann ging es während der Nacht nicht so besonders – Lebensmittelvergiftung oder irgendwas. Er war öfters auf und ist schließlich eingeschlafen, sie hörte Schreie und wollte ihn nicht wecken, was hätte er allein schon tun können? Sie rief an.» Neuman sah aus, als wünschte er sich, ihm würden die Zähne gezogen, einer nach dem andern, mit einer Kombizange. «Das werden wir der Presse nicht erzählen. Aus naheliegenden Gründen. Das hier ist eine überschaubare kleine Gemeinde mit starker sozialer Kontrolle, diese Leute müssen hier leben. Wir wollen einen Officer nicht ins Gerede bringen, nur weil es ihm schlecht ging, während vor seiner Haustür ein Kapitalverbrechen passierte. So was kommt vor. Was *hätte* er allein tun können? Außerdem hat sie nichts gesehen. Giglios Leuten hat sie gesagt, sie habe aus einem Fenster geschaut, einem Fenster in einem oberen Stock, aber sie konnte nichts sehen, konnte niemanden identifizieren. Es war dunkel.»

Cullen wartete, aber das war alles. «Dann liegt das Problem also darin, falls es überhaupt ein Problem ist, ob es die Frau in den Dreißigern war, die Sie auf dem Band gehört haben, wenn die Frau eines Officers den Anruf gemacht hat? Die Officer, die wir erwähnt haben, dürften ausnahmslos Frauen haben, die älter sind.»

Neuman nickte. «Das ist ein Problem, falls es überhaupt ein Problem ist.»

«Und», sagte Cullen, «das Problem ist: Wenn die Frau des Officers nichts gesehen hat, niemanden identifizieren konnte, es war ja dunkel, woher wußte sie dann, daß die angegriffenen Jugendlichen Schwarze waren?»

Neuman nickte. «Das ist das Problem.»

7

«Du weißt, was ein Schwätzer ist, Pat, das weißt du doch, oder?»

«Ich bin kein Schwätzer.»

«Und du weißt auch, was mit Schwätzern passiert.»

«Ich bin kein Schwätzer.»

«Es soll so ungefähr mit Abstand das Schmerzhafteste auf Gottes Erde sein, wenn man die Kniescheiben zerschossen bekommt. Schlimmer noch als eine Geburt – aber andererseits werden *wir* das nie herausfinden, du und ich. Natürlich dauert der Schmerz nur so lange, wie sie dich am Leben lassen. Für den Schwätzer ist der Tod eine Erlösung, nach all dem Schmerz.»

«Ich *bin* kein Schwätzer.»

«Weißt du, Pat, wenn sich jemand über das definiert, was er nicht ist – ‹Ich bin kein Säufer›, ‹Ich bin kein Rassist›, ‹Ich bin kein Schwätzer› –, tja, dann ist er meistens genau das, wovon er behauptet, es nicht zu sein, hab ich nicht recht?»

«Ich bin kein Schwätzer.»

«Hast du heute morgen schon Zeitung gelesen, Pat? Du solltest Zeitung lesen. Es ist ziemlich wichtig, mit den Entwicklungen in der Welt auf dem laufenden zu bleiben. Für einen Schwätzer ist es absolut lebenswichtig. Ein Schwätzer muß –»

«Ich bin kein Schwätzer.»

«– ein Schwätzer muß sich jeder noch so kleinen Änderung der Windrichtung bewußt sein, jeder winzigsten Veränderung des Terrains. Welche Auswirkung hat diese oder jene neue Entwicklung auf die Geschichte eines Schwätzers? Beginnen sich irgendwelche Risse in den verschiedenen, labilen Bündnissen zu zeigen, die in Reaktion auf diese Ereignisse eingegangen wurden? Wer hat die Oberhand? Wer steht im Moment nicht so gut da? Ein Schwätzer darf sich nicht an den schwächsten Spielern orientieren. Um Himmels willen, Pat, wenn du schon den Judas spielen willst, wenn du schon deine Freunde und Nachbarn verraten willst, dann verkauf dich wenigstens an Leute mit dem nötigen Kleingeld, mit hartem Cash in der Tasche.»

«Ich bin *kein* Judas. Ich bin *kein* Verräter. Ich bin *kein* Schwätzer.»

«Wenn du heute morgen Zeitung gelesen hättest, Pat, dann hättest du auch erfahren, daß die Behörden bei James Cobb eine Autopsie veranlaßt haben. Die Ergebnisse sind noch nicht offiziell bekanntgegeben worden, aber der schätzenswerte John F. Farrell vom ansonsten beklagenswert miesen *Dispatch* hat ‹aus zuverlässigen Quellen im direkten Umfeld der Ermittlungen› erfahren – das stelle ich mir immer gern bildlich vor, Pat, Informationsquellen, die *unmittelbar neben* den Cops und Gerichtsmedizinern und Spurensicherungsexperten stehen –, John F. Farrell hat ‹aus zuverlässigen Quellen im direkten Umfeld der Ermittlungen› erfahren, daß zu den Untersuchungsergebnissen unter anderem die Enthüllung gehört, daß... Wo ist das gottverdammte Ding?... daß James Cobb ‹erst wenige Stunden vor seinem Tod Geschlechtsverkehr hatte›.

Ich meine, Himmel, Pat. Wenn man schon sterben muß, ist es da nicht erheblich besser, so kurz wie nur möglich nach dem alten Ständertanz abzutreten?... Du bist doch keine Jungfrau mehr, Pat, oder? Doch, bist du. Oh, mein Gott, du bist's tatsächlich. Du bist eine Jungfrau, ein Schwätzer und eine Jungfrau. Ein Schwätzer und eine Jungfrau –»

«Ich bin kein Schwätzer.»

«– sind zwei vom gleichen Schlag, wenn man mal genau drüber nachdenkt. Weder der Schwätzer noch die Jungfrau besitzen sonderlich viel Erfahrung. Sowohl der Schwätzer als auch die Jungfrau sind geblendet von einem altmodischen, überholten und abgedroschenen Idealismus, der sie zu dem Irrglauben verleitet, Recht von Unrecht unterscheiden zu können, sei so einfach wie Weiß von Schwarz zu unterscheiden, wo doch in Wirklichkeit – und das ist die nackte Realität des Lebens, Pat; je eher du dich damit abfindest, desto besser für dich, desto glücklicher wirst du sein – wo doch in Wirklichkeit da draußen nur wirbelnde graue Nebel sind...

‹Unseren Informationsquellen zufolge sind die mit der Ermittlung betrauten Behörden derzeit nicht bereit, sich detailliert über die genaue Natur ihrer Untersuchungsergebnisse oder deren Bedeutung zu äußern.› Gott, was für ein fürchterlicher Stil! Wie umständlich ausgedrückt. Was zum Teufel gibt's, worüber es sich detailliert zu äußern gäbe? James Cobb hatte Soße in der Unterhose. Du weißt selbst, wie's so ist, Pat. Nein. Natürlich nicht. Du weißt es nicht. Tja, ich sag dir, wie's ist. So wie die Dinge liegen, du machst mit einem Mäuschen den Ständertanz, du bringst deine Rakete zurück ins Silo, also kriegst du zwangsläufig noch ein bißchen Soße in deine Unterhose. Mütter kriegen so was immer mit. Meine Mutter, Gott hab sie selig, hat's jedenfalls immer entdeckt. Ich schätze, Mütter sind auf so was gedrillt. Das ist die ‹Natur› der Untersuchungsergebnisse, Pat. Die Be*deu*tung ihres Befunds ist, es wird sich herausstellen, daß die Soße in

James Cobbs Unterhose die gleiche Soße ist, die andere Ermittler zuvor aus Salome Speed rausgepult haben. James Cobb hat mit Salome Speed den Ständertanz abgezogen, Salome hat drum gebettelt. Sie hat's so gewollt. Salome Speed war *so* scharf drauf, daß sie mit James Cobb in einem fremden Stadtteil die U-Bahn verlassen hat, mit ihm in einen fremden Park gegangen ist, mit ihm hinter irgendeinen Busch gezogen ist, sich da auf die kalte, harte Erde gelegt und den Ständertanz abgezogen hat.

Und dann ... ist was passiert: James Cobb wollte mehr, James Cobb wollte was anderes, James Cobb wollte etwas, das Salome Speed ihm nicht mehr geben wollte, ob er darum gebeten hat oder nicht, und sie fing an, sich gegen ihn zu wehren. Sie hat angefangen zu krallen und zu kratzen und zu schlagen. Sie hat angefangen zu schreien. Zum Glück – Salome *lebt* heute noch – hat jemand sie gehört. Eine Gruppe junger Männer aus den Narrows, nach einem Tag des ausgelassenen Feierns zum Gedenken an den Schutzheiligen von Irland gerade auf dem Nachhauseweg, hörte Salomes Schreie, und sie kamen ihr sofort zu Hilfe. Salome hatte um ihr Leben gekämpft, und es war nur noch verdammt wenig Leben in ihr. Die barmherzigen Samariter, die ihr zu Hilfe eilten, mußten selbst um ihr Leben kämpfen, um das Wenige zu retten, was noch an Leben in ihr steckte. James Cobb war kein kräftiger Mann, aber er hatte seinen Widersachern gegenüber einen klaren Vorteil. Er hatte eine Kanone –»

«Eine *Kanone*?»

«Lies die Zeitung, Schwätzer. Die Ereignisse überschlagen sich. Deine Geschichte, deine Behauptung, deine Beteuerung, deine Phantasterei über das, was neulich nachts im Parnell Park passiert ist, erweist sich mit einem Affenzahn als einfach unmöglich. Es ist einfach nicht wert, für so was die Kniescheiben zerschossen zu bekommen. Ist es einfach nicht, Schwätzer. Es ist es einfach nicht wert.»

«Hören Sie endlich auf, mich Schwätzer zu nennen. Ich bin kein –» Patrick Quinn konnte es nicht mehr hören, er tat, was man ihm befohlen hatte, nicht zu tun, was er geschworen hatte, nicht zu tun, er drehte sich auf dem großen, ledernen Ohrensessel um und schaute hinter sich. Der Sessel stand vor den hohen Flügelfenstern im Wohnzimmer des Pfarrhauses von St. Finnian's, nach Osten hin liegende Fenster, durch die an diesem Morgen hell das Sonnenlicht fiel; als er sich zu einem Blick umdrehte, sah er Nordlichter, leuchtende, wehende Schleier, und dahinter, wie eine Gestalt in einem Nebel (*wirbelnde graue Nebel*), den Mann, der ihn immer weiter einen Schwätzer nannte, der jetzt die zweiflügelige Tür aufschob, die auf den Eingangsflur führte, sie gerade genug öffnete, um hinauszuschlüpfen, sich dann umdrehte und sie rasch wieder zuzog. Nur ein flüchtiger Blick, das war alles, was Patrick Quinn erhaschte, nur eine Ahnung von einem schlanken grauen Mann mittleren Alters, der große Autorität ausstrahlte.

«– kein Schwätzer.»

Patrick Quinn drehte sich wieder zu den Fenstern um, starrte direkt in die Sonne, versuchte, sich zu blenden, versuchte sein geistiges Auge zu blenden.

Genau in diesem Augenblick schob der Märzwind eine fette Kumuluswolke vor die Sonne, und Patrick Quinn konnte immer noch sehen, sich immer noch erinnern. Die Wolke war strahlend weiß, und das Wohnzimmer des Pfarrhauses verdunkelte sich kaum, aber Patrick Quinn verspürte ein Frösteln bis ins Zentrum seiner Seele. Er begann zu zittern und verschränkte die Arme.

Er zitterte immer noch, als die Tür aufglitt und der Tod hereinkam und sich hinter den Sessel stellte, die Hände auf den Backen des Ohrensessels. Oder war es nur jemand, der den Auftrag hatte, dem Schwätzer in die Knie zu schießen?

«Patrick?» Es war nur Father Michael.

«Ich bin kein Sch-schwätzer», sagte Patrick.

«Patrick, es tut mir leid, aber ich mußte jemanden um Hilfe bitten, um Rat.»

«Ich kenne ihn. Ich habe ihn gesehen.»

«Patrick, du darfst niemandem, niemals, sagen, was heute morgen hier passiert ist. Du hast es versprochen.»

«Ich habe ihn in der Erzdiözese gesehen.»

«Patrick. Tu's nicht.»

«Ich gehe direkt gegenüber in die Schule. Haben Sie vielleicht geglaubt, ich hätte ihn noch nie gesehen?»

«Hör auf damit.»

«Er ist ein Monsignore.»

«Patrick.»

«Monsignore –»

Aber Father Michael O'Neill schlug die rechte Hand über Patrick Quinns Mund, und mit der linken umklammerte er Patrick Quinns Adamsapfel, bis Patrick keine Luft mehr bekam und würgte und spuckte und sich wand wie ein Aal. Father Michael mochte eine vertrauliche Mitteilung preisgegeben haben, aber er wollte verflucht sein, wenn er es zuließ, daß irgendein kleiner Schwätzer es in der ganzen Stadt herumplapperte, darüber in einem Raum plapperte, der am anderen Ende eines Flurs lag, an dem sich die provisorische Einsatzleitung der Polizei befand, vorübergehend, aber nur so von Cops wimmelnd.

8

Die Türglocke von 220 Jackson Avenue klingelte in den Eingeweiden des Hauses, installiert in einer Zeit, als es noch der Hausdiener war, der einem Besucher öffnete.

Cullen klingelte wieder und dann noch einmal. Er hörte ein Radio spielen, eine Talkshow-Hausfrau gab Tips, wo man die beste Tiramisù kaufen konnte, in einem Singsang, mit dem man mit Kindern sprach.

Er klingelte erneut. Aus dem Radio kam jetzt eine Werbespot von Volkswagen: *«Sag's weiter.»*

Nachdem er zum Geländer der Veranda gegangen war, breit wie das Deck eines Ozeandampfers, schaute Cullen die Jackson hinunter. Absperrböcke und gelbes Band schmückten immer noch die Stellen des Parnell Park, erst vor ungefähr 50 Stunden durch Vergewaltigung und Mord befleckt und bereits schlicht und einfach mit dem Wort «Narrows» als Synonym und Euphemismus versehen. Zwei fröstelnde Cops plauderten mit Schaulustigen. Ein einjähriges Baby in einem gefütterten Overall wackelte von seiner oder ihrer Mutter fort und unter dem Absperrband durch; die Mutter duckte sich drunter her, nahm das Kind schwungvoll auf den Arm und klopfte den Overall wieder und wieder ab, entfernte Kontaminierung von ihrem Kind, als habe es sich nach Tschernobyl verirrt.

Cullen klingelte wieder.

Wie schön, wenn man ein großes altes Haus hatte, in dem man sich verstecken konnte, bis Ermittler und Vertreter und unerwartete Besucher schließlich aufgaben und wieder gingen. Seine Wohnung war so klein, daß jeder, der es in den Hausflur und auf den vierten Stock schaffte, nur ein Ohr an die Tür legen mußte, um ihn atmen hören zu können. So wie Lou Dellinger erst gestern abend.

«Komm schon, Cullen, um Gottes willen. Wer bin ich denn, ein Grünschnabel? Ich könnte dir von hier aus deinen Puls sagen.»

Lou Dellinger schlug mit der flachen Hand mehrmals gegen die Tür. Dann, *sotto voce*: «Joe.»

Sie drückte auf die Klingel, die in der Küche losbrutzelte, wohin er sich zurückgezogen hatte und bei dem Geräusch eine Gänsehaut bekam.

Sie sang mit Fistelstimme:

Come on, baby, let the good times roll.
Come on, baby, let me thrill your soul.
Come on, baby, rock me all night long.

Cullen hörte, wie Sophie Minkowitz den Deckel des Spions der Tür von 5-B wegschnipste, Riegel zurückriß, Sicherheitsketten löste, die Bluthunde in einen Käfig sperrte und die Zugbrücke runterließ, und er beeilte sich, seine Tür zu öffnen, bevor sie die ihre aufgemacht hatte.

«Lou. Was für eine Über-... Oh, hallo, Sophie.» Cullen grinste wie der letzte Idiot über Lou Dellingers Schulter. «Tut mir leid, wenn wir Sie gestört haben. Darf ich vorstellen... meine Freundin Louise. Sophie Minkowitz.»

Lou Dellinger streckte ihre Hand aus. «Lou. Nie Louise.»

Sophie Minkowitz ergriff die Hand mit dem gleichen Enthusiasmus, mit dem sie auch ein Schweinskotelett annehmen würde, dann ließ sie wieder los. *Schíkße, schwartzeh, zaftig, chútzpenik*, ein *holdupnik*, vielleicht, wie kam sie überhaupt hier rein, eine Freundin, sagt sie, von dem weißen, geschiedenen *gojischen nexdooreker*: Lou Dellinger lieferte Sophie Minkowitz alle möglichen Gründe, sie nicht Lou zu nennen.

Dann griff Lou wieder nach Sophies Hand, bekam sie zu fassen und hielt sie ins Licht und las die Tätowierung von Ravensbrück. Sie legte ihre Fingerspitzen zuerst an die Lippen und dann auf die alten Zahlen und sagte: «Für Sie, für immer, *rachmóneß*.» Dann ließ sie Sophies Hand los wie einen Schatz, den kurze Zeit halten zu dürfen sie sich geehrt fühlte.

Sophie glitt durch die Tür zurück, bekümmert, gerührt, mit einem Glanz in den Augen, der für Cullen niemals gefunkelt hatte. Sie verbarrikadierte sich wieder in der Wohnung, allerdings nicht mit dem gewohnten pikierten Klirren und Klappern. Und sie summte, nicht um sich Mut zu machen, sondern weil sie sich sicher fühlte.

«So.» Lou Dellinger hoppelte und wibbelte, um an Cullen vorbeizusehen. «Das ist also deine Bude.»

«Komm doch rein, Lou», sagte Cullen.

Sie kam herein und schloß die Tür und lehnte sich dagegen, wobei sie sich die Hände ins Kreuz stemmte. Sie trug, was sie immer trug, von September bis Mai: Wildlederjacke, Kaschmirrollkragenpullover, Samtjeans, Wildlederboots – alles in Schwarz. Erst kürzlich hatte sie sich ihre Tracy Chapman-*Dreadlocks* abschneiden und statt dessen eine römische Ponyfrisur verpassen lassen, und Cullen mußte sich immer noch an die ungewohnte Form ihres Kopfs gewöhnen. «Was geht ab, Homeboy? Falls du dich wunderst, ich hab mich unten mit einem Lächeln reingemogelt. Ein kleiner, glatzköpfiger, bierbäuchiger Bursche ist mit seinem kleinen, bierbäuchigen Hundchen Gassi gegangen. Hab ihm den Tag versüßt. Der glaubte, er wär auf einmal mitten in einem Video von *En Vogue*.»

Cullen ging in die Küche und setzte einen Teekessel auf den Herd. Er kam zur Tür zurück und lehnte sich gegen den Rahmen. «Ich trinke einen Earl Grey ohne Koffein. Was kann ich dir anbieten?»

«Oh... eigentlich nichts. Ich kann nicht lange bleiben. Ich bin nur kurz auf einen Sprung vorbeigekommen, um dir einen frohen Frühling zu wünschen. Ich glaube, das ist morgen, vielleicht aber auch erst am Samstag. Die Frühlingstagundnachtgleiche. Ich hab ja nicht geahnt, daß du in dieser abgefahrenen Gegend wohnst. Volle Möhre weiß, alte Leutchen, die Bürgersteige werden um sechs hochgeklappt, nirgendwo kannst du rumhängen, dir eine CD oder ein Buch kaufen. Ich hab dich eher im Village gesehen. Oder auf einem Hausboot.»

Cullen lachte. Er besorgte sich seine Musik auf Cassetten oder, falls er welche auftreiben konnte, auf LPs. In Ruderbooten im Central Park und auf anderen kleinen Boote wurde er sofort seekrank.

«Wie hart muß es sein», sagte Lou Dellinger, «was für 'ne große Sache ist's – für dich, für deine Kids, für Sophie von gegenüber, für Neuman, fürs Präsidium –» sie seufzte und lachte und zuckte mit den Achseln – «daß ich schwarz bin?»

Das Telefon klingelte, so daß Cullen sich nicht mit dem Knoten abkämpfen mußte, mit dem sie ihn gefesselt hatte, nicht sagen mußte, daß es nicht daran lag, daß sie schwarz war, genausowenig wie daran, daß sie ein Cop war, eine *Witwe und Waise*, New Yorkerin, Amerikanerin, ein Mensch. Es war – was auch immer dieses *es* war –, daß *er* bei dieser Scheiße einfach nicht gut war. (Er hatte den St. Patrick's Day in seinem Kopf oft genug abgespult, und er mußte immer wieder an dieses Dokument auf der Fahnenstange mitten auf dem Union Square denken, auf dem über den König von England geklagt wurde, der *«has refused... He has forbidden... He has dissolved... He has obstructed...*». Vertraute Beschuldigungen, Verhaltensweisen, deren er auch schon beschuldigt worden war, von Ann, Ann Jones, seinem Mädchen, als er noch ihr Typ gewesen war, von Connie, Connie Carrera, seiner Frau, als er noch ihr Mann gewesen war, von anderen dazwischen, aber von niemandem mehr seit Ann, denn es hatte seit Ann niemanden mehr gegeben.)

Und es klingelte und klingelte.

«Oh, nimm das Scheißding endlich ab», sagte Lou Dellinger. «Ich komm schon damit klar.»

«Der Anrufbeantworter ist an», sagte Cullen.

Und die Maschine nahm, nach dem vierten Klingeln, ab. Lou Dellinger ging hinüber, musterte die Bedienungselemente und drehte die Lautstärke hoch.

Was Cullen gar nicht gut fand, aber es gefiel ihm, daß sie aus dem Ding schlau geworden war; er hatte Frauen gekannt – nicht Ann, nicht Connie, einfach nur Frauen –, die nicht dahinterkamen, wie sie bei ihren eigenen Anrufbeantwortern mithören konnten.

«... wollte dir nur einen frohen Frühling wünschen.»

Lou Dellinger schnaubte verächtlich. Cullen mied ihren Blick.

«Ich bin nicht sicher, ob die Tagundnachtgleiche morgen oder erst am Samstag ist –»

Lou Dellinger schnaubte wieder, aber sie fand es absolut nicht komisch. Sie stieß eine Hüfte zur Seite, knallte eine Hand drauf und beobachtete Cullen, der die Maschine beobachtete.

«– aber er ist praktisch da. Man sagt immer, in Kalifornien kriegt man die Jahreszeiten nicht so mit, und das stimmt auch, aber ich telefoniere jede Woche mit meiner Mutter und erfahre alles über das Wetter in Michigan, deshalb hab ich nicht vergessen, wie willkommen einem der Frühling sein kann.»

Cullen machte einen Schritt auf die Maschine zu, aber Lou Dellinger streckte eine Hand aus, wie ein Dompteur, der ein Tier in Schach hielt. Hatte sie schon immer schwarzen Nagellack benutzt? War's normalerweise nicht silbern? Oder war's rubinrot?

«Tu's nicht», sagte Lou Dellinger. «Ich will eine *femme* hören, die dich anmacht.»

«Ich hab von dieser Sache in den Narrows gelesen. Diese Kotzbrocken. Hast du damit zu tun? Falls ja, tu mir einen Gefallen und verstoß gegen die Bürgerrechte, hörst du?... Mabel war letzte Woche hier. Auf Geschäftsreise, deshalb haben wir uns nur ein paarmal kurz

getroffen. Wir haben in einem Schuppen zu Abend gegessen, der so soigniert war, daß er weder einen Namen hat noch mit einer Nummer im Telefonbuch aufgeführt ist. Ich war zum erstenmal dort, und natürlich hat sich jeder förmlich überschlagen, um mir zu erzählen, daß der Laden heute vielleicht auf die C-Liste kommt... Ich hab übrigens surfen gelernt. Ich bin ziemlich gewaltig. Tomás hat's mir beigebracht. Er ist total gewaltig – schweinisch... Ich hab zufällig jemanden getroffen, mit dem du zusammen auf dem College warst. Alan Chase. Er war auf Arbeitssuche. Er ist freischaffender Fotograf. In seinem Lebenslauf hab ich ‹City College '64› gesehen, und da hab ich ihn gefragt, ob er dich kennt. Was dich betrifft, konnte er sich an zwei Dinge erinnern: Er erinnerte sich, wie du mal in einem Englischseminar ein Gedicht von Andrew Marvell vorgetragen hast, und von dem Professor gefragt wurdest: ‹Was hat Jesaja gesagt?›, und du hast ohne zu zögern geantwortet: ‹‚Alles Fleisch ist Gras'›, was offensichtlich die richtige Antwort war, und ich bin ebenfalls tief beeindruckt, denn Jesaja hat ja eine ganze Menge gesagt, stimmt's nicht – ‹Schwerter zu Pflugscharen› und ‹ain't gonna study war no more›, du weißt schon, ‹sie werden hinfort nicht mehr lernen, Krieg zu führen›? Und er hat sich erinnert, daß du ein wirklich richtig guter Rückfeldspieler beim Basketball gewesen bist. Ich weiß nicht, ob ich das von dir wußte. Wir haben uns zusammen ein paar Spiele der Knicks angesehen, und du hast dich nicht wie ein Arschloch aufgeführt. Alan Chase sieht viel älter aus als du – oder doch wenigstens als du bei unserem letzten Treffen ausgesehen hast. Er könnte zehn Pfund weniger vertragen, aber wer nicht? Außer dir. Oder hast du zugelegt? All die vielen Twinkies, all das viele Jolt, um den Kummer zu ertränken, mich zu verlieren...

Ich weiß nicht, wieso ich das gesagt habe. Ich weiß auch nicht, wieso ich dich überhaupt anrufe. Oh, ja – der Frühling. Mensch, dieses Gefühl, an einem der ersten warmen Abende in einem dünnen Kleid mit einem harten Mann auszugehen – es gibt nichts Besseres. Hier ist es anders, einfach anders. Zum Teil liegt's an den verfluchten Autos – von all der vielen Rumgurkerei hab ich's am Ischias – und zum Teil liegt's auch an den Menschen. Dank all dem Einfluß, den Hollywood auf diese Stadt ausübt, gibt es hier einfach keine Romantik mehr. Du wirst von den Leuten auf ein Date eingeladen, genau wie sie dir irgendein Geschäft schmackhaft machen wollen: Du siehst finanziell vielversprechend aus, also laß uns in die Projektphase übergehen...

Nun weiß ich zwar, daß ich ziemlich lange auf deine Maschine sprechen kann, aber nicht, wie lange genau. Du hast eins von diesen kleinen Dingern mit den Microcassetten, stimmt's? Oder hast du dir eine neue Maschine zugelegt? Wieso ärgert es mich, daß du dir vielleicht eine neue Maschine besorgt hast, und ich weiß nichts davon? Du bist nicht mehr mein Typ; ich bin nicht mehr dein Mädchen. Ich will nicht, daß das Band voll ist, bevor ich dir gesagt habe, daß Tomás und ich… es wird nicht funktionieren. Er ist sagenhaft. Du müßtest sehen, wie er sich einen schmutzigen cholo *schnappt und ihn geradebiegt, ohne zu schreien oder zu brüllen oder zu drohen, einfach indem er vernünftig mit ihm redet, einfach indem er wahrscheinlich der erste erwachsene Mann ist, der sich für den Jungen interessiert, der etwas anderes mit ihm macht, als ihm Handschellen anzulegen oder ihm die Scheiße aus dem Leib zu prügeln oder ihm Crack zu verkaufen.*

Aber… Tja, es sind einfach so viele Dinge. Ich schätze, die größte, dickste, wichtigste, die Ich-weiß-nicht-wie-man-das-nennt-ste-Sache ist die Gewalt. Keine Angst – nicht gegen mich. Hast du dir Sorgen gemacht, wenn auch nur für eine Sekunde, bevor ich dir gesagt habe, du brauchst dir keine zu machen? Eigentlich ist die Gewalt gegen niemanden gerichtet. Es steckt einfach in ihm. Machismo. Cojones. *Das war irgendwie, ich weiß nicht, irgendwie auch Teil* unseres *Problems, stimmt's nicht? Du knietief in all dieser Scheiße, vierundzwanzig Stunden am Tag und sieben Tage die Woche. Mein Gott. Es vergeht nicht ein Tag, an dem ich nicht froh bin, kein Mann zu sein…*

Außerdem, und ich hab ein schlechtes Gewissen deswegen, obwohl ich genau weiß, daß ich's nicht haben sollte, mache ich mir wegen dem Virus Sorgen. Er war früher Junkie, Tomás, meine ich, er hat mit anderen das Besteck geteilt. Seine Tests sind negativ, aber trotzdem… Scheiße. Wie können Menschen sich so was nur antun?…

Jedenfalls, d-d-d-das war's, Leutchen. Ich hoffe, diese Nachricht bringt dich nicht in Schwierigkeiten. Mit einer Frau, meine ich… Frohen Frühling… Frohe Ostern… Frohes Was-weiß-ich-nicht-Alles… Hier spricht Ann.»

Ein wütender elektronischer Ton folgte, als Ann auflegte, und Lou Dellinger ging hinüber und drehte die Lautstärke wieder runter. «‹Mabel.› Mabel Parker, früher stellvertretende Bezirksstaatsanwältin von Manhattan?»

Cullen nickte. Lou Dellinger spielte bei Verhören häufig den guten Cop, schlich am Rand des Großraumbüros rum, unaufrichtig, desinteressiert, leichtgläubig, beinahe geistesabwesend. Und indem sie sich so weit von den Verdächtigen zurückzog, machte sie sie sehr, sehr nervös.

«Ann Jones... Hat die nicht einen Kerl ausgeknipst?»

Mit einer Pizzaschachtel genau auf seinen Nasenrücken. Der große, schnauzbärtige Handlanger eines ehemaligen Helden-Cops, der zu einem korrupten Politiker mutiert war. Bei dem Versuch, sich selbst und ihre Freundin Mabel Parker, früher New York County Assistant District Attorney, heute hochkarätige Anwältin für die Rechte der Frauen, aus einem Lagerhaus zu befreien, in dem sie gefangengehalten wurden, bevor sie, vermutlich, selbst ausgeknipst werden sollten, damit sie der Welt nicht erzählten, was sie, weil sie ja so neugierig waren, erfahren hatten von... Ja, von was? Cullen konnte sich nicht mehr erinnern. Es war nicht erinnerungswert. Es war erst gestern geschehen, historisch gesehen, und doch war es bereits erodiert und hatte sich zersetzt. Die einzigen Spuren, abgesehen davon, daß die Welt einen Handlanger weniger hatte, waren Anns nach Westen führende Fußabdrücke und das Echo ihrer Abschiedsworte: «Ich bin berühmt. Ich habe einen Mann getötet. Mit einer Pizza-Schachtel. Wie ich herausgefunden habe, kann ich mir mein Ticket selbst schreiben. Das Telefon klingelt und klingelt und klingelt. Programmdirektoren, Manager von Sendern, Nachrichtenchefs. Die *Ge*hälter, von denen sie reden. Null um Null um Null. Die ABC-Tochtergesellschaft in Los Angeles – oder vielleicht ist es auch NBC; ich bin wirklich nicht dafür geeignet, beim Fernsehen zu arbeiten, ich kann die Sender einfach nicht auseinanderhalten –, *irgendeine* Tochtergesellschaft hat mir einen Moderatorenjob angeboten, also fahre ich für eine Woche hin, um mich umzusehen und verführen zu lassen. Mabel kommt als meine Agentin mit. Wir werden im *Beverly Hills* absteigen und uns jede Menge Filmstarschwänze zur Brust nehmen...»

«Yo, Cullen», sagte Lou Dellinger.

«Ja, Lou», sagte Cullen. «Ja, sie hat einen Typen ausgeknipst.»

Sie richtete einen Finger genau zwischen seine Augen. «Erzähl mir keinen Scheiß, Weißbrot. Du hast eine Nachricht in meinem Fach hinterlassen, wolltest mit mir reden. Und gottverdammt, hier bin ich jetzt!»

Der Teekessel kreischte, und Cullen ging in die Küche und stellte das Gas ab. Er musterte die Abzugshaube über dem Herd und fragte sich, wohin sie wohl führte und ob er sich vielleicht hineinschlängeln konnte.

Lou Dellinger tauchte in der Küchentür auf. «Also was ist mit dieser Jesaja-Scheiße, mit diesem Freund vom College?»

Cullen holte den Earl Grey aus dem Schrank und löffelte Blätter in die Teekanne. «Ich kann mich nicht mehr an Alan Chase erinnern. Es könnte Alan Chelnik gewesen sein. Er hat fotografiert, und er hat auch immer davon geredet, seinen Namen ändern zu lassen. Was soll das, daß James Cobb angeblich eine Kanone bei sich hatte?»

Lou Dellinger schob die Hände in die Gesäßtaschen. «Ach, Honey, du willst doch wohl nicht über die *Arbeit* reden.» Sie seufzte und grunzte und wieherte und scharrte auf dem Linoleum. Sie gestikulierte mit einem Arm. «Gib mir eine Tasse von der Scheiße da, okay?»

«Wenn er lange genug gezogen hat. Hatte er eine Kanone?»

Sie seufzte und grunzte und wieherte und scharrte noch ein bißchen mehr. Schließlich sagte sie: «Ich, Fab, Birdsong und Granich, wir haben uns um die Jungs aus dem *Flood's* gekümmert. Und hör dir das an – aber wahrscheinlich kennst du die Scheiße ja sowieso –, einer nach dem anderen von diesen *Micks*, diesen Iren, behauptet, er wär nicht abgefüllt gewesen, nein, hätte vielleicht nur das eine oder andere Gläschen zuviel gehoben.» Sie machte einen ziemlich guten Barry Fitzgerald: «‹Himmel, nein, wir waren doch nicht betrunken, wir haben nur einen zuviel gehoben.›»

Cullen füllte zwei Teebecher. «Willst du Milch oder Zucker?»

«Ich will dich.» Lou Dellinger hob kapitulierend die Hände. «Mein Pech. Das war daneben. Ich will nur eine klare Antwort. Gibt's eine Chance, daß wir zwei mal zusammenkommen? Oder bist du so –»

«Lou.»

Sie drehte sich um und verschränkte die Arme. «Es ist wegen Evers, stimmt's? Du bist dicke mit Molly.»

Cullen hatte jetzt auch das Gefühl, einen zuviel gehoben zu haben. Er wußte genau, was es bedeutete, in einer Bar einen zuviel zu heben, sich in der eigenen Wohnung einen zuviel zu gönnen. Aber das hier war eine neue Art von einen zuviel zu heben; während seiner ersten 50 Lebensjahre hatten Frauen nicht dauernd um ihn herumscharwenzelt. Er legte die Hände auf Lou Dellingers Schultern und drehte sie behutsam, aber so energisch er konnte zu sich um. Sie hielt ihren Kopf abgewendet.

«Sieh mich an.»

«Scheiß auf euch Kerle.» Mit einer scharfen Kopfbewegung deutete sie auf den Anrufbeantworter. «Du glaubst, du kommst wieder mit Ann Jones zusammen, wenn sie in den Osten zurückkehrt.»

«Ich hab nichts davon gehört, daß sie gesagt hat, wieder in den Osten zurückzukommen.»

«Das bedeutet nicht, daß du nicht drüber nachdenkst.»

«Sieh mich an, Lou.»

Sie stieß ihre Nase Millimeter vor seine. «Was?»

«Ich bin dicke mit –»

Sie versuchte sich loszureißen. «Ich will's gar nicht wissen.»

«Ich bin *dicke* mit meiner rechten Hand.»

Sie wand sich noch ein bißchen, dann hörte sie auf. Sie reckte den Hals, um ihn besser zu sehen. «In echt?»

«In echt.»

Sie lachte. «Herzlich willkommen im Club.»

Er lachte.

«Das ist mal eine Sache, die ihr alle nicht habt, wir aber schon. Am richtigen Ort und zur richtigen Zeit ist ein Vibrator absolut spitze.»

Er ließ sie los.

Sie deutete auf einen Becher. «Meiner?»

«Klar.»

Sie trank einen Schluck. «Nicht übel.»

«Danke.»

«Bist du immer noch, äh...»

«Trocken? Ja. Heute sind's neunzig Tage.»

«Kriegt man dafür nicht 'ne Anstecknadel oder so was? Ich hab's mal in einem Film gesehen.»

«Man kriegt sie nach neunzig Tagen. Noch ist dieser Tag nicht vorbei.»

Sie stellte sich auf Zehenspitzen und drückte ihm blitzschnell einen Kuß auf die Wange. «Viel Glück.»

«Danke.»

Lou stellte den Becher ab. «Was hast du mich gefragt? Ach ja. Kein Mensch gibt zu, auch nur annähernd zu der Zeit im *Flood's* gewesen zu sein, als die Scheiße passiert ist, bis auf einen Burschen – Fab hat mit ihm geredet. Kevin Doyle – er behauptet, er hätte von jemandem, der am frühen Mittwoch dort war, nur leider wüßte er nicht mehr, von wem, *gehört*, daß James Cobb eine Kanone dabei hatte, daß er durch die Tür gekommen ist, als wollte er den Laden auseinandernehmen, mit der Kanone in der Hand, als ob er damit rechnete, daß Mittwochmorgen um zwei Uhr morgens nur ein paar Betrunkene und ein Barkeeper da sein würden, als hätte er vergessen, daß am St. Paddy's Day unheimlich lange was los ist. James geriet in Panik, er lief raus, die Gäste rannten ihm nach, nicht weil er ein Nigger war, der sein Revier verlassen hatte, sondern weil er ein bewaffneter Ganove war. Schätze, wir werden noch eine Menge Varianten von dem Schmus zu hören kriegen, besonders von den *Ver-tei*-digern, falls wir jemals einen Täter einlochen können. Das und die beknackte Idee, James hätte Salome vergewaltigt. Die Spurensicherung hat die ganze Strecke abgegrast, eine Kanone haben die nicht gefunden ... Also, wenn deine Nachricht nicht bedeutet hat, daß du Lippen oder Hüften willst, was hat sie dann bedeutet?» Wieder hob sie die Hände. «Tut mir leid, tut mir leid. Mein Pech, mein Pech.»

Cullen nippte an seinem Tee, dann stellte er den Becher zurück auf die Arbeitsfläche. «Treena Hart. Ist früher mal mit Dewey Traynor gegangen.»

Ihre Augen verengten sich zu schmalen Schlitzen. «Und?»

«Hast du und Al Breckman nicht –»

«Ja, wir haben sie hopsgenommen. Schwere Körperverletzung mit dem Schaft einer Schrotflinte. Eine Weile hat sie für Dewey den Zwischendealer gemacht, sie hat einen kleinen Wichser umgelegt, der nebenbei ein bißchen mit Crack gedealt hat. Es hat vor Gericht nicht standgehalten. Der Junge hat einen komischen Fall von Amnesie entwickelt. Hab noch nie so was gesehen.»

«Sag Treena –»

«Yo, was bin ich, Western Union vielleicht?»

«– sie soll Traynor sagen, ich will wissen, wer Arverne Dale ausgeknipst hat.»

«He, das ist ja wie ein beschissener Roman, Homes. Ich komm da langsam nicht mehr mit. Wer ist Arverne – Oh, die Ausknipse, die du mitgekriegt hast. Ich dachte –»

«Und sag ihr auch, falls Traynor keinen Namen nennen kann, dann soll er sich schon mal ein Alibi für den Nachmittag des St. Patrick's Day suchen, mit dem er beweisen kann, daß er weit, weit weg gewesen ist von der Ecke Houston und Mercer.»

«Yo, Cullen, wenn das hier nur eine Möglichkeit ist, dicke mit Treena zu werden, die einsame Spitze ist, echt, dann kann ich dir jetzt sofort sagen, daß sie den Virus hat.»

«Danke, Lou. Ich schulde dir was. Und jetzt muß ich unbedingt schlafen.»

Lou Dellinger atmete durch die Nase ein und aus. Sie schüttelte den Kopf. «Weißt du, es gibt Typen –»

«Ich weiß, Lou. Ich weiß.»

«Vielleicht stecken sie dich mal in ein Museum oder so was. Das Guinness-Buch der Rekorde.»

«Vielleicht.»

«Der größte und blödeste Arsch.»

Cullen lachte, oder versuchte es wenigstens.

9

«Junger Mann? Was *machen* Sie da? Junger *Mann.*»

Die Stimme klang erstickt, weit entfernt, und zuerst dachte Cullen, sie erklinge nur in seiner Erinnerung, ein Fetzen eines längst vergangenen Erwischtwerdens auf einer Treppe – Milchglas, der typische Anstrich öffentlicher Gebäude, kalte, schmale Geländer, eine Hexe von Lehrerin oder ein Frettchen von einem stellvertretenden Direktor, die oder der den jugendlichen Straftäter, seinen jugendlichen Mitstraftätern bekannt als Snake Cullen, mit einer Lucky auf dem Treppenabsatz erwischt hatte, wo er doch eigentlich im Klassenzimmer sein sollte, um sich Brüste anzusehen, oder in der Turnhalle, wo er versuchte, seine Frisur nicht durcheinanderzubringen.

«Junger Mann!»

Cullen überquerte die Veranda wieder und veränderte seine Position und beugte sich aus der Taille heraus vor, als er versuchte, etwas durch die Scheibe der Wetterschutztür zu sehen, die Scheibe der Haustür, die Spitzengardine. Sein Spiegelbild starrte ihn an, artikulierte übertrieben deutlich: «Mrs. Cassidy?»

Das Radio antwortete ihm mit einer Äußerung von – ausgerechnet – Acting PC Susan Price, die sich weigerte, Spekulationen – ausgerechnet – darüber anzustellen, wo James Cobbs Kanone abgeblieben sein könnte oder wie lange es noch dauerte, bis ihre Truppen ein paar Straftäter einlochten. *«Unsere besten Cops geben ihr Bestes.»*

Dann hämmerte etwas gegen die Scheibe, und Cullen, einer von diesen Superlativ-Cops, schreckte zurück.

Mehr Gehämmere – nicht auf die Türscheibe, wie der Superlativ-Cop schließlich begriff, sondern gegen die Scheibe des Erkerfensters, das auf die Veranda herausragte. Ein winziges Gesicht schwebte genau in der Mitte einer der Scheiben, und eine winzige Faust daneben klopfte. Der Schädel eines Affen und die Pfote eines Affen, die versuchten, die Wissenschaftler, die sie unter eine Glasglocke gesteckt hatten, darauf aufmerksam zu machen, daß ihnen ein Fehler unterlaufen war, daß sie *nicht* tot waren.

«Wer sind Sie?» wollte der Affe wissen. «Was wollen Sie?»

Cullen kramte seine Marke heraus und hielt sie dicht vor die Scheibe. Der Affe schreckte sofort davor zurück, blinzelte sie dann durch die untere Hälfte einer randlosen Affenbifokalbrille an, blinzelte dann ihn durch die obere Hälfte an, mühte sich ab, beides miteinander in Beziehung zu bringen, konnte aber nicht. Oder wollte nicht.

Man kann den jugendlichen Straftäter aus dem Tafeldschungel nehmen, vermutete Cullen, aus dem Viertel, aus seinem Element; man konnte ihn eine Person nennen, die Beaufsichtigung und eine helfende Hand benötigte – so der aktuelle Sprachgebrauch; man kann ihm seine Bundfaltenhose abnehmen, seine spitzen Schuhe mit den beschlagenen Absätzen, seinen aufgestellten Kragen und seine schwarze Motorradjacke; man kann ihm seinen Entenarsch und seine Schmalzlocke stutzen; man kann ihn aufs College stecken und auf die Polizeiakademie (ihm beibringen, was Jesaja gesagt hat, und ihn schwören lassen, das Gesetz zu hüten), in Ehe und Elternschaft; man kann ihn von Zigaretten und Six packs entwöhnen, ihn dazu bringen, in ein Fitnesscenter zu gehen, ihn dazu bringen, Racquetball zu spielen und Bahnen zu schwimmen; aber niemals kann man vollständig den Dean, den Brando, den Belmondo (die Bardot war nicht das einzige Zugpferd im *Trylon Theater* gewesen), den Delon auslöschen.

«Sergeant Joseph Cullen, Special Investigations. Bitte machen Sie die Tür auf.»

Er deutete auf die Haustür, kehrte dann dorthin zurück und baute sich davor auf, hielt die Hände vor sich verschränkt, die Haltung eines Mannes mit unendlicher Geduld, der außerdem – nur für alle Fälle – auch noch seine Genitalien schützt.

Pauline Cassidy brauchte eine ganze Weile, um die Tür zu öffnen, und während dieser Weile hörte Cullen sie mit jemandem reden, der nicht antwortete, was bedeutete, sie beendete ein Telefongespräch oder telefonierte kurz.

Eine Kette, ein Einsteckschloß, ein Riegel sicherten die Haustür, ein Sicherheitsschloß die Sturmtür. (*Pauline Cassidy trifft Sophie Minkowitz.*) Als das alles geöffnet war, wurde Cullen immer noch nicht hereingelassen. Ein Affenhandgelenk wurde ausgestreckt und wollte seine Dienstmarke. Pauline Cassidy musterte sie aufmerksam durch den unteren Teil ihrer Brille, drehte sie um, drehte sie wieder um. Sie biß nicht in die Marke, und sie gab sie auch weniger zurück, ließ sie vielmehr einfach los; die Marke war kälter als in dem Augenblick, als er sie ihr gegeben hatte.

«Ich habe ein paar Fragen –»

«Sie *wissen*, wer mein Mann ist.» Sie zweifelte keine Sekunde daran, daß er es wußte.

«Dürfte nur ein paar Minuten dauern.»

«Sie *wissen* es doch?» Sie zog die bedrohliche Möglichkeit in Erwägung, daß er es doch nicht wußte.

«Ja, Ma'am. Und *Sie* wissen, daß ich meine Arbeit zu erledigen habe. Entweder lassen Sie mich jetzt rein oder Sie kommen raus – Sie werden einen Mantel brauchen; es ist frisch –, damit ich meine Arbeit erledigen kann und Sie mich wieder loswerden.»

Sie ließ ihn herein. Oder vielmehr, sie verschwand, ließ die Wetterschutztür offen, die Haustür angelehnt, überließ es ihm, Mr. Arbeit-zu-Erledigen, ihr ins Haus zu folgen.

Cullens Mutter war nicht dort, auch sein Vater nicht; sie lebten jetzt schon eine ganze Weile in Clearwater, Florida, in subtropischer Reizbarkeit. (Nachdem er 37 Jahre Zugführer bei der U-Bahn gewesen war, haßte Cullens Vater die Unbeweglichkeit; nachdem seine Mutter all diese Jahre an fünf Tagen die Woche zehn Stunden täglich allein im Haus gewesen war, hielt sie zwei Personen schon für einen Menschenauflauf.) Aber es hätte ihn nicht weiter überrascht, sie hier zu sehen, denn in vielerlei Hinsicht war es wie nach Hause zu kommen, als er nun 220 Jackson betrat. Die drei Cullens hatten in einer Drei-Zimmer-Wohnung in Elmhurst gewohnt, die der Inbegriff an Genügsamkeit war, hatten sich auf den Fluren seitlich aneinander vorbeischieben müssen, Ellbogen angezogen und Beine gestreckt, um sich nicht gegenseitig zu behindern, und 220 Jackson war ein prächtiges altes Haus, dessen Eingangshalle allein schon, wie Cullen schätzte, während sich seine Augen darauf einstellten, im Hausinnern zu sein, fast so groß war wie sein altes Wohnzimmer. Aber andere Dinge kamen ihm sehr, sehr vertraut vor.

Überall stand Nippes, Kunstgegenstände, Kuriositäten, Figurinen, Antiquitäten, Zierdingsbumse, Zeug, das zu umschreiben Spitzengardinen-Iren gern ein Wort brauchten wie *tchotchke*, Zeug, das ein jugendlicher Straftäter routinemäßig mit einem Ellbogen von einem Kaminsims fegte, während er einen Kamm durch seinen Entenarsch zog, oder von dem Wie-auch-immer-verdammt-das-Dings-Hieß, dem Büfett pfefferte, während er zusammen mit Jerry Lee Lewis im Stehen und mit Händen und Füßen Klavier spielte.

Was nicht da war, weder in der Eingangshalle noch im dahinter liegenden Salon oder sonst wo, wohin Cullen von seinem momentanen Standort aus sehen konnte, das war Licht. Jalousien oder dicht gewebte Vorhänge oder beides schützten sämtliche Fenster gegen das helle Frühlingstageslicht. Es gab Ecken und Flure, die in ihrer Finsternis geradezu mittelalterlich waren, eine demütige Mahnung vielleicht, daß die Vorfahren dieser in Wohlstand lebenden Generation noch in Baracken, mit Grassoden gedeckten Hütten und Höhlen gehaust hatten.

«Und?»

Der Superlativ-Cop schreckte wieder zusammen, denn Pauline Cassidy befand sich direkt dort in der Diele, saß auf einer Art Bank vor einer Wand unter der Treppe in den ersten Stock, die Affenknie zusammengepreßt, die Affenhände auf dem Schoß, ein Kleenex oder ein Taschentuch in einer Affenfaust. Ihre Wochentags-tagsüber-Uniform war schon immer eine graue Strickjacke, eine weiße Rundkragenbluse, ein dunkelgrauer Rock und flache schwarze Schuhe gewesen; ihr weißes Haar besaß eine Länge und einen Schnitt, der schon immer unmodern gewesen war, gleichgültig, was auch immer gerade Mode war. Sie war vermutlich 55, sah aus wie 65, und so war's wahrscheinlich schon seit ihrem 25. Geburtstag.

«Es geht um den 911-Anruf, Mrs. Cassidy», sagte Cullen.

«... Ach?»

«Um 2 Uhr 27 am Mittwochmorgen hat eine Frau von Ihrem Apparat die 911 angerufen und den Überfall auf James Cobb und Salome Speed gemeldet. Ich habe mir das Band mehrere Male angehört –» *Parnell Park, die Narrows, Südseite, die Jackson Avenue-Seite, zwischen Five und Six. Eine Bande Männer schlagen schwarze Kids zusammen. Sie werden sie umbringen. Die Jackson Avenue-Seite vom Parnell Park in den Narrows. Haben Sie das? Haben Sie das? Wiederholen Sie's noch mal.* Parnell Park, die Narrows, Jackson zwischen Five und Six. *Genau. Und, um Himmels willen, beeilen Sie sich* – «ich habe Sie nur ein paar Worte sagen hören. Trotzdem bin ich sicher, daß Sie den Anruf nicht gemacht haben. Eine Freundin, eine Nachbarin, eine Verwandte hat angerufen. Die Anruferin hat gesehen, daß die Opfer Schwarze waren. Sehr wahrscheinlich hat sie auch einige der Angreifer gesehen. Ich muß ihren Namen wissen.»

Pauline Cassidy preßte das Kleenex oder Taschentuch automatisch an ihre Oberlippe, als hätte sie beim Wechsel der Jahreszeiten immer eine Erkältung. «Was haben Sie noch gleich gesagt, wie Sie heißen?»

«Cullen.»

«Das klingt –»

«Ja, es ist Irisch.»

«Dann können Sie wahrscheinlich –»

«Nein, eigentlich nicht. Ein Mann wurde ermordet, eine Frau wurde vergewaltigt und zusammengeschlagen Irland, die Narrows, St. Finnian's, Jackson Avenue, der Block – nichts von alldem zählt mehr als die Mörder und Vergewaltiger zu ergreifen, unter Anklage zu stellen und zu verurteilen. Ich brauche den Namen der Frau, die angerufen hat. Wenn Sie ihn mir nicht sagen, werde ich Sie verhaften. So einfach ist das.»

Sie drehte heftig den Kopf, als wolle sie vielleicht gegen seine Schroffheit protestieren. Aber sie sah ihn nicht direkt an, und nach einem Augenblick starrte sie wieder auf die Wand ihr gegenüber. «Mein Mann –»

«Ihr Mann ist zufällig Dienstagabend bei mir zu Hause vorbeigekommen. In einer polizeilichen Angelegenheit.»

«Mein *Mann*?» Jetzt sah sie ihn an, interessiert, weil er so unverfroren log.

«Er hat mich vom Autotelefon aus angerufen und mir gesagt, ich solle nach unten kommen.»

«Arbeiten Sie beim Drogendezernat? Ich dachte, Sie hätten gesagt –»

«Während ich auf dem Weg hinunter war, hat er einen Anruf von Ihnen erhalten oder hat Sie angerufen –»

«Von *mir*? Wie *kommen* Sie –»

«Es ging ums Abendessen. Sie wollten wissen, wann er zu Hause sein würde, aber er konnte es Ihnen nicht genau sagen.»

«*Ser*geant Cullen.» Sie war aufgestanden; sie war von ihrem Platz gehoben worden, aus ihrer beschränkten Sichtweise der Welt.

«Er hat gesagt, es würde etwa eine Stunde dauern. Sie haben ihm geantwortet, jemand sei hier – ein Gast zum Abendessen, ein Gast zu den Cocktails, jemand, der gerade vorbeigekommen sei. Er sagte: ‹Wenn Sie bleiben kann, schön; wenn nicht, dann eben nicht.› – ‹Wenn Sie bleiben kann, schön; wenn nicht, dann eben nicht.› Sie ist geblieben, ist die ganze Nacht geblieben. Sie hat uns angerufen. Ich muß ihren Namen wissen.»

Pauline Cassidy hielt Taschentuch jetzt an ihre Lippen gepreßt, als wolle sie einen Schrei unterdrücken. Sie zitterte heftig.

«Die Frau hat dem Mann in der Notrufzentrale gesagt: ‹Parnell Park, die Narrows, Südseite, die Jackson Avenue-Seite, zwischen Five und Six.› Jeder, der das Band gehört hat, stimmt darin überein, daß es die Diktion von jemandem ist, der schon mit Cops zu tun hatte. Ihre Tochter, Mary Catherine –»

«Nein!»

Da er ja ein Superlativ-Cop war, wußte Cullen, was ihn jetzt erwischte. Er unternahm nichts dagegen, schützte sich nicht davor, versuchte nicht, nicht getroffen zu werden. Das Schlagen von Autotüren, die Schritte auf dem betonierten Weg zum Haus, auf den Stufen zur Veranda, auf der Veranda selbst, das Aufreißen von Türen – das war kein verstohlener Angriff; das war die elementare Voll-ins-Gesicht-Taktik – das alles hatte unmißverständlich mitgeteilt, was gleich passieren würde. Trotzdem, es war ihm unwahrscheinlich erschienen, daß der Anruf, den Pauline Cassidy beendet oder schnell gemacht hatte, Deputy Chief Inspector Brian Cassidy vom Narcotics Bureau so schnell nach Hause in die 220 Jackson hätte holen können.

Tatsächlich wurde Cullen dann auch von Andy Garcia erwischt. Er packte Cullens rechten Arm – seinen Schußarm – am Handgelenk und riß ihn höher zwischen seine Schulterblätter hoch, als jemals seit Cullen ein Halbstarker gewesen war und sich mit einem anderen Proto-jugendlichen Straftäter sadomasochistischen Spielen hingegeben hatte. Andy Garcia versuchte, Cullens Gesicht mit der Tapete der Diele verschmelzen zu lassen, während er gleichzeitig mit den Knien von hinten in Cullens Kniekehlen stieß, damit er zuerst auf die Knie ging und dann mit dem Gesicht flach auf den Teppichboden der Diele. Nachdem ihm das gelungen war, zog er Cullens linkes Handgelenk auf den Rücken runter und fesselte es mit einer Handschelle an sein rechtes. Dann stand Andy Garcia auf, wobei er darauf achtete, Cullen noch ein Knie ins Kreuz zu rammen. Er baute sich vor Cullen auf und stieß ihm mit der Spitze seiner schwarzen Cowboystiefel gegen die Wange. «Hallo, Arschloch.»

Unterdessen hatte Cassidy seine Frau aus dem Flur in einen anderen Raum des Erdgeschosses gebracht. Er redete leise und eindringlich auf sie ein und tat ihr offensichtlich weh, so wie sie nach Luft schnappte und leise wimmerte. Dann war er wieder in der Diele und baute sich mit einem dunkelroten Halbschuh auf jeder Seite von Cullens Gesicht auf. «Was zum *Geier*, Cullen?»

Andy Garcia fand das alles sehr komisch. Er lachte.

Cassidy hob Cullens Kinn mit der Spitze eines Halbschuhs an. «Ich habe gefragt –»

«Mrs. Cassidy?» rief Cullen. «Mit Ihnen alles in Ordnung?»

Andy Garcia hockte sich neben Cullen. Er schnipste einen Fingernagel gegen Cullens Ohr. Es tat weh. «He. Was zum *Geier*?»

«Rufen Sie 911 an, Mrs. Cassidy, und sagen Sie denen, ein Officer –»

«He, *Arsch*gesicht.» Andy Garcia drückte Cullens Gesicht in den Teppichboden. Er kniff ihm in den Nacken. Er stemmte ein Knie in sein Kreuz.

«Stell ihn auf die Beine», sagte Cassidy, und als Andy Garcia es nicht sofort machte, wiederholte er: «Stell ihn auf die *Beine*.»

Andy Garcia stellte ihn in einer einzigen, fließenden Bewegung auf die Beine, so als würde er gar nichts wiegen, so als wäre er kaum der Rede wert. Er schob sein Gesicht dicht vor Cullens und sagte: «Hallo, Arschloch.»

Cullen blinzelte und schaute fort. «Plax. Sieh mal einer an.»

Andy Garcia sah Cassidy um Erlaubnis bittend an, die Welt von Cullen befreien zu dürfen, doch Cassidy hatte die Taktik gewechselt: Er lachte über Cullens Witz; er legte beruhigend eine Hand auf Andy Garcias Schulter; er sagte: «Nimm ihm die Handschellen ab.»

«In*spec*tor.»

«Nimm ihm die Handschellen ab. Ist schon okay.»

Andy Garcia schloß die Handschellen auf und kniff dabei die Haut an beiden Handgelenken Cullens ein.

«Verzieh dich», sagte Cassidy zu Andy Garcia.

«In*spec*tor. Herr im Himmel, Mann.»

«Verzieh dich. Aber geh nicht zu weit weg. Es wird nicht lange dauern.»

Andy Garcia schob sein Gesicht dicht vor Cullens Nase. «Arschloch.»

Cullen massierte einfach nur seine Handgelenke.

Als Andy Garcia aus der Tür war, wedelte Cassidy hilflos mit den Händen. «Was soll ich jetzt tun?»

«Knipsen Sie den Drecksack aus.»

Cassidy lachte. «Mit *dir*, Joe.»

«Leck mich am Arsch», sagte Cullen.

Cassidy lachte. «Hör zu, Joe. Versetz dich mal in meine Lage. Dienstagabend, Mittwochmorgen ging's mir schlecht wie nur was.

Lebensmittelvergiftung. Ich hab vielleicht fünf- oder sechsmal am großen weißen Telefon mit Ralph geplaudert, ich hab immer noch die Abdrücke von den Fliesen im Badezimmer an den Knien. Schließlich hat sich mein Magen beruhigt, ich hab ein paar Tylenol mit Kodein eingepfiffen, ich bin eingeschlafen, es war fast zwei. Nicht besonders spät für manche Leute, aber ich stehe normalerweise um Viertel vor fünf auf, mach ein bißchen Tai-Chi, hab dann einen langen Arbeitstag vor mir. Diese Sache mit Arverne Dale. Pauline, sie bemuttert mich, weißt du, verhätschelt mich. Sie hat Lärm auf der Straße gehört. He, irgendeinen Lärm gibt's praktisch immer. Wir sind hier vielleicht in den Narrows, aber es ist immer noch New York. Sie wollte mich nicht wecken, was hätte ich allein auch schon groß tun können –»

«Also hat sie telefoniert», sagte Cullen. «Besser, wenn Sie der Presse nichts davon erzählen. Aus naheliegenden Gründen. Das hier ist eine übersichtliche kleine Gemeinde, ihr Leute müßt hier schließlich leben. Das Department will Sie nicht in schlechtem Licht erscheinen lassen, nur weil Ihnen kotzübel war, während unten direkt vor Ihrer Tür ein Kapitalverbrechen passierte. So was kommt vor. Was *hätten* Sie auch schon allein machen können? Außerdem hat Ihre Frau nichts gesehen. Sie hat aus einem Fenster im ersten Stock rausgeschaut, aber sehen konnte sie nichts, konnten keinen Menschen identifizieren. Es war dunkel.»

Cassidy war einen Schritt zurückgetreten. Er hörte, daß dies hier Nachplapperei und Parodie war, und er fand es absolut nicht witzig. «Dann willst du also zur Nervensäge werden.»

Cullen zuckte mit den Achseln. «Ich sehe mich selbst als Superlativ-Cop auf der Suche nach Wahrheit und Gerechtigkeit.»

Cassidys Lippen wurden schmaler, seine Glupschaugen halb geschlossen. Er hörte auf zu atmen; ihm kam die Galle hoch. «Wo du schon mal die Augen aufmachst, vergiß nicht, auf deinen beschissenen Arsch zu achten.»

Cullen trat um Cassidy und ging zur Tür hinaus. Er überquerte die Veranda und ging die Stufen hinunter. Er ging zu Andy Garcia, der am Bordstein stand und sich gegen den Kotflügel des silbernen... LeBaron lehnte. «Guckmal. Madonna», sagte Cullen.

Als Andy Garcia sich nach Madonna umdrehte, verpaßte Cullen ihm einen Schwinger gegen den Kopf. Garcia flog über die Kühlerhaube und landete mitten auf der Jackson Avenue auf dem Rücken.

10

«Salome?»

Zum hundertstenmal träumte Salome Speed, mit ansehen zu müssen, wie das Leben aus James Cobb geschlagen wurde wie Schmutz aus einem Teppich, von Füßen, von Fäusten, von einem langen, knotigen Knüppel.

«Salome.»

Salome öffnete die Augen, und auf der Zimmerdecke sah sie zum tausendstenmal, wie das Leben aus James geschlagen wurde wie Schmutz aus einem Teppich, von Füßen, von Fäusten, von einem langen, knotigen Knüppel.

«Salome, ich heiße Jill Freedman.»

Salome schloß die Augen, und auf der Innenseite ihrer Lider sah sie zum millionstenmal Füße und Fäuste und einen langen, knotigen Knüppel das Leben aus James schlagen wie Schmutz aus einem Teppich.

«Deine Mutter hat mir die Erlaubnis gegeben, mit dir zu sprechen.»

Noch eine Weißbrot-*femme*, die Salomes Freundin sein wollte, einen Artikel über sie schreiben, ein Buch, eine Fernsehsendung machen wollte. Die meisten Weißbrot-*femmes* kannte Salome von der Arbeit bei Abingdon Equities, und außer Lorrie Fields von der Abteilung Kraftschaden hatte sich auch keine direkt ein Bein ausgerissen, um mit Salome zu reden oder ihre Freundin zu werden, ganz zu schweigen von einen Artikel über sie schreiben, ein Buch, eine Fernsehsendung machen. Barbara Walters wolle Salome im Fernsehen interviewen, sagte Judy Katz.

Unter dem Bettlaken schaltete Salome den Walkman an, den ihre Moms von zu Hause mitgebracht hatte:

I set my rhyme to see if there's a pattern
I bounced it all around you like the rings around Saturn…
Truly I'm taking it slow enough
For you to seek the knowledge and to know
I'm the q-u-e-e-n l-a-t-i-f-ah
Queen of the R.E. posse…

Die Vergewaltigungs-Lady, so nannte Moms Judy Katz, Chef der Abteilung für Sexualverbrechen beim Kings County District Attorney. Judy Katz war eine Weißbrot-Frau mit einem guten Verstand und einem guten Herzen, hatte Salomes Moms gesagt, Salome sollte auf sie hören, tun, was Judy Katz sagte, daß sie es tun sollte, sagen, was Judy Katz sagte, daß sie es sagen sollte.

Ein guter Verstand, ein gutes Herz, und noch dazu – laut einem Weißbrot-Bullen, der manchmal vor Salomes Zimmer rumlungerte, die Reporter und die Psychos von der Psychostation und die stellvertretenden Producer von Barbara Walters' Show und Oprahs und Donahues und Geraldos und von Shows fernhielt, von denen Salome noch nie was gehört hatte – ein guter Body. «Irre Titten», genau das hatte der Weißbrot-Bulle gesagt, laut genug, daß Salome ihn verstehen konnte, auch wenn die Tür geschlossen war, und «Beine, die keine Gnade kennen. Ihr Parfum? Es heißt ‹Darf ich auf deinen Schwanz?›. Die Lady-ADA will ihren Corpus deliktiert haben.» Judy Katz würde wahrscheinlich nicht weiter überrascht sein, daß der Weißbrot-Bulle die Sache so sah, denn sie hatte Salomes Moms von vornherein gesagt, daß es bei einer Vergewaltigung mit die schwierigste Sache schon immer gewesen ist und war und immer sein würde, es zu schaffen, daß die Bullen, die Männer-Bullen, davon überzeugt werden konnten, daß das Opfer es nicht selbst so gewollt hatte.

The princess of the posse, she a cool one
She rhyme American, she rap Jamaican.
The princess of the posse, is she a cool girl
She rhyme Brooklyn, the Bronx, USA, the world.

Aber nicht nur die Männer-Bullen, sagte Jan Jeffreys. Jan Jeffreys war eine Krankenschwester, eine Weißbrot-Krankenschwester, aber netter als alle anderen Krankenschwestern zusammengenommen, *home girls* oder Weißbrote oder Chinesen oder Koreaner oder was auch immer sie waren, und sie hörte einen *femme*-Bullen sagen, ein *home girl,* die manchmal draußen vor Salomes Zimmer rumlungerte, sie würde nicht nur *meinen,* Salome hätte's selbst so gewollt, sie wär sich echt todsicher. «Habt ihr gesehen, was die Tussi anhatte?» erzählte Jan Jeffreys Salome, daß der *home girl*-Bulle zu ein paar anderen Bullen gesagt hatte, als sie zusammen im Nichtraucher-Aufenthaltsraum saßen und rauchten. «'nen knallengen, winzig kleinen roten Fummel, rote, spitze, hochhackige Schuhe. Ihr wißt doch alle, was

Rot bedeutet, Rot bedeutet, du willst 'nem *home boy* an den Schwanz, wenn du Rot trägst, willst du's nicht anders.» Jan Jeffreys ließ so eine Scheiße nicht durchgehen. Sie meldete den *home girl*-Bullen dem zuständigen Oberbullen von den Bullen, die Salomes Zimmer bewachten, und das *home girl* durfte von da ab draußen in der Morgenkälte vor dem Krankenhaus rumhängen, statt auf einem Plastikstuhl vor Salomes Tür Kaffee und Cokes trinken und zum Rauchen in den Nichtraucher-Aufenthaltsraum gehen zu können.

«Ich bin die Bürgermeisterin von New York, Salome, aber ich bin nicht offiziell hier. Ich habe Judy, Judy Katz, gefragt, ob ich mit dir sprechen könnte, und sie hat gesagt, ja, das fände sie eine gute Idee. Ich wollte dir nur sagen, daß ... Puuuh, das ist jetzt schwer, immer noch ganz schön schwer. Ich erzähl nicht besonders vielen Leuten davon ... Als ich noch ein Mädchen war, jünger als du, sechzehn, da bin ich auch vergewaltigt worden. Er war ein Freund, eigentlich mehr ein Freund von meinem Bruder, aber jemand, den ich kannte. Es war Sommer, wir waren an einem See in den Pocono Mountains schwimmen, wo meine Eltern ein Haus haben. Meine Eltern waren in der Stadt, mein Bruder war Tennis spielen, ich hatte einen Bikini an, also muß ich's wohl so gewollt haben, stimmt's? Alle wollten, daß ich lüge. Zuerst haben sie mir vorgeworfen, ich würde lügen, und dann wollten sie mich zu Meineid überreden. Sorry – ich bin Anwältin; ich rede manchmal so. Dann haben sie mich ermutigt zu lügen. Seine Familie, meine Familie, die Anwälte, die Cops – die haben einen Deal gemacht. Der Deal bestand darin: Er würde in eine Therapie gehen. Ich wollte, daß sie ihm die Eier abschnitten, und die haben ihn zu einem Shrink geschickt ... Mehr wollte ich dir nicht sagen. Danke, daß du mir zugehört hast. Kämpf weiter.»

Echt. Noch eine. Zuerst der Weißbrot-*femme*-Bulle, der im Krankenwagen mit Salome ins Krankenhaus gefahren war, dann Salomes eigene Moms, dann Judy Katz, dann Kinshasa Ballard, eine von den wenigen alten Typen außer ihrer Moms, mit denen Salome vielleicht dicke sein wollte, falls sie dazu eine Chance bekam, dann Jan Jeffreys und jetzt Jill Freedman, die Bürgermeisterin von New York – sah ganz so aus, als wollte ihr jede *femme* sagen, mit der Salome in letzte Zeit quatschte, daß sie mal vergewaltigt worden war: von einem anderen Bullen, mit dem sie mal in einer Bullenkarre gefahren war, im Fall des Weißbrot-*femme*-Bullen, vom Cousin von Salomes Vater im Fall von Salomes eigener Moms, von einem Kommilitionen aus einer Verbindung von einem Typen, mit dem sie rumhing, im Fall von Judy Katz, von einem anderen Demonstranten auf einem Marsch der Bürgerrechtsbewegung in Alabama in den Sechzigern im Fall von Kinshasa Ballard, von einem Arzt im Fall von Jan Jeffreys, jetzt von einem Freund von ihrem Bruder im Fall von Jill Freedman, der Bürgermeisterin von New York.

The princess of the posse, she a cool one
She rhyme American, she rap Jamaican.
The princess of the posse, is she a cool girl
She rhyme Brooklyn, the Bronx, USA, the world.

Problem war nur, all diese *femmes* versuchten zwar Salome zu sagen, daß sie nicht allein dastand, sie war nicht die erste *femme* in der Geschichte der menschlichen Rasse, die vergewaltigt wurde, aber was sie wirklich taten, ob sie das nun wußten oder nicht, da sie alle von Männern vergewaltigt worden waren, die sie kannten, war, daß sie fragten, ob's auch das gewesen war, was mit Salome passiert war? Hatte James Cobb sie vergewaltigt, so wie die Leute anfingen zu erzählen? Waren diese Weißbrot-Jungs vorbeigekommen und hatten versucht, ihr zu helfen, so wie die Leute anfingen zu erzählen? Laberte Salome sie nur mit der Geschichte voll, daß sie von den Weißbrot-Jungs vergewaltigt worden war, weil ihr klar war, daß sie von James vergewaltigt worden war, der glaubte, Salome in ihrem knallengen, kleinen roten Fummel und allem, ihren spitzen, hochhackigen roten Schuhen, wollte auf seinem Schwanz sitzen, hundertpro todsicher war, daß sie's so haben wollte.

Salome wollte nur, daß James sie genauso liebte wie sie ihn liebte. Und James hatte gesagt, er liebte sie. Echt. Tatsache, es war, weil James Salome liebte, daß er keine Partymütze überzog, als Salome am Abend vom St. Patrick's Day in der Bude ihrer Cousine Tina in Fort Greene auf seinen Schwanz stieg, während Tina bei der Brooklyn Gas & Electric arbeitete, und Salomes Moms dachte, sie wäre mit Michele Reeves aus dem Viertel im *National* am Times Square und würde sich irgendwas ansehen, Salome wußte nicht mal, was gespielt wurde, aber als ihre Moms zum letztenmal einen Film gesehen hatte, da war's *Wenn es Nacht wird in Manhattan*, und Salome konnte sagen, es lief *Wenn es Nacht wird in Manhattan II*, und ihre Moms würd's nicht besser wissen, und James' Moms dachte, er würde Überstunden bei Tower Records schieben, wo er arbeitete, nicht im Laden selbst, das wär echt geil gewesen, er könnte mit einem Walkie-talkie rumrennen und die *femmes* anbaggern, sondern im Versand, was Salome auch lieber war, weil sie nämlich manchmal nicht so sicher war, ob James sie genauso liebte wie sie ihn liebte, und je weniger *femmes* in der Nähe waren, die James anbaggern konnte, desto besser.

James liebte Salome so sehr, sagte James, daß er keine Partymütze zwischen ihnen haben wollte, als sie auf seinen Schwanz stieg, und Salome sollte sich keine Sorgen machen von wegen schwanger werden, weil wenn sie schwanger wurde, dann wäre der Sohn, den sie bekommen würde – James war sicher, es würde ein Sohn –, der wäre dann ihr Kind der Liebe. Nachdem Salome im Bett von ihrer Cousine Tina nicht nur einmal, sondern zweimal auf James' Schwanz gestiegen war, da waren sie und James eingeschlafen, und sie wurden erst wieder wach, als Tina kurz nach eins nach Hause kam und die beiden weckte und sagte, sie müßten jetzt gehen. Salome und James wollten den Rest der Nacht bleiben, Salome würde ihre Moms anrufen und sagen, sie würde bei Michele pennen, und James würde seine Moms anrufen und sagen, er würde bei Pink pennen, der bei Tower im Laden arbeitete und mit einem Walkie-talkie rumlaufen mußte und die Mäuschen anbaggerte und eine Bude an der Avenue A hatte, wo James manchmal pennte, wenn er Überstunden machte. Aber Tina sagte, sie hätten versprochen, daß sie nicht mehr in ihrer Bude sein würden, wenn sie nach Hause kam, es wär schon schlimm genug, daß sie ihnen erlaubt hatte, ihre Bude zu benutzen, um eine Nummer zu schieben, mehr könnte sie Salomes Mutter nicht anlügen, sie müßten jetzt gehen, es sei ihr egal, wie spät es war, wie weit es zurück nach Manhattan war, sie hatten's versprochen, und sie hatten sie einfach nicht respektiert, indem sie nicht zu ihrem Versprechen gestanden hatten.

The princess of the posse, she a cool one
She rhyme American, she rap Jamaican.
The princess of the posse, is she a cool girl
She rhyme Brooklyn, the Bronx, USA, the world.

Also latschten Salome und James zur U-Bahn, und gerade als sie mit einer Marke zusammen durchs Drehkreuz gingen, fuhr ein Zug ein, und sie rannten los und schafften es so gerade eben noch, und sie lachten so laut, weil sie's so gerade eben noch geschafft hatten, und sie fühlten sich so gut, weil Salome auf James' Schwanz gestiegen war, daß sie zuerst gar nicht schnallten, daß sie in die falsche Richtung fuhren, raus nach Brooklyn, statt zurück nach Manhattan, und als sie's dann endlich schnallten, da fuhr die Bahn auch schon in die Van Buren Avenue ein, wo keiner von beiden schon mal gewesen war, und sie stiegen aus, um auf den anderen Bahnsteig rüberzugehen, aber sie konnten nicht einfach so rübergehen, sie mußten rauf auf die Straße und dort rübergehen und noch mal eine Münze bezahlen, und als sie's dann versuchten, da gab's keinen Eingang auf der anderen Straßenseite, nur einen Ausgang, genauso ein Ausgang wie der, aus dem sie gerade gekommen waren, und sie mußten die Straße lang gehen, was auch immer das für eine Straße war, und sie dachten, sie gingen in die richtige Richtung, aber sicher waren sie nicht, weil sie nirgends die grünen Lampen entdecken konnten, die normalerweise immer an den Treppen von U-Bahnhöfen sind, die bis spät in die Nacht geöffnet waren.

Und dann kamen sie zu dieser Bar und gingen rein, um zu fragen, ob sie in die richtige Richtung gingen, und sobald sie das machten, da wußten sie auch schon, daß sie einen großen Fehler gemacht hatten, weil's nämlich in dem Laden nur so wimmelte von Weißbrot-Jungs, und so ziemlich jeder von denen war betrunken oder mies drauf oder beides, und sie fingen an zu brüllen *Nigger Nigger beschissene Nigger was habt ihr hier zu suchen Nigger,* und Salome und James rannten aus der Tür, und James brüllte, sie sollte ihm folgen, und er rannte raus auf die Straße, fast vor einen Bus, aber Salome konnte ihm wegen dem Bus nicht folgen, und so rannte sie so gut sie's in ihrem knallengen kleinen roten Fummel und allem, ihren roten, spitzen, hochhackigen Schuhen konnte, auf dem Bürgersteig weiter, und dann kam sie zu einer Treppe runter in den Keller von einem Geschäft, und da lief sie dann runter, weil die Tür da unten ja vielleicht auf war und sie da reinflitzen und hinter sich abschließen konnte, bevor die Weißbrot-Jungs sie eingeholt hatten. (*Mädchen, was hast du geraucht?* Genau das würde Michele sagen, wenn Salome ihr erzählte, daß sie genau das gedacht hatte, in dem Moment.)

Die Tür war verschlossen und zugenagelt und verriegelt, es gab nicht mal einen Türknauf, sie war schon seit Jahren nicht mehr aufgemacht worden, und die Weißbrot-Jungs kamen die Treppe runter und schleiften Salome rauf auf den Bürgersteig und in die Gosse und in ein Auto und fuhren sie in einen Park und vergewaltigten sie und schlugen mit Füßen und Fäusten und einem langen, knotigen Knüppel das Leben aus James, dessen Soße in ihr drin war, wo die Ärzte das Zeug auch fanden, und da war keine Soße von einem der Weißbrot-Jungs, weil die nämlich viel zu besoffen waren, das war Jan Jeffreys' Theorie, und Judy Katz fand, es war eine gute Theorie, um ihre Ladung abzuballern.

«Salome.»

Salome drehte sich auf die Seite und versuchte, den Herzschlag von ihrem und James' Kind der Liebe zu hören, von dem sie ganz sicher war, daß es in ihr drin wuchs, James II, der genau wie sein Daddy bei den Jungs aus dem Viertel mitmischen würde, bei seiner Gang, auf der ganzen Welt.

The princess of the posse, she a cool one
She rhyme American, she rap Jamaican.
The princess of the posse, is she a cool girl
She rhyme Brooklyn, the Bronx, USA, the world.

«Salome, ich bin's, Judy.»

«Leckt mich doch alle.»

«Der Mann mit dem Knüppel – die Celtics-Jacke, die Mütze, der Knüppel –, du hast gesagt, die Frau, die ihm was zugerufen hat, die hätte ihn *Her*by genannt. Könnte sie vielleicht auch *Kir*by – k-i-r-b-y – gesagt haben?»

«*Leckt* mich doch. Leckt *mich* doch. Leckt mich *doch*. Kapiert?»

«Miss Speed?»

Eine andere *femme*. Ein *home girl. Miss* Speed. Echt. Hör sich das einer an. Trotzdem. «Leckt mich doch.»

«Ich bin Detective Dellinger. Ich habe mit Leuten geredet, die im *Flood's* getrunken haben.»

Ein *home girl*-Bulle. Aber nicht die, die im Nichtraucher-Aufenthaltsraum rumlungerte und rauchte und sagte, Salome in ihrem knallengen winzig kleinen roten Fummel, den roten, spitzen, hochhackigen Schuhen wollte nur auf James' Schwanz, denn wenn man Rot trägt, dann will man's nicht anders.

«Wir haben einen Computercheck der Unterlagen der Telefongesellschaft nach Männern mit dem Vornamen Herbert oder Herb laufen lassen», sagte Detective Dellinger. «In den Narrows gab's fast keinen, in dem Viertel, in dem du vergewaltigt worden bist. Aber dann hat einer meiner Kollegen den Namen Kirby aufgeschnappt, hat gehört, daß vielleicht jemand mit dem Namen Kirby an diesem Abend, diesem Morgen im *Flood's* getrunken hat. Es könnte ein Vorname sein oder es könnte auch ein Nachname sein. In den Narrows gibt's

23 Kirbys als Nachname – 23, die ein Telefon haben –, und 18 mit Kirby als Vorname. Ist es möglich, daß der Name, den du die Frau rufen gehört hast, vielleicht Kirby war?»

The princess of the posse, she a cool one
She rhyme American, she rap Jamaican.
The princess of the posse, is she a cool girl
She rhyme Brooklyn, the Bronx, USA, the world.

Salome drehte sich auf den Rücken und sah Detective Dellinger an. Sie war geil, sie sah aus wie Jody Watley, sie trug Schwarz, und sie sah aus wie einer der wenigen alten Typen, mit denen Salome sich vorstellen konnte, dicke zu werden. Sie sah nicht aus wie jemand, der schon mal von jemandem vergewaltigt worden war, den sie kannte, aber andererseits sah auch der Weißbrot-*femme*-Bulle nicht so aus, der mit Salome ins Krankenhaus gefahren war, genausowenig Salomes eigene Moms, genausowenig Judy Katz, genausowenig Kinshasa Ballard, genausowenig Jan Jeffreys. Salome hatte keine Ahnung, ob Jill Freedman, Bürgermeisterin von New York, wie jemand aussah, der schon mal von jemandem vergewaltigt worden war, den sie kannte, sie hatte Jill Freedman nicht einmal angesehen. «Dann will sie also immer noch nicht aus ihrem kleinen Loch rauskommen, die *femme* am Telefon?»

Lou Dellinger versuchte, nicht zu lächeln. «Nein... Wahrscheinlich hat sie Angst, daß sie von ihren Nachbarn geschnitten wird, daß im Viertel schlecht über sie geredet wird. Es wäre nicht das erste Mal.»

Salome flüsterte «Miststück», und Lou Dellinger nickte.

«Also, was wollen Sie von mir?» fragte Salome. «Soll ich mir all diese Kirbys ansehen, bei einer Gegenüberstellung, oder was?»

Judy Katz schob sich wieder in Salomes Blickfeld. «Wir brauchen noch etwas mehr Zeit, bevor wir Leute als Verdächtige kommen lassen können. Detective Dellinger und ihre Kollegen arbeiten hart und werden es auch weiterhin tun. Wir wollten nur wissen, ob bei dem Namen Kirby was klingelt.»

Salome drehte sich auf die Seite und lauschte auf den Herzschlag von James II, versuchte zu sehen, wie er sich in ihr entwickelte. Sie sah aber nichts außer James I sterben, dem das Leben aus dem Leib geschlagen wurde wie Schmutz aus einem Teppich, von Füßen, von Fäusten, von Schlag um Schlag um Schlag um Schlag mit einem langen, knotigen Knüppel, geschwungen von einem Mann in einer Boston Celtics-Jacke und einer albernen Partymütze. Sie hörte aber nichts außer der Stimme einer Frau: «Die Polizei kommt, Herby! Laß das arme Mädchen in Ruhe! Um Himmels willen, Herby, laß doch das arme Mädchen in Ruhe!»

Oder hatte sie Kirby gerufen?

Kirby.

Kirby.

*Kir*by. Echt.

*Kir*by lautete der Name – jetzt konnte Salome es hören, sie konnte es hören, als brüllte es jemand genau hier in diesem Zimmer: *Kirby! Paß auf, Kirby!* –, den einer der Weißbrot-Jungs brüllte, unmittelbar nachdem sie und James aus der Kneipe rannten, unmittelbar nachdem die Weißbrot-Jungs anfingen, *Nigger Nigger beschissene Nigger was habt ihr hier zu suchen Nigger* zu brüllen, nachdem Salome und James aus der Tür rannten, nachdem James brüllte, sie solle ihm folgen, und auf die Straße hinauslief, fast vor einen Bus, und Salome konnte ihm wegen dem Bus nicht folgen, und sie rannte den Bürgersteig rauf, so gut sie konnte in ihrem knallengen kleinen roten Fummel und allem, ihren roten, spitzen, hochhackigen Schuhen, und sie kam zu einer Treppe runter zum Keller eines Geschäfts, und sie lief die Treppe hinunter, vielleicht war die Tür an ihrem Ende ja auf und sie konnte dadurch verschwinden und sie hinter sich abschließen, bevor die Weißbrot-Jungs sie einholten. (*Mädchen, was hast du geraucht?*)

«Kirby! Paß auf, Kirby! Paß auf! Der Nigger hat 'ne Kanone! Der Nigger hat 'ne Kanone!»

11

Dicke Kohle, Bestseller-Kohle, Film-Kohle – Jack Farrell vergrub seine Arme bis zu den Ellbogen darin, spürte eine Brieftasche prall gefüllt damit, die schwer in der Innentasche seines Blazers steckte, sah durch die rosa Vuarnets seiner Phantasie den Lamborghini Countach, den er sich von dieser Kohle kaufen würde, in der Hudson Street vor dem *The Glimmering Girl* parken.

Denn dort im *The Glimmering Girl*, nur einen Gallensteinwurf, so ging der Witz, vom dem einen Kuli-Hungerlohn zahlenden *Dispatch* entfernt, saß sich über dem erbärmlichen Formica des nördlichsten der drei Fenstersitznischen gegenüber, Teller mit Burger Deluxe vor sich, mit einer Ketchup-Flasche *Bitte nach Ihnen* spielend, das interessanteste Paar, das am meisten Kohle versprechendste Paar, das Jack Farrell gesehen hatte seit... nun, seit er hinter einem ansehnlichen Felsblock im südöstlichen Quadranten des Parnell Park am frühen Morgen nach dem St. Patrick's Day hervorgekommen war und beobachtet hatte, wie Bürgermeisterin Jill Freedman es der afroamerikanischen Militanten Kinshasa Ballard besorgte.

Und das an einem Samstag, dem ersten Samstag des Frühlings und «ziemlich okay, größtenteils, was das Wetter betrifft», wie der Wachmann im Foyer des *Dispatch* Farrell unterrichtet hatte, als er auf einen Schluck zu Mittag, vielleicht sogar einen Happen, rausmarschierte.

The Glimmering Girl war eine Stadtteilkneipe für Leute, die nicht im Viertel lebten – Kulis vom *Dispatch*, Werbetexter und Aquisiteure von Saatchi & Saatchi, Programmierer und Schreibkräfte und Datenverarbeiter von West Village-Außenposten von Wall Street Brokerhäusern und Banken. Der *Dispatch* erschien sonntags nicht, und nur der eine oder andere Kuli-Kolumnist, Kuli-Featurejournalist oder Kuli-Kritiker tauchte an einem Samstag auf, um an einem Montagsartikel zu arbeiten; in den Agenturen und Finanzunternehmen arbeiteten samstags nur *Work*aholics. Der Samstag im *Girl* gehörte den vereinzelten herumschweifenden Touristen, beraten vom *Blue Guide New York* oder dem *AIA Guide to New York City*, Grove Court, Twin Peaks, das schmalste Haus und St. Luke's Place auszukundschaften (nachdem sie *Chumley's* nicht gefunden hatten), und den Säufern aus dem South Village und Little Italy, SoHo und TriBeCa, ja sogar aus Chelsea, sogar von Murray Hill – Trinkern mit Leib und Seele, die nicht zu dicht an ihrem heimischen Herd beim Trinken ertappt werden wollten, die gern einen ernüchternden Spaziergang machten, in der U-Bahn gern richtig durchgeschüttelt werden wollten, bevor sie wieder mit ihren Ehegatten zusammentrafen.

Welche amerikanische sportliche Jahreszeit auch immer gerade angesagt war, der junge Phil Young, der Barkeeper, ein Dubliner mit dem Gesicht eines IRA-Schlägers, verfolgte samstags europäischen oder südamerikanischen Fußball auf dem uralten Schwarzweiß-Fernseher, körnige Pantomimenwettkämpfe (für den Fall, daß jemand die Einnahmen bringende Musicbox laufen lassen wollte, hielt der junge Phil den Ton immer abgestellt), die aussahen, als würden sie direkt aus der Vergangenheit gesendet. Die Nicht-besonders-hübsche-außer-bei-Feierabend Peggy las während der langen Flauten zwischen Gästen, die Bedienung am Tisch wünschten, Liebesromane von Lily Devoe. Ihre Tochter Farrah, gezeugt von einem Sportreporter des *Dispatch*, inzwischen bei der *Times* und zum Mittagessen immer im *Orso*, kniete auf der anderen Bank in der Sitznische ihrer Mutter gegenüber, um mit Buntstiften die Platzdeckchen zu kolorieren und Strichmännchen-Porträts von Betrunkenen zu malen. Der neugierige George, ein Nick Nolte-Doppelgänger mit einem Magister der Betriebswirtschaft von Wharton, war Chefkoch und Tellerwäscher.

«Na so was», sagte er mit aufrichtigem Erstaunen. Farrell zwängte sich durch den schmalen Gang zwischen der hufeisenförmigen Bar und den Sitznischen vor dem Fenster. «Nett, dich zu sehen, Mary Cath. Ist schon 'ne Weile her. Wie läuft's denn so in der Gewerkschaftsbranche? Sergeant Cullen, herzlich willkommen im *Girl*. Ich würde ja anbieten, Ihnen noch ein Glas von dem zu spendieren, was Sie da trinken, wenn Sie raten könnten, woher der Name des Etablissements stammt, aber Sie sitzen genau unter einer Ausgabe des fraglichen Werks. Ob*wohl* Sie die Anspielung ja wahrscheinlich schon mitbekommen haben, wo Sie ja ein Cop sind, der schon mal ein Buch gelesen hat. Sind Sie ein Yeats-Mann – *Die keltische Renaissance* und das alles? Ich muß gestehen, ich krieg eine Träne in mein versoffenes, streitlustiges Auge, wenn ich auf dem Weg zum Scheißhaus stehenbleibe, um die Weise vom alten Aengus zu überfliegen.»

Cullen trank ein Club Soda; er hatte viel von Yeats gelesen und erinnerte sich nur an wenig – die vergewaltigte Leda, der kopflose Falke, die herumlümmelnde Bestie; als er *The Song of Wandering Aengus*, gerahmt in vergoldetem Holz auf der Wand hinter der Nische las, während Mary Catherine Koenig zur Damentoilette davongerauscht war, unmittelbar nachdem sie hereingekommen waren, war auch er gerührt gewesen. «Jack.»

Und Mary Catherine Koenig sagte: «Jack Farrell, du großer Schaumschläger.»

Farrell hob die Hände, um die zwar unausgesprochene, aber dennoch in beider Augen sichtbare Furcht gleich zu zerstreuen. «Ich versuche gar nicht, mir eine Einladung zu erschleichen», versicherte er ihnen. «Wollte nur Hallo sagen. Hatte ja keine Ahnung, daß ihr zwei euch kennt. Tatsache ist, als ich Sie neulich gefragt habe, Joe – wir waren da gerade im Parnell Park, Mary Cath, wegen dieser schrecklichen Sache in den Narrows. Hat Joe dir davon erzählt? Da fiel der

Name deines Vaters. Tja, verdammt, wir haben ihn *gesehen*. Ich hab Joe gefragt, ob er dich kennt. Joe ist ein Freund von Ann Jones. Ann ist in der GFW, stimmt's nicht? Wir mittellosen Schreiberlinge waren irgendwann doch alle Mal Mitglied. Hat er gesagt: ‹Klar, ich kenne sie?› Hat er nicht. Deshalb bin ich überrascht, euch hier zusammen zu sehen, das ist alles. Laßt es euch schmecken, laßt es euch schmecken. Gut gewählt, Joe – der doppelte Burger. Mary Cath, grüß mir die Kommunardenkollegen. Joe, ich hoffe, Sie kommen bald und oft wieder. Adieu», sagte er, und brach auf.

Und Jack Farrell verließ *The Glimmering Girl*, ließ unberührt den Johnny Red und das Guinness mit zweieinhalb Zentimeter Blume auf der Theke stehen, die der junge Phil Young eingeschenkt hatte, sobald er Farrell die Hudson Street überqueren sah.

Mary Catherine Cassidy Koenig schaute auf nichts Besonderes aus dem Fenster. Cullen betrachtete die gerahmten, an den Wänden hängenden Fotografien von Gebäuden in rauhen Landschaften, die er zunächst für malerische irische Cottages gehalten hatte, nun aber als Pubs erkannte, dann fiel sein Blick auf die Speisetafel über der Theke mit ihren völlig un-irischen Snacks: Shrimp-Cocktail, überbackene Muscheln, Pizza-Streifen, Nacho Panchos, Chili Dogs, Chili con carne, überbackene Nachos. Dann las er noch einmal das Gedicht:

I went out to the hazel wood,
Because a fire was in my head,
And cut and peeled a hazel wand,
And hooked a berry to a thread;
And when white moths were on the wing,
And moth-like stars were flickering out,
I dropped the berry in a stream
And caught a little silver trout.

When I had laid it on the floor
I went to blow the fire aflame,
But something rustled on the floor,
And some one called me by my name:
It had become a glimmering girl
With apple blossom in her hair
Who called me by my name and ran
And faded through the brightening air.

Though I am old with wandering
Through hollow lands and hilly lands,
I will find out where she has gone,
And kiss her lips and take her hands;
And walk among long dappled grass,
And pluck till time and times are done
The silver apples of the moon,
The golden apples of the sun.

«Das hier könnte einfach ein harmloses Mittagessen sein», sagte sie schließlich.

Cullen nickte.

«Zwei Freunde von Ann Jones.»

«Hmmm.»

Ann Jones waren die beiden ersten Worte gewesen, die Mary Catherine Cassidy Koenig vor etwa einer Stunde zu Cullen gesagt hatte, über ihren Schreibtisch im Büro der *Guild of Freelance Writers*, in den *Archives* an der Greenwich Street, nur ein paar Blocks vom *The Glimmering Girl* entfernt. Ihre Verabredung war indirekt erfolgt: Er hatte am Freitagmorgen eine Nachricht auf dem Anrufbeantworter in ihrem Büro hinterlassen, mit der er sie bat, sie so bald wie möglich sprechen zu können; ihre Assistentin hatte ihn zurückgerufen, um zu sagen, daß Ms. Koenig den ganzen Tag über in Washington sei, mit Freunden in Virginia zu Abend esse und erst am späten Abend zurückfliegen würde, daß sie aber den ganzen Samstag über im Büro wäre, er könne jederzeit nach halb elf vorbeischauen.

Er traf um elf dort ein, meldete sich am Schalter des Sicherheitsdienstes im Foyer an und nahm den Fahrstuhl zum dritten Stock. Die GFW fand er am Ende eines labyrinthartigen Gangs. Er drückte auf die Klingel in der Mitte der Tür. Jemand drückte ihm auf, und er betrat einen großen, fensterlosen Raum, der mit beigefarbenen Metallschreibtischen überbevölkert war, die ausnahmslos überspült waren mit Zeitungen, Illustrierten, Briefen, Aktenordnern, Flugblättern, Broschüren, Handbüchern und Speisekarten von chinesischen Restaurants. Unter dem Schutt lugten Computermonitore heraus, deren Bildschirme rundum mit Post-it-Zetteln bepflastert waren. Die korkverkleideten Wände waren tapeziert mit Kalendern, Tabellen, Plakaten, Stoßstangenaufklebern, Buchumschlägen, weiteren Post-it-Merkzetteln, Fotos von Babies, Geliebten und Haustieren. Drei Türen zweigten aus dem Raum ab, und Cullen warf einen Blick durch diejenige, die halb offen stand. Eine Frau hinter einem großen Holzschreibtisch, einen Telefonhörer am Ohr, winkte ihn herein und deutete auf einen Stuhl.

Cullen setzte sich und reichte ihr seine Karte über den Schreibtisch. Sie nahm sie und las sie und nickte, dann drehte sie sich zu einem Fenster um, das einen Blick auf einen dunklen Innenhof bot. Sie hörte zu; ein Mann sprach.

Ihr Schreibtisch war so etwas wie ein scharfer Tadel für die Schreibtische im Vorzimmer; es lag zwar viel darauf, aber alles an seinem Platz. Neben den Dingen, die Cullen dort erwartet hätte, sah er einen Katalog von *Books on Tape* und *Swimming for Total Fitness* von Jane Katz, beides Bände, die Cullen ebenfalls zu Hause hatte. An der Wand links vom Fenster hing eine gerahmte Fotografie von Christos *Running Fence*, auf der Wand rechts die gerahmte Fotografie eines Mannes in einem leichten Anzug, der eine Frau in einem schwarzen, auf dem Rücken tief ausgeschnittenen Kleid umarmte, wobei sein Gesicht von ihrem weißen Hut verdeckt wurde. Auf der dem Fenster gegenüberliegenden Wand hing ein gerahmtes Plakat von David Hockneys 1988er Retrospektive im Metropolitan Museum of Art: *Two Deck Chairs, Calvi.*

Der Mann war noch nicht fertig, aber Mary Catherine Koenig unterbrach ihn. «Ich halte das für keine besonders gute Idee. Ich ertrinke in Arbeit, was völlig normal ist, aber... Nun, *du* hast ‹ambivalent› gesagt. Nach St. Martin ist es ganz schön weit für Ambivalenz. Ich muß jetzt Schluß machen. Ich habe einen Termin... Ja, an einem Samstag... Nein, heute abend nicht... Ich weiß noch nicht, was morgen ist... Ich weiß nicht, wann ich kommen werde.»

Genau in diesem Augenblick legte er einfach auf, was sie ein wenig aus dem Gleichgewicht warf. Sie wollte nicht, daß Cullen es mitbekam, daher sagte sie noch «Okay... in Ordnung... Fein... Bye» in die tote Leitung, dann drehte sie sich wieder um und legte den Hörer auf die Gabel und schaute sich zuerst noch einmal die Visitenkarte und dann Cullen an und sagte: «Ann Jones.»

Könnte er eine Frau lieben, deren erste Worte an ihn *Ann Jones* waren, sein Mädchen, als er noch ihr Typ gewesen war? Er war nicht hergekommen, weil er Liebe suchte: Er war 50 Jahre alt, dicke mit seiner rechten Hand, versuchte sich an ein Programm zu halten, sich auf gar keinen Fall in Frauen zu verlieben, die er im Zusammenhang seiner Arbeit kennenlernte. Er war *nicht* verliebt, noch nicht, er hatte gerade erst Platz genommen, und in ihrem Leben gab es einen Mann, der sie an diesem Nachmittag sehen wollte, heute abend, morgen, um mit ihr nach St. Martin zu fliegen, der einfach auflegen und sie dazu bringen konnte, so zu tun, als hätte er nicht.

Aber ihre Haut – wie blaß, wie perfekt; ihre Haare – wie rot, wie üppig, im Nacken und an den Schultern aufgesteckt und mit silbernen Kämmen auf dem Kopf gehalten; ihre Augen – wie grün, wie intelligent; ihre Stimme – wie tief, wie belegt, wie bei einem Filmstar aus den Vierzigern, wie Claudette Colbert in *Atemlos nach Florida*. Sie trug eine schwarze Bluse mit Bootsausschnitt, deren lange Ärmel sie hochgeschoben hatte, dazu eine rote Baumwollhose. Keine Ringe, nur ein schmales silbernes Armband am rechten Handgelenk und am linken eine einfache, ganz normale Uhr, weißes Zifferblatt, schwarze, arabische Ziffern, dunkelbraunes Lederband. Ihre Ohrringe waren emaillierte Quadrate, so groß wie Briefmarken, mit roten, gelben und blauen Streifen. Kein Make-up, unlackierte Fingernägel. Ihr Hals war lang und sehnig, ihr Schlüsselbein vorspringend, ihre Handgelenke und Hände kräftig, ihre Brüste klein. Ihre Schuhe konnte er nicht sehen, aber sie gefielen ihm schon jetzt. Auf der rechten Seite ihrer Oberlippe hatte sie einen Leberfleck, genau wie Madonna. «Ich kenne Ann, ja.»

Sie lachte ein lautes und herzliches, tiefes, belegtes Lachen – «Ha *hah*» – und ließ es dabei bewenden. «Ann gehörte zu unseren besten Mitgliedern, und auch wenn sie uns jetzt nicht mehr braucht – heute arbeitet eine große, knallharte Gewerkschaft für ihre Interessen –, bezahlt sie immer noch ihre Beiträge. Das wissen wir alle zu schätzen.» Unvermittelt streckte sie die Hand aus, zuckte entschuldigend mit den Achseln, daß sie es noch nicht vorher getan hatte. «Mary Catherine Koenig.»

Ihre Haut war kühl, ihr Händedruck geübt. «Joe Cullen.»

Sie ließ seine Hand wieder los und las laut von der Karte ab. «Sergeant Joseph P. Cullen. Special Investigations.» Sie drehte die Karte um, was bedeutete, sie machte sich nicht viel Gedanken über Small talk. Sie drehte die Karte wieder um und setzte sie auf die Tastatur ihres Telefons.

Also smalltalkte er für sie. «Der Laden hier kommt mir vertraut vor – das Gebäude meine ich, nicht diesen Büro –, und gerade ist mir auch klar geworden, wieso.»

«Es war früher das *Federal Archives*, laut einem Schild im Foyer», sagte Mary Catherine Koenig. «Und einige unserer Mitglieder nennen es immer noch das alte Gebäude der Post.»

«Ich erinnere mich an die Post», sagte Cullen. «Meine erste Streife als Polizist hatte ich hier im Six, das war in den sechziger Jahren. Ich erinnere mich nicht, während meiner vier Jahre hier unten jemals das Gebäude betreten zu haben, ich meine, außer der Post. Aber *vor*her, und genau daran habe ich mich gerade wieder erinnert, ich habe meine Aufnahmeprüfung für den Staatsdienst in so einer Art Klassenzimmer gemacht, mit Schultischen und einer Tafel, aus dem man auf genau diesen Innenhof dort hinausschauen konnte. Ich denke, das muß so im Frühjahr vierundsechzig gewesen sein.»

Als Gegenleistung für seinen Small talk hätte er gern gewußt, was sie im Frühjahr vierundsechzig so gemacht hatte. Er schätzte ihr Alter auf etwa vierzig, demnach dürfte sie damals ungefähr zehn oder elf gewesen sein, und wenn sie zufälligerweise auf der gleichen Seite der gleichen Straße gegangen waren, hätten sie sich absolut nicht registriert. «Mein Vater war, als uniformierter Polizist, im *East* Village. Im Nine –»

«Und Sie nennen das Ninth Precinct das Nine», sagte Cullen, und einfach so war Schluß mit Small talk, er war genau beim Grund seines Hierseins angekommen.

Mary Catherine Koenig drehte ihren Kopf ein wenig, behielt den Blick aber auf ihn gerichtet. «Entschuldigen Sie?»

«Sie nennen es das Nine, wo Sie doch die Tochter eines Cops sind. Als Sie neulich morgens die 911 angerufen haben, da haben Sie dem Mann in der Zentrale gesagt: ‹Parnell Park, die Narrows, Südseite, die Jackson Avenue-Seite, zwischen Five und Six.› Es hätte ihre Mutter gewesen sein können, sie ist die Frau eines Cops. Aber ich habe ihre Mutter kennengelernt, und sie war's nicht. Wenn man Ihnen persönlich gegenübersitzt, ist Ihre Stimme tiefer als auf dem Band, das ich mir wahrscheinlich dreißigmal angehört habe. Sie waren müde, Sie hatten Angst, aber Sie waren's. Was ich nun von Ihnen wissen muß ist, was haben Sie noch gesehen? Sie haben gesehen, wie eine Bande Männer zwei schwarze Kids zusammengeschlagen hat. Haben Sie auch das Gesicht von jemandem gesehen? Haben Sie jemanden erkannt? Konnten Sie jemanden identifizieren? Haben Sie irgendwelche Namen gehört – hat irgendwer einen Namen gerufen? Waren Sie es, die auf die Straße gegangen ist? Haben Sie den Namen *Kir*by gerufen? Oder war das eine andere Frau? Haben Sie sie gesehen? Kennen Sie sie? Hat *sie* ‹Kirby› gerufen? Kennen Sie Kirby? Ist das ein Nachname oder ein Vorname?»

Er hörte auf, ohne den ganzen Kram zu erzählen, von wegen, sie könnten das hier jetzt sehr einfach oder sehr schwer machen, es liege allein an ihr; von wegen, sie könnten es hier machen, wo es schön bequem und gemütlich war, oder sie könnten auch ins *Midtown West* gehen, wo es nicht ganz so bequem und gemütlich war; von wegen, daß sie ihm alles sagen könnte oder daß er auch ein paar andere Cops rufen könnte, die vielleicht nicht so nett und geduldig waren wie er, die nicht verstehen würden, daß sie so lange gebraucht hatte, um unter ihrem Stein hervorzukriechen. Das alles mußte er ihr nicht erst sagen.

Sie hielt den Kopf immer noch zur Seite gelegt, aber jetzt schaute sie den Hockney an, wünschte sich, in Calvi zu sein, wenn's sein mußte sogar mit Mr. Ambivalent. Nach einer ganzen Weile sah sie Cullen wieder an. «Wissen Sie, was ein Schwätzer ist?»

«Jemand, der bei Pferderennen Wettips verkauft.»

Ihre Augen wurden schmal und sahen gekränkt aus. «Sie machen sich über mich lustig.»

Es tat ihm leid. Um es wiedergutzumachen, würde er gern mit ihr nach Calvi fliegen, nach St. Martin, überallhin, wo sie über etwas anderes als das hier reden konnten. «Ein Schwätzer ist ein Informant.»

«Ja.»

«In Irland.»

«Ja.»

«Ein Informant gegen die IRA.»

«Ja.»

«Hier ist nicht Irland.»

«Nein.»

«Hier gibt's auch keine IRA. Also, okay, es gibt Joe Doherty.»

«Wen? Ach, den Burschen in den Tombs?»

«Und seine Anhänger.»

«... Wo wohnen Sie?»

«In Queens. Kew Gardens.»

«Ist das ... gemischt?»

«Sehr.»

«Die Narrows ... dort wird es auch gemischt, an der Peripherie. Aber im Zentrum, entlang der Jackson Avenue –»

«Hören Sie, Ms. Koenig. Ein Junge wurde ermordet, ein Mädchen wurde vergewaltigt. So einfach ist das. Ich vermute, Sie tun mir leid. Ich weiß nicht. Ich bin noch nie in Ihrer Lage gewesen. Will ich auch nie reinkommen. Sie haben das Richtige getan, indem Sie angerufen haben. Falls Sie das draußen auf der Straße gewesen sind, das war sehr mutig von Ihnen. *Falls* Sie es waren, dann wissen Kirby und die anderen längst, daß Sie es wissen.»

Mary Catherine Koenig stand unvermittelt auf und ging durch die angelehnte Tür ins Vorzimmer. Sie öffnete eine andere Tür und knallte sie hinter sich zu. Wasser lief in ein Waschbecken.

Cullen lauschte auf das Wasser, lauschte auf das Echo der zuknallenden Tür, lauschte auf das Echo ihrer Schritte auf dem Linoleumboden, ihr linkes Bein fest auftretend, das rechte nur leicht streifend. Er hatte recht gehabt, was ihre Schuhe betraf, schlichte schwarze, flache Wildlederpumps mit einem dezenten Muster auf dem Oberleder. Sie gefielen ihm. Nie hätte er allerdings erraten, selbst wenn sie für den Rest ihres Lebens dort gesessen hätten, daß sie einen Klumpfuß hatte, daß sie einen ruckartig schlingernden Gang hatte.

Sie riß ein Papierhandtuch ab. Sie putzte sich die Nase. Sie putzte sie gleich noch mal. Sie betätigte die Wasserspülung. Sie kam aus der Toilette und schlingerte zu der halb geöffneten Tür. Sie lehnte sich gegen den Türrahmen, hielt die Arme unterhalb des Brustkorbs verschränkt. «Ich muß drei Anrufe machen, Sergeant. Geschäftlich. Sie können sich hier draußen hinsetzen, falls Sie in diesem Chaos einen Platz zum Sitzen finden, Sie können aber auch unten im Foyer warten, dort stehen einige Couches. Oder gehen Sie spazieren oder machen irgendwas anderes, aber kommen Sie in einer Stunde zurück. Wir treffen uns unten. Wir können dann ins *Glimmering Girl* gehen. Das kennen Sie sicher noch aus Ihrer Zeit beim *Six*. Oder vielleicht gab's das damals auch noch nicht, ich weiß es nicht. Es ist eines dieser Lokale mit Blattgoldbeschriftung auf dem Fenster, die da sagt: ‹Seit...›, und schließlich sieht man es sich genauer an und findet heraus, daß es erst vergangenes Jahr aufgemacht hat.»

Mary Catherine Cassidy Koenig drückte sich vom Türrahmen ab und schlingerte zurück hinter ihren Schreibtisch und setzte sich auf ihren Sessel und legte eine Hand auf den Telefonhörer. «Eine Stunde, okay?»

12

«Das hier könnte ein harmloses Mittagessen sein... Zwei Freunde von Ann Jones.»

«Hm.»

Mary Catherine Cassidy Koenig schnaubte über ihre eigene Bemerkung. «Jack hat seinen Drink nicht angerührt. Das ist so, als würde ein Vampir einen Hals ungeschoren vorübergehen lassen.»

Cullen wünschte, sich sagen zu können, es gebe nichts, worüber man sich Sorgen machen müsse, er und Jack Farrell seien eben so, Jack schulde ihm noch einen Gefallen dafür, daß er ihm von der Sache im Village erzählt hatte – genau genommen, daß er ihm erzählt hatte, daß jemand ganz oben von Cullen erwartete, die Sache einer gewissen Person in die Schuhe zu schieben, die man von der Straße haben wollte, um eine Geschichte zu entkorksen, die ziemlich verkorkst war. Aber der Deal, so wie die Dinge lagen, war gewesen, daß Farrell einen anderen Reporter des *Dispatch* zu Cullen schickte, was bislang nicht passiert und überhaupt eine groteske Vereinbarung war, wenn Cullen jetzt so darüber nachdachte, denn warum sollte Farrell eine Story abgeben, er hatte dort auf der Jackson Avenue gestanden und gesagt, es sei eine Story genau nach seinem Geschmack, einem Reporter, der zwar vielleicht ein Kollege sein mochte, aber eben auch ein Konkurrent – für die Titelseite, den Leitartikel der Lokalnachrichten, Ehrungen und Auszeichnungen, das Recht, damit zu prahlen? Jack Farrell schuldete Cullen absolut null, sie waren eben nicht so, sie waren... so... (Was auf jeden Fall bedeutete, daß Cullen Mary Catherine Cassidy Koenig nichts von der Sache im Village erzählen mußte – was genau genommen bedeutete, daß er ihre Bekanntschaft nicht mit einer Lüge beginnen mußte – indem er nicht erwähnte, daß dieser jemand ganz oben ihr Vater war –, während sie sie mit *Ann Jones* begonnen hatte.) «Und welchen Radiosender hören Sie am liebsten?»

Sie lachte. «Was heißen soll: Halt den Mund und iß, gegen Jack kann ich ohnehin nichts unternehmen?»

Cullen nahm einen Bissen von seinem Burger, und wenn es ihr nichts ausmachte zuzusehen, wie er sich Fleischsaft und Ketchup auf Kinn und Finger schmierte, dann machte es ihm ganz bestimmt nichts aus, dabei beobachtet zu werden.

In der Musicbox beendeten Fleetwood Mac gerade *Over My*

Head und Peter, Paul & Mary fingen an mit *Leaving on a Jet Plane*.

Als er zu Ende gekaut und sich abgewischt hatte, sagte Cullen: «*Oldies light*. Es gibt nichts Schlimmeres.»

Sie hielt mit ihrem Burger kurz vor dem Mund inne. «Oh, bitte tun Sie's nicht.»

«Was? Seichte Oldies schlecht machen? Ich hab mal gehört, wie jemand im Radio so was ‹melodielastigen Rock-and-Roll› genannt hat.»

«Seien Sie nicht interessant.»

Eine Weile aßen sie schweigend weiter.

«*Mein* Lieblingssender», sagte Cullen, «– im Moment jedenfalls; das ändert sich regelmäßig – ist WFMU, einundneunzig Komma eins, Upsala College, East Orange. Mein Sohn – er wird im September neunzehn – ist nach einem Jahr auf der Rutgers zur Upsala gewechselt, nur damit er bei diesem Sender arbeiten kann, genauer gesagt, damit er in der Nähe des Hound arbeiten kann, dem Samstagnachmittag-Discjockey. Der Hound ist der Joe Bob Briggs des Radios, falls Ihnen das irgendwas sagt. Die Musik, die er spielt, ist für die Musik das, was Autokinos für Kinos sind. Er hat einen Fanclub, eine *posse*. Die lungern mit ihm im Studio herum und klugscheißern spöttisch. Einmal hat einer von denen seine Vorliebe für *Dallas* verteidigt; er hat gesagt, er würde es ‹wegen der Streitereien unter den Mädchen› gern sehen. Der Hound hat geantwortet: ‹Ja, es hat eine gewisse Spannung.› Der andere Typ hat dann gesagt: ‹‚Spannung' – Das gefällt mir.› Der Hound hat gesagt: ‹Sieben-fünfzig Verbalsubstantive. Kapiert.› Für James, meinen Sohn, ist das improvisierter Dialog der Spitzenklasse – und für mich auch, schätze ich. Wenn ich samstags ausgehe, stelle ich immer einen Timer, um den Hound auf Band mitzuschneiden...

James war schon immer James – nie Jimmy oder Jamie –, aber der bürgerliche Name des Hound lautet Jim Marshall, also will James jetzt auch Jim heißen. Musik hat er schon immer geliebt. Als Kind hat er klassisches Klavier gelernt, in der Greenwich House Music School, direkt um die Ecke. Dann hat er den Jazz entdeckt, dann Rock, und jetzt Garage Rock. Seine Helden waren André Watts, Hoagy Carmichael, Jon Bon Jovi, Wayne Gretzky – während eines Sport-Intermezzos –, und jetzt ist es der Hound. Ich habe es mir verkniffen, darauf hinzuweisen, daß diejenigen, die er früher bewundert hat, ausnahmslos hochbezahlt sind oder waren und daß der Hound sich seine Brötchen damit verdient, für obskure Rock-Magazine zu schreiben, als Barkeeper zu jobben, auf dem Bau und als Fahrradbote zu arbeiten. Er klingt allerdings glücklich. In einem Artikel, den die *Times* mal über ihn gebracht hat, hat er gesagt, er wolle nichts anderes im Leben als ‹einen Ort, an dem es immer dunkel ist und die Musik immer gut.› Jim – Jim Cullen – ist angehender Ingenieur, aber gelegentlich kann er Sonntagabend eine Show machen, die so spät kommt, daß es eigentlich schon Montagmorgen ist. Sie heißt *Out in Front*, und das bedeutet zwei Schritte aktueller als das, was gerade aktuell ist, und wenn Sie oder ich schon mal von einer der Bands gehört hätten, dann hieße das, es ist höchste Zeit, sie nicht mehr zu spielen. Jane's Addiction oder die Red Hot Chili Peppers sind für Jims Zuhörer schon *oldies light*. Sogar Fishbone.»

«Für mich klingen Sie ganz so, als lägen Sie voll im Trend», meinte Mary Catherine. «Haben Sie noch mehr Kinder?»

«Ja, eine Tochter, Stephanie, auch bekannt als Tenny. Sie wird im Mai sechzehn. Sie geht auf die Madison High School in New Jersey. Im Morris County. Sie lebt bei ihrer Mutter und ihrem Stiefvater. Ziemlich lange wollte sie immer die erste Frau sein, die auf den Mars fliegt, aber jetzt macht sie sich ernsthaft Sorgen, daß es dort kein Benetton gibt.»

Mary Catherine lachte ihr lautes und herzliches Lachen, und Cullen dachte an Verstümmelung und Folter, um sie nicht wie ein Honigkuchenpferd anzugrinsen.

Wieder aßen sie eine Weile schweigend, dann fragte Cullen: «Wer ist Koenig?»

Mary Catherine tupfte ihre Lippen mit einer Serviette ab und trank von ihrer Coke. «So haben ihn die Leute tatsächlich genannt – Koenig. Als wäre er ein Zauberer gewesen oder ein... Was ist dieser Kreskin noch gleich?»

«Ein Mentalist.»

«Ein *Men*talist? Sind Sie sicher?»

«Nein.»

Sie lachte. «Koenig war weder Mentalist noch Zauberer – obwohl er wirklich ausgezeichnet verschwinden kann. Ihr Freund, der Hound, scheint mir ein Mann ganz nach Koenigs Geschmack zu sein. Falls er immer noch in der Gegend ist – und das ist ein ganz großes *Fragezeichen* –, dann ist er wahrscheinlich ein eifriger Zuhörer. Schon mal den Film *Buckaroo Banzai* gesehen? Buckaroo war Gehirnchirurg und Kernphysiker, hatte einen schwarzen Gürtel in Karate und eine eigene Rockband. Koenigs Lieblingsfilm. Koenig ist Computertechniker; er erfindet die Dinger. Er ist ein Poker-Junkie, der immer um hohe Einsätze spielt – in Vegas, Tahoe, London, Monte Carlo. Texas Hold 'Em, Pot-Limit Omaha. Er hat in einer Band Gitarre gespielt und immer ganz verärgert reagiert, wenn ich es Punk genannt habe, er nannte es *Nouveau Rude*. Ich habe schon eine Menge von dem gehört, was zwei Schritte aktueller ist als das, was gerade aktuell ist...

Wir haben uns in einem Taxi kennengelernt. Er saß hinter dem Steuer. Er hat gefragt, ob ich Irin sei, und als ich ja sagte, ist er rechts rangefahren, hat seine Gitarre vom Beifahrersitz genommen und mir ein Lied von Richard Thompson gesungen, einen Song, über den ich in letzter Zeit öfters nachgedacht habe.»

Und sie sang es, mit einer klaren Altstimme ohne jedes Vibrato:

‹*See the boys out walking.*
Oh, the boys they look so fine.
Dressed up in green velvet,
Their silver buckles shine.
Soon they'll be bleary-eyed.
Under a keg of wine.
Down where the drunkards roll.›

In Anerkennung des Applauses einiger Gäste an der Theke verneigte sie bedächtig den Kopf, sah dann Cullen an und zuckte entschuldigend die Achseln. «Jedenfalls haben wir dann eine Woche später geheiratet, im Municipal Building. Wir waren sechs Jahre verheiratet, woran ich mich immer zu erinnern versuche, wenn ich anfange, mich für ungeduldig zu halten. Tatsächlich bin ich ein sehr geduldiger Mensch. Sechs Jahre mit einem Kandidaten für die Aufnahme in die Manson Family. Nein, es hat überhaupt nichts mit Geduld zu tun, wenn man schon nach einer Woche heiratet, aber zu diesem Zeitpunkt hatte ich 25 Jahre unter den Fittichen meiner Eltern gestanden, und da war dieser *Typ* in dieser abgewetzten alten braunen Lederjacke, schwarzem T-Shirt, Jeans, Cowboystiefeln, dunkler Sonnenbrille bei Tag und Nacht, drinnen wie draußen, schmutziger Pferdeschwanz, Nikotinflecken auf Zähnen und Fingern. So was wie ihn hatte ich noch nie gesehen, wenigstens nicht aus der Nähe, nicht außerhalb einer Kinoleinwand. Warum eine *Woche* warten? war die einzige Frage, die ich mir damals wirklich stellen wollte. Ich war Jungfrau und scharf wie nur was...

Meine Eltern haben ein Jahr lang nicht mehr mit mir geredet. Irgendwie hatten sie erwartet, daß ich eines Tages zwar nicht unbedingt den Jungen von nebenan, aber doch einen aus der näheren Umgebung heiraten würde. Heute noch spricht seine Familie nicht mit mir. Und dann ist was absolut Merkwürdiges passiert: Ein paar Tage vor unserem ersten Hochzeitstag sind Mom und Dad vor unserer Wohnung aufgekreuzt. Wir hatten zwei Etagen in einem Brownstone an der West Tenth – Koenig hatte eine seiner Konstruktionen für einen Haufen Geld verkauft –, und sie waren angenehm überrascht; sie hatten mit einer Kellerwohnung in einer Mietskaserne gerechnet. Sie überreichten uns Geschenke zum Hochzeitstag – ein bißchen Geld und Sachen für die Küche. Koenig kochte auch gern, habe ich das schon erwähnt? Er kocht gern, räumt aber anschließend nie auf, was meiner Meinung nach ein sehr zwiespältiger Segen ist. Beide mochten Koenig, und da ich ihn langsam nicht mehr mochte, war ich schon ziemlich beunruhigt. Ganz besonders mein Vater mochte ihn. Ich vermute ... Nun, ich weiß nicht. Ich erzähle das anderen Leuten, aber irgendwie sage ich es nur ungern einem Cop.»

«Ich war selbst ein jugendlicher Straftäter», sagte Cullen. Er schnipste gegen das Revers seines Sakkos aus Harris-Tweed, deutete auf seinen Rollkragenpullover, seine Cordhose und seine Halbschuhe. «Das hier ist die Strafe.»

Mary Catherine lächelte und sah ihm direkt in die Augen und stieg in sie hinein und rollte sich dort einen Augenblick zusammen. «Das war's, glaube ich. Dad mochte Koenig, weil er ein Outlaw war. Cops und Outlaws – mag sein, daß sie nicht miteinander ins Bett gehen, aber bis zu einem gewissen Grad geben sie sich durchaus dem Necking und Petting hin ... Hätten Sie Lust, mit mir in die Narrows zu gehen, ein bißchen herumspazieren, zu sehen, was es dort zu sehen gibt? Heute, heute nachmittag, jetzt sofort?»

Was Cullen für eine ausgesprochen schlechte Idee hielt. «Klar», sagte er, und dadurch wurde es auch nicht besser. «Mein Wagen steht in der Nähe Ihres Büros.»

«Ach, wenn's Ihnen nichts ausmacht, dann fahren wir doch mit der U-Bahn. In die Narrows sollte man wirklich mit der U-Bahn kommen – genau wie mit dem Flugzeug nach New York und mit dem Schiff nach Venedig.»

Auf der Treppe hinunter zur U-Bahnhaltestelle Christopher Street hatte jemand ein zerfleddertes Heft des *Hustler* oder *Swank* fortgeworfen, große Nahaufnahmen feuchter Genitalien, sondierender Finger und Zungen. Auf jeder Stufe lagen Seiten, den ganzen Weg runter bis zum Bahnsteig, hierhin verstreut und dorthin. Zwischen den Seiten blieb ein schmaler Weg, und der war verstopft mit aufwärts oder abwärts strömenden Menschen. Einige unternahmen alles in ihrer Macht stehende, um die Fotos nicht anzusehen, andere machten keinen Hehl daraus, sie anzusehen. Aber niemand trat auf eine der Seiten, vielleicht aus Respekt vor den Rechten des Verlags und der Fotografen und der Models, die ihnen nach dem First Amendment zustanden, oder vielleicht auch nur aus Verlegenheit.

«Na los, kommen Sie.» Mary Catherine Koenig verließ die Abwärtsschlange und torkelte die Stufen hinunter, setzte Fußabdrücke genau auf die Mitte von Seite um Seite um Seite. Ihr knöchellanger Regenmantel bauschte sich hinter ihr auf, und sie sah aus wie ein verkrüppelter Vogel. «Das sind doch nur Fotzen.»

Sie kaufte vier *tokens*, vier U-Bahnmarken, und gab zwei davon Cullen. «Ich hab's mir noch nie angesehen, aber es gibt ein Schwulenmagazin namens *Inches.*»

Eine südostasiatische Frau stieg in der Canal Street in die Bahn und nahm ihnen gegenüber Platz. «Charlie», flüsterte Mary Catherine.

Mary Catherine studierte eine Revlon-Werbung: Eine Frau mit einem auffallenden Leberfleck und einem ausgeprägten Schmollmund. «*Ebony* oder ein ähnliches Magazin hatte mal eine Titelgeschichte: ‹Zuerst haben Sie unsere Musik gestohlen, jetzt stehlen sie unsere Lippen.›»

Chambers Street.

Ein Junge mit einem Ghettoblaster stieg ein, aus dem *Wrap My Body Tight* plärrte.

«Wer ist das, der Hound Dog?»

«Johnny Gill.»

«Ich wollte mal bei Bananarama mitmachen, war richtig versessen darauf. Es gefiel mir, daß sie alle so arrogant wirkten, daß sie sich gegenseitig nicht besonders zu mögen schienen. Ich wollte singen –» und sie sang – «*Robert De Niro's waiting, talking Italian.* Normalerweise singe ich nicht, wenn andere Leute dabei sind – außer *Happy Birthday.*»

Mary Catherine öffnete ihre Umhängetasche, eine Hermès Kelly-Imitation, und nahm einen ledernen Terminkalender heraus. Unter einem Gummiband um den hinteren Einband zog sie ein aus einer Illustrierten ausgeschnittenes Blatt und entfaltete es.

«Wo wir gerade von *Happy Birthday* sprechen, das hier ist etwas, das mir ganz besonders gefällt, ein Artikel aus dem *New Yorker* über die Party, die Cindy Adams für den achtzehnten Geburtstag von Joey Adams gegeben hat. Die Gäste: Liz Smith, Jackie Mason, George Steinbrenner, Leona Helmsley, Bob Morganthau, Sydney Biddle Barrows, Bob Abrams, Mrs. Marion Barry, Barry Slotnick, John Lindsay, Abe Beame, Al D'Amato, Hugh Carey, Cuomo, der Donald und die Marla, Tony Bennett, Barbara Wawa, Bubbles Sills, Jerzy Kosinski und Dr. Ruth. Bess Myerson und Imelda Marcos haben *a cappella Happy Birthday* gesungen. Kosinski – und das ist der Grund, weswegen es Schriftstellern verboten sein sollte, an die Öffentlichkeit zu treten – sagte, die Party ‹repräsentiert die Jeffersonsche Demokratie par excellence›.»

Sie faltete den Ausschnitt wieder zusammen und klemmte ihn unter das Gummiband. Den Kalender verstaute sie wieder in ihre Umhängetasche. «Machen Sie sich Sorgen um Ihren Wagen?»

«Nein.»

«Was für ein Wagen ist es denn?»

«Ein Subaru-Kombi.» Eine Yuppie-Karre, wie Ann, Ann Jones, sein Mädchen, als er noch ihr Typ gewesen war, das Auto genannt hatte.

«Ich habe einen Freund, der hat auch einen Subaru-Kombi.» Ein Yuppie-Freund.

Borough Hall.

Mary Catherine Koenig schaute auf eine Bahnsteiguhr und verglich die Zeit mit ihrer Armbanduhr. «Ich habe gerade ein Buch ausgelesen, eine Biographie des Duke of Windsor. Eines der ersten Dinge, die er tat, als er für kurze Zeit Eduard VIII. war, war die Uhren in einem der königlichen Schlösser neu zu stellen. Aus irgendeinem Grund hatte sein Großvater, Eduard VII., sie eine halbe Stunde vorgestellt, und sein Vater, George V., blieb bei dieser Tradition. Es provozierte heftige Diskussionen, als er sie auf die richtige Uhrzeit umstellte. Virginia *Woolf* hat ihren Freunden deswegen Briefe geschrieben. Sie meinte, Eduard würde sich damit an seinem repressiven Vater rächen.»

Carroll Street.

Die südostasiatische Frau stieg aus, und ihr Platz wurde von einem Mann eingenommen, der die Ärmel seiner Mets-Jacke hochgeschoben hatte, um allen seine tätowierten Unterarme zu zeigen.

«Wissen Sie, wer Johnny Depp ist?» fragte Mary Catherine. «Natürlich wissen Sie das – Sie sind ja Mr. Hound Dog. Er ist mit Winona Ryder zusammen und hat eine ‹Winona Forever›-Tätowierung. Das hat irgendwas, das mich schrecklich traurig macht.»

«Einer meiner Kollegen bei der Special Investigations, Yas Watley heißt er, ist ein großer Fan von Winona Ryder. Er hat mindestens hundertmal *Heathers* gesehen. *Er* hat auch eine ‹Winona Forever›-Tätowierung.»

Sie starrte ihn an. «Nein, hat er nicht.»

«Doch, hat er.»

«Ich weiß nicht, ob ich das komisch finden soll oder sogar noch trauriger. Was für ein Name ist Yas überhaupt?»

«Er ist in Woodstock auf die Welt gekommen, während Sly and the Family Stone gerade spielten. Yasgur's Farm.»

«Er ist in Woodstock auf die Welt gekommen, und er ist ein Cop? Jetzt nehmen Sie mich aber auf den Arm. Was halten Sie von Winona Ryder? Sie kommen mir eher wie der Darryl Hannah-Typ vor.»

Cullen schüttelte den Kopf. «Wenn man Darryl Hannah in die Augen schaute, würde man nur ihren Hinterkopf sehen.»

Mary Catherine lachte. «Sie gehen ziemlich gut damit um – daß ich ein hysterisches Wrack bin, meine ich.»

«Möchten Sie umkehren?» fragte Cullen.

«Auf dem Nachhauseweg bin ich neulich in die Jefferson Market Library gegangen», sagte Mary Catherine. «Ich habe Artikel über Bensonhurst nachgeschlagen. 23. August 1989 – an diesem Tag hat sich der Mord ereignet. Der letzte Prozeß endete am 12. März 1991 – achtzehn Monate später. Die Staatsanwaltschaft sagte ursprünglich, daß 31 Männer an der Sache beteiligt waren. Nur acht wurden unter Anklage gestellt, nur einer wurde wegen Mord verurteilt, drei wurden vollkommen freigesprochen. Freie Assoziation: Bensonhurst. Und sagen Sie jetzt nicht Al Sharpton.»

«Yusuf Hawkins.»

«Das Opfer. Sehr gut. Sie sind ein einfühlsamer New Age-Typ, auch wenn Sie früher mal ein jugendlicher Straftäter waren. Gleich noch mal.»

«Gina Feliciano.»

«Exakt. Die Zeugin, die wie eine Kriminelle behandelt wurde.»

«Ich erinnere mich auch an Joey Fama. Und an Keith Mondello.»

«Meine Güte, Sie sind schließlich Cop. Ich habe auch über Howard Beach nachgelesen. Dort wurde eine Zeugin von Leuten aus der Gemeinde dermaßen eingeschüchtert, daß sie wegziehen mußte. Den

Central Park-Zwischenfall habe ich nicht nachgeschlagen. Da gab es keine Zeugen.»

Cullen, von dem jemand ganz oben wollte, daß er einer Person etwas anhängte, den man von der Straße haben wollte, um Dinge zu entkorksen, die ernsthaft verkorkst waren, jemand ganz oben wie *ihr* Vater, sagte: «Mary Cath, Sie sind die einzige Zeugin.»

Sie sah ihn direkt an, dann lehnte sie die Schläfe gegen seine Schulter. «Mir gefällt das Gefühl immer, das ich dann bekomme, wenn jemand mich genug mag, um mich Mary Cath zu nennen.»

Prospect Avenue.

Thirty-sixth Street.

Fifty-ninth Street.

Grant Avenue.

Plötzlich setzte sie sich kerzengerade auf. «Steigen wir hier aus. Wir können zum Narrows Walk runtergehen und dann dort weiter.»

13

Zum Narrows Walk hinunter und darauf weiter, vorbei an der Johnson Avenue, Lincoln Avenue, Buchanan, Pierce, den Kopf einziehen, die Schultern in den Wind vom immer noch winterlichen Wasser drehen. Der Wind brachte Tränen in ihre Augen und raubte ihnen den Atem, vertrieb andere Fußgänger von der breiten Promenade, ließ Joe Cullen und Mary Catherine Cassidy Koenig allein mit den Bänken, den Möwen und Tauben.

Mary Catherine hakte sich bei Cullen ein und schlingerte neben ihm her. «Hier kann's saumäßig kalt sein. Mein Mantel hat kein Futter. Ich trage keine Socken. Was habe ich eigentlich erwartet?»

«Gehen wir landeinwärts», sagte Cullen. «Dort ist es wärmer.» Noch nie in seinem ganzen Leben hatte er *Gehen wir landeinwärts* gesagt. Noch nie zuvor hatte er eine Frau mit einem Klumpfuß am Arm gehabt. Oder hieß es klumpfüßige Frau?

Sie schüttelte den Kopf. «Noch nicht.»

Vorbei an der Fillmore, vorbei an der Taylor. Frachter, Tanker, ein Kreuzer warteten draußen vor der Verrazano, warteten auf Lotsen, wirkten kalt und ruhelos.

Vorbei an der Polk.

«Wir gehen rückwärts durch die amerikanische Geschichte. Wenn man in den Narrows aufwächst, lernt man die Namen aller Präsidenten von Washington bis Grant», sagte Mary Catherine. «John und John Quincy Adams teilen sich eine Straße. Ich kann Ihnen nicht sagen – und ich bin sicher, kein anderes Kind aus den Narrows kann es –, wer nach Grant gekommen ist.»

Vorbei an der Tyler.

«‹Überwiegend Irisch› – so bezeichnen die Zeitungen gern die Narrows», sagte Mary Catherine. «Genauso wie sie die East Side von Manhattan gern ‹Wohlhabend› oder ‹Nobel› nennen. Nachdem Koenig und ich uns getrennt haben, hatte ich eine Weile ein Apartment an der East 84th Street. Die Küchenschaben waren so groß, daß die Ratten Angst vor ihnen hatten, soviel zu ‹Nobel›, meine Fresse. Viele dieser Häuser hier unten am Walk wurden von Skandinaviern gebaut – von Norwegern, Schweden, Finnen und Dänen. Als ich noch ein Kind war, gab es hier unten immer noch einige Johansens und Petersens und Edbergs. Hannikainen. Jari Hannikainen – ich hab schon seit Jahren nicht mehr an ihn gedacht. Sein Vater arbeitete bei der finnischen Botschaft. Jari war ein Basketballspieler, groß und mager. Meine Freundin Barbara Connors war in ihn verknallt. Ich weiß nicht, wer heute hier wohnt. Yuppies wahrscheinlich.»

Vorbei an der Harrison, vorbei an der Van Buren zur Jackson.

Mary Catherine ließ Cullens Arm los, schlingerte zu einer Bank, setzte sich und schaute auf das Wasser hinaus. Hinter dem Buckel von Staten Island erhob sich eine schwarze schwarze Wolke – etwas Unbekanntes brannte. «Das hier ist meine Bank», sagte Mary Catherine. «Wenn Sie mögen, dürfen Sie sich zu mir setzen.»

Cullen setzte sich, fast ganz ans andere Ende. «Danke.»

«Seit dem einen Mal, als ich mit Koenig zum Walk runtergekommen bin, habe ich niemanden mehr eingeladen, hier mit mir zu sitzen. Er ist genau wie Ihr Freund, der Hound – er bevorzugt dunkle Orte. Sean Gallagher mochte den Walk, mochte diese Bank. Sean war mein … Verlobter, vermute ich, ist wohl das richtige Wort, auch wenn er mir nie einen förmlichen Antrag gemacht hat. Seit der achten Klasse ging jeder, der uns kannte, davon aus, daß Sean und ich eines Tages heiraten, in den Narrows leben und vier Kinder haben würden, zwei Jungs und zwei Mädchen, die aufwachsen und Jungs und Mädchen von nebenan oder den Block hinunter oder um die nächste Ecke heiraten und dann in den Narrows leben und vier Kinder haben würden, und so weiter und so weiter.

Es war wirklich ziemlich nett, die Zeit mit Sean, wenn ich heute so daran zurückdenke, vor allen Dingen, wenn ich durch den Stacheldraht und die Ruinen der Jahre mit Koenig zurückschaue. Die Kriegsjahre. Im achten Schuljahr haben wir Händchen gehalten, im neunten haben wir uns geküßt. In der Zehn auf der High School haben wir uns wieder geküßt. Mit Zunge. Im vorletzten Jahr auf der High School – im Frühling unseres vorletzten Jahres; es war eine laue Nacht, genau hier auf dieser Bank – hat Sean durch BH und Bluse und Pullover meine rechte Brust berührt. Am 4. Juli auf Coney Island, nachts auf einer Bank, von wo aus wir uns das Feuerwerk ansehen wollten, hat er durch einen Badeanzug – es war ein Einteiler; einen Bikini durfte ich nicht haben – und ein Sweatshirt beide Brüste berührt. Im Sommer nach unserem letzten Schuljahr – wieder auf Coney, bei einer Strandparty mit einer Clique anderer Kids – schaffte Sean es, mal an eine nackte Titte ranzukommen. Ich habe die Jungs nie scharf gemacht und dann nein gesagt. Ich glaube, ich wollte es mehr als er. Aber, Junge, die beschissene katholische Kirche. Dieses warme Gefühl zwischen den Beinen? Das ist das Höllenfeuer. Dieses klebrige Zeugs? Das ist Schwefel, abgekühlt, aber es kann sich jeden Augenblick wieder entzünden. Das Hämmern in deiner Brust? Das ist Satan, der da anklopft und wissen will, ob du zum Spielen rauskommen kannst. Das alles müssen Sie wissen, Joseph P. Cullen. P für Patrick? Oder haben jugendliche Straftäter –»

«Joe?»

Cullen fiel der Kopf beinahe von den Schultern (apropos Satan), als er sich bei der Nennung seines Namens blitzschnell umdrehte.

Lou Dellinger, ganz in Schwarz, und auch mit schwarzer Sonnenbrille – das Gestell der Pilotenbrille schwarz, schwarz die Gläser –, stand da, die Hände locker an den Seiten, als wolle sie jeden Augenblick ziehen.

«Lou?»

Mary Catherine schirmte die Augen mit einer Hand ab.

«Ich bin gerade die Seventh Street runtergefahren», erklärte Lou Dellinger. «Ich hab dich aus der U-Bahn kommen sehen. Ich hab dich zu Hause angerufen. Ich hab deinen Wagen angefunkt. Ich hab dich im Revier angerufen. Überall hab ich Nachrichten hinterlassen.»

Cullen streckte eine Hand zu Mary Catherine aus, um sie mit einzubeziehen. Sie ergriff sie und drückte fest zu. «Lou, das hier ist –»

«Ich weiß, wer sie ist. Ich hab direkt neben dir gesessen, als du gestern versucht hast, sie anzurufen. Man muß kein Gehirnchirurg sein, um das mitzukriegen.»

«Das hier gefällt mir nicht.» Mary Catherine stand auf und schlingerte genau zwischen sie. «Reden Sie nicht so, als wäre ich nicht hier.»

Lou Dellinger machte einen Schritt seitlich an ihr vorbei und sah Cullen direkt an, der jetzt ebenfalls aufstand. «Ich mußte es Kinshasa sagen, Joe.»

«Kin*shasa*?»

«Ich mußte es ihr sagen.»

«Kinshasa *Bal*lard?» sagte Mary Catherine. «Ihr was sagen? Ich kenne Kinshasa. Was mußten Sie ihr sagen?»

«Gottverdammt, Lou.»

«Ich konnte es ihr nicht nicht sagen. Ich *konnte* es einfach nicht.»

«Ihr *was* sagen?»

Cullen stampfte wutschnaubend auf und ab. «Sie wird ihre Leute über dieses ganze Viertel ausschwärmen lassen.»

Lou Dellinger zuckte mit den Achseln. «Das siehst du absolut richtig. Sie sind schon da. Ich habe ja auch versucht, dich zu erreichen.»

«Sie sind jetzt wo?»

Lou Dellinger reckte ihr Kinn und deutete damit auf Mary Catherine. «Vor Cassidys Haus.»

Mary Catherine schlingerte fort von ihnen, gegen das schmiedeeiserne Geländer, das den ganzen Narrows Walk säumte. «Oh, mein Gott. Nein!»

Geländer am Wasser, alle Geländer, machten Cullen nervös. Er trat zu Mary Catherine, doch sie stieß ihn mit beiden Händen zurück. «Das hier ist eine abgekartete Sache, stimmt's? Ihr beide wollt mich reinlegen.»

«Mary Cath.»

«Stimmt's?»

«Mary Cath.»

«Nennen Sie mich nicht so.» Sie schlug ihm mit dem Handballen genau zwischen die Augen, irgendein feministischer Selbstverteidigungstrick, den sie gelernt hatte. Gut gelernt hatte: Cullen bekam schlagartig Kopfschmerzen und sein Verstand verfinsterte sich.

Sie schlingerte über den Narrows Walk und weiter die beiden breiten Granitstufen hinunter, die auf die Jackson Avenue führten. Sie schlingerte die Jackson hinauf Richtung First Street.

Cullen versuchte, wieder einen klaren Kopf zu bekommen und schaute ihr nach und sah dann Lou Dellinger an. «Wie wär's gottverdammt mit ein bißchen Hilfe.»

Lou Dellinger stand einfach nur da, die Hände locker an den Seiten, als wolle sie jeden Augenblick ziehen.

Cullen rannte über den Walk und die Stufen hinunter und die Jackson rauf Richtung First.

Mary Catherine war bereits auf der Second Street, schlingerte auf die Third zu.

Cullen lief schneller. «Mary *Cath*erine!»

Sie schlingerte über die Third und weiter auf die Fourth zu.

Cullen sah die Bäume des Parnell Park, sah das erste Plakat, das erste Transparent, die ersten Demonstranten, das Blaulicht eines Streifenwagens, der vor ihnen die Jackson Avenue hinabfuhr. Er lief schneller. «Mary Cath, *warten Sie*!»

Mary Catherine schlingerte über die Fourth und weiter auf die Fifth zu.

Cullen hielt sich absichtlich zurück, richtig? Er lief durchaus nicht so schnell wie er konnte, richtig, damit er nicht in die Verlegenheit kam, ein Rennen gegen eine klumpfüßige Frau zu verlieren, richtig? Eine Frau mit einem Klumpfuß. Richtig?

Falsch. Cullen rannte so schnell er konnte.

Und sie vergrößerte den Abstand mit jedem Schlingern, richtig?

Richtig.

«Mary Catherine.» Inzwischen flüsterte er es nur noch vor sich hin, hob sich seine Kraft fürs Laufen auf. «Mary Catherine, gottverdammt um Himmels willen.»

Mary Catherine schlingerte über die Fifth und hinaus mitten auf die Jackson, und schlingerte am Streifenwagen vorbei und genau in die erste Reihe der Demonstranten.

Sie wußten, wer sie war. Sie war der Grund, warum sie dort waren.

Cullen – erinnerst du dich, Cullen? – konnte sie hören:

«Sie ist es.»

«He, sie ist es.»

«Yo, seht mal, sie ist es.»

«Sie ist es, sie ist es.»

«He, seht mal, der Krüppel, das ist sie. Es ist wie-heißt-sie-noch-schnell – Cassidy.»

«Es ist die Cassidy. Yo, es ist die Cassidy.»

«Cassidy.»

«Cassidy.»

«Cassidy.»

«Cassidy.»

«Mary *Cath!*» Cullen überquerte die Fifth und lief mitten auf die Jackson hinaus. Er rannte an dem Streifenwagen vorbei und in die erste Reihe der Demonstranten.

«He, Scheiße, Mann, was soll der Mist?»

«Schubs mich nicht, Arschloch.»

«He. Scheiße, Mann.»

«He.»

«Mary Cath!»

«Cassidy.»

«Cassidy.»

«Cassidy.»

«Mary Cath!»

«Joe?»

Er sah sie. Er sah ihre Haare, rot, üppig, hoch aufgetürmt auf ihrem Kopf und mit silbernen Kämmen befestigt. Er sah sie schwanken und torkeln und schlingern von einer Seite zur anderen Seite zur anderen Seite. Er wußte, daß sie geschwankt, getorkelt, geschlingert wurde.

Einer der Kämme löste sich, und Mary Catherines Haare leckten wie eine Flamme um ihr Gesicht.

«Mary Cath!»

«Joe, hilf mir!»

«Cassidy.»

«Cassidy.»

«Cass-äh-diiie.»

«Cass-äh-diiie.»

«Mary Cath!»

«He, he, was sagstn, wer hat gesehn, wie James Cobb an diesem Tag ermordet wurde?»

«Cass-äh-diiie, Cass-äh-diiie.»

«Mary Cath!»

«He, he, was sagstn, wer hat gesehn, wie Salome an diesem Tag vergewaltigt wurde?»

«Cass-äh-diiie, Cass-äh-diiie.»

«Mary! Catherine!»

«Scheiße, Bruder, was brüllstn in mein Ohr? Scheiße, du hast mir mein beschissenes Trommelfell kaputtgemacht. Scheiße.»

Mary Catherine Cassidy Koenig lag in einer Lache der Verachtung vor Kinshasa Ballards Füßen, gewunden und verdreht. Kinshasa Ballard hatte die Arme unter der Brust verschränkt und die

Beine weit gespreizt, eine Pose des Triumphs. Aber in ihren Augen war keinerlei Anteilnahme mit einer anderen Frau, die unsanft behandelt wurde.

Cullen begegnete Kinshasa Ballards Blick und schaute nicht fort. «Es ist nicht so, wie Sie denken. Es ist viel komplizierter.»

Kinshasa Ballard lachte, nervös zuerst, dann mit echter, aufrichtiger Belustigung. «Wovon zum Teufel reden Sie da? Sind Sie ein Cop? Aaah – Sie sind *der* Cop.» Kinshasa Ballard deutete hinter sich über die Straße auf die 220 Jackson Avenue. «Genau dort. Sie war genau dort. Sie hat alles gesehen.» Das Haus wirkte leer und verlassen. Auf der obersten Eingangsstufe des Hauses 220 Jackson stand ein Uniformierter, knetete seinen Gummiknüppel, fragte sich, ob der Befehl, dort zu bleiben, egal was auch passierte, bedeutete, er dürfte einer weißen Frau nicht zu Hilfe eilen, die von all diesen Schwarzen herumgestoßen wurde, wünschte sich, er wäre jetzt irgendwo anders, hätte einen anderen Job.

Ein Jubeln explodierte aus der Menge irgendwo weiter die Straße hinunter, und Kinshasa Ballard drehte sich um, wollte sehen, was dort los war. Während sie ihm den Rücken zukehrte, kniete Cullen sich hin und nahm Mary Catherine auf die Arme. Er stand auf und zog sich auf dem gleichen Weg, den er gekommen war, aus der Mitte der Menge zurück. Sie war leicht wie ein Kind, obwohl ihr Klumpfuß wie leblos baumelte.

«He!»

«He, wo will er hin?»

«He, wo zum Geier willstn hin?»

«Willstn hin, Arschloch?»

«Weißes Arschgesicht.»

«Arschgesicht.»

Cullen wich gegen den Streifenwagen zurück, der verlassen mitten auf der Jackson Avenue stand, während sich die Warnlichter auf dem Dach drehten, der Motor lief, die Beamten irgendwo im Maelstrom auf der Suche nach etwas, von dem sie bestimmt nicht wußten, wonach genau.

Cullen schob sich an der Fahrerseite vorbei und versuchte die Tür.

Abgeschlossen, richtig?

Falsch.

Er öffnete die Tür, kniete sich auf den Sitz und hob Mary Catherine darüber. Er verriegelte die Beifahrertür und schwang sich hinters Steuer. Er schloß die Fahrertür und verriegelte diese ebenfalls.

«He! He, du!»

«Joe?»

Mary Catherines Augen waren geöffnet.

«Hi. Einen Moment.»

Cullen legte einen Gang ein und schaltete die Sirene an. Sie jauchzte los wie der Vibrator einer Fender Stratocaster.

Menschen vor und neben dem Streifenwagen spritzten zur Seite.

Dann entdeckte irgend jemand Mary Catherine.

«He.»

«He, das ist sie, das ist die Cassidy.»

«Cassidy, Cassidy.»

Ein Mann mit Ziegenbart und einer ledernen Zeitungsjungenmütze warf sich auf die Kühlerhaube und preßte sein Gesicht gegen die Windschutzscheibe.

Cullen zog seine .38er aus dem Schulterhalfter. Er kurbelte das Fenster runter, streckte die linke Hand mit der .38er raus und drückte den Lauf gegen die Schläfe des Mannes.

Der Mann flog förmlich von der Kühlerhaube.

Cullen legte sich die .38er auf den Schoß und versuchte, das Fenster wieder hochzukurbeln.

«He!»

Ein Mann in einem grauen Sweatshirt, dessen Kapuze er hochgezogen hatte, wie ein Boxer beim Training, griff durch die Seitenscheibe, umklammerte Cullens Arm mit seinen beiden Armen und versuchte ihn an der Wurzel auszuziehen. Definitiv ein Boxer beim Training.

Cullen stemmte die Füße auf den Wagenboden, hob sich vom Sitz hoch und ließ den Kopf des Mannes gegen die Oberkante des Türrahmens krachen.

Der Mann ließ los und griff nach seinem Kopf.

Jemand packte den Mann von hinten um die Taille und riß ihn aus dem Fenster zurück und warf ihn zu Boden.

Ein Uniformierter.

Ein Uniformierter, dessen Streifenwagen das hier war. Ein Uniformierter, der dachte, der Mann in der Seitenscheibe würde seinen Partner angreifen. Ein Uniformierter, der jetzt mitten auf der Jackson stand, ein Mann in einem grauen Sweatshirt vor seinen Füßen, der sich den Kopf hielt, ein Fremder hinter dem Steuer seines Streifenwagens, eine Rothaarige auf dem Beifahrersitz.

«He! He, was zum Teufel?!»

«Moment», sagte Cullen, und er schaltete die Sirene wieder ein und gab Vollgas und donnerte um die Ecke auf die Fifth, ohne dabei jemanden umzubringen, wenn auch nicht aufgrund eigenen Könnens, sondern aus purem Glück.

Die Fifth bis zur Harrison, auf der Harrison über die Sixth, über die Seventh – über eine rote Ampel, aber, he, das hier war wichtig. Über die Eighth, über die Ninth.

Ooops. Zu weit.

Zurück zur Ninth, Richtung Norden auf der Ninth zur... zur... zur...

Ooops.

Zurück zur Johnson.

In östlicher Richtung auf der Johnson zum Gowanus Expressway.

Richtung Norden auf dem Gowanus.

Cullen schaltete die Sirene aus. Er schaltete das Blaulicht aus.

Er streckte eine Hand nach Mary Cath aus. «Alles in Ordnung?»

Sie nahm seine Hand und drückte sie gegen ihre Brust. «Tut mir leid, daß ich Sie geschlagen habe.»

«Alles in Ordnung mit Ihnen?»

«Ja... Wo fahren wir hin?»

«Ich dachte, ich zeige Ihnen mal *mein* Viertel.»

14

Die Wunden, die Joe Cullen in 28 Jahren als Cop gesehen hatte:

Er hatte gesehen, wie das Gesicht eines Mannes durch ein .38er Hohlmantelgeschoß explodierte, das in die Glatze auf seinem Hinterkopf eingedrungen war, und Hirnmasse und Knochen und Fetzen des Auges spritzten auf der Gartenterrasse eines Restaurants im South Village auf den Teller, von dem er noch nicht alle Fettucini aufgegessen hatte.

Er hatte den Hausmeister einer Grundschule gesehen, dem von einem anderen Hausmeister, mit dem er nach Schulende gesoffen und dann in einen Streit geraten war, mit dem Metallende einer Fensterstange in den Gaumen gestoßen worden war – mit solcher Wucht, daß ihm die Zähne aus den Nasenlöchern ragten.

Er hatte einen schlanken, sonnengebräunten Arm an einem silbernen Armband von der Türklinke eines Taxis hängen sehen, und ein Stück den Block hinunter eine schlanke, sonnengebräunte Frau mit blutigen Sehnen dort, wo ihre Schulter gewesen war, bevor sie aus dem Taxi stieg und sich, als es wieder anfuhr, versehentlich an der Tür verhakt hatte. (Sie wäre einfach zu Tode geschleift worden, hätte sich ihr Fuß nicht unter dem Reifen eines in zweiter Reihe parkenden Autos mit Diplomatenkennzeichen verkeilt.)

Er hatte ein kleines Mädchen gesehen, das von ihrem Vater so oft mit der Faust geschlagen worden war, weil es wegen einer Kolik geweint hatte, daß ihr Gesicht wie ein Kirschkuchen aussah.

Er hatte Kopfverletzungen und Bauchverletzungen und Unterleibsverletzungen und Rektalverletzungen gesehen; Amputationen, Auskugelungen, Brüche, Aufspießungen. Er hatte Männer und Jungen gesehen, Frauen und Mädchen, die sehr alten und die gerade erst zur Welt gekommenen, angestochen und aufgeschlitzt und durchbohrt, zerrissen, zerfetzt, gebissen, zerquetscht, aufgeschlitzt, verrenkt, versengt, zerkratzt, gespalten.

Er hatte das Werk, die unverkennbare Handschrift von Baseballschlägern gesehen – aus Holz und Aluminium, von .45er und .357er Magnums, von Klauenbeilen und Doppelhämmern, von MAC 10ern und 11ern, Bren 10ern, TEC 9ern, AR-15ern; von abgebrochenen Flaschenhälsen von Thunderbird und Rheingold und Aqua Velva; von Mossberg-Schrotflinten Kaliber 12 und Raven MP-25ern; von Feuerzeugbenzin, Benzin, Schwefelsäure; von Nunchakus und Wurfsternen, Eispickeln, Schnappmessern, Jagdmessern, Bajonetten, Kistenmessern, angeschliffenen Kreuzschlitzschraubenziehern; von Rohrzangen, Brecheisen, Reifeneisen; von einem *Knopkirie,* einem Knüppel der Hottentotten, den ein Fernsehproduzent als Souvenir aus Südafrika mitgebracht hatte und von seiner Frau dazu benutzt worden war, ihm das Gesicht einzuschlagen, als er schlief, nachdem sie herausgefunden hatte, daß er während der Reise das Hotelzimmer mit der schlanken, intelligenten Korrespondentin mit einem sehr hohen Beliebtheitsgrad geteilt hatte.

Da er sehr häufig in Krankenhäusern herumhing, darauf wartete, daß Opfer oder Täter oder beide wiederhergestellt, wieder aufgebaut, zusammengeflickt, verspachtelt, bandagiert, genäht wurden, hatte er ein Pfund schwere Frühgeburten, zitternde, frisch geborene Cracksüchtige, Säuglinge mit Stümpfen, Flossen, Auswüchsen, eingefallenen Augen, zugewachsenen Nasen, Händen an Stellen, wo die Ellbogen hätten sein sollen, Münder, wo eigentlich die Ohren hätten sein sollen, Babies mit Elephantiasis gesehen.

Aber nichts, was er bislang gesehen hatte, hatte ihm einen solchen

Knoten im Bauch verursacht wie Mary Catherine Cassidy Koenigs rechter Fuß. Alles, was er bislang gesehen hatte, hatte ihn wenn schon nicht den Blick, so doch auf jeden Fall seine Sensibilität abwenden lassen. Es gab viel zuviel Qualen, viel zuwenig Zeit, viel zuwenig von ihm, um all denen beizustehen, die litten. Ihren Fuß jedoch wünschte er sich in den Arm nehmen zu können, an seine Brust drücken, besser machen, wiedergutmachen zu können.

Mary Catherine schlief in Laufposition, auf der linken Hüfte und Seite, das rechte Bein angewinkelt, ein schwarzes Kissen im rechten Arm, auf der schwarzen Couch in Cullens Wohnzimmer. Ein Speicheltropfen machte einen perfekten Kreis von der Größe eines Nickels auf den hellblauen Bezug des Kopfkissens, das er aus dem Schlafzimmer geholt hatte, um es ihr unter den Kopf zu legen (sie hatte nicht im Schlafzimmer schlafen wollen; sie wollte dort sein, wo er sein würde); ein weiterer Tropfen lief von ihrem Mundwinkel über die Wange auf ihr Ohr zu. Ihr üppiges Haar loderte auf dem Kissenbezug wie Feuer am Himmel.

«Mein Kamm», hatte Mary Catherine gesagt, als Cullen mit dem entführten Streifenwagen über die Kosciusko Bridge fuhr. Sie hatte in ihr üppiges Haar gegriffen, um den anderen silbernen Kamm ausfindig zu machen und ihn aus den zerzausten rubinroten Haaren zu ziehen. Sie schüttelte ihr üppiges Haar, so daß es über ihre Schultern fiel, über ihren Rücken, über die Rückenlehne des Sitzes, auf den Wagenboden vor der Rückbank, über die Lehne der Rückbank, auf die Hutablage vor der Heckscheibe, durch die Scheibe, über den Kofferraum, über die hintere Stoßstange, hinaus auf den Asphalt wie ein purpurner Teppich. Oder so kam es ihm wenigstens vor. Sie legte den Kamm auf das Armaturenbrett und dachte über seinen Nutzen für sie nach, solo. «Sie waren ein Geschenk.»

Nach einer Weile sagte sie: «Kennen Sie Lucinda Williams, Hound Dog?»

Cullen war in Lucinda Williams verknallt gewesen, der er an einem Sommernachmittag zufällig begegnet war, als sie gerade ein kostenloses Open-air-Konzert im Musikpavillon im Central Park gab: zottelige Frisur, Bluse mit angeschnittenen Ärmeln, Jeansrock, Cowboystiefel. Sie sang darüber, so sehr von einem Mann fortkommen zu wollen, daß sie die Schlösser ihrer Tür, ihre Telefonnummer, ihre Automarke, ihre Kleider, die Gleise unter dem Zug, den Namen ihrer Stadt wechselte. Er besaß ihre drei Alben (was die beiden schwer zu findenden Folkways-Platten einschloß) sowie die *Passionate Kisses* EP. Es war nicht fair, war's einfach nicht, daß die Frau, deren erste Worte an ihn *Ann Jones* gelautet hatten, sein Mädchen, als er noch ihr Typ gewesen war, ausgerechnet ein Fan der Sängerin war, in die er einmal verknallt gewesen war, von der er mehr als einmal geträumt hatte, daß sie die Gäste bei ihrer Hochzeit mit dem Lied *Passionate Kisses* bezaubern würde.

«Sehr gut», sagte Cullen.

«Sie ist wunderbar, nicht wahr? Ein Schriftsteller, der ehrenamtlich in unserem Büro arbeitet, Max Perry, ist in sie verknallt. Er hat es geschafft, daß wir jetzt alle auf sie stehen. Von ihren Songs ist *Side of the Road* mein absoluter Favorit, ein Lied über eine Frau, die ihren Freund im Auto sitzen läßt und auf ein Feld hinausgeht, nur um mal zu sehen, wie es ist, allein zu sein. Sie macht sich Gedanken über die Leute in einem Bauernhaus...»

Und wieder sang sie mit ihrer klaren, vibratolosen Altstimme:

> «‹...*wondered if they were happy and content.*
> *Were there children and a man and a wife*
> *Did she love him and take her hair down at night?*›...

Seit ich die ersten romantischen Gefühle hatte, wollte ich, daß es etwas ganz Besonderes zwischen mir und einem Mann ist, wenn ich mein Haar löse. Ich habe mal eine Sendung über Carl Sandbergs Witwe im öffentlichen Fernsehen gesehen. Sie hatte langes weißes Haar, das sie sich auf dem Kopf hochgesteckt hatte. Sie sagte, sie habe es nur für ihren Mann offen getragen. Am Ende des Drehs fragte das Filmteam, ob sie ihnen ihr Haar zeigen wolle. Sie tat es. Sie war sehr schüchtern; es war beinahe, als könne ihr Haar brechen. Es war traurig. Es war zu persönlich, viel zu intim. Sie hätte es nicht tun sollen...

Ich rede schon wieder zuviel... Wo sind wir?»

Es *war nicht fair*. Ann, Ann Jones, sein Mädchen, als er noch ihr Typ gewesen war, war mit Max Perry befreundet. Hatte er es auch geschafft, daß Ann nun auf Lucinda Williams stand? Würde er eines Tages nach Hause kommen und feststellen, daß sie ihren Hörer neben ihre Boxen gelegt und ein paar Takte von, oh, *I Asked Him For Water, He Gave Me Gasoline* auf seinen Anrufbeantworter gespielt hatte? «Auf dem Long Island Expressway, kurz vor der Ausfahrt Queens Boulevard... Die Kämme – waren die ein Geschenk von dem

Mann, der will, daß Sie mit ihm nach St. Martin fliegen, der Mann mit dem Subaru-Kombi?»

Sie verstand es als das, was es war – Neugier geboren aus Eifersucht, die nur noch mehr Eifersucht hervorbringen konnte. «Wenn wir irgendwohin kommen, wo es einen Bürgersteig gibt, dann lassen Sie mich bitte raus. Ist die U-Bahnstation Forest Hills nicht ganz in der Nähe? Ich bin schon mal hier draußen gewesen, um mir ein Tennismatch anzusehen.»

«Sie sind Hauptzeugin einer Vergewaltigung und eines Mordes», sagte Cullen. «Versuchen Sie bitte, sich die Implikationen dieser Sache klarzumachen.»

Mary Catherine sammelte mit beiden Händen ihr üppiges Haar, hob es auf den Kopf, hielt es dort, und ließ Hals und Schultern von dem Hitzeschwall seines Vorwurfs abkühlen. Dann ließ sie ihr üppiges Haar wieder fallen, und es brandete über die Rückenlehne des Sitzes, aus dem Fenster, auf die Straße. «Dann war Salome Speed also bei Bewußtsein – ist es das?»

Cullen sah zu ihr hinüber. Nun waren sie schon so lange zusammen, und endlich redeten sie die gleiche Sprache. «Das ist es.»

«Sie hat gehört, wie ich Kirbys Namen gerufen habe.»

«Ja.»

«... Kirby ...»

«... Kirby ist ...»

«... Kirby, Kirby Gallagher, ist der jüngste Bruder – es gibt insgesamt vier Gallagher-Jungs – von Sean Gallagher, mein einstiger, irgendwie, so eine Art, ehemaliger Verlobter.»

Cullen hing sich an den Funk. Er sagte der Zentrale nicht, daß er sich in einem entführten Streifenwagen befand; er ließ sich einfach zu den Witwen und Waisen durchstellen.

Yas Watley kam ans Telefon.

«Ich habe eben erst mit einem Freund über dich geredet, Yas», sagte Cullen. «Ich habe einen Namen für dich.»

«Schieß los.»

«Kirby Gallagher. Wohnhaft ...»

«Zwei-null-acht Jackson», sagte Mary Catherine.

«Zwei-null-acht Jackson.»

«*Talipes Equinovarus.*» Mary Catherine wachte auf und erspähte Cullen, der mit seiner Nase nur wenige Zentimeter von ihrem Fuß entfernt war. «Können Sie Latein? Sie dürfen es ruhig anpacken, aber vorsichtig, bitte, ich bin kitzlig. Es lebt und atmet. Deshalb haben Sie mich aber nicht hergebracht, oder? Sie sind kein Perverser?»

Er setzte sich zurück und suchte nach einer Entschuldigung, aber sie drehte sich um und schlief sofort wieder ein.

Tatsächlich konnte er ein wenig Latein; er hatte es zwei Jahre auf der High School gehabt, wenn er nicht gerade mit einer Lucky auf einem Treppenabsatz herumlungerte, und dann noch mal ein Jahr auf dem College, wenn er nicht gerade damit herausplatzte, was Jesaja gesagt hatte oder Basketball spielte. Er besaß immer noch ein lateinisches Wörterbuch, den «Kleinen Lewis», wie ihn Dr. Russell, sein Collegeprofessor genannt hatte, um es von dem Großen Lewis zu unterscheiden, das ungekürzte Drecksding, genau hier auf dem Bücherregal in seinem Wohnzimmer, zwischen *Neuneinhalb Wochen* und *The Great War and Modern Memory*, Zeugnisse seiner vielseitigen Interessen.

Er holte den Kleinen Lewis heraus und schlug *talipes* nach. Nichts. Aber *talus, tali* bedeutete Knöchel, also stand *-pes* für *pes, pedis*, Fuß, weswegen *talipes* Knöchelfuß bedeuten mußte, ein Fuß wie ein Knöchel. Joe Cullen, der große Lateiner. Mach Platz, Robert Graves.

Equinovarus, equinovarus, equinovarus... Nun, *equinus* ist offensichtlich das Adjektiv, «Pferde-, Roß-». Und *varus* ist... noch ein Adjektiv, «verbogen, schief, krumm». Also mußte *Equinovarus* bedeuten: gebogen wie bei einem Pferd. Folgerichtig mußte ein *talipes equinovarus* ein Fuß sein wie ein verbogener Knöchel wie bei einem Pferd. Verzieh dich, Edith Hamilton.

Der arme, verbogene Knöchelfuß.

Die arme Frau.

Also, wer war dieser St. Martin-Bursche, Mr. Ambivalent, Mr. Yuppie, und bezüglich was genau war er überhaupt ambivalent? War er ambivalent, weil er *tomaaahto* sagte, während sie es *tomeito* aussprach? Weil er Hank Williams oder Ralph Vaughn Williams gut fand, während sie Lucinda Williams mochte? Ambivalent, was sein Laufen oder Treppensteigen oder Racquetball zur Erlangung totaler Fitness betraf, während sie lieber schwimmen ging? Weil er *Justify My Love* schmettern wollte, während sie lieber *Robert De Niro's Waiting* sang? Weil er nicht hören wollte, wann genau Sean Gallagher sie wo berührt hatte, danke, während sie fand, daß es «wirklich ziemlich süß gewesen ist, die Zeit mit Sean»? Oder war er ambivalent, was ihren Fuß wie ein verbogener Knöchel wie bei einem Pferd betraf?

Halb elf abends. Zeit für ein bißchen Musik. Cullen hatte den Hound an diesem Nachmittag nicht auf Band mitgeschnitten, aber er besaß ein Band der Sendung vom letzten Samstag, das er sich noch nicht angehört hatte. Er holte seinen Aiwa aus der Sporttasche, in der er immer Klamotten und Kram zum und vom YMCA transportierte, wo er zur Erlangung totaler Fitness schwimmen ging, und schob die Cassette rein.

«Was ist'n mit dem Tapedeck los?»

«Das Ding leuchtet nicht auf, wie's sollte.»

«Ist das mal nicht ein super Anfang für eine Sendung?»

«Meine Güte!»

«Deine Güte hatte nichts damit zu tun.»

«Da liegst du genau richtig. Hier ist der Hound, und wir hatten jetzt schon mal einen miesen Start. Jedenfalls, das war Ward Darby and the Raves mit ‹Safari›. Vorher hatten wir Tony March and the Rockets mit ‹Showdown›. He, er hat keinen Scheiß erzählt, was dieses Mikro betrifft. Die haben uns heute in den Keller verfrachtet, weil wir in den Startlöchern stehen für den großen Geldspendemarathon, und dieses Mikro hat, also, äh, es hat so was wie Atemfieber.»

«Yeah, es steigt auf wie, also, ihr wißt schon, wie Jesus oder so.»

«Yeah. The Roving Gamblers mit ‹Do the Fly›. Don and the Galaxy mit ‹Sundown›. Losgelegt haben wir mit den Busters und ‹Bust Out›.»

«Und das war's dann auch schon von uns. Wenn's der Herr im Himmel so will und das Bächlein nicht steigt, dann sehen wir uns nächste Woche wieder.»

«Bye.»

«Wir müssen uns heute um einen Haufen Kram kümmern. Auf vielfachen Wunsch kommen wir jetzt zur Geflügelabteilung der Show. Wie üblich folgen danach Hillbilly Hangover und Blues Hangover. Den Vibe Report gibt's um halb fünf. Fruchtbarkeitsriten der Jungle Music kommen dann ein bißchen später.

Also, Leute, ölt euch jetzt ein.»

«Riesenstapel von Schwachsinns-Rock 'n' Roll-Fünfundvierzigern. Blödmänner in den Nachrichten. Legen wir einfach los mit einem unser meist verlangten Zuhörerwünsche, ‹Orange Peel›.»

Cullen drückte die Stoptaste. Er war nicht in der Stimmung für ‹Orange Peel›, er war nicht in der Stimmung für den Hound.

Er ließ einen Finger über seine Tapes gleiten. Nie wieder würde er sich das Band anhören können, das er mal mit den besten Stücken von Lucinda Williams aufgenommen hatte. Nie wieder würde er das

Glanzstück hören können – Rücken an Rücken an Rücken Versionen von *Side of the Road* – elektrisch – akustisch – und wieder elektrisch.

Er schob ein anderes, selbst aufgenommenes Band ein, das er mit *Frauen* beschriftet hatte: K. D. Lang, *So In Love*, Margo Timmins, *'Cause Cheap Is How I Feel*, Kate und Anna McGarrigle, *Heartbeats Accelerating*, Sinéad O'Connor, *You Do Something to Me*, Dolly Parton, *A Gamble Either Way*, Lisa Stansfield, *Down in the Depths*, Janis Joplin, *A Woman Left Lonely*, Bonnie Tyler, *Piece of My Heart*, Rosanne Cash, *Paralyzed*, Toni Childs, *Stop Your Fussin'*, Tracy Chapman, *Baby Can I Hold You*, Andrea Marcovici, *You've Changed*, Neneh Cherry, *Buffalo Stance*, Jody Watley (nicht verwandt mit Yas), *After You, Who?*, Joni Mitchell, *Coyote*, Patsy Cline, *I Fall to Pieces*, Shelby Lynne, *I Walk the Line*, Rickie Lee Jones, *Under the Boardwalk*, Annie Lennox, *Every Time We Say Goodbye*, Maria Muldaur, *Mad Mad Me*, Aretha Franklin, *Sweet Bitter Love*, Syd Straw, *Heart of Darkness*, K. T. Oslin, *Hold Me*.

Mitternacht. Seit dem saftigen, ketchupigen Burger Deluxe im *Girl* hatte er nichts mehr gegessen.

Kühlschrank: Arktisch. Iditarod-Schlittenhundrennen-arktisch.

Schränke: Suppe, Suppe und noch mehr Suppe.

Er rief das *Mandarin Palace* an. «Keine Ausliefelung mehl.»

Das *Nosh Box* wollte auch nicht mehr liefern, aber wenn er ihnen sagte, was er haben wolle, dann könne er es sich in fünfzehn Minuten abholen. Er bestellte Truthahn auf Roggenbrot, Senf, dazu eine Flasche Poland Spring und eine Tüte Smartfood. Zum Frühstück bestellte er einen Liter Milch, einen Liter Orangensaft, ein Baguette. Kaffee hatte er noch. Sie würden sich an den Tisch vor dem Küchenfenster setzen, Brotstücke in *café au lait* tunken und so tun, als wären sie in Paris.

Er setzte sich neben das Telefon, um eine Nachricht zu schreiben:

Mary Cath,

Es ist jetzt 12:15 Uhr. Ich bin mal kurz zu *Deli* um die Ecke, etwas zu essen einkaufen. In zehn Minuten bin ich zurück. Falls Du aufwachst und duschen möchtest oder –

Das Telefon klingelte. Oder genauer gesagt, der Anrufbeantworter sprang an, da er den Stecker des Telefons herausgezogen hatte, damit Mary Catherine ungestört schlafen konnte. Es war nicht der erste

Anruf dieses Abends, es war der zehnte. Jeder wollte mit ihm reden: Yas Whatley, Bond, James Bond, Deedee Estefan, Hal Smith – alle von den Witwen und Waisen, alle wollten mehr über Kirby Gallagher wissen, da keiner seiner Familienangehörigen wußte, wo er jetzt war oder wo er am Morgen nach dem St. Patrick's Day gewesen war; Lou Dellinger, auch von den Witwen und Waisen, aber mit einem eigenen Programm; Jake Neuman, der sich erkundigen wollte, ob mit ihm alles in Ordnung sei, dem Tonfall nach aber wissen wollte, was zum Henker eigentlich los war; dreimal meldete sich niemand – jedesmal war's, er würde eine Menge Geld drauf wetten, falls er es gehabt hätte, Brian Cassidy und/oder Andy Garcia; Jack Farrell wollte sich am Sonntag irgendwann irgendwo mit ihm treffen, wollte über diese Sache im Village mit ihm reden, genau genommen.

«Und, Jesus, ich hab von der Sache in den Narrows gehört», sagte er mit Verwunderung, da er doch nur wenige Stunden zuvor Joe und Mary Cath zusammen im *Girl* gesehen hatte. «Alles in Butter, Jungs und Mädchen?»

Cullen drehte die Lautstärke des Anrufbeantworters hoch.

Es war Ann, Ann Jones, sein Mädchen, als er noch ihr Typ gewesen war:

«– so, jetzt ist es amtlich. Fröhliches Frühjahr. Ist schon komisch: Ich will wissen, wie das Wetter heute in New York war. Damit wird's dann auch für mich amtlich. Es ist irgendwie – hab ich dir das schon mal erzählt? Es war merkwürdig – an Silvester bin ich zu einer kleinen Party gegangen, zum größten Teil Leute aus dem Magazin. Wir sind dann alle ins Arbeitszimmer gegangen, um im Fernseher zu verfolgen, wie auf dem Times Square die illuminierte Kugel mit einem Countdown herabgelassen wird. Die Kugel war unten, wir haben alle ‹Frohes Neues Jahr› gebrüllt, haben uns geküßt und in den Armen gelegen. Und was sollten wir dann tun? Dort, wo wir waren, war's ja erst neun Uhr. Ein paar Leute sind nach Hause gegangen. Es war so was wie die kosmische Version dessen, das Stadion nach dem siebten Inning zu verlassen, um dem dichten Verkehrsgewühl zu entgehen …

Ja, ich vermisse New York. Wieso das so ist, ich habe keinen Schimmer. Die Zeitungen hier haben aufgehört, Geschichten über die Kinder zu bringen, die bei Drogenschießereien getötet wurden – Champignons, *so nennt man doch die unschuldigen Passanten, die bei solchen Schießereien dran glauben müssen, oder? Weil sie wie Pilze aus dem Boden schießen – aber ich weiß, daß die Schießereien nicht aufgehört haben, der Reiz des Neuen ist nur vorbei. Außerdem, hier passiert es auch, in Compton, in Watts. Erinnerst du dich noch an Steve Anderle vom City? Er ist mit vorgehaltener Kanone – mit vorgehaltener Schrotflinte – in einem Kiosk in seinem Viertel überfallen und ausgeraubt worden. Park Slope. Ich hatte ihn wegen einem Artikel angerufen, den er für mich schreiben sollte. Er war okay, sie haben ihm nur ein paar Dollar abgenommen, aber es hätte entsetzlich werden können. Es waren drei Männer und mindestens eine Waffe, und wenn Kunden hereinkamen – es war später Vormittag; Steve wollte sich eine Zeitung kaufen –, dann raubten sie diese aus, stießen sie dann in das Hinterzimmer oder unter die Ladentheke oder, wie in Steves Fall, in einen Wandschrank, in dem bereits ein anderer Mann steckte. Die bösen Jungs waren nach ein paar Minuten verschwunden, und alle kamen wieder raus, aber man schickte ein Stoßgebet zu Gott, daß* niemand *die Cops gerufen hatte. Nichts für ungut, Officer, aber Geiseln, Scharfschützen, das alles… Nein, danke, vielen Dank…*

Man hat mir einen neuen Job angeboten. In New York. Bei einer Stiftung, ausgerechnet, die Stipendien an Schriftsteller und so vergibt. Es ist die Richard C. Blaine Foundation. Noch nie davon gehört, stimmt's? Ich auch nicht, bis ich Richard C. Blaine den Zweiten bei einer Vernissage in Pacific Palisades getroffen habe. Er fand, ich wäre ein guter Programmfunktionär, so nennen die das, wo ich doch selbst irgendwie ein Schriftsteller bin. Ich schreibe heute kaum noch Briefe, wie dir ja wahrscheinlich aufgefallen sein wird. Hin und wieder ein Fax. Die Bezahlung ist gut, nicht toll. Ich habe eine Gehaltseinbuße hinnehmen müssen, als ich das Fernsehen verlassen habe, daher habe ich gelernt, mit weniger auszukommen. Auf großem Fuß hab ich eigentlich sowieso nie gelebt, selbst als ich noch einen Haufen Kohle gemacht habe, daher konnte ich eine Menge sparen.

Wie auch immer, im Grunde geht es doch darum, oder vielleicht nicht, ob es menschenmöglich ist, nachdem ich mich von New York befreit habe, dort wieder einzutauchen? Ich kann mir nicht vorstellen, in einem Apartment zu leben, Straßen entlang zu schlendern, die abgesehen von der Mittagszeit nie die Sonne sehen, mit all dem Lärm und dem Dreck und den Verrückten fertigzuwerden – und wozu das alles? Damit man einmal im Jahr in die Metropolitan Opera gehen und eine Stunde in einer Schlange anstehen kann, um zwischen den Köpfen anderer Menschen Gemälde zu sehen, die du dir auch nicht angesehen hast, als sie noch nicht Bestandteil irgendeiner Knüllerausstellung waren? Damit man zum Film-Festival gehen und ganz in

Schwarz rumlatschen und über Jarmusch und die Tavianis palavern kann? Damit man ins Strand gehen und zum halben Preis ein Rezensionsexemplar kaufen kann, das irgendein Kritiker zu einem Viertel des Ladenpreises vertickt hat, nachdem er das Buch kurz überflogen hatte? Damit man ins Zabar's gehen und 30 Dollar für Lachs und Bagels ausgeben kann, um ins 47th Street Photo zu gehen, um dort wie Yasir Arafat behandelt zu werden? Neulich Abend lief Casablanca. Der Nazikommandant stellt sich vor, die Deutschen würden Paris, London und New York besetzen. Bogart sagt: ‹In New York gibt es Gegenden, bei denen ich Ihnen dringend abraten würde, dort einzumarschieren.›

Hör sich das einer an. Dann zieh eben nicht wieder dahin, Ann, wenn's dir dort nicht gefällt... Wieso bist du nicht zu Hause? Es ist schon nach zwölf. Bist du in irgendeinem angesagten In-Nachtclub, läßt mal so richtig die Sau raus? Ich vermute, du könntest auch schon schlafen. Oder vögelst dir den Verstand weg mit irgendeiner heißen, scharfen Finanzanalytikerin? Ich stelle mir dich immer mit solchen Businessfrauen vor: ein Kostüm mit dem Rock kurz oberhalb der Knie, Seidenbluse, ein Soupçon von Unterwäsche, mehr als bereit, ihre Tür abzuschließen und es auf dem Schreibtisch zu treiben. Hast du die Folge von Thirtysomething gesehen, in der Michael von der stellvertretenden Managerin eines Hotels in New York verführt wird? So eine Frau.

Ich hab mir die Haare abschneiden lassen. Ich meine, wirklich richtig kurz. Ich sehe jetzt aus wie Jean Seberg in Atemlos oder wie dieses Mäuschen in Nikita. Wenn ich jetzt so drüber nachdenke, ich sehe aus wie die stellvertretende Managerin des Hotels in Thirtysomething. Macht dich das an? Du hast doch schon immer auf knabenhafte Mädchen gestanden. Sorry. Das hätte ich nicht sagen sollen.

Ich hoffe, du hast Nikita nicht gesehen. Es ist sehr verwirrend. Daß es so ein großer Erfolg war, ist ausgesprochen verwirrend. Von einem Film dazu gebracht zu werden, einem Cop-Killer die Daumen zu halten – und es dann auch noch zu tun – ist krank. Selbst wenn ich nicht eine Zeitlang das Mädchen eines Cops gewesen wäre, würde ich's immer noch ziemlich abartig finden. Ich glaube, ich würd's abartig finden. Ich weiß nicht...

Kommenden Donnerstag und Freitag bin ich in New York. Zu einem Vorstellungsgespräch bei Blaine – also, eigentlich ist es ja gar kein richtiges Vorstellungsgespräch; nur ein zwangloses Schwätzchen – und wegen einer Sache für das Magazin. Ich steige im Para-

mount ab. Wie ich höre, soll es was ganz Besonderes sein. Hast du's schon mal ausgecheckt? ‹Yo, check it out.› *Das ist wieder was, das ich vermisse – daß mir Wichs-Literatur auf der Straße in die Hand gedrückt wird. Wenn ich's mir genau überlege, untersteh dich, den Laden auszuchecken. Könnte gut sein, daß diese stellvertretende Managerin dort arbeitet…*

Wieso bist du nicht zu Hause, Cullen, damit ich einfach sagen könnte, hast du Lust, dich mit mir zu treffen, und damit du sagen könntest… was würdest du wohl sagen? Was würdest *du sagen?… Willst du dich mit mir treffen? Ich komme ziemlich spät am Mittwoch an. Donnerstag und Freitag habe ich Termine, einschließlich zum Mittagessen, den ganzen Tag über. Freitagabend treffe ich mich mit Mabel. Donnerstagabend habe ich nichts vor. Ich wollte ganz* sophisticated *sein und mir allein ein Theaterstück ansehen – das neue Stück von Mamet vielleicht. Aber lieber würde ich dich sehen. Lieber würde ich Cullen sehen.*

Bis Mittwochmorgen kannst du mich zu Hause anrufen, im Magazin bis Mittwochnachmittag, im Paramount entweder am späten Mittwochabend oder frühen Donnerstagmorgen. Mein erster Termin am Donnerstag ist um halb neun…

Wieso bist du nicht zu Hause?

Frohes Frühjahr.»

12 Uhr 25. Zeit, sein Essen abzuholen.

Cullen beendete die Nachricht für Mary Catherine, glitt aus der Wohnung, schloß zweimal hinter sich ab – *Hi, Sophie. Ich geh mir nur noch kurz was zu essen besorgen. Der rothuarige Krüppel? Sie ist, äh, nur eine Freundin. Also, genau genommen hat's was mit der Arbeit zu tun. Ich arbeite gerade, Sie wissen schon, an einem Fall, und sie, Sie wissen schon, sie, äh, besitzt einige Informationen, die damit in Zusammenhang stehen* – und ging die Treppe hinunter.

Er trat durch die Tür des Foyers und ging die beiden Stufen zum Bürgersteig hinauf. Er roch seinen Angreifer, noch bevor er ihn hörte oder sah, aber trotzdem, oder gerade deswegen, war es zu spät, irgend etwas zu unternehmen. Er wurde von einem sehr stämmigen, unfreundlichen Mann gepackt, der einen langen, fleischigen Arm um Cullens Oberkörper und Arme wickelte und einen in irgendeine Chemikalie getränkten Lappen auf Cullens Nase und Mund drückte. Er war 92 Tage trocken geblieben: das war der Gedanke, der alle anderen überdeckte. Würde das hier zu seinen Ungunsten gerechnet? War er wieder bei seiner Sucht angelangt oder – es gefiel ihm, ihm gefiel das Gefühl des Fallens ins Nichts, und nichts geschah, einfach nur dieses Fallen – fing er gerade eine neue an?

15

Cullen war nicht lange abgetaucht, er brach an die Oberfläche durch, nur eine leichte Taucherkrankheit, nichts Ernstes, während er immer noch auf dem Rücksitz eines schwarzen, überlangen Benz lag, der sich auf dem Weg dorthin befand, wohin auch immer er von *ihnen* – wer auch immer das war – gebracht wurde.

Sie: Auf einem Klappsitz, der jeden Augenblick unter ihm zusammenzubrechen drohte, kauerte der stämmige, unfreundliche Mann, ein Homeboy mit M. C. Hammer-Frisur, Spike Lee-Brille, einem Eight-ball Sweatshirt; mit den Armen umklammerte er seine Knie, links und rechts neben seinem Kinn; und auf dem Sitz neben Cullen rauchte eine afroamerikanische Frau mit Läuferinnenbeinen in einem nachgemachten Josie Natori-Trikot mit Perlen bestickt eine kleine braune Zigarre in einem langen Elfenbeinhalter und trommelte mit ihren anderthalb Zentimeter langen, vergoldeten Fingernägeln im Takt zu *There's Something Wrong in Paradise* von Kid Creole and the Coconuts auf den Ledersitz. Den Fahrer konnte Cullen durch die dunkel getönte Trennscheibe nicht erkennen.

«Gut gepennt, Bulle?» Die Frau besaß eine Stimme wie Marilyn Monroe, wie ein parfümierter Busen. Wenn sie aus der Limousine ausstieg, würde man echt was zu sehen kriegen, denn sie war einsdreiundachtzig groß, trug eine fünfzehn Zentimeter hohe Frisur mit ausrasierten Seiten und Nacken und dazu noch zehn Zentimeter hohe Pfennigabsätze. Violette Kaposi-Sarkom-Läsionen auf Armen und Brust und Beinen. Sie erinnerte Cullen an etwas, an jemanden – jemand aus seiner Kindheit.

«Treena Hart», sagte Cullen.

Treena Hart prostete ihm mit einer kobaltblauen Champagnerflöte zu. Was auch immer darin war, selbst wenn sie den Virus hatte, Cullen wollte einen Schluck. Sein Mund fühlte sich an wie Sackleinen. Und, he, er schaffte es; er hatte immerhin schon 92 Tage hinter sich.

«Nett von dir, mit mir durch die Gegend zu kutschieren», meinte

Cullen. «Ich bin noch nicht sonderlich oft mit einem Benz gefahren, und noch nie mit einem dieser extralangen Modelle. Ein Typ in meinem Block ist Chauffeur, glaub ich wenigstens, und der hat so einen; am Wochenende wienert er ihn immer. Das *Pro*blem ist nur, ich hab was zu essen im Deli bestellt, und jetzt wartet das Zeug auf mich. Du weißt ja selbst, wie die Leute in Delis so sind; die setzen mir das locker auf die Rechnung, selbst wenn ich's nicht abhole. Die sind wie Shrinks. *Außerdem* habe ich zu Hause einen Gast. Sie macht gerade ein Nickerchen. Wenn sie aufwacht und entdeckt, daß ich weg bin, wird sie ganz außer sich sein. Sie weiß nicht, wo die Handtücher sind. Ich hab nicht besonders viele Schränke, und ich bewahre sie unter dem Bett in einem Lagerelement auf – eines von diesen Dingern aus Karton mit Zedernholzfurnier. Was dagegen, wenn ich mal kurz telefoniere?»

Zu viele Gedanken, zu viele Worte, zu schwach, um als hartgesottener Bursche durchzugehen. Mehr wie ein Spiegelei, dessen Eigelb aufgeplatzt war und auslief. Trotzdem legte der stämmige, unfreundliche Mann gebieterisch und ablehnend eine Hand auf das Funktelefon.

Der Benz begann mit einer längeren, sanften Bergauffahrt. Ein Hügel? Nein – eine Brücke. Die Williamsburg? Die Manhattan? Cullen konnte es nicht sagen.

Kid Creole and the Coconuts sangen *It's a Wonderful Life*.

Die Manhattan Bridge. Dort links war die Brooklyn Bridge, also war's die Manhattan.

«Ich hätte gedacht, du wärst ein *uptown*-Mädchen», sagte Cullen.

Treena Hart drückte ihre kleine Zigarre im Aschenbecher der Tür aus. Aus einem Brokattäschchen auf ihrem Schoß kramte sie eine Sonnenbrille von Jean-Paul Gaultier und setzte sie auf.

«Ist das hier deine normale Karre?» wollte Cullen wissen. «Nicht zum erstenmal habe ich die nachhaltige Botschaft erhalten, daß ich irgendwie den falschen Job habe. Oder ist es ein Mietwagen, nur für die Nacht – verdammt, es ist schon nach Mitternacht. Ich mache jede Wette, man kriegt einen Rabatt? Um mich zu beeindrucken? Kennst du den Dylan-Song *Angelina*? Vom Bootleg-Album? Nicht *Farewell, Angelina* – das ist älter. Black Mercedes Rolling Through the Combat Zone. So ungefähr ist das jetzt auch. Your Servants Are Half-dead. You're Down to the Bone. Es ist kein *toller* Song; er reimt doch tatsächlich *Angelina* mit *subpoena*.»

Der stämmige, unfreundliche Mann schob mit einem Mittelfinger doppelt so groß wie der von Cullen seine Spike Lee-Brille die Nase hoch.

Cullen schnipste mit den Fingern. Er schnipste wieder, nur um sich zu vergewissern, daß er nicht gefesselt war. «Mir ist gerade was *eingefallen.* Solange wir *downtown* sind, mein Wagen parkt drüben an der Greenwich Street. Street, nicht Avenue; direkt an der Cristopher. Nimm die Reade rüber zur Hudson, dann weiter zur Cristopher hochgespritzt. Da kannst du mich dann absetzen, ich fahre selbst nach Hause, erspar dir die Mühe, danke.»

Treena Hart nahm ein silbernes Etui aus ihrer Abendtasche und harpunierte mit einem vergoldeten Fingernagel eine weitere kleine Zigarre. Als sie sie in den Elfenbeinhalter gesteckt hatte, gab ihr der stämmige, unfreundliche Mann mit einem Super Cub Feuer.

«Nimmst du Jumbo oder Ice?» fragte Cullen den stämmigen, unfreundlichen Mann. «Oder mischst du beides? Wir sind uns noch nicht bekannt gemacht worden. Ich heiße Joe Cullen.»

Der stämmige, unfreundliche Mann knurrte bösartig Cullens ausgestreckte Hand an, und Cullen zog sie sofort zurück und ließ die Finger spielen, war dankbar dafür, noch alle zu besitzen. «He, in dem weißen Caddy da, ist das nicht Mike Tyson?»

Der stämmige, unfreundliche Mann schaute auf, der dumme Arsch, drehte sich so gut er konnte um, damit er einen Blick über die linke Schulter werfen konnte. Als er sich wieder nach vorn drehte, tiefe Schluchten der Skepsis auf der Stirn, hatte Cullen seine .32er aus dem Knöchelhalfter gezogen und in Treena Harts linkes Ohr gebohrt. Zuerst Andy Garcia mit Madonna, jetzt der stämmige, unfreundliche Mann mit Mike Tyson: Zweimal hatte er seine Widersacher jetzt schon reinlegen können. Zeit, damit aufzuhören.

«Wenn du jemanden filzt, Honey, dann filz ihn richtig. Und es kann auch nie schaden, jemanden zu fesseln, Mann. Ich hab gehört, du wärst 'n Profi, Treena, aber das hier ist Amateur pur. Es heißt, man ist, was man fährt, aber das stimmt einfach nicht, oder? Die Sprüche hast du ja vielleicht drauf, aber das Niveau geht dir total ab. Also, wo geht's denn hin, Mädchen? Treffen wir uns mit Nads? Nur um dich gottverdammt dran zu erinnern, ich hab's auf die Straße gebracht, daß Nads auf seinen Arsch aufpassen soll, wenn er's also von mir persönlich hören will, dann hätte er mich nur fragen müssen. Im *Deli* wartet eine Bestellung auf mich, ich hab einen Gast in der Wohnung, der nicht weiß, wo ich meine Handtücher aufbewahre. Für diese Scheiße hier gab's absolut keinen Grund – Treena.»

Und Cullen griff zwischen Treena Harts Beine und packte ihre Hoden und drückte zu.

Treena Hart zuckte vor Schmerz zusammen und stöhnte und tat so, als wolle sie Cullens Hand mit der kleinen Zigarre stechen, aber Cullen koste ihr Ohr mit dem Lauf der .32er.

«Bitte, tu's nicht. Bitte, tu's nicht», wimmerte Treena Hart.

Cullen ließ ihre Eier los. Aus seiner Kindheit kam die Erinnerung, an wen ihn Treena Hart, mit ihren KS-Flecken, erinnerte: Der Duke und der Delphin, in *Tom Sawyer* – oder war's *Huckleberry Finn*? –, einer von denen, nackt und mit Flecken bemalt, tat so, als sei er der *«Royal Nonesuch»*, ein unheimliches Fabeltier.

«So, dann sag mal deinem Fahrer – Treena –, daß er rüber zur Cristopher und Washington fahren soll. Ich hole mir meinen Wagen, ich werde dir nachfahren. Ruf Nads an und sag ihm schon mal, was los ist. Ich will kein beschissenes Begrüßungskomitee. Klar?»

Treena Hart seufzte, war pikiert und verärgert.

Cullen kitzelte sie noch etwas mit der .32er. «Du hast den Virus, Treena, also ist es dir vielleicht scheißegal. Aber ich kann dich auch *nicht* ausknipsen, und dann wirst du deinen Freunden ein paar Antworten liefern müssen, und das willst du vielleicht nicht. Also, habe ich mich gottverdammt klar genug ausgedrückt?»

«Klar», sagte Treena mit ihrer richtigen Stimme, einem tiefen James Earl Jones-Grummeln.

Kid und die Mädchen sangen *Broadway Rhythm*.

Nads Traynor und Treena Hart vogueten im *Tango & Cash*, einem unter Straßenniveau, unter Meeresspiegel liegenden Transvestiten-Club in der Vestry Street; der nahe Fluß brandete und plätscherte und ließ die Nagel-Drucke an der Wand nett erscheinen.

«Veronica Lake», bemerkte Cullen, als er Nads schwarzes, schulterfreies Abendkleid und die blonde Tolle sah, die ihm ins Gesicht fiel.

«Scheiße.» Nads machte einen Schmollmund und trank einen Schluck Bourbon aus einem kleinen Schnapsglas. «Gena Rowlands.»

Cullen wußte, es war unhöflich, aber er mußte einfach lachen. «Frag Treena: Bislang war ich gar nicht so schlecht. Ich hab Meryl Streep erkannt, ich hab Mia Farrow erkannt, ich hab Sean Young erkannt, was gottverdammt schwer war, aber irgendwas an ihrem Kleid mit V-Ausschnitt hat mich an die Werbung für *Ein Kuß vor dem Tode* erinnert. Ich hab Kelly LeBrock erkannt. Wie schwer das war? Gib's zu: hast du Kelly LeBrock erkannt?»

Nads ts-tste. «Das rote *Kleid* verrät doch alles.»

«Ich hab Kelly LeBrock erkannt, ich hab Sean Young erkannt», sagte Cullen. «Ich sollte so was wie einen Anfängerpreis kriegen.»

Nads nahm Cullens Club Soda und trank einen Schluck davon. «Ein kleines Vögelchen hat mir gezwitschert, daß du auf Entzug bist.»

«Soviel zur Anonymität. 92 Tage.»

Nads schnaubte verächtlich. «Elf gottverdammte Jahre.»

Cullen schnipste einen Nagel gegen Nads' Schnapsglas. «Was denn, wir dürfen samstags abends einen kippen? Scheiße, das wußte ich nicht. Zu welcher Gruppe gehst du?»

Nads zuckte mit einer nackten Schulter und klimperte mit den Wimpern. «He, ich bin schwach geworden. Was willst du jetzt tun – mir Vorwürfe machen? Mich bei meinem Paten anschwärzen?»

«Wer ist dein Pate, Nads? Charles Manson?»

Nads lachte, ein perfektes Gena Rowlands-Lachen. «Für einen Bullen bist du schon irgendwie cool.»

Cullen warf einen Blick auf seine Uhr. Viertel nach drei. Er hatte von dem Autotelefon in seinem Wagen bei sich zu Hause angerufen, aber der Apparat dort war immer noch ausgestöpselt, und falls Mary Catherine den Anrufbeantworter anspringen hörte, dann hörte sie zumindest nicht über Lautsprecher mit. Oder sie *hörte* über Lautsprecher mit und hatte keine Lust, das Telefon wieder einzustöpseln, weil sie sauer auf ihn war, daß er nicht da war, daß er seine Handtücher versteckte, falls er überhaupt welche besaß.

«Hör dir jetzt mal ganz cool das hier an, Traynor», sagte Cullen. «Letzten Dienstag, im Village, Ecke Houston und Mercer –»

«Das nenne ich aber nicht das *Vil*lage», sagte Nads.

Cullen zog seine .32er aus der Jackentasche und legte sie auf die Theke. «Siehst du diese Buchstaben: C-o-l-t? Das steht für *Halt gottverdammt deine Schnauze!*... Ecke Houston und Mercer, Arverne Dale, ein kleiner Straßendealer, wurde dort um vier Uhr nachmittags ausgeknipst. Cassidy – du kennst doch Cassidy, richtig? Ich brauch dir nicht erst sagen, wer Cassidy ist – Cassidy will, daß du dafür in den Knast wanderst. Du hast Sammy Sylvester ausgeknipst, oder hast ihn ausknipsen lassen, deswegen ist Cassidy sauer auf dich, er hat Leute im Knast, die ihm noch was schulden, und du bist Geschichte. Ich bin in einem Kino auf der anderen Straßenseite gewesen, ich hab gesehen, wie er ausgeknipst wurde. Cassidy will, daß ich sage, du wärst es gewesen. Er besteht darauf. Es ist so was wie, du weißt schon, ein Angebot, das ich nicht ablehnen kann. Die Ironie jedoch liegt, und das weiß Cassidy vielleicht nicht, im Täter, einem Afroamerikaner, einsachtundsiebzig groß, etwa hundert Kilo schwer, kurze, ausrasierte Haare im Nacken, schwarze Baseballmütze, schwarze Satinjacke, wie eine Mannschaftsjacke, aber ohne Beschriftung, schwarze Hose, hohe schwarze Basketballschuhe, bewaffnet mit... es könnte eine Baby Nine gewesen sein. Und was seine Größe und sein Gewicht betrifft, liege ich vielleicht ein bißchen daneben. Es könnte auch ein M. C. Hammer-Schnitt statt einer ausrasierten Frisur gewesen sein. Der Täter könnte – also, eigentlich glaube ich, daß er es war, ich bin sogar sicher, ich bin so was wie *ab*solut sicher – genau das dumme Arschloch sein, das du Treena mitgeschickt hast. Ich dachte, du wärst ein Profi, Nads, aber das bist du nicht. Die Leute reden, daß diese Stadt den Bach runtergeht, und das deutlichste Zeichen dafür ist, daß die Bösen keine Profis mehr sind, sie sind nur noch krank.

Der einzige Weg, wie du aus dieser Sache rauskommen kannst, der *einzige* Weg, besteht darin, daß du uns den Täter auslieferst. Ich hab Lou Dellinger gesagt, daß sie Treena sagen soll, daß sie dir sagen soll, du sollst dir ein Alibi besorgen. Das war das Angebot der vergangenen Woche. Dieses Angebot ist um Mitternacht abgelaufen. Das Angebot dieser Woche lautet: Geh und fick dich. Du weißt, daß das große, dumme Arschloch dich mitnehmen wird, wenn er den Bach runtergeht. Und Treena, vergiß das nicht, ist wegen dem Mord an diesem kleinen Dealer eingebuchtet worden, der dein Crack auf eigene Rechnung vertickt hat. Seine Amnesie? Dagegen kann ich was unternehmen, ich schaff's schon, daß das verschwindet.»

«Ach, ja?» sagte Nads. «Was bist du – Karnak?»

Cullen lachte. «Kreskin.»

«Wer?»

«Nenn mir einen Namen, Traynor.»

Nads gab dem Barkeeper ein Zeichen. Er schenkte ihr einen weiteren Bourbon ein. Nads kippte ihn.

«Verrat's nicht», sagte Cullen. «Jim Beam.»

Nads lachte. «Verdammt. Du bist cool, Mann, für einen Bullen.»

Cullen nahm seine .32er von der Theke und schob die Mündung in Nads Mund.

«I ann iah einng amgn eebn», sagte Nads.

Cullen zog den Lauf aus Nads' Mund. «Noch mal.»

«Ich kann dir keinen Namen geben. Es geht das Gerücht, daß es nicht um Revierstreitigkeiten ging, es war nur ein Junkie, der gestrecktes *P-funk* gekauft hat.»

Cullen rutschte von seinem Hocker. «Der Knast wird dir nicht gefallen, Nads. Die werden deine Wimpern beschlagnahmen.»

«Aber...» Nads legte ihre Hand auf Cullens Arm. «Ich kann dir denjenigen liefern, der Sammy Sylvester ausgeknipst hat.»

Cullen wartete.

Nads schleuderte ihre blonde Tolle in Richtung auf den großen, dummen Arsch. Er stand vor ihnen und schob seine Spike Lees mit dem Mittelfinger nach oben.

«Das hier ist Dumont.»

«Ich bin ziemlich dicke mit Dumont», sagte Cullen. «Wir hängen zusammen rum und begaffen Berühmtheiten.»

«Dumont, zeig dem Bullen das Hinterzimmer.»

Auf der Fahrt nach Hause, als er wieder über die Kos fuhr und sich plötzlich erinnerte, was er praktischerweise vergessen hatte, daß da nämlich in der Tiefgarage seines Hauses noch ein entführter Streifenwagen stand, wegen dem er etwas unternehmen mußte, fragte sich Cullen, ob er Buckaroo Banzai Koenig durch den Spion des Hinterzimmers gesehen hatte, das für Pokerspieler reserviert war. Texas Hold 'Em, nach dieser Poker-Variante sah das Spiel durch den Spion aus. Dumont hatte ihn dorthin begleitet, Gänge hinunter, um Ecken herum, durch Türen, weitere Korridore entlang. Buckaroo Banzai Koenigs Spiel: Zwei Karten *in the pocket*, drei Karten offen *in the flop*, dann *the turn*, und schließlich *the river*. Vier Weiße hatten am Tisch gesessen, vielleicht war Buckaroo Banzai Koenig einer von ihnen gewesen. Vielleicht war er der Weiße mit der Countess Mara-Krawatte, deren Knoten er als Talisman oder wegen der Nerven immer wieder berührte. Vielleicht war er auch der Weiße gewesen, der als Liza Minelli voguete – Overall von Halston, große Augen, rote Lippen, stachelige schwarze Perücke. Vielleicht war er auch der Weiße gewesen, der ausgesehen hatte wie der Tod in *Das siebente Siegel* – schwarze Kleidung, weißes weißes Gesicht und Hände.

Vier Weiße. Er würde Mary Catherine fragen müssen, ob Buckaroo Banzai Koenig einer von *dreien* von ihnen gewesen war. Der vierte war er bestimmt nicht gewesen.

Der vierte, schwarzes Ledersakko, schwarzer Seidenrollkragenpullover, schwarze Hose, zurückgegeltes schwarzes Haar, schwarze Sonnenbrille, um das Veilchen auf dem linken Auge zu verdecken, das er sich zugezogen hatte, als Cullen ihn mit Madonna abgelenkt und ihn dann über die Kühlerhaube des silbernen LeBaron gepfeffert hatte, und er auf dem Rücken mitten auf der Jackson Avenue gelandet war, der vierte war Andy Garcia.

Cullen konnte Mary Catherine nicht fragen, ob Buckaroo Banzai Koenig einer der drei anderen Weißen gewesen war, denn als er nach Hause kam, da war sie fort.

16

Father Mike O'Neill schlüpfte aus dem Seiteneingang von St. Finnian's und ging auf der Ninth Street Richtung Süden. Sonntagmorgen, ein echter Tagesanbruch im Frühling; sein wollener Dufflecoat, ein Relikt der Zeit auf dem Seminar, ließ ihn schwitzen, als er die Madison erreichte. Er sehnte sich nach dem kühlen Satin seiner Boston Celtics-Jacke, einem Symbol, seiner Meinung nach, sowohl der Spiritualität seiner Weltlichkeit einerseits (es war keine Oakland Raiders-Jacke, ein Kleidungsstück, für das begehrliche Schläger töteten), als auch der Muskulösität seines Christentums (so viele Geistliche, die er kannte, und von denen er wußte, waren Golf-Fans, ein Spiel für Angeber und unheilbare Nostalgiker). Ihm fehlte das Anfeuern, ein Fan zu sein, dieses Gefühl zu genießen, sich unerklärlich besser zu fühlen, weil sich deine Mannschaft am Abend zuvor ausgezeichnet geschlagen hatte. (Den Celts, nicht mehr die Celts von früher, des flügge werdenden Bird, eines durchtrainierten McHale, eines beweglichen Chief, ging es nicht besonders gut, während die reguläre Saison der NBA in den letzten Monat eintrat, und Father Mike nahm etwas von der Verantwortung für ihre Mängel auf seine schmalen, jackenlosen Schultern. Er hoffte, hier würde sich alles wieder klären, bevor die Endspiele, die zweite Saison, losgingen.)

Father Mike unterdrückte einen Hüpfer, als er die Jefferson überquerte und wieder auf den Bürgersteig kam, wobei er sich schnell und leichtfüßig bewegte – schneller und leichtfüßiger als schon Jahre nicht mehr, obwohl es erst wenige Tage her war, seit ... seit dem, was manche Einheimischen, dabei den Euphemismus der Alten Heimat für *deren* endemischen Konflikt plagiierend und unterstreichend, Die Schwierigkeiten nannten. Schlimmer konnte es nicht mehr werden, argumentierten Father Mikes Füße, und sein Herz und Verstand stimmten zu; es mußte einfach besser werden.

Gestern ... Nun, gestern war so ziemlich der absolute Tiefpunkt erreicht worden, es war so schlimm gewesen wie am Tag Der Schwierigkeiten selbst. Schlimmer noch, in vielerlei Hinsicht, denn drei Tage waren vergangen seit Den Schwierigkeiten, ohne eine Festnahme, ohne daß der Name eines einzigen Verdächtigen genannt wurde, und die Leute – Leute von außerhalb, nicht aus dem Viertel, oder von dessen Randbezirken, schwarze Leute – waren aufgebracht. Aufgebracht und organisiert.

Es waren so viele gewesen, und sie hatten so viele Transparente geschwungen, so viele Plakate geschwenkt, und die Plakate und die Transparente hatten so viele unflätige Schimpfworte für die Narrows und seine Bewohner getragen. Sie hatten so viele Lieder gesungen und so viele Sprechchöre angestimmt, die Sprechchöre und die Lieder stellten die Narrows auf eine Stufe mit Südafrika oder Mississippi, stellten dessen Bewohner auf eine Stufe mit Buren oder Klansmen. Beinahe hatten sie sich sogar bis zur Lynchjustiz vorgewagt, hatten Autos auf der Seventh Street angehalten und an ihnen gerüttelt, bis die Insassen in panischer Angst davor flohen, umgekippt zu werden, hatten einen Stein (zu diesem Zweck mitgebracht, denn wo gab es in der Nähe der Seventh und Jackson schon Steine?) durch das Schaufenster eines Schuhmachers direkt neben dem *Flood's* geworfen. (Das *Flood's* hatte stur, trotzig – herzlos, geschmacklos nannten es die Leute von außerhalb des Viertels, von dessen Randgebieten, die schwarzen Leute – geöffnet, wie jeden Tag seit dem Nachmittag nach Den Schwierigkeiten, obwohl das stählerne Fenster weitblickend geschlossen worden war).

Mehr Sprechchöre, mehr Gesänge. Ansprachen. Ein Feuer in einem metallenen Papierkorb an der südöstlichen Ecke des Parnell Park. Eine einer Vogelscheuche nicht unähnliche Gestalt unbestimmten Alters und Geschlechts, aber unübersehbar weiß, baumelte vom Ast einer alten Eiche an der Jackson Avenue.

Mehr Sprechchöre:

«Gebt mir ein N.»

«N!»

«Gebt mir ein A.»

«A!»

«Gebt mir ein R.»

«R!»

«Gebt mir ein R.»

«R!»

«Gebt mir ein O.»

«O!»
«Gebt mir ein W.»
«W!»
«Gebt mir ein S.»
«S!»
«Was bedeutet das?»
«Rassistenschweine!»
«*Was* bedeutet das?»
«*Rassistenschweine!*»
«Ich kann euch nicht *hören.*»
«RASSISTENSCHWEINE!»
«Ich kann euch *immer noch nicht* hören.»
«*RASSISTENSCHWEINE!*»

Viel schlimmer konnt's nicht mehr werden, und das Schlimmste von allem war der Angriff auf, praktisch, die Körperverletzung an, so gut wie, das Zusammenschlagen von, um Haaresbreite, oder so hatte es Father Mike zumindest gehört, der Tochter eines Polizeiinspektors, deren einziges Verbrechen, es sei denn, man war so ein leichtgläubiger Waschlappen, daß man sich von Gerüchten und Klatsch und Tratsch und versteckten Anspielungen beeinflußen ließ, darin bestanden hatte, daß ihre Eltern in einem Haus an der Jackson Avenue direkt gegenüber vom Parnell Park wohnten (es sei denn, man kaufte die Gerüchte und den Klatsch und den Tratsch und die versteckten Anspielungen, daß die Tochter des Polizeiinspektors die Nacht des St. Patrick's Day im Haus ihrer Eltern verbracht hatte und Augenzeuge der Schwierigkeiten geworden war, wußte, wer dafür verantwortlich war und keinerlei Absicht hatte, es jemandem zu erzählen und Namen zu nennen, damit ihre Eltern nicht von ihren Nachbarn geschnitten wurden). Und die junge Frau war, tragischerweise, ein Krüppel.

Father Mike bog nach rechts auf die Washington ein und hielt sich in westlicher Richtung, ging auf den Hafen zu, dessen graues, tiefes, kaltes Wasser von der aufgehenden Sonne einladend rosa eingefärbt wurde. Ein kleiner, flinker Mann hastete den Hügel hinunter über die Fourth Street, hinter einem kleinen, flinken, hastenden Scotchterrier her. Was war zuerst da, fragte er sich, das Klischee, daß Herren und Hunde sich einander ähnlich wurden, oder die Realität dieser Ähnlichkeit? Was für einen Hund würde er besitzen? Einen kläffenden Zwergcollie wahrscheinlich. Oder einen Cockerspaniel, nervös und wenig Verstand, der einfach alles und jeden anpinkeln mußte, ganz und gar nicht die Art Hund, wie ihn Police Commissioner Susan Price besitzen würde, sie hätte einen Golden Retriever, einen Barsoi oder einen Königspudel.

Das einzig Gute an gestern, das *einzig* Gute, und das nicht für lange Zeit, war, daß Police Commissioner Susan Price auf den Straßen der Narrows aufgetaucht war, den Rest der winterlichen Kälte vertrieben und die graue Eintönigkeit aufgeheitert hatte. Von einem Wohltätigkeits-Softballspiel gerufen, das Police Department gegen Phoenix House, die Cops gegen die Junkies, in verwaschenen Jeans, einem blauschwarzen Sweatshirt mit dem weißen NYPD quer über der Brust, auf ihren kurzgeschnittenen, blonden Haaren eine blauschwarze Baseballmütze mit dem weißen NYPD über dem Schirm, weißen, ledernen Reeboks beschmiert mit dem Dreck eines Infields im Central Park, hatte sie eine Hand auf seine Schulter gelegt und einen Arm um seinen Rücken. «Wir müssen diesen Leuten erlauben, Dampf abzulassen, Mike. Wir müssen einfach. Das ist ein paar eingeschlagene Scheiben wert. Deshalb werden wir niemanden verhaften, deshalb werden wir die Straßen nicht räumen. Nicht sofort. Wenn sie sich abreagiert haben, werden sie schon wieder gehen. In der Zwischenzeit müssen Sie uns helfen, *ihre* Leute zurückzuhalten. Keine Vergeltung, keine Gegenbeschuldigung. Mike? Kann ich auf Sie bauen? Ohne Sie geht es nicht.»

Ihre Brust drückte sich gegen seinen Arm, und sein Arm stand in lodernden Flammen. Ja, konnte sie denn nicht das verkohlende Fleisch riechen, konnte sie denn nicht den sich dick aufbauschenden Rauch sehen? Wußte sie nicht, daß es nicht *seine* Leute waren, daß er nur eine Leihgabe war, hierher versetzt, auf Verdacht und gut Glück, auf der Durchreise? Ja, verstand sie denn nicht, daß er eines Tages, vielleicht schon sehr bald, vielleicht schon morgen, weit fort von den Narrows sein würde, auf einer Hawaii-Insel vielleicht, gekleidet in weiche weiße Baumwolle, mit einem großen Strohhut auf dem Kopf, einem guten Buch (nicht *das* gute Buch) in der einen Hand und die andere leicht auf der Innenseite ihres Schenkels, während sie in der Sonne bräunte, einen Schnurrbart aus Schweißperlen auf der Oberlippe, genau so einen wie der, von dem er sich vorstellte, daß sie ihn bei der Überwachung des Outfields des Softball-Diamanten bekommen haben mußte, als sie die Base lines entlang trabte, die Außenlinien entlang pirschte, während sie ihre Mannschaftskameraden anfeuerte?

«Mike?»

Auf dem Wangenknochen unter dem linken Auge hatte sie einen Schmutzflecken. Er wollte mit seiner Zunge eine Fingerspitze anfeuchten und ihn wegwischen. Er wollte seine Zunge zwischen ihre Zähne schieben und sie um ihre Zunge schmiegen.

«Mike!»

«J-ja. Ja, ich mache mit, Mrs. P-P-P–»

«Für Sie nur Susan, Mike. Aber in der Öffentlichkeit, besonders wenn Cops in der Nähe sind, nennen Sie mich einfach Commissioner.» Genau in diesem Augenblick ging sie um eine Ecke und zog ihn hinter sich her, zog seinen Arm fester gegen ihre Brust, seine Hüfte fester gegen ihre Hüfte. Wenn sie ihm sagte, daß er sie mit ihrem Titel ansprechen sollte, bedeutete das, daß sie nicht verheiratet war oder *daß* sie verheiratet war? Von solchen Dingen verstand er nichts; er wußte nicht, woran man einen Ehering erkannte. Würde sie ihn an der linken Hand tragen? Gab es nicht einige europäische Frauen, die den Ehering an der rechten Hand trugen, und war Susan Price wenn schon nicht Europäerin so doch wenigstens Kosmopolitin? Er schaute nicht auf ihre Hände; er wollte es gar nicht wissen.

«Wie halten Sie sich, Mike?» fragte Susan Price. «Bekommen Sie genug Schlaf? Genug zu essen?»

Essen? Schlaf?

Wie sollte er essen, wenn zu essen bedeutete, sich in die Küche des Pfarrhauses wagen zu müssen, die von den Cops requiriert war, deren Einsatzzentrale (auf ihren Befehl, auf Commissioner Prices Befehl) im Eßzimmer eingerichtet worden war, das von der Küche abging, Cops, deren Gerede manchmal Spekulationen über sie einschloß: über ihre vermeintliche Geschicklichkeit, in Anbetracht der Breite ihres Lächelns, bei Fellatio; über ihre angenommene Sehnsucht, sich ihren männlichen Untergebenen einen nach dem anderen aufs Gesicht zu setzen; über ihre vermutete Vorliebe, mit Handschellen gefesselt und mit gespreizten Beinen auf die Kühlerhaube eines *whitetops* (so nannten sie ihre Streifenwagen) gelegt zu werden, der Rock ihres schlichten Kostüms bis über die Hüften hochgeschoben, ihren Slip runtergerissen, penetriert von hinten und *in* ihren Hintern von jedem einzelnen dieser Männer?

Wie sollte er schlafen, wenn schlafen bedeutete, in das Schlafzimmer hinaufzugehen, in dessen angrenzendem Ankleideraum Patrick Quinn, Möchtegern-Schwätzer, seine Tage und Nächte und Nächte und Tage auf der eisernen Pritsche verschwitzte, die Father Mike aus dem Keller hochgeschafft hatte? Mit einem Winken hatte Father

Mike die Hilfsangebote der Cops in der Küche abgetan, die ihr belangloses Gequatsche, ihre Kartenspiele, ihr Zigarettenrauchen, ihr Verschlingen von Doughnuts und Kaffee (und Bier, einige von ihnen; er konnte ihre Bierfahnen riechen) unterbrachen, um ihre Rücken und Bizeps zur Verfügung zu stellen. Er hatte ihnen erzählt, sein Rücken mache ihm Sorgen und daß die harte Pritsche besser sei als das Bett; er hatte ihre Einwände abgewehrt, daß er, wenn dem *so* sei, *ihnen* erlauben sollte, die Pritsche hochzuschleppen, hatte erwidert, daß sein Rücken nur nachts Schwierigkeiten mache, jetzt sei alles bestens, die Pritsche sei kein Problem, die Pritsche sei leicht wie eine Feder, er treffe nur vorbeugende Maßnahmen. Er hatte sich tatsächlich den Rücken verletzt, indem er die Pritsche nach oben schaffte, sie den Flur hinunterschleppte und durch das Schlafzimmer in den Ankleideraum (der, wie ihm erst in diesem Moment klar wurde, genau über der Küche lag und mit ihr ein Heizungsrohr teilte, das Geräusche, die in dem einen Raum gemacht wurden, einem interessierten Publikum im andern klar und deutlich übertragen wurden – Geräusche und, wie er noch herausfinden sollte, Spekulationen über Police Commissioner Susan Price). Er war gezwungen gewesen, in die Küche zurückzukehren, um zur Schmerzlinderung einen Plastikbeutel mit Eiswürfeln zu füllen, was die Cops zu der Frage veranlaßte, ob Father Mike schon so früh am Tag einen kippen wolle. Ihr Geplauder hatte das Schluchzen, oben aus dem Ankleideraum, von Patrick Quinns Weinen übertönt, so deutlich hörbar für Father Mike, wie er sich war, daß es das Donnern des Zorns Gottes eines Tages sein würde.

Father Mike hatte sich vorgestellt, daß es am schwersten sein müßte, Patrick Quinn mit Lebensmitteln zu versorgen – Essen zum Mitnehmen in das Pfarrhaus und vorbei an den plaudernden Cops nach oben zu schmuggeln; oder irgendwas in der Küche zu improvisieren – Thunfischkasserolle, Maccaroni und Käse, Leberwurst-Sandwiches, Hühner-Gumbo aus der Dose – und den plaudernden Cops zu erklären, daß er lieber oben als am Küchentisch aß, damit er beim Essen noch etwas vom Bürokram der Gemeinde erledigen könne: Rechnungen, Korrespondenz, die Buchführung – wahrscheinlich machten sie sich keine Vorstellung von dem ungeheuren Ausmaß seiner Verpflichtungen; seine Verpflichtungen reichten weit über die Seelsorge hinaus.

Wirklich hart und schwer jedoch war, wie sich herausstellte, mit den *Kon*sequenzen zurechtzukommen, die die Ernährung von Patrick Quinn mit sich brachte – Patrick Quinns Pinkeln und Kacken. Das

Ankleidezimmer besaß definitiv keine eigenen sanitären Einrichtungen, genausowenig wie Father Mikes Schlafzimmer, was schon unter normalen Umständen ungelegen war. Zum Pinkeln, zum Kacken mußte Patrick Quinn den Ankleideraum verlassen, dessen nackter Holzfußboden schon bei der geringsten Gewichtsverlagerung knarrte, das Schlafzimmer durchqueren (hier gab es einen Teppichboden, aber knarren tat's trotzdem, hier war der Boden die Decke des Eßzimmers darunter – der Einsatzzentrale, *ihrer* Einsatzzentrale), dann den Flur im ersten Stock hinunter, vorbei am Absatz jener Treppe, die ins Erdgeschoß führte (tatsächlich ein großer, breiter Treppenabsatz, vom Architekten des Pfarrhauses – und von Gott – so geplant, um die Majestät des Geistlichen zu vergrößern, der herabsteigen wollte), dann einen weiteren Flur hinunter in das höhlenartige Bad aus Marmor und Fliesen, dessen Toilette zu Recht ein Thron genannt werden konnte, dessen Badewanne so groß und so kalt wie ein Sarkophag war.

Das Bad lag über der Bibliothek des Pfarrhauses, und die Bibliothek befand sich zwei geschlossene Türen und einen Korridor vom Eßzimmer entfernt, in dem die Cops ihre Einsatzzentrale hatten, und der Küche, in der sie plauderten, und normale Geräusche darin – das Laufen des Wassers ins Waschbecken, ein Husten, ein Niesen, ein Gurgeln, ein Ächzen – waren im Erdgeschoß nirgendwo außerhalb der Bibliothek zu hören, von der die Cops aber akzeptierten, daß sie dort nichts zu suchen hatten.

Aber die Toilette. Die Toilette war die Niagarafälle der Toiletten, der Corryvreckan-Strudel der Toiletten, ein Tsunami der Toiletten; ihr Sog und Rauschen und der Lärm des Fallrohrs war an jedem Ort des Pfarrhauses zu hören, vom Keller bis zum Dachboden, vom Vordereingang bis zur Veranda hinter dem Haus. Wer das Pfarrhaus nicht kannte, der zuckte unwillkürlich zusammen und zog den Kopf ein und die Schultern hoch, wenn er die Toilette zum erstenmal hörte, glaubte, der Himmel fiele ihm auf den Kopf oder das Haus würde von feindlichen Mächten angegriffen. Plötzlich dachte man an Scud-Raketen.

Father Mike überquerte die Third Street, Second Street, First Street und erreichte den Narrows Walk. Hier hielt nichts mehr den Wind auf, und er war froh, seinen Duffel angezogen zu haben; er zog zwei der Knebelknöpfe aus Hornimitat durch die ledernen Schlaufen und vergrub die Hände tief in den aufgesetzten Taschen. Mit nur einem flüchtigen Blick auf die Verrazano Narrows Bridge, die an manchen Morgen, an diesem Morgen, extravagant und wie ein Monument der Hybris wirkte, bog er nach Norden auf den Walk ein.

Adams, Jefferson, Madison, Monroe, Jackson. Gleichgültig, wohin er sich in diesen Tagen in seiner Gemeinde auch immer wandte, buchstäblich und im übertragenen Sinn, kehrte Father Mike doch immer wieder, buchstäblich und im übertragenen Sinn, zurück zur Jackson Avenue, zur Jackson Avenue zwischen Fifth und Sixth Street, zur Parnell Park-Seite der Jackson, zum Schauplatz Der Schwierigkeiten, zum Tatort des Verbrechens, zum Ort des Alptraums, den Patrick Quinn in den Tiefen eines jeden frühen Morgens träumte, dann schreiend aufwachte, die Bettlaken herunterriß, in denen er gefangen wurde, schleuderte das Kopfkissen fort, das ihn bedrängte, schrammte die Beine der eisernen Pritsche über den knarrenden Fußboden, während er sich windete und kroch und zuckte, um sich den Dämonen zu entziehen, die an seinem Fleisch kratzten, in seine Augen stachen, seine Nase kniffen, mit schwammigen Klauen nach seinen Ohren schnappten.

Einmal stieß Patrick Quinn die Pritsche um, ließ das eiserne Gestell auf die nackten Bodendielen knallen, scheppern, dröhnen, krachen, alarmierte damit die Cops, die gerade mal eine Pause von der Nachtschicht in der Eßzimmer-Einsatzzentrale machten, um in der Küche unten zu plaudern und Karten zu spielen und zu rauchen und Doughnuts zu essen und Kaffee zu trinken (und wahrscheinlich auch Bier). Einer von ihnen (auf seinem Namensschildchen stand *Krzyz*, was auszusprechen Father Mike gar nicht erst versuchen wollte) kam rauf und klopfte an Father Mikes Schlafzimmertür, fragte durch die Tür, ob irgendwas nicht in Ordnung sei. Father Mike öffnete knarrend einen Spaltbreit die Tür und sagte, nein, es gebe kein Problem, er habe beim Aufstehen nur die Pritsche umgestoßen, als er ein Fenster schließen wollte, alles sei bestens, mit ihm sei alles okay, Officer K-r-z-y-z könne wieder in die Einsatzzentrale gehen, oder auch zurück in die Küche, zurück zu seinem Geplauder.

«Schlafen Sie im Wandschrank, Father?» erkundigte sich Officer K-r-z-y-z.

«Häh?» erwiderte Father Mike. «Oh, äh – Sie meinen den Ankleideraum?»

«Was auch immer. Wir dachten, Ihr Schlafzimmer liegt über dem Eßzimmer, weswegen wir Sie ja auch nicht herumgehen hören, da Sie hier ja einen Teppichboden haben, schätze ich. Ach, manchmal hören wir schon ein Knarren oder so, aber es könnte auch, also, Sie wissen schon, der Wind sein oder so. Das andere Zimmer, also der Wandschrank, der Ankleideraum, wie auch immer Sie das nennen, das liegt über der Küche. Da gibt's wohl keinen Teppichboden, was? Wir können hören, wie Sie herumgehen und alles. Ein paar von den Jungs sagen, sie hören Sie da oben sogar herumgehen, wenn Sie gar nicht da sind, wenn Sie gar nicht hier im Haus sind, wenn Sie in der Kirche sind oder irgendwelche Erledigungen machen, also Hausbesuche, was weiß ich. Ein paar von den Jungs fragen sich – ist da vielleicht, also, Sie wissen schon, ein Geist oder so was? Also, Sie wissen schon, spukt's hier im Haus vielleicht, oder so?»

«N-nein. Ja. Nein. Also, äh, äh, klar, ja. Nein. Ich meine. A-aber, ich m-meine, alles, also, diese alten Häuser, da spukt's doch immer, oder nicht, ich meine, m-manchmal? Officer?»

«Ich schätze, Sie sind wohl ein bißchen verwirrt, Father, wo Sie doch mitten in der Nacht aufgewacht sind und alles», sagte Officer K-r-z-y-z. «Ich geh jetzt wieder. Und Sie legen sich besser wieder hin und schlafen noch was.»

Wie sollte er schlafen, wo er doch Patrick in den Arm nehmen mußte, bis der Junge aufhörte zu schluchzen, und anschließend – praktisch – seinen Schwanz halten mußte, wenn er pinkelte. Er hätte eigentlich gedacht, daß bei all den Tränen, die Patrick Quinn in dieser Nacht vergossen hatte, an diesem frühen Morgen, daß da doch eigentlich keine Flüssigkeit mehr in seinem Körper gewesen sein dürfte, aber als Patrick schließlich mit Schluchzen aufhörte, da mußte er pinkeln. Father Mike war selbst erst zum Pinkeln aufgestanden, wenige Minuten bevor Patrick Quinn die Pritsche auf die nackten Bodendielen knallen, scheppern, dröhnen, krachen ließ, und er wollte nicht riskieren, die Niagarafälle, den Corryvreckan-Strudel, den Tsunami der Toiletten wieder zu betätigen, so kurz nachdem er den Cops unten in der Einsatzzentrale erst ihren Sog und das Rauschen und den Lärm im Fallrohr beschert hatte. Er hatte Patrick Quinn aus dem Schlafzimmerfenster pinkeln lassen, wobei er darauf vertraute, daß das Platschen und Plätschern auf den Steinplatten unten im Geplauder und Geplänkel der Cops untergehen würde, ihren Spekulationen über die Zahl der aufeinanderfolgenden Orgasmen, die Commissioner Susan Price aushalten konnte.

«Mike, warum erzählen Sie mir nicht, was Sie beschäftigt?» hatte Susan Price gestern nachmittag zu Father Mike gesagt.

«Bitte? E-Entschuldigen Sie, ich w-war in Ge-gedanken gerade woanders.»

Sie hatte ihn dichter an sich gezogen, so dicht, daß er, selbst durch seinen Dufflecoat, durch die Ärmel seines Hemds, durch ihr Sweatshirt und ihr Männerunterhemd, dessen Träger er bei einem flüchtigen Blick in den Ausschnitt ihres Sweatshirts bemerkt hatte, so verführerisch als sei es spitzenbesetzte Seide, ihre erigierte Brustwarze an seinem Armrücken spüren konnte. Okay, okay, er konnte sie nicht spüren; aber er konnte sich vorstellen, wie es sich anfühlte. «Warum sagen Sie mir nicht einfach, was Sie gehört haben?»

«Gehört? W-w-w-was soll ich gehört haben?»

«Mike, Sie sind für mich eine ausgemacht beschissene Enttäuschung. Ich dachte, Sie stünden auf unserer Seite. Ich dachte, Sie wären einer von den Guten.»

«Ich habe alles getan, w-w-was ich tun konnte. Ich habe z-z-zugehört.»

Sie ließ ihn los. Sie würde ihn nie wieder berühren. Er wußte es. Er war sich absolut sicher. Sie machte sich nicht mal die Mühe, ihn zu tadeln, ihn mit süßen Worten zu beschwatzen, zu versuchen, ihm das zu entlocken, wovon sie genau wußte, daß er es wußte. Sie schrieb ihn ab, sie kehrte ihm den Rücken, sie ging zu einer Horde Männer, die sie befehligte, teilte sie mit einer wie einen Schiffsbug vor sich ausgestreckten Hand, wurde von ihnen verschluckt. Er konnte sie nicht mehr sehen, er konnte nur noch ihre Stimme hören: «Ich hab die Schnauze gestrichen voll, nur auf der Stelle zu treten. Ich will, daß endlich etwas passiert. Ich will, daß jemand eingebuchtet wird.»

Father Mike meinte, er sehe sie jetzt kommen, meinte, er sehe Commissioner Susan Price ihm auf dem Weg entgegenkommen, als er an der Van Buren vorbeikam, als er sich der Harrison näherte: eine schlanke Frau in einem roten Blouson, schwarzer Hose, einer marineblauen Baseballmütze, die joggte.

Aber sie war jemand anderes, sie war sie selbst; ihr Haar war blond, aber es war nicht kurz geschnitten, es war zu einem Zopf gebunden, der auf ihrem Rücken fast bis zu ihrer Taille herabhing. Der schwere Zopf hüpfte und peitschte und tanzte, während sie lief.

«Guten Morgen», sagte die Frau.

«Morgen», antwortete Father Mike, und beinahe wäre er ihr nachgelaufen, um sie zu bitten, mit ihm ins Pfarrhaus zu kommen, wo er schnell ein paar Sachen packen wollte, sehr, sehr wenige Sachen, um dann mit ihm noch am selben Tag vielleicht auf eine Hawaii-Insel zu gehen, wo er sich ganz in weiche weiße Baumwolle kleiden, einen großen Strohhut tragen und mit einem guten Buch (nicht *das* gute Buch) in der einen Hand dasitzen würde, während die andere Hand leicht auf der Innenseite ihres Schenkels lag, während sie sich in der Sonne bräunte, einen Schnurrbart aus Schweißperlen auf der Oberlippe, genau so einen wie den, den sie an diesem Morgen nur noch einen Hauch vom Frühling entfernt beim Joggen auf dem Narrows Walk bekommen hatte.

Father Mike ging weiter – vorbei an der Tyler, vorbei an der Polk, vorbei an der Taylor, Fillmore, Pierce, Buchanan, Linc-

Nein. Zur Lincoln schaffte er es nicht mehr. Auf halbem Weg zwischen Buchanan und Lincoln machte er kehrt, ging denselben Weg, den er gekommen war, zur Buchanan zurück und marschierte dann nach Osten den Hügel hinauf – First Street, Second, Third; er zählte die Blocks nicht, er registrierte sie nicht einmal – zur Ninth Street. Auf der Ninth hielt er sich rechts und ging wieder nach Süden, vorbei an der Pierce, vorbei an der Fillmore, auf St. Finnian's zu. An diesem Morgen kein Rundgang um die Narrows für Father Mike O'Neill, um seinen Körper durch ein wenig Bewegung aufzuwärmen, bevor er den Tag über Gymnastik für die Seelen betrieb, er würde *seine* Seele bei einem der Cops erleichtern, bei wer auch immer von denen in der Einsatzzentrale oder den Plauderern in der Küche gerade das Kommando hatte, selbst Officer K-r-z-y-z. Er würde Officer K-r-z-y-z sagen, daß es im Pfarrhaus in der Tat spukte, daß es von Geistern heimgesucht wurde, die Täuschung und Angst entsprungen waren und –

Zu spät. Er kam zu spät. Father Mike konnte von der Ecke Ninth und Taylor sehen, anderthalb Blocks von St. Finnian's entfernt, daß er zu spät kam. All diese Streifenwagen. Dieser Krankenwagen. In letzter Zeit befanden sich immer Streifenwagen in der Nähe von St. Finnian's; manchmal so viele, daß einige von ihnen in zweiter Reihe parken mußten. Aber diese Streifenwagen parkten einfach überall, wie Spielzeug-Streifenwagen, die ein Junge achtlos fortgeworfen hatte, der plötzlich und unerklärlich von Langeweile heimgesucht wurde. Diese Streifenwagen hatten ihre Warnleuchten eingeschaltet; ihre Funkgeräte knackten und brutzelten. Diese Streifenwagen waren im Einsatz. Und dieser Krankenwagen. Dieser Krankenwagen war auch im Einsatz.

Father Mike überlegte, auf der Taylor Richtung Westen zu gehen, auf der Taylor nach Westen zu laufen, westlich auf der Taylor fortzusprinten, auf die Seventh Street zu sprinten, dann auf der Seventh nach Süden zur Van Buren, zur U-Bahn. Er überlegte, eine Bahn Richtung Manhattan zu nehmen, an der Haltestelle Borough Hall aus- und in den *Train to the Plane* zum Kennedy umzusteigen. Gab's immer noch einen *Train to the Plane*, oder war er der einen oder anderen Haushaltskürzung zum Opfer gefallen? Es spielte keine Rolle. Er würde nehmen, welche Kombination aus Bahn und Bus und Taxi immer nötig sein mochte, um zum Kennedy zu gelangen, zu einer Maschine nach Hawaii. Er wollte nach Hawaii, selbst wenn er allein fliegen mußte. Er konnte sich in weiche weiße Baumwolle kleiden, einen großen Strohhut tragen, mit einem guten Buch (nicht *dem* guten Buch) in der einen Hand dort sitzen, auch wenn seine andere Hand nicht leicht auf der Innenseite des Schenkels einer Frau lag, die sich in der Sonne bräunte, einen Schnurrbart aus Schweißperlen auf der Oberlippe.

Aber auch dafür war es zu spät, zu spät zu laufen, zu spät, sich zu verstecken.

Denn sieh nur, hier kam Officer K-r-z-y-z auf ihn zu, das Gesicht zerknautscht vor Besorgnis und Zweifel und Unglauben, nahm Father Mike am Arm und begleitete ihn zurück nach St. Finnian's, wirkte einerseits dienstbeflissen, achtete andererseits aber auch darauf, daß Father Mike *tatsächlich* zu St. Finnian's zurückkam, daß er nicht etwa versuchte, nach Hawaii oder Timbuktu oder Patagonien zu entkommen.

«Father, Himmel...» war alles, was Officer K-r-z-y-z sagen konnte.

«Ja.»

«Der Junge... Der Junge oben...»

«Ja.»

«Wir haben gehört, ich habe gehört, ein paar von uns haben gehört, also, wie haben wieder die Pritsche gehört.»

«Ja.»

«Sie ist umgefallen, also, Sie wissen schon, wie sie schon mal umgefallen ist, neulich nachts, letzte Nacht war's, glaube ich.»

«Ja.»

«Direkt über unseren Köpfen.»

«Ja.»

«Sie waren nicht da. Wir alle haben Sie gehen sehen. Wir haben Sie, also, Sie wissen schon, zu Ihrem Morgenspaziergang weggehen sehen.»

«Ja.»

«Wir wußten nicht, was wir tun sollten. Also, Sie wissen schon, was soll man tun?»

«Ja. Nein. Ich weiß nicht.»

«Wir sind also rauf. Ich bin rauf. Frankie ist rauf. Paulie ist rauf. Jorge ist rauf. Richie. Alice. Wir sind alle rauf.»

«Ja.»

«Er...»

«Ja?»

«Er... er stand auf der Kante von der Pritsche.»

«Ja.»

«In dem Wandschrank, also, im Ankleideraum, wie auch immer Sie das nennen, da gibt's einen Balken.»

«Ja.»

«Er hat den Gürtel von Ihrem Morgenmantel, dem, Sie wissen schon, dem Frotteebademantel genommen.»

«Ja.»

«Er hat einen von Ihren Ledergürteln genommen und hat ihn um den Balken gezogen und hat dann den Gürtel vom Bademantel dadurch gezogen und um seinen Hals gebunden –»

«Ich verstehe, Officer. Danke. Sie brauchen nichts mehr zu sagen.»

«Wer war das, Father? Wer ist er? War er die ganze Zeit da oben, die ganze Zeit, die wir unten waren, rumgesessen haben, Kaffee getrunken haben, Doughnuts gegessen haben, geraucht haben –»

«Blablabla», sagte Father Mike.

«... So heißt er? *Bla*blabla?»

«Entschuldigen Sie mich, Officer. Der Junge braucht mich.» Und Father Mike ging ins Pfarrhaus und die Treppe hinauf in den ersten Stock.

Patrick Quinn lag natürlich bereits längst im Krankenwagen. Und natürlich hatte er sich um das Recht auf die Letzte Ölung gebracht, indem er sich selbst das Leben genommen hatte. Father Mike blieb nichts übrig, als die improvisierte Schlinge anzustarren, den ach-so-soliden Balken, von dem sie baumelte, und die umgestürzte Pritsche. Als er wieder nach unten kam, nach unten in die Küche, lehnte Commissioner Susan Price am Sideboard und schlürfte Kaffee aus einer Porzellantasse. Sie trug einen schwarzen Kaschmirpullover und eine graue Glencheckhose, dazu schwarze Schuhe mit Goldverzierung auf dem Oberleder. Konnte sein, daß sie aufgedresst war oder konnte auch sein, daß sie abgedresst war, schwer zu sagen. Details wie Make-up und Schmuck registrierte Father Mike in dem Bruchteil einer Sekunde nicht, den er sie anschaute, bevor er seinen Blick für immer abwandte. Doch auch wenn er fortschaute, war Father Mike sich doch sicher, daß Commissioner Susan Price auch nicht eine einzige Sekunde ihren Blick von *ihm* nahm.

17

«Salome?»

«Hi, Miz Katz.»

«Wie geht's dir heute?»

«'kay.»

«Besser geschlafen?»

«Schätze.»

«Salome, das hier ist Ms. Koenig.»

«Hallo, Salome.»

«Hi.»

«Bitte, nenn mich Mary Catherine.»

Unter dem Bettzeug drehte Salome die Lautstärke auf:

When you dance all night, giving it all you got
And you cover me in your body sweat
Like liquid honey, your kisses so sweet
You're my fantasy, won't you stay with me.
You're driving me wild. You're driving me crazy.
Baby, you're an outré risque locomotive.
You're driving me crazy.

«Salome, Ms. Koenig – Mary Catherine – ist die Frau, die die Vergewaltigung beobachtet hat, die den Männern zugerufen hat, die Sie angegriffen haben.»

«. . . *Sie* haben ‹Kirby› gebrüllt?»

«Ja.»

«Sie *kennen* Kirby? Ist er ein Freund von Ihnen?»

«Ich kenne seinen Bruder. Ich bin in diesem Viertel aufgewachsen, in den Narrows. Kirbys ältester Bruder und ich waren befreundet.

Kirby ist ungefähr so alt wie Sie, daher kannte ich ihn eigentlich nur als Baby.»

«Jetzt wohnen Sie nicht mehr da?»

«In den Narrows? Nein. Ich wohne in Manhattan.»

«Ich wohne in den Amsterdam Houses.»

«Judy – Ms. Katz – hat mir gesagt, das ist in der Nähe des Lincoln Center.»

«Wohnen Sie in der Gegend?»

«Ich wohne in Greenwich Village. West Twelfth Street. Kommen Sie je runter ins Village?»

«Ich gehe manchmal ins Tower Records.»

«Ich wohne ein paar sehr lange Blocks westlich und ungefähr zehn Blocks nördlich von Tower Records. Wissen Sie, wo das St. Vincent's Hospital ist?»

«In der Nähe von Barney's.»

«Ja. Ich wohne anderthalb Blocks vom St. Vincent's entfernt. Gehen Sie schon mal bei Barney's einkaufen?»

«Zu teuer.»

«Ja, stimmt. Einmal hab ich meinem Vater zu Weihnachten bei Barney's eine Krawatte gekauft. Die hat dreißig Dollar gekostet.»

«Dreißig? Ich hab James zum Geburtstag bei Barney's auch eine Krawatte gekauft. Die hat *fünf*zig gekostet.»

«Fünfzig? *Wow!* Ist schon eine Weile her, daß ich meinem Vater die Krawatte gekauft habe.»

«Was haben Sie ihm letztes Weihnachten geschenkt?»

«Meinem Vater? ... Ich hab ihm gar nichts geschenkt.»

«Häh?»

«... Ich hab irgendwie ... nichts mehr mit meinem Vater zu tun.»

«Streitet ihr euch immer?»

«Nein. Wir haben uns darauf geeinigt, uns nicht mehr zu streiten.»

«Ihr Vater ist ein Bulle.»

«Nein. Eigentlich ist er ganz durchschnittlich und normal. Er ist –»

«Ein Bulle ist ein Cop», sagte Judy Katz.

«O ja, natürlich. Ja, Salome, mein Vater ist ein Cop.»

«Kinshasa hat's mir schon gesagt.»

«Kinshasa. Ja.»

«Sie kennen Kinshasa?»

«Ich arbeite bei einer Gewerkschaft – für Journalisten, die für Zeitungen und Magazine arbeiten. Manchmal gehe ich auf Versammlungen, zu denen Kinshasa auch geht. Manchmal gehe ich auf Versammlungen, zu denen Judy, das ist Ms. Katz, geht. Daher kenne ich sie.»

«Versammlungen wegen Vergewaltigungen?»

«... Nicht direkt. Versammlungen wegen ... Rechten der Frauen.»

«Sind Sie schon mal vergewaltigt worden?»

«Nein. Gott sei Dank, nein.»

Judy Katz sagte: «Salome hat herausgefunden, daß sie nicht das erste Opfer einer gewalttätigen sexuellen Körperverletzung ist. Viele Frauen haben sich gemeldet, um ihre Erfahrungen mit ihr zu teilen.»

He, boy, your love is kicking, no, I think your love is dope
What're we gonna do when the night is through?
I got an obsession and you know that's you
Pumping in my body, driving me crazy
In a dry land you're like an oasis
Making me hot, making me lazy, you amaze me.

«Wieso haben Sie in dieser Nacht nichts gesagt?» fragte Salome. «Wieso hat's so lange gedauert, bis Sie aus Ihrem Loch gekrochen sind, bis Sie den Bullen von Kirby erzählt haben?»

«... Ich hatte Angst.»

«Angst, daß sie's dann auch auf Sie abgesehen hätten? Sie vergewaltigen würden? Was'n los mit Ihrem Fuß?»

«Man nennt das Klumpfuß. Ich bin damit auf die Welt gekommen.»

«Hat Ihre Mom Drogen genommen?»

«Nein ... Aber ...»

«Aber was?»

«... Meine Mutter hat Alkohol getrunken, als sie schwanger war. Das haben damals, vor 40 Jahren, viele Frauen gemacht. Es gibt Ärzte, ein paar Wissenschaftler, die glauben, daß starkes Trinken einen Klumpfuß verursachen kann.»

«Sie sind vierzig?»

«Ja. Gerade geworden. Ich hatte am ... St. Patrick's Day Geburtstag.»

«Sie sehen aber nicht aus wie vierzig. Sie sehen aus wie dreißig.»

«Danke.»

«Sie haben 'ne klasse Frisur.»

«Danke.»

«Echt rot?»

«Echt rot.»

«'s keine Perücke?»

«Nee.»

«Haben Sie Brüder oder Schwestern?»

«Nein.»

«Dann haben Sie also keinen Schimmer, ob die Klumpfüße gehabt hätten oder nicht.»

«Nein.»

«Ihr Klumpfuß – macht Sie das sauer auf Ihre Moms, weil sie getrunken hat?»

«... Nicht auf sie. Manchmal werde ich sauer auf... auf Gott.»

«Humpeln Sie?»

«Nur wenn ich gehe.»

Schweigen.

Dann lachte Salome.

Und Mary Catherine ebenfalls. Und auch Judy Katz.

Salome: «Wieso haben Sie so lange gewartet, bis Sie den Bullen von Kirby erzählt haben?»

«... Meine Eltern wohnen in den Narrows. Sie müssen mit ihren Nachbarn leben. Es ist ein Viertel –»

«Ich bin vergewaltigt worden. Damit muß *ich* leben. Ich muß mit *meinen* Nachbarn leben, mit Leuten, mit denen ich arbeite, mit Leuten, mit denen ich zur Schule gegangen bin. Miz Katz sagt, es gibt Männer, wenn die wissen, daß man vergewaltigt worden ist, dann denken die, das bedeutet, man würde nur so drauf brennen, auf ihren Schwanz zu steigen.»

«...»

«Also, scheiß auf Ihre Eltern.»

«Salome», sagte Judy Katz.

«Scheiß doch auf euch alle. Soll ich vielleicht nur wegen Ihren *Eltern* Mitleid mit Ihnen haben?»

«Salome, bitte.»

«Scheiße.»

«Nein, Salome», sagte Mary Catherine. «Ich bitte Sie nicht um Ihr Mitleid. Ich bitte Sie nicht, mich zu verstehen. Ich habe Ms. Katz erzählt, was ich gesehen habe. Die Polizei ist jetzt unterwegs hierher, und denen werde ich es auch erzählen. Ich werde vor Gericht aussagen. Mehr kann ich nicht tun. Ich bin zuerst hergekommen, weil ich mich bei Ihnen dafür entschuldigen wollte, daß ich so lange gebraucht habe.»

«Scheiße. *'tschuldigung.*»

So you be the train and I'll be the tracks
You turn me into a monomaniac
There ain't no stopping me when I go off
I don't show off, I need to cool off
My body's pulling me in each and every way
A Coca-Cola cooling, wet my whistle, baby
Baby, baby, unh, unh.

«Salome», sagte Judy Katz, «Ms. Koenig sagt –»

«Lassen Sie es mich ihr sagen, Judy, bitte ... Salome, ich habe gesehen ... was ich gesehen habe, weil ich letzten Dienstagabend zum Essen bei meinen Eltern war. Es war mein Geburtstag. Es wurde spät, und am Ende wollte ich lieber bei ihnen schlafen, als zurück in die City zu fahren, zurück nach Manhattan. Das Brüllen hat mich geweckt, die Schreie. Mein Zimmer – ich habe in meinem alten Zimmer geschlafen – mein Zimmer liegt im ersten Stock nach vorne raus, zum Park hin. Das Brüllen und die Schreie haben mich geweckt, ich bin aufgestanden und zum Fenster gegangen, zuerst konnte ich nichts sehen, fast wäre ich wieder ins Bett zurückgekehrt. Ich dachte, ich hätte nur geträumt. Ich dachte, was auch immer das war, es war oben auf der Seventh Street, die Straße, wo die U-Bahn drunter hergeht –»

«Wo das *Flood's* liegt?», fragte Salome.

«Ja.»

«Das gottverdammt beschissene *Flood's.*»

«...»

«Gehen Sie da schon mal hin?»

«Ins *Flood's?*»

Salome singsangte: «‹Ins *Flood's?*›»

«Salome», ermahnte Judy Katz.

«Ich war ein paarmal im *Flood's*», sagte Mary Catherine. «Ich war verlobt, irgendwie, um einen Mann zu heiraten, der im *Flood's* Stammgast gewesen ist. Mit ihm war ich ein paarmal dort.»

«Wie oft?»

«... Zwanzigmal. Fünfzigmal. Hundertmal.»

«‹Ein paarmal.› Scheiße. Davor haben Sie auch Angst. Sie haben Angst, daß die Idioten aus dem *Flood's* kommen und Ihnen die Scheiße aus dem Leib prügeln.»

«... Ja, ich habe Angst.»

«... Ist er Kirbys Bruder?»

«Wer?»

«Der Idiot, mit dem Sie hundert beschissene Male im *Flood's* gewesen sind.»

«*Sal*ome.»

«... Ja, es war Kirbys Bruder. Woher wissen Sie das?»

«Einfach so.»

«Sie sind eine smarte Frau, Salome. Das hat Judy auch schon gesagt.»

«Sie haben ihn nicht geheiratet, Kirbys Bruder. Wie heißt er?»

«Sean. Nein. Geheiratet habe ich einen anderen.»

«Noch so 'n Idiot aus dem *Flood's*?»

«Nein.»

«Wen dann?»

«... Ich mußte einen Augenblick nachdenken. Alle haben ihn immer nur beim Nachnamen genannt – Koenig. Thomas Koenig. Wir sind geschieden.»

«Sie heißen Koenig.»

«Ja, ich habe den Namen behalten.»

«Wieso?»

«Salome –»

«Schon okay, Judy», sagte Mary Catherine. «Ich hab ihn behalten, weil ich etwas Abstand zu meiner Kinderstube, meiner Kindheit haben wollte, Abstand zwischen mir und die Narrows bringen wollte. Deshalb habe ich Koenig auch überhaupt erst geheiratet. Ich wußte, es würde nicht halten, aber ich wußte auch, daß ich damit Abstand zwischen mich und die Narrows bringen würde.»

«Haben Sie Angst vor Sean?»

«... Ja. Nicht Angst davor, was er mir antun könnte, sondern Angst davor, was er denken wird.»

«Sein Bruder hat mich vergewaltigt – was hält er denn davon?»

«Ich hoffe, er ist entsetzt.»

«Ja, schön, fein. Aber er sagt den Bullen nicht, wo sein Bruder jetzt steckt. Kennen Sie Lou Dellinger?»

«Nein – warten Sie, ja, doch, ich kenne sie. Sie ist ein Cop.»

«Lou sagt, Kirby hat sich verpißt, und kein Mensch will sagen, wo er steckt.»

«... Wie ich schon sagte, wie ich gerade sagen wollte, die Narrows sind eine eingeschworene kleine Welt –»

«‹Eingeschworen.› Da haben Sie mal recht.»

«– innerhalb der größeren Welt. Man hat diesen Stadtteil schon mit Brigadoon verglichen.»

«Was verdammt ist Brigadoon?»

«Salome», sagte Judy Katz, «da ist etwas, das Sie jetzt wissen müssen, jetzt in diesem Augenblick. Ms. Koenig hat mir gesagt, sie will alles der Polizei erzählen – sie wird vor Gericht aussagen, daß James eine Waffe hatte.»

Kirby! Paß auf, Kirby! Paß auf! Der Nigger hat eine Kanone! Der Nigger hat eine Kanone!

«James hat bei Tower Records gearbeitet», sagte Salome.

«... Tut mir leid, ich –»

«James hat bei Tower Records gearbeitet. Wußten Sie das?»

«Ich ... ich hab's in der Zeitung gelesen», sagte Mary Catherine.

«Ich habe James geliebt.»

«Ach, Salome.»

«Weil ich ihn geliebt hab, war er überhaupt nur in den Narrows, in Ihrem alten Viertel. Wir waren in der Bude von meiner Cousine Tina in Fort Greene. Tina arbeitet nachts bei der Brooklyn Gas and 'Lectric. Ich hab meiner Mom gesagt, ich und Michele Reeves wollten in ein Kino am Times Square gehen, und James hat seiner Mom gesagt, er würde Überstunden bei Tower Records schieben. Er hat nicht im Laden gearbeitet, James. Er wollte schon gern, das wär geil gewesen, er hätte mit einem Walkie-talkie durch die Gegend rennen können, um die *femmes* zu beeindrucken, aber er hat im Versand gearbeitet. Mir persönlich, mir gefiel das besser so. Ich wollte nicht, daß er die *femmes* beeindruckt. James sah so scharf aus, die hätten doch alle nur auf seinen Schwanz gewollt.»

«Ich habe Fotos von James gesehen. Er *sah* scharf aus.»

Everyone's looking for the true love.
Everyone's looking for the true love.
For the true love.

«Ich werde sein Kind der Liebe bekommen. Seinen Sohn.»

«Mein Gott.»

«O, Salome.»

«James hängt manchmal mit dem Idioten Pink rum, der arbeitet im Verkauf bei Tower. Ein übles Arschloch. Der vertickt *beat*.»

«Er dealt mit unechtem Crack», übersetzte Judy Katz. «Das wird aus Aspirin, Brot und Backpulver gemacht.»

«Paar Idioten, die er verarscht hat, haben ihn gesucht. Er mußte einfach bepackt sein.»

«Mußte eine Waffe tragen», übersetzte Judy Katz.

«Wir wollten nach Fort Greene. Fort Greene ist nicht unser Viertel. James hat sich Pinks *Baby nine* gepumpt.»

Judy Katz: «Eine *Baby nine* ist eine halbautomatische Achtunddreißiger. Leicht unter der Kleidung zu verbergen. Sich Kanonen auszuleihen ist ein entsetzlich neuer Trend geworden. Ein Junge geht auf eine Party oder in ein Kino, er nimmt ein Mädchen mit, er hat Angst, irgendwer könnte sie anmachen, also leiht er sich die Waffe seines Bruders oder seines Cousins oder seines Stiefvaters oder seines Freundes aus. Für den Abend. Ich habe in meinem Büro einen Fall mit einer *Baby nine*, die von drei verschiedenen Tätern benutzt wurde, um drei verschiedene Opfer zu töten.»

«Yo, Judy. Ich dachte, wir hätten eine Abmachung. Ich verarsche Sie nicht, Sie reden nicht über mich, als wär ich gar nicht in dem beschissenen Zimmer hier.»

«Tut mir leid.»

«Ja, okay.»

«Mir tut's auch leid, Salome», sagte Mary Catherine.

«...»

«Die Polizei konnte die Waffe nicht finden, Salome», sagte Judy Katz.

«Kein Scheiß.»

«Jetzt hören Sie mir mal zu: Wenn die sie nicht finden, dann deshalb, weil sie nicht da ist. Jemand hat sie mitgenommen.»

«Und?»

Judy Katz seufzte. «Nichts. Tut mir leid. Ich bin müde. Der springende Punkt ist: Mary Catherine hat die eigentliche Vergewaltigung nicht gesehen. Sie hat gesehen, wie Sie auf dem Boden gelegen haben, sie hat gesehen, wie Kirby Gallagher über Ihnen gestanden hat. Davor hat sie gesehen, wie James eine Waffe gezogen hat. Wenn sie unter Eid steht, wird sie nur sagen können, was sie gesehen hat; sie wird es nicht für die Geschworenen interpretieren können, und das gleiche gilt auch für mich. Es fehlt das Sperma von jemandem außer James, es fehlt Kirby Gallagher, es fehlt ein besserer Augenzeuge als Mary Catherine – die dir höchstwahrscheinlich das Leben gerettet hat, nebenbei bemerkt; das sollten wir nicht aus den Augen verlieren – wir haben keinen besonders tollen Fall. Die Kanone... Die Kanone macht es zu einem erbärmlichen Fall... Verstehen Sie das?»

«... Yeah.»

«Ich gebe nicht auf, aber es wird eine verdammt harte Nuß.»

«Yeah.»

«Kennen Sie Pinks vollständigen Namen?»

«... Doron. Doron soundso. Phipps. Doron Phipps. Er ist ein Albino. Deswegen heißt er ja auch Pink.»

«Wissen Sie, wo er wohnt?»

«In einer Bude an der Avenue A.»

«Ihre Mutter wartet draußen. Möchten Sie, daß sie hereinkommt?»

«Ja, ich schätze.»

«Ich komme morgen wieder. Ich hoffe, Sie können diese Nacht schlafen.»

«Yeah.»

«... Good-bye, Salome», sagte Mary Catherine.

«...»

«Viel Glück.»

«... Miz Koenig?»

«Ja?»

«Mary Catherine.»

«J-Ja?»

«Danke für ... dafür, daß Sie mir das Leben gerettet haben.»

«... Gern geschehen.»

18

«Andy Garcia?» sagte Phil Hriniak. «Wer zum Geier ist Andy Garcia? Der Schauspieler Andy Garcia? *Der Pate III*? Ich dachte, der Detective des Drogendezernats hieße Caruso, Tommy Caruso. Also, wer ist dieser Andy Garcia?»

«Tut mir leid», sagte Cullen. «Ja, Andy Garcia ist ein Schauspieler. Caruso sieht aus wie Andy Garcia. Bevor ich seinen Namen erfuhr, hieß er für mich einfach Andy Garcia.»

Police Commissioner Hriniak, von einem Herzinfarkt aus dem Verkehr gezogen, aber dennoch darum gebeten worden, in diesem Fall den Stress auf sich zu nehmen, weil, wie er es mit einem seiner gelegentlichen Goldwynismen ausgedrückt hatte, «es nach einem größeren Kessel voll Würmern stinkt», gestikulierte wild mit einer

Hand. «Okay, Sergeant, nachdem jetzt alle hier sind, bitte noch mal ganz von Anfang an.»

Cullen trank einen Schluck von dem extrem starken Kaffee, den Beryl Hriniak aufgebrüht hatte, und sah über den Rand seiner Tasse «alle» an: Acting Commissioner Susan Price, Acting First Dep Hector Pérez, Chief of Department Powell Ruth, Chief of Detectives Paolo Abruzzi, Chief of Patrol Thomas F. X. Casey, Inspector Richie Maslosky von der Internal Affairs, Deputy Commissioner for Public Affairs Sally Jacobs, Captain Jacob Neuman von den *Widows and Orphans* – alle tief eingesunken in den dicken Kissen der Sofas und Sessel in Hriniaks Wohnzimmer in Riverdale, die Knie bis zum Kinn hochgezogen. Nur ein größerer Kessel voll Würmer brachte einen solchen Kreis zusammen. Sie stanken förmlich nach Wichtigkeit.

Am Rand des Zimmers, auf harten Stühlen, die aus dem Eßzimmer und der Küche hereingetragen worden waren, saßen die Witwen und Waisen Yas Watley, Bond, James Bond, und Lou Dellinger, die allesamt das Spektakel der besorgten hohen Tiere (und des besorgten Cullen, der auf dem heißen Stuhl saß) genossen.

«Letzten Dienstag, am siebzehnten, habe ich mir in meiner Freizeit mal was gegönnt», sagte Cullen. «Ich bin in ein Kino Ecke Houston und Mercer gegangen. Während ich dort saß und auf den Beginn der Vorstellung wartete, wurde ich durch das Fenster zur Straße Zeuge eines Mordes. Das Opfer war ein kleiner Straßendealer, ein *ounceman*, ein *piss-boy*, namens Arverne Dale, Afroamerikaner, neunzehn Jahre, wohnhaft in der Bronx, Clasons Point. Der Täter war ein männlicher Afroamerikaner, einsachtundsiebzig, hundertfünf Kilo, ausrasierte Seiten und Nacken, schwarze Baseballmütze, schwarze Satinjacke – keinerlei Beschriftung, kein Emblem, schwarze Hose, hohe schwarze Basketballschuhe. Er hatte mir die ganze Zeit den Rücken zugewandt, daher kann ich über sein Alter nichts sagen; ich würde mal auf Mitte Zwanzig bis Mitte Dreißig tippen. Er hatte seine Kanone schon raus und gezogen – eine Raven, würde ich sagen, laut Spurensicherung eine .25er –, bevor mir die beiden überhaupt aufgefallen sind. Er schoß, steckte die Kanone wieder ein und war auf und davon. Ein Lastwagen hat mir die Sicht versperrt, daher konnte ich weder sehen, in welche Richtung er verduftet ist, noch ob er zu Fuß oder in einem Wagen geflüchtet ist.

Die Officers Wisniewski und Della Femina vom Nine haben den Neun-elfer erhalten. Die Sergeants Zucker und Baum von der Kripo aus dem Nine haben übernommen und den Fall sodann an das Drogendezernat abgegeben – an Captain Lambert. Als ich an diesem Abend nach Hause kam –»

«Sergeant Cullen?» Powell Ruth, ein absoluter Kotzbrocken, eitel und arrogant, aber ein guter Cop – ein ausgezeichneter Cop sogar. «Ich habe Schwierigkeiten, mir dieses Kino vorzustellen. Wenn ich an ein Kinofoyer denke, dann stelle ich mir entweder einen kleinen, beengten Wartebereich vor, wie man ihn in jedem dieser ehemaligen Stadtteilkinos findet, die zu Dreier- oder Viererschachtelkinos umgebaut worden sind, oder an eine verschwenderisch große Lobby mit einer großen Verkaufstheke für Süßigkeiten und Erfrischungen und Videospielen vor den Wänden, wie man es vom Times Square oder der Eighty-sixth Street kennt. Im einen wie im anderen Fall stelle ich mir nicht besonders viel Glas vor; ich kann mir außerdem nicht vorstellen, daß man überhaupt etwas von dem mitbekommt, was draußen auf der Straße vor sich geht. Kinofoyers sind doch von ihrer räumlichen Anlage her so konzipiert, nicht wahr, daß man seine ungeteilte Aufmerksamkeit auf das vor einem liegende Erlebnis richtet, auf das Erlebnis, einen Film zu sehen, und um einen zu animieren, sein Geld für Süßigkeiten, Popcorn und Limo auszugeben, und eben nicht, um einem eine gute Aussicht zu bieten, einen Aussichtspunkt, von dem man, wenn ich mal so sagen darf, das *walk of life* beobachten kann. Oder sehe ich das falsch?»

Cullen unterdrückte ein Lächeln. *Die sozio-ästhetische Dynamik von Kinofoyers* von Powell Ruth, Dr. Crim. (mit einer dezenten Anspielung auf einen Song der Dire Straits?). Und apropos vorstellen – Cullen konnte sich den hochnäsigen Ruth weder in der einen noch der anderen Art Foyer vorstellen, in überhaupt keinem Foyer, wo er mit Zivilisten in Berührung kam, mit den Gesetzestreuen und den Gesetzlosen, mit Männern, die bei Saks Fifth Avenue nicht von persönlichen Beratern bedient wurden, die Frauen hatten, die sie liebten, mit Menschen, die Popcorn lieber mochten als Pastete. Die «Seite Sechs» in der *Post*, die «Leute-Seite» in der *News*, die «Chronik» in der *Times*, das «Wer ist wo und macht was?» im *Dispatch* – sie alle erwähnten regelmäßig, illustriert mit Fotos, Ruths Anwesenheit, in Begleitung seiner gleichermaßen gebieterischen, gleichermaßen tadellosen Gattin Althea, auf Privatvorführungen bei Columbia Pictures, bei Paramount im Gulf & Western Building, bei Warner Bros. und Universal, bei Wohltätigkeitsvorpremieren im Ziegfeld, im Cinema 3, im Tower East, im Beekman.

«Hier handelt es sich um ein Downtown-Kino, Chief. Es liegt an der Grenze von Greenwich und SoHo, das Klientel besteht aus Collegestudenten, Künstlern, Schriftstellern und Intellektuellen.» – *Bitte, lieber Gott, brems mich, bevor ich wieder was Dummes sage.* – «Genau genommen ist das Foyer eher so etwas wie ein Café – man bekommt dort Kaffee und biodynamische Snacks. Man muß sich keinen Film ansehen, um dort sitzen zu dürfen. Die Fenster sind große Schaufensterscheiben, die vom Boden bis zur Decke reichen, oder doch wenigstens fast. Das Leben auf der Straße beobachten zu können ist Teil des Erlebnisses, dorthin zu gehen.»

Ruth legte den Kopf zurück und fixierte Cullen scharf. Obwohl er ziemlich tief saß, brachte er es fertig, größer zu wirken als jeder andere Anwesende, ganz sicher größer als ein Sergeant, der regelmäßig oder unregelmäßig, das spielte überhaupt keine Rolle, er *ging* dorthin, mit Collegestudenten, Künstlern, Schriftstellern und Intellektuellen verkehrte – ja wahrscheinlich sogar mit Terroristen, Koksern, Headbangern, B-Boys, Dealern, Transis und Schwachköpfen, mit der unteren Hälfte der Halbwelt, mit dem Abschaum des Abschaums der Erde. «Ich verstehe», war Ruths einziger Kommentar.

Tiefes Einatmen, Räuspern, Rutschen: Es gab Cops, deren Namen Synonyme waren für Tapferkeit, für Tollkühnheit, für Dummheit, für Gerissenheit, für Glück der Dummen, für Pech, für Faulheit, für Eifer, für Durchhaltevermögen, für Courage, für Unzuverlässigkeit, für Unverantwortlichkeit, für Feigheit und Schwäche und Ehrlichkeit und Kreativität und Intelligenz und Unehrlichkeit und Trunkenheit und Geiz und Unpünktlichkeit und Zuverlässigkeit und Falschheit. Und dann war da noch Cullen, der einfach seine Arbeit erledigte; dem schon zwei Partner ausgeknipst worden waren; der schon einige ungeheuerliche und einige glänzende Auftritte hingelegt hatte; der mit seiner seitlich getragenen Waffe die Breitseite einer Scheune erwischen und durch eine Lücke in den Regeln und Vorschriften schlüpfen konnte, die nicht größer war als ein Nadelöhr; der Robert E. Lees Abschiedsworte an die Armee von Northern Virginia kannte, die Texte kannte von Joan Armatradings *Woncha Come on Home* über Bob Marleys *Easy Skanking* bis zu Warren Zevons *Accidentically Like a Martyr*; der vor langer, langer Zeit mal mit einer Frau gegangen war, die eines Tages (das ist wieder eine andere lange Geschichte) ein internationaler Filmstar werden würde; der sich am St. Patrick's Day frei nahm, wo er sich doch kräftig Überstunden hätte einfahren können; der sich mit Collegestudenten, Künstlern, Schriftstellern, Intellektuellen, Terroristen, Koksern, Headbangern, B-Boys, Dealern

Transis und Schwachköpfen herumtrieb, der unteren Hälfte der Halbwelt, dem Abschaum des Abschaums der Erde.

«Fahren Sie fort, Sergeant», sagte Hriniak.

Cullen trank einen weiteren Schluck Kaffee. Die weiße, gaufrierte, gerippte Porzellantasse, das hatte er in dem Augenblick erkannt, als Beryl Hriniak den Servierwagen ins Wohnzimmer gerollt hatte, gehörte zu einem Tafelservice, das er und Connie, Connie Carrera, seine Frau, als er noch ihr Mann gewesen war, den Hriniaks als Einzugsgeschenk gegeben hatten, als sie von Bedford Park nach Riverdale umgezogen waren. Das war Mitte 1979: Cullen war damals Detective Two, fing gerade erst, nach fünf Jahren in Zivil im One-Seven, bei der Internal Affairs Unit an (auf Hriniaks Drängen: «Sehen Sie das nicht als Cops einlochen. Sie lochen Schleim ein»). Hriniak war gerade erst zum Deputy Chief Inspector befördert worden und befehligte eine Einheit, die gemeinsam mit der Bezirksstaatsanwaltschaft Manhattan Wirtschaftskriminalität bekämpfte. Connie war Vollzeitmutter (Tenny war zwei Jahre, noch nicht ganz schrecklich; James ein rückfälliger fast Fünfjähriger) mit schwarzem Haar, das ihr über den Rücken fiel (jetzt trug sie es kurz geschnitten à la Vorstadt-Punk). Beryl, heute silbergrau, schon immer Vollzeit-Ehefrau, Shopper, Luncher, Bridgespieler, Freiwillige, nie Mutter, war damals noch eine Blondine.

Noch weiter zurück – 1963: Cullen – ein schusselig aussehender Student des City College im vorletzten Jahr, den Entenarsch und die Schmalzlocke des jugendlichen Straftäters inzwischen zu einem Mecki zurückgestutzt, mit Ohren, die seiner Meinung nach aussahen wie die von Dumbo, bis er sich schließlich an sie gewöhnt hatte, Karottenhosen statt der weiten Hosen, spitzen Schuhen mit Metallbeschlägen unter den Absätzen statt der Bass Weejuns, aufgestellter Hemdkragen und schwarze Motorradlederjacke statt Hemd von Brooks Brothers und Jacke aus Harris-Tweed – arbeitete nachts bei Colony Records an der Nordseite des Times Square. Jeden Abend unter der Woche gegen halb zehn, sofern sich keine Katastrophen, Notfälle, die große Unannehmlichkeit selbst kleinerer Trips ergaben, schaute der geschniegelte und gestriegelte, 157 Pfund schwere Officer Phil Hriniak vom Revier Midtown West herausgeputzt in seiner maßgeschneiderten Uniform, den glänzenden Schuhen, Gürtel und Holster, dem hochglanzpolierten Schlagstock rein, um mit dem Nachtmanager und den Verkäufern über alle mögliche Scheiße zu quatschen und in Jazzplatten zu wühlen, wobei er besonders die Augen offenhielt nach Mike White an der elektrischen Geige. Jeder in Hriniaks Wohnzimmer hatte zumindest schon mal von dieser Zeit gehört, von der Freundschaft, die zwischen dem Streifenpolizisten und dem ehemaligen jugendlichen Straftäter aufblühte, von dem Entschluß des ehemaligen jugendlichen Straftäters, sich an der Polizeiakademie anzumelden, eine Entscheidung, die nicht so geradlinig, nicht direkt, mit vielen, vielen Schlenkern und Kurven dazu führte, daß Cullen jetzt hier saß, aus einer Tasse trank, die sein Geschenk gewesen war.

«Als ich an diesem Abend wieder zu Hause war», fuhr Cullen fort, «erhielt ich einen Anruf von Inspector Cassidy von der Narcotics Division. Er rief von seinem Autotelefon aus an, er war zufällig in meinem Viertel – in Kew Gardens –, er bat mich, doch kurz auf ein Gespräch runterzukommen. Er zeigte mir die Akte eines vorbestraften Verbrechers namens Dewey Traynor, bekannt unter dem Straßennamen Nads. Er sagte, Traynor hätte selbst oder von jemand anderem einen Singdrossel namens Sammy Sylvester ausgeknipst beziehungsweise ausknipsen lassen. Er sagte, er wolle Traynor in die Kiste einfahren sehen, es sei ihm egal, wegen was, wenn Traynor erst mal drin wäre, würden sich schon Leute um ihn kümmern, die Cassidy noch etwas schuldeten. Er deutete an, daß ich Traynor als denjenigen identifizieren sollte, der Arverne Dale ausgeknipst hatte –»

«Er *deutete* es an? *Wie* genau hat Inspector Cassidy das *angedeutet*, Sergeant?» Die Frage kam von Casey, dem Chief of Patrol, einem weiteren Kotzbrocken, der ranghöchste uniformierte Polizeibeamte des Departments, auch ein guter Cop, aber ohne die Kultiviertheit und Raffinesse eines Ruth, ein ausgesprochener Streithahn, ein Mann, der mit schmutzigen Tricks kämpfte.

Noch ein Schluck. Cullens Blick begegnete Lou Dellinger. Sie zwinkerte ihm aufmunternd zu. Er wußte nicht, was er davon halten sollte, wenn er an das letzte Mal dachte, als er sie gesehen hatte, auf dem Narrows Walk, als sie aussah, als würde sie jeden Augenblick ziehen. «Er sagte, das sei für mich eine Chance, zur Abwechslung mal endlich was gottverdammt richtig Gutes zu tun.»

Casey schüttelte den Kopf. «Und?»

«Und er hat gesagt, diese Unterhaltung hätte nie stattgefunden, er wäre mir in seinem ganzen Leben noch nie persönlich begegnet. In seinem ganzen beschissenen Leben nicht. Caruso hatte er während unserer Unterhaltung zu einem Spaziergang den Block runter geschickt. Caruso hat von unserer Unterhaltung nichts mitbekommen.»

Casey legte seinen Kopf auf die andere Seite. «Eine Chance, was gottverdammt richtig Gutes zu tun – was sollte das Ihrer Meinung nach bedeuten?»

«Es war eine negative Anspielung auf meine Arbeit bei der Internal Affairs Unit», erwiderte Cullen.

«Das ist Ihre *Inter*pretation, daß es eine negative Anspielung war.»

«Ja.»

«Es ist ebenfalls Ihre *Inter*pretation, daß Inspector Cassidy Sie gebeten hat, Traynor auszuliefern.»

«Wenn ich bitte fortfahren könnte, Chief...»

Casey reckte das Kinn. «Fahren Sie fort.»

«Am Freitag bin ich in Cassidys Haus an der Jackson Avenue in den Narrows gewesen. Der Neun-eins-eins-Anruf am frühen Mittwochmorgen, der Anruf wegen des Mordes an James Cobb und der Vergewaltigung von Salome Speed, wurde von Cassidys Telefon aus geführt. Der Anrufer war eine Frau, eine Frau, die verschiedene Einzelheiten durchgab, nicht aber ihren Namen nannte. Brooklyn Homicide, die den Fall bearbeiteten, hat Inspector Cassidys Frau Pauline vernommen und ist zu dem Ergebnis gelangt, daß sie den Anruf gemacht hat. Sie sagte, ihrem Mann sei nach dem Abendessen am vorausgegangenen Tag schlecht geworden. Lebensmittelvergiftung. Er habe einige ziemlich üble Stunden gehabt und sei schließlich eingeschlafen, als sie dann das Geschrei hörte. Sie dachte sich, in seinem Zustand könne er ohnehin nichts tun, daher habe sie ihn nicht geweckt, sondern nur die Neun-eins-eins angerufen. Sie sagte, sie habe nichts gesehen. Sie habe aus einem Fenster im Obergeschoß geschaut, aber es sei dunkel gewesen, sie habe niemanden identifizieren können. Am Tatort war man sich offenbar darin einig – das werden andere bestätigen müssen –, daß keinerlei Notwendigkeit bestand, der Presse etwas von Mrs. Cassidys Verwicklung in diese Sache zu sagen. Der Zufall, daß ihr Mann ein Cop ist, daß sie in diesem Viertel wohnen – das alles...

Das Problem – Captain Neuman hat mir die Sache übertragen – besteht nun darin, daß der Neun-eins-eins-Anruf eindeutig von einer anderen Frau erfolgte, einer jüngeren Frau als Pauline Cassidy. Der Anrufer drückte sich auf eine Weise aus, die eindeutig nahelegte, sie könnte mit polizeilichen Verfahrensweisen vertraut sein. Vielleicht war sie eine Verwandte der Cassidys oder eine gute Freundin des Hauses. Ich bin also in die Narrows gefahren, um mit Mrs. Cassidy zu sprechen. Während ich noch auf der Veranda stand und wartete, daß sie mich hereinließ, hat sie entweder telefoniert oder ein Telefongespräch beendet. Ich weiß nicht, mit wem sie gesprochen hat, aber ich war jedenfalls nicht besonders lange dort, als Cassidy und Andy Gar – und Caruso, sein Fahrer, aufkreuzten.

Caruso hat mich dann zusammengeschlagen. Er hat mich gegen eine Wand gestoßen, er hat mich gezwungen, mich auf den Boden zu legen, er hat mir Handschellen angelegt. Cassidy wollte von mir wissen, was ich dort zu suchen hätte, und als ich ihm keine Antwort gab, hat Caruso mir mit dem Fingernagel gegen das Ohr geschnipst. Es hat weh getan. Es tut immer noch weh. Ich habe Mrs. Cassidy gerufen – sie war in einen anderen Raum gegangen –, und darum gebeten, daß sie die Neun-elf anrief –»

Ein Grunzen – der Zustimmung, meinte Cullen, doch er schaute nicht von seinem Notizbuch auf, um nach der Quelle dieses Lauts zu schauen. Es war von der Couch gekommen, auf der Chief Abruzzi, Neuman (sein momentaner Chef) und Richie Maslosky (sein früherer Chef bei der Schleim einlochenden Internal Affairs) Seite an Seite saßen.

«Schließlich befahl Cassidy Caruso, er solle mich auf die Beine stellen und mir die Handschellen wieder abnehmen. Dabei hat Caruso sich alle Mühe gegeben, mir auf jede nur erdenkliche Weise Schmerzen zuzufügen. Cassidy befahl ihm, mal einen kurzen Spaziergang zu machen. Er hat mich gebeten, Cassidy hat mich gebeten, mich doch mal an seine Stelle zu versetzen: Ihm sei schlecht geworden, er habe sich ein halbes Dutzendmal übergeben, er habe Tylenol mit Kodein genommen, er sei eingeschlafen. Er könne absolut nichts mehr daran ändern, daß seine Frau nicht versucht hatte, ihn zu wecken. Ich habe nichts gesagt. Er sagte: ‹Dann möchten Sie also gern den Kotzbrocken spielen, ja?› Ich sagte, ich hielt mich für einen Superlativ-Cop auf der Suche nach Wahrheit und Gerechtigkeit. Das war eine klugscheißerische Bemerkung. Ich hatte kurz vorher Commissioner Price im Radio gehört, sie sagte etwas darüber, daß die besten Cops ihr Bestes gäben. Cassidy sagte: ‹Wo Sie schon mal suchen, vergessen Sie nicht, auf Ihren eigenen Arsch aufzupassen – Ihren beschissenen eigenen Arsch.›

Ich habe dann das Haus verlassen. Garcia – Caruso war draußen vor dem Haus, lehnte an Cassidys Wagen. Ich habe ihn abgelenkt und ihm ein Ding auf den Kopf verpaßt –»

«Wie haben Sie ihn abgelenkt?» wollte Hriniak wissen.

«Ich habe ihm gesagt, auf der anderen Straßenseite ging *Madonna.*»

Lou Dellinger kicherte.

«Ihre *was?*» fragte Neuman. «Oh, Ma*donna*.»

Casey: «Tut mir leid, Sergeant, aber Sie wollten doch eigentlich erklären, warum Sie so sicher sind, daß Cassidy von Ihnen wollte, daß Sie Dewey Traynor belasten. Was Sie uns da gerade erzählt haben ist wieder eine völlig andere Geschichte, eine Geschichte, von der ich nicht weiter überrascht wäre, daß sie, wenn Sie sie fortsetzen würden, irgend etwas mit dem zu tun hat, worin auch immer Sie und Cassidys Tochter gestern in den Narrows hineingeraten sind.» Casey holte tief Luft; er hatte sich im Labyrinth seiner Diktion verausgabt. «Aber bevor wir mehr davon hören, und bevor wir noch mehr hiervon hören, hätte ich gern eine Antwort auf meine ursprüngliche Frage: Hat Brian Cassidy Ihnen jemals ausdrücklich gesagt, eine Aussage dahingehend zu machen, daß Dewey Traynor Arverne Dale ausgeknipst hat?»

«Nein, Sir. Hat er nicht.»

«Und seit Freitag, standen Sie da – direkt oder indirekt – wieder in Verbindung mit Inspector Cassidy?»

«Nein, Sir.»

Casey wedelte mit der Hand, hob die Augenbrauen, zuckte mit den Schultern – die Parodie eines Mannes mit großen Zweifeln.

Cullen zog einfach den Kopf ein und fuhr fort: «Am späten gestrigen Abend, am frühen heutigen Morgen, habe ich meine Wohnung verlassen, um in einem Deli etwas zu essen abzuholen, und wurde von Treena Hart entführt, das ist Dewey Traynors Lover. Ihr Handlanger hat mir eine leichte Betäubung verpaßt und mich in ihren Wagen verfrachtet – übrigens einen überlangen Benz.» (Ein überflüssiges Detail, aber, he, er war endlich mal in so einer Karre mitgefahren.) «Sie hat mich ins *Tango & Cash* gebracht, das ist ein Transvestiten-Club an der Vestry Street. Traynor war dort –»

«Nein, nein, nein. Warten Sie einen Moment.» Hriniak signalisierte mit den Händen. «Sie haben da einen Schritt ausgelassen, Sergeant, ja? Sie haben den Schritt ausgelassen, an dem Sie die Nachricht auf die Straße gegeben haben, daß Sie mit Traynor reden wollten. Ist das nicht so?»

«Ja, Sir.»

«Wen haben Sie benutzt?»

«Sir?»

«Kommen Sie, Sergeant Cullen. Wem haben Sie gesagt, daß er Traynor sagen sollte, Sie wollten mit ihm reden?»

«Ich hab's einem ganzen Haufen von Leuten gesagt.»

«Nennen Sie einen. Nennen Sie einen, dann noch einen, dann nennen Sie einen dritten, und schon bald haben Sie uns die Namen der ganzen Truppe verraten.»

«Bei allem Respekt, Commissioner, das möchte ich lieber nicht. Eine Hand wäscht die andere.»

Eine Uhr tickte. Irgendwo in der Ferne ging die Alarmanlage eines Autos los. Etwas näher wurde eine Wagentür zugeknallt. Von oben drang das Murmeln eines Fernsehers herunter: *«Homey, komm mir nicht damit.»* Gelächter.

«Bringen Sie es zu Ende, Sergeant», sagte Hriniak.

«Ich habe Traynor gesagt, daß Cassidy möchte, ich solle ihn belasten, um die Sache mit Sammy Sylvester zu begleichen. Ich habe ihn gebeten, mir den Täter zu nennen. Er sagte, er habe mir keinen Namen zu sagen, man würde sich erzählen, es sei keine Turf-Sache gewesen, es wäre nur ein Junkie gewesen, dessen Stoff gestreckt worden sei. Er hat gesagt, er *könnte* mir aber sagen, wer Sammy Sylvester ausgeknipst hat.»

Alle atmeten durch die Nase ein. Alle atmeten wieder aus.

«In einem Hinterzimmer des *Tango* lief eine Partie Poker. Ich habe durch einen Spion zugeschaut. Vier Spieler: zwei Heteros, einer mit einer Countess Mara-Krawatte, der andere sah aus wie der Tod in *Das siebente Siegel*, ein Transie, der auf Liza Minnelli machte, und Andy Garcia. Tommy Caruso. Detective Tommy Caruso, Cassidys Handlanger.»

Ruth: «Also... Traynor hat Caruso nicht *identifiziert*?»

«Nein, Sir.»

«Aber Sie glauben –»

«Ja, Sir, ich glaube, daß man wohl sagen kann, daß er meinte, Caruso habe Sammy Sylvester ausgeknipst.»

«‹Wohl sagen können› bedeutet vor Gericht einen Scheißdreck, Sergeant.» Paolo Abruzzi.

«Stimmt, Chief, da haben Sie recht. Aber das hier ist kein Gericht. Ich berichte Ihnen von einer Beschuldigung, die von einem vorbestraften Verbrecher erfolgte, dessen Arsch in der Klemme steckt. Ich will damit nicht andeuten, wir sollten darauf eine Anklage aufbauen, ich schlage nur vor, wir sollten das überprüfen.»

«Sergeant?» Lou Dellinger von den billigen Sperrsitzen.

Abruzzi, Price, Pérez und Jacobs, die ihr alle den Rücken zugewandt hatten, reckten die Hälse und drehten sich so gut es eben ging um.

«Ja, Detective?»

«Sie waren doch am Samstag in den Narrows mit Inspector Cassidys Tochter zusammen, mit Mary Catherine Koenig. Sollen wir daraus schließen, daß sie den Neun-elfer-Anruf gemacht hat?»

«Ja, sie hat den Anruf gemacht. Sie hat bei ihren Eltern zu Abend gegessen, sie ist über Nacht geblieben, die Hilferufe haben sie geweckt.»

«Und sie hat einen der Männer, die Salome Speed vergewaltigt haben, als Kirby Gallagher identifiziert?»

«Er gehörte zu der Gruppe ihrer Angreifer. Ms. Koenig hat nicht gesehen, wie Kirby Gallagher Salome Speed vergewaltigt hat.»

«Und wo ist sie jetzt?»

«Ich weiß es nicht. Sie befand sich in meiner Wohnung, als ich zu diesem Deli wollte. Als ich zurückkam –»

«Warum war sie in Ihrer Wohnung, Sergeant?» Richie Maslosky.

«Sie wurde von den Leuten, die gestern nachmittag in den Narrows demonstriert haben, eingekreist, beschimpft und eingeschüchtert. Sie war sehr mitgenommen. Es war ein sicherer Ort... Als ich vom *Tango & Cash* zurückkehrte, war sie nicht mehr da.»

«Sie ist wieder aufgetaucht», sagte Lou Dellinger. «Und zwar im Coney Island Hospital, in Salome Speeds Zimmer. Judy Katz, vom Kings DA, hat sie vernommen, und ich sollte das gleiche tun. Ich war zu Hause in Washington Heights, und als ich schließlich dort eintraf, war sie zur Toilette gegangen und ist nicht mehr von dort zurückgekehrt. Dann wissen Sie also nicht, wo sie sich jetzt befindet?»

«Nein.»

Abruzzi: «Cullen, das ist jetzt nicht wieder einer Ihrer –»

«Nein. Ist es nicht.»

«Sie haben sich auch früher schon bei der Arbeit mit Frauen eingelassen.»

«...»

«Sie sind berühmt dafür, könnte man sagen.»

Ein Synonym dafür. «...»

«Das ist jetzt nicht wieder so etwas?»

«Nein. Nein, Sir.»

Walsh: «Es ist auch nicht wieder diese Sache mit dem Suff, Cullen, oder?» (*Die Sache mit dem Trinken* hatte Hriniak es in den wenigen Augenblicken genannt, die er und Cullen allein gewesen waren, bevor «alle» eintrudelten. «Was mir echt an die Nieren geht,

Joe, mehr als alles andere, ist, daß ich absolut nichts von dieser Trinksucht wußte. Als ich davon erfuhr, bin ich mir wie der letzte Idiot vorgekommen.»

«Ich habe Sie auch wie der letzte Idiot behandelt», hatte Cullen gesagt. «Wie einen Volltrottel. Ein Alkoholiker ist ein Schwindler. Wie ein kleiner Ganove, der den Leuten auf der Straße mit faulen Tricks das Geld aus der Tasche zieht. So was wie ein Hütchenspieler – ein Alkoholiker macht einem vor zu glauben, er sei nüchtern. Die einzigen Menschen, denen ich bislang begegnet bin, die jemanden mit einem Alkoholproblem erkennen können, sind andere Menschen mit Alkoholproblemen. Familie, Freunde, Kollegen – sie alle werden mit einem diskutieren, wenn man ihnen sagt, man sei ein Säufer. Sie werden sagen: ‹Jetzt mach dich doch nicht gleich so schlecht›, ‹Es muß doch nicht gleich Alles oder Nichts sein›, ‹Wenn du ab und zu mal einen kippst, wird's dich schon nicht umbringen.› Abstinenzler, Gelegenheitstrinker, Leute, die laut und quietschvergnügt nach einem oder zwei Gläschen behaupten, sie seien ‹betrunken›, haben überhaupt keinen blassen Schimmer. Ein Säufer sagt niemals, er sei betrunken. Wenn ein Säufer zugibt, betrunken zu sein, würden sich die anderen doch nur fragen, wieso er dann nicht aufhört zu trinken, sie würden ihn fragen, warum er nicht aufhört zu trinken, sie würden von ihm verlangen, daß er aufhört zu trinken. Das Beste, was schweren Alkoholikern je passiert ist – sie müssen innerlich geradezu laut jubeln, wenn sie das erst mal erkennen –, ist das Klischee des scheiternden Trinkers: Foster Brooks, Dudley Moore in *Arthur*, Bruce Willis in *Fegefeuer der Eitelkeiten* – sie liegen total daneben. Echte Trinker verhalten sich nüchtern. Echte Trinker haben alles voll im Griff, denn sich voll im Griff zu haben, bedeutet doch, einen weiteren Drink zu bekommen, und das ist die eine Sache, die einzige Sache, die ein Trinker will. Noch einen Drink.»

«Ich vermute, Sie haben eine Menge darüber nachgedacht, was?» fragte Hriniak.

«Ich versuche, jeden Tag darüber nachzudenken.»

«Wie lange ist es jetzt her?»

«Ich habe zweiundneunzig Tage. Heute ist der dreiundneunzigste.»

«Man kriegt eine Anstecknadel oder so was, stimmt's nicht, wenn man neunzig Tage geschafft hat?»

«Man kriegt eine Anstecknadel.»

«Tut mir leid, Joe, das ist eigentlich alles, was ich sagen will.»

«Es muß Ihnen nicht leid tun, daß ich es herausgefunden und zugegeben habe, Phil. Das ist ein Grund zum Feiern. Wenn ich es nicht herausgefunden hätte, es nicht zugegeben hätte – das wäre dann etwas, was einem leid tun könnte.»)

«Nein, Chief», sagte Cullen zu Walsh, «es ist nicht mein Alkoholismus.»

Das Telefon klingelte und wurde oben abgenommen. Nach einem Augenblick war Beryl Hriniaks Stimme vom Treppenabsatz zu hören: «Phil?»

Hriniak griff hinter sich und nahm ein schnurloses Telefon von einem Schreibtisch hinter seinem Sessel. Er schaltete es ein und hielt es ans Ohr. «Hriniak hier ....
.... Danke.»

Er schaltete das Telefon aus, griff hinter sich und legte es zurück auf den Tisch.

«Giglio», sagte Hriniak. Inspector Anthony Giglio von der Brooklyn Homicide.

«Noch ein Selbstmord», verkündete Hriniak. «Father Michael O'Neill von St. Finnian's. Er ist vom Narrows Walk in den Hafen gesprungen. Das Wasser ist immer noch ausgesprochen kalt. Er hat einen Abschiedsbrief für Sie hinterlassen, Susan.»

19

Ort: Broadway, ein Stück nördlich jenes Dreiecks, das niemand Verdi Square nennt, obwohl sich eine nicht näher definierte Zahl daran als Needle Park erinnert. Zeit: Diese melancholische Stunde des Nachmittags unmittelbar vor der Happy-hour.

Jack Farnell saß ganz allein auf einem Barhocker in einer Sportkneipe, groß wie eine Scheune, während der Zeigefinger seiner rechten, seiner Trinkhand den Rand eines Schnapsglases gefüllt mit Single Malt Whisky umkreiste, daraus Trost gewann wie ein Baby, das mit der Brustwarze seiner Mutter spielt. Wohin er sich auch drehte befand sich ein Videomonitor oder eine riesige Projektionswand, und er verfolgte abwechselnd das Video von Glenn Freys *Smuggler's Blues* auf VH-1 und auf ESPN eine Montage großer Eishockey-Checks.

«Der springende Tscheche» – Farrell behauptete lautstark, der erste gewesen zu sein, der Robert Maxwell, Verleger der *News*, diesen Spitznamen gegeben hatte. Allerdings interessierte sich kein Mensch dafür, woher der Scherzname kam; es war eine geistreiche Bemerkung, die niemand mitbekam, weil jeder Maxwell für einen Tommy hielt.

Die Tommies. Die beschissenen Tommies. Einer von denen, einer von der stämmigen, pummeligen Sorte (die andere Sorte Tommies, die einzige andere Sorte, war dürr und bis aufs Skelett abgemagert), Sir Humphrey Pomfrey-Snot, oder so was gottverdammt Ähnliches, hatte in letzter Zeit im *Dispatch* herumgeschnüffelt, damit gedroht, das Käseblatt aufzukaufen, mit den Gewerkschaften Schluß zu machen, zu modernisieren, zu rationalisieren, all die Scheiße eben. Vielleicht würde er sogar den Namen der Zeitung in *Pomfrey-Snot-Käseblatt* umändern. Hah!

Farrell hob das Glas an den Mund, ließ den Kopf zurückschnappen, während er gleichzeitig eine schnelle Drehung des Handgelenks machte – Sportler konnten von der Hand-Auge-Koordination reden, soviel sie wollten, darüber, den Ball zu sehen, innerlich zu spielen, die Sache erledigen, tun, was sie tun mußten, 110 Prozent geben (wie konnten sogenannte Sportjournalisten sie nur immer wieder zitieren, wenn sie sagten, sie hätten 110 Prozent gegeben, wo doch 110 Prozent schlicht und einfach nicht möglich war? Weil es nämlich genau dieselben sogenannten Journalisten waren, die behaupteten, etwas wäre eindimensional, wenn das einzige, was nur eine Dimension besaß, das Nichts war, deshalb); Geschick und Koordination wurde auch von Nicht-Sportfreaks verlangt – und dann spürte, wie er von dem warmen Gold durchflutet wurde, wie von einem plötzlichen Sonnenschein.

Das *Pomfrey-Snot-Käseblatt*. Das gefiel ihm. Er schob die Manschette seines Hemdes zurück, notierte sich Datum und Uhrzeit, und fragte sich, wieviel Zeit wohl vergehen würde – wie *wenig* Zeit –, bis jemand anderer behauptete, *das* geprägt zu haben.

Farrell hob einen Finger zum Barkeeper, einem zierlichen jungen Ding in einer weißen Seidenbluse und so engen schwarzen Jeans, daß man genau ihre Scham erkennen konnte. Er zeigte auf sein Schnapsglas. «Noch ein Glenmorangie, meine Süße, *s'il vous plaît.*»

Sie legte das Taschenbuch, in dem sie gerade gelesen hatte, mit der aufgeschlagenen Seite nach unten (kein Respekt vor Büchern, diese jungen Leute, für das geschriebene Wort) und rutschte von dem Hocker, auf dem sie mit gespreizten Beinen gesessen hatte (machte es sie scharf, so zu sitzen, die Beine rittlings, falls das das richtige Wort war, genauso wie es ihn scharf machte, sie dabei zu betrachten?). Sie holte die Flasche aus der hinteren Reihe der Flaschen (die teuren Fusel) hinter der Theke, schenkte ein Glas ein, ohne ihn anzusehen, fischte einen Fünfer aus seinen Scheinen, flitzte zur Kasse und zurück und legte das Wechselgeld hin – ohne ihn einmal angesehen zu haben.

«Sag mal, wenn du Feierabend hast, wärst du dann vielleicht interessiert an –»

«Ich verabrede mich nicht mit Gästen.» Sie sah ihn nicht an.

«Oh, nein, du mißverstehst mich. Ich –»

«Ich habe eine Pilzinfektion.» Sie sah ihn nicht an. Sie kletterte wieder auf ihren Hocker und nahm das Buch in die Hand: Mary Robison, *Subtraction*.

Perfekt. Eine bösartige, narzistische Männerfresserin fuhr auf die konfusen Schmierereien einer anderen ab.

Auf VH-1 jetzt Francesca Beghè (oh, wie gern Farrell der eine Pilzinfektion verpassen würde), auf ESPN mehr Checks. Wer wußte, daß in der Geschichte des Eishockeysports so viele Gegner unter Stockeinsatz angegriffen worden waren?

Wenn doch nur Maxwell, der hopsende Slowake, am *Dispatch* interessiert wäre. Maxwell, der springende Morawier, wußte Farrells Arbeit zu schätzen. Das hatte er gesagt, der hüpfende Böhme, auf einer Cocktailparty im *Plaza* zur Feier von Trumps Verkauf der Bruchbude oder ihres Rückkaufs oder als er sie Marla als Verlobungsgeschenk machte oder Ivana statt Unterhaltszahlungen gab oder weil sie von den Feds beschlagnahmt worden war oder was zum Teufel auch immer er machte. Er hatte gesagt, Maxwell hatte gesagt: «Aha, *Sie* sind also Farrell.»

Okay, vielleicht klang es nicht nach besonders viel, aber wenn man auf die feinen Untertöne, auf Nuancen geeicht war, dann konnte man deutlich den Respekt heraushören, die Wertschätzung, die Bewunderung, ja sogar den Neid. Zumindest konnte Farrell das. Das konnte er, das konnte er wirklich.

Heben, zurückschnappen, schnelle Drehung, schlucken.

«*S'il vous plaît*, meine Liebe. Noch ein Single Malt, wenn Sie so freundlich wären.»

Diesmal markierte sie die Stelle im Buch mit einem Finger, holte die Flasche, schenkte ein, nahm einen Zehner, brachte ihm das Wechselgeld. Sie sah ihn kein einziges Mal an.

«Wollen Sie mir nicht sagen, ich sollte es ein bißchen ruhiger angehen lassen? Wollen Sie mir denn nicht sagen, ich sollte ein bißchen langsamer machen? Wollen Sie mir denn nicht nahelegen, falls ich noch Auto fahren will –»

«Art-ie!» rief der Barkeeper. Gute Lungen. Ihre Stimme überschlug sich nicht bei der zweiten Silbe; die zweite Silbe war sogar noch kräftiger als die erste, wie bei einem Rekrutenschinder.

Artie war ein kräftiger Blonder, der schon einige Fitness-Studios von innen gesehen haben mußte. Er trug ein T-Shirt mit der Aufschrift *Don't Just Do It*. «Alles in Ordnung, Sir?»

«Ja, bestens. Danke der Nachfrage. Reizender Abend. Ausgezeichnetes Etablissement.»

«Ariel ist eine unserer geschätztesten Angestellten.»

«Davon bin ich überzeugt. Eine reizende junge Frau. Ein reizender Name. Und sie schenkt ordentlich ein.»

«Ariels Glück und Wohlbefinden liegt uns mehr am Herzen als das eines einzelnen Gastes.»

«Dafür habe ich vollstes Verständnis. So sollte es auch sein. Das macht absolut Sinn. Das Individuum muß zulassen, daß seine Wünsche hinter das kollektive Bedürfnis nach Stabilität und Ordnung zurücktreten, sagte er nachdenklich. Und auch sehr schön vorgetragen, Arthur. Sehr wortgewandt. Welches College haben Sie wohl besucht, erkundigte er sich?»

«Hofstra.»

«Hofstra. Ich hatte mal eine Freundin, ist schon sehr lange her, die hat das Wort Hofstra ver*ab*scheut. Hofstra, Portefeuille, Logo – irgend etwas an diesen Worten ging ihr gewaltig auf die Nerven. Sie wohnte in Hoboken, und man sollte eigentlich meinen, auch das sei für sie eines dieser Worte, aber –»

«Ich bin froh, daß Sie Verständnis haben, Sir», unterbrach Artie.

«Ich habe absolutes, absolutes Verständnis.»

«Ich wünsche Ihnen noch einen angenehmen, wunderbaren Abend, Sir.»

«Danke, Artie», erwiderte er. «Vielen, vielen Dank. Mögen Sie blühen und gedeihen, auf daß Sie das Mädchen Ihrer kühnsten Träume finden und das Haus Ihrer ...»

Aber Artie war schon fort. Auf seinem breiten, sich zu einer schmalen Taille verjüngenden Rücken stand der Rest der Botschaft: *Do It Better*.

Auf VH-1 eine Truppe struppiger, haariger Youngster namens,

laut Einblendung am unteren Bildschirmrand, Black Crows, die aussahen wie Led Zeppelin aus dem Schrank und dem Grab gezerrt, abgestaubt und frisch aufpoliert. Auf ESPN Golf-Schnitzer: Irgend so ein Arschloch in limonengrüner Hose verpfuschte einen Putt auf 15 Zentimeter, ließ fassungslos seinen Schläger fallen und trat auf den Kopf, was wiederum bewirkte, daß der Griff zurückschnappte und ihm genau auf die Eier donnerte.

Farrell umklammerte mitfühlend seine Schenkel.

«Setzen wir uns an einen Tisch, Jack.»

Bevor Farrell Gelegenheit bekam zu antworten, daß er von einem Tisch aus nicht mehr Ariels Schritt bewundern konnte, war Kinshasa Ballard auch schon an ihm vorbeigerauscht und zu einem der Tische vor der hintersten Wand entschwunden, fort vom Tumult, fort von den Stimuli.

Heben. Zurückschnappen. Schnelle Drehung. Schlucken. Farrell kletterte von seinem Barhocker (der höher geworden war, seit er sich darauf niedergelassen hatte), um ihr zu folgen. Er dachte kurz daran, Ariel um ein Gläschen zum Abschied zu bitten, gewissermaßen, aber das Telefon unter der Theke hatte geklingelt, und sie war rangegangen, und Farrell konnte dem Lächeln auf ihrem Gesicht und dem sanften Raunen ihrer Stimme entnehmen, daß es ihr Freund sein mußte, der dank der Wunder der Glasfasertechnik seine Zunge in ihr Ohr steckte.

Kinshasa Ballard bat die Kellnerin (auf ihrem T-Shirt stand *Arizona Residency Erick Hawkins Dance Company*) um ein Mineralwasser. Farrell fand, er sollte das gleiche nehmen. «*Un verre de* Saratoga auch für mich, bitte. *Avec* Eis und einem Stück Limone. Ein Stück», betonte er, «kein Schnitz.»

Die Kellnerin kehrte ihm den Rücken zu, bevor er ihr sein bestes Lächeln in seiner Gesamtheit schenken konnte. Dank irgendeiner Laune des Lichteinfalls und der Reflexion konnte er ihr Gesicht in dem Spiegelstreifen sehen, der à la *Russian Tea Room* in Sitzhöhe über alle Wände des Raums verlief, wodurch unverhohlenes Glotzen vermieden wurde. Selbst seitenverkehrt konnte er es ihren Lippen ablesen: *Arschloch*.

Kinshasa Ballard winkte über Farrells Schulter jemandem freundlich zu. Im Spiegel sah Farrell, daß es, seitenverkehrt, Artie war.

ti oD tsuJ t'noD sagte sein T-Shirt.

Farrell geriet in Panik. Er schwitzte. Ihm war schon klar: Er selbst hatte Datum und Uhrzeit des Treffens bestimmt, Kinshasa Ballard hatte sich den Ort ausgesucht. Farrell hatte vermutet, sie würde ein

Lokal wählen, in dem niemand sie kannte; keine Sekunde war ihm in den Sinn gekommen, daß sie sich mit ihm in einer Umgebung würde treffen wollen, in der sie sich sicher fühlte. Sie war Stammgast hier; die militante, afroamerikanische Feministin war in einer Sportbar zu Hause.

«Was ist denn los, Jack? Sie sehen nicht besonders glücklich aus.»

«Ich – ich – ich –»

«Sie sind betrunken, Jack.» Sie warf einen Blick auf ihre Uhr, eine schlichte Timex ohne jeden Firlefanz. «Acht Minuten nach fünf, und Sie sind schon betrunken.»

Die Kellnerin brachte ihr Mineralwasser. In seinem steckte ein Limonenschnitz.

«Danke, Sharon», sagte Kinshasa Ballard.

«Gern geschehen», erwiderte Sharon.

Kinshasa nahm einen großen Schluck von ihrem Wasser, trank das halbe Glas aus. «Nun los, Jack. Ich habe nicht viel Zeit.»

Farrell drückte seinen Schnitz aus und rührte das Wasser mit einem Cocktailstäbchen. «Haben Sie schon mal den Werbespot von *Newsday* gesehen – der darüber, daß Breslin seine Cocktailstäbchen nicht mit hohen Tieren tauscht oder irgendwas ähnlich Lachhaftes? *Breslin*. Ich bitte Sie. Haben Sie meine Kolumne über die Selbstmorde in den Narrows gelesen? Diese schlichte Wortgewandtheit, diese wohlüberlegte Leidenschaft, diese –»

«Diese Hühnerscheiße?» sagte Kinshasa Ballard. «Wieso rücken Sie nicht einfach mit der Sprache raus und sagen es, Jack? Warum rücken Sie nicht einfach damit raus und sagen, daß Sie mich und Jill Freedman mit ineinander verschlungenen Zungen im Parnell Park gesehen haben?»

«Ich – ich – ich –»

«Weil Sie ein Haufen Hühnerscheiße sind, deswegen nicht.»

«Woher – woher – woher –»

«Yolanda Navarro, Jills Fahrerin, hat gesehen, wie Sie sich wie eine Ratte aus dem Park gestohlen haben, Jack – daher. Und was wollen Sie jetzt damit anfangen, Jack? Wollen Sie das in Ihrer miesen kleinen Kolumne bringen oder lieber auf der ersten Seite? Wollen Sie's schon bald bringen oder möchten Sie uns lieber noch eine Weile erpressen?»

«Ich habe Sie schon immer gemocht und bewundert, Kinshasa.»

Sie zeigte ihm den Finger. «Bewundern Sie das hier.»

«Ich würde Ihnen niemals schaden wollen.»

Sie verzog das Gesicht. «Dankbarkeit – ist es das, was Sie gottverdammt von mir erwarten?»

Farrell lachte. Selbst in seinen eigenen Ohren klang dieses Lachen scheußlich. «Wem oder was wäre gedient, wenn so ein Artikel erscheinen würde, Kinshasa? Meinem Ego? Meiner Karriere? Meinem Index der führenden Wirtschaftsindikatoren? Mit Sex-Skandalen – und ich glaube nicht, daß es sich her um so etwas handelt; Sie und Jill empfinden eindeutig eine tiefe Zuneigung zueinander – bekommt man keinen Pulitzer.»

«Was denn, Sie schuften für den Nobelpreis?» fragte Kinshasa Ballard ironisch.

Farrell lachte. «Wir sollten uns viel öfter treffen, Kinshasa. Wir haben eine Menge Erfahrungen gemeinsam. Ich habe Mitte der sechziger Jahre im Süden bei UPI angefangen, genau mittendrin in all diesen Bürgerrechtsgeschichten, wußten Sie das? Selma, Violet Liuzzo, Philadelphia, James Meredith, das alles.»

«Sie hieß Viola, Jack. Und Meredith gehört zu Meridian. Sie Schleimbeutel.»

Heben. Zurückschnappen. Schnelle Drehung. Schlucken. Das Mineralwasser schoß Farrells Kehle hinunter wie ein tosender Fluß. Er schnappte nach Luft und zappelte und zischte und fuchtelte mit einer Hand herum, die durch Höllenqualen völlig entstellt wirkte.

Kinshasa Ballard griff über den Tisch, über seine Schulter und schlug ihm auf den Rücken.

Ariel, von der Theke aus, Sharon, aus der Nähe der Küche, Artie, von seinem Posten neben dem Vorbestellungsbuch, sie alle schauten mit verschränkten Armen zu.

«Jack?»

Nicht einfach nur atmen, zwang Farrell sich. *Besser atmen.*

«Brauchen Sie einen Arzt, Jack?»

Farrell schüttelte den Kopf.

«Sie müssen mit dieser Scheiße aufhören, Jack, das sollten Sie wirklich. Betrunken um acht Minuten nach fünf – das bekommt Ihnen einfach nicht. Sie sind doch noch ein junger Bursche. Sie haben noch einen weiten Weg vor sich, selbst wenn Sie schon ein bißchen Öl verlieren.»

Farrell nickte. Wodurch ihm sofort übel wurde. Er schaffte es so gerade eben zur Toilette, obwohl er keine Ahnung hatte, woher er wußte, wo sie war, schließlich war das hier Kinshasa Ballards Stammkneipe, nicht seine.

Als er an den Tisch zurückkehrte, sich irgendein Zeugs mit einem feuchten Papierhandtuch von der Krawatte wischte, hatte Kinshasa Ballard ihm ein Glas Bier bestellt.

«Das wird Ihren Magen beruhigen, Jack. Aber nur ein Glas.»

«Danke. Vielen, vielen Dank. Nur eins, ich versprech's.»

«Scheiß auf Versprechungen, Jack. Das müssen Sie schon für sich selbst tun. Vielleicht kann ich Ihnen aber etwas geben, damit Sie in die Gänge kommen. Aber vorher müssen Sie mir etwas versprechen. Sie müssen mir versprechen, daß Sie Jill nicht schaden werden. Was mit mir ist, ist mir scheißegal. Ich bin eine große alte Streitaxt, und nichts von dem, was ich mache, hat sonderlich viel mit der Meinung der Leute über mich zu tun. Aber Jill hat noch eine Karriere vor sich. Sie kann Gouverneur werden, sie kann für das House oder den Senat kandidieren. Sie könnte Kandidatin für das Amt des Vizepräsidenten werden, solange der Wind aus der richtigen Richtung bläst, im politischen Sinn, meine ich natürlich. Sie müssen es jetzt sagen, Jack. War das ein Versprechen?»

«J-ja.»

«Ja, was, Jack?»

«Ja, ich versprech's.»

«Was versprechen Sie, Jack?»

«Ich werde Jill nicht schaden.»

«Jill Freedman?»

«Ich werde Jill Freedman nicht schaden.»

«Sagen Sie: ‹Ich verspreche, ich werde Jill Freedman nicht schaden.›»

«Ich verspreche, ich werde Jill Freedman nicht schaden.» Warum machte er so was? Hatte sie wirklich etwas gegen ihn in der Hand, etwas, das sie gegen ihn verwenden konnte? Das heißt, außer daß er ein Säufer war? Wußte das nicht jeder? Nein, natürlich wußte das nicht jeder. Sofern sie es nicht wissen wollten. Und wann hatte sich irgendwer in seinem Leben wirklich für irgend etwas über ihn interessiert – das Gute, das Schlechte, das Unbedeutende? Kinshasa Ballard hatte, indem sie das Wort b-e-t-r-u-n-k-e-n sagte, ihn selbst zu seinem neuen besten Freund gemacht, fähig, ihm Versprechungen zu entlocken.

Kinshasa trank den Rest von ihrem Saratoga-Wasser, wodurch das Zeug einfach köstlich aussah. «Die Bullen suchen einen vierundzwanzigjährigen Weißen namens Kirby Gallagher, wohnhaft zwei-null-acht Jackson in den Narrows. Brian Cassidys Tochter, Inspector

Brian Cassidy von der Narcotics, hat ihn in dem Mob gesehen, der Salome Speed am Morgen nach dem St. Paddy's Day zusetzte. Cassidys Tochter – Sie kennen sie, stimmt's? Mary Cath – war früher mal verlobt mit einem von Gallaghers Brüdern. Deshalb hat sie so lange gebraucht, um aus ihrem Loch gekrochen zu kommen und zu sagen, was sie gesehen hat.

Kirby Gallagher ist der jüngste von vier Brüdern. Er wohnt noch zu Hause bei seinen Eltern, einem anderen Bruder – nicht dem zweitjüngsten, dem danach – und einer seiner Großmütter. Seine Eltern sagen, sie hätten ihn seit über einer Woche nicht mehr gesehen, seit vor dem St. Paddy's Day. Er ist Elektrikerlehrling, arbeitet, wenn er Arbeit findet, was aber in letzter Zeit nicht besonders häufig vorkam, also gab es auch keinen Job, bei dem man ihn vermißte. Sein ältester Bruder, der, mit dem Mary Cath mal verlobt war, Sean, hat nicht geheiratet, nachdem sie einen anderen geheiratet hat, er wohnt ganz in der Nähe, an der Pierce, er wohnt allein, ein einsamer Bursche. Verbittert. Die Bullen glauben, daß Kirby zumindest ein paar Tage bei ihm gewohnt hat. Sean ist jeden Tag ungefähr von acht bis um sechs aus dem Haus – er ist Aktuar bei irgendeiner Versicherungsgesellschaft in der Stadt –, aber die Telefongesellschaft hat Unterlagen über Anrufe, die genau während dieser Zeiten letzten Donnerstag und Freitag aus seiner Wohnung geführt wurden. Ein Anruf ging an Greyhound, der andere an Amtrak. Die Bullen haben die Bahnhöfe überwacht, aber nicht jede einzelne Sekunde, Sie verstehen schon, was ich damit meine, und sie sind sicher, daß er ihnen durch die Lappen gegangen ist. Sie glauben, er ist inzwischen weit fort.

Ich glaube das nicht. Ein vierundzwanzigjähriger Schnösel, der immer noch seine Mammi braucht, die ihm das Essen kochen und die Unterhosen waschen muß, der geht nicht weit weg. Die Gallaghers besitzen ein Haus, ein Sommerhaus, nicht so ein Gatsby-Dings, sondern eine echte Bruchbude, soweit ich das verstanden habe, draußen auf der Insel. In North Sea. Draußen bei Southampton, aber nicht typisch für die Hamptons. So was wie die Proletenriviera. Warum sitzen Sie noch hier, Jack? Bewegen Sie Ihren traurigen Arsch raus nach North Sea, sehen Sie sich mal das Haus der Gallaghers an, Shorewood Lane, direkt an der North Sea Road, sehen Sie doch mal, ob Sie nicht irgendwelche merkwürdigen Lichter brennen sehen, hochgezogene Jalousien, die nicht hochgezogen sein sollten. Sie können sich schenken, mich nach meiner Informationsquelle zu fragen, denn die werde ich Ihnen nicht verraten. Sagen wir einfach, meine Quelle sitzt ganz weit oben und hat ausgezeichnete Verbindungen.»

Farrell zog mit der Spitze seines rechten Zeigefingers einen Kreis im Kondenswasser des Bierglases. Er wickelte die Finger der rechten Hand um das Glas. Er hob es und genoß das belebende Gefühl eines randvollen Glases. Er leerte das Glas zur Hälfte. Irgendein hiesiges Gebräu, das den Yuppies als ein New Yorker Bier angedreht wurde, wo New Yorker Bier doch praktisch ein Synonym für Wieselpisse war. Trotzdem. Es wirkte bei ihm wie dieses Gebräu bei dem feigen Löwen aus dem *Zauberer von Oz*: Wieso konnten die Leute das nicht kapieren? «Ich schulde Ihnen was, Kinshasa.»

Sie zeigte ihm den Finger. «Nehmen Sie das.»

20

«Steh auf, Doron», sagte Cullen.

«Soll 'n der Scheiß?»

«Was steht an, Pink? Willst du mal was von einem erstaunlichen Zufall hören?»

«Soll 'n der Scheiß, Mann? Verdammt, wer bist du überhaupt?»

«Letzten Dienstag, am Union Square, nachmittags um halb vier, du hast genau denselben Mantel angehabt und einen Handgelenk-Pieper von Motorola. Ich bin stehengeblieben und hab dich nach der Uhrzeit gefragt. Ich hatte eine Baseballmütze – also, das konntest du ja nicht wissen – in einer Tüte von Paragon. Irgendwie kennt jeder jeden.»

Doron Phipps' Gesicht verkrampfte sich unter der Anstrengung, in seinem Gedächtnis zu graben. Als die Erinnerung zurückkehrte, und als er Yas Watley, Bond, James Bond und Lou Dellinger sah, die sich ihm von hinten näherten, während er die Great Jones Street in östlicher Richtung entlangging, entspannte sich sein Gesicht zu einem matten Lächeln. «Bullen? Heh, heh, heh.»

Bond, James Bond schob sein Gesicht dicht vor Doron Phipps' Nase und äffte dessen nervöses Lachen nach. «‹Heh, heh, heh.›»

«Warst du an dem Tag bewaffnet, Pink?» fragte Cullen. «Oder hattest du deine *Nine* da schon James Cobb gegeben.»

«Häh?»

Lou Dellinger legte einen Arm um Doron Phipps' Schultern und ihre Lippen dicht an sein Ohr. «Deine *Baby Nine*, Pink. Hattest du deine *Baby Nine* dabei?» Betont deutlich musterte sie seinen Ledermantel, die schwarze Baseballmütze mit dem rot aufgestickten Nike-Schriftzug über dem Schirm, schwarze Radlershorts von Gold's, schwarze Basketballschuhe. «Abgefahrene Klamotten, Homes. Bis auf die Latschen. British Knights sind total daneben.»

Doron Phipps leckte sich über die Lippen. «Habt ihr Bullen auch so was wie einen beschissenen Haftbefehl dabei oder was?»

Alle lachten.

«He, scheiß auf euch Vögel. Yo, hab ich dich nicht im beschissenen Laden gesehen, Schlampe? Klar, hab ich. Ich hab dich im Tower gesehen.»

Sie waren alle im Tower Records gewesen, hatten sich die CDs angesehen, während Doron Phipps seine Schicht beendete. Lou Dellinger drückte Doron Phipps' Nacken zusammen. «Es heißt De*tec*tive Schlampe, Homey.»

«Au! Scheiße. Au! Au, au, au.»

Cullen trat auf die andere Seite von Doron Phipps und legte einen Arm um seine Schulter. «James Cobb, Pink.»

«Was willst'n?»

«Sag nie wieder ‹Was willst'n?› zu mir.»

«... Is'n mit James?»

«Hast du ihm deine *Baby Nine* gegeben, weil du ein super Freund bist oder weil die Kanone auf einmal zu heiß für dich geworden ist?»

«Häh?»

«‹Häh?›» äffte Bond, James Bond nach.

«He, wo zum Geier gehn wir eigentlich hin?»

«‹He, wo zum Geier gehn wir eigentlich hin?›»

Sie gingen durch die Tür von Engine Company 33, wo Yas Watleys Onkel als Feuerwehrmann arbeitete und wo die Witwen und Waisen zuvor vorbeigegangen waren, um sich zu erkundigen, ob sie einen Raum benutzen könnten. Die diensthabende Feuerwehrfrau schaute nicht mal von ihrer *News* auf, als sie auf dem Weg ins Büro des Captain im hinteren Teil der Wache an ihr vorbeimarschierten, wobei die Cops wie kleine Kinder mit großen Augen die glänzenden Feuerwehrautos, die langen Regale mit Feuerwehrmänteln und Helmen und die Reihe Stiefel anstarrten.

Cullen und Lou Dellinger placierten Doron Phipps in einen großen Ledersessel.

«Was zum Geier machen wir hier?»

Cullen setzte sich auf die Schreibtischkante, Lou Dellinger auf eine Lehne des Sessels. Yas Watley und Bond, James Bond stellten sich so, daß Doron Phipps sie nicht sehen konnte, sich Sorgen darüber machen würde, was sie gerade anstellten, was für einen Ausdruck sie auf dem Gesicht hatten.

Cullen recycelte den Vortrag, den Bob Watley, Yas' Onkel, ihnen beim Rundgang durch die Feuerwache gegeben hatte. «Diese Feuerwache wurde 1898 erbaut. Ursprünglich war sie das Hauptquartier der Feuerwehr der ganzen City. Hast du den Bogen bemerkt, als wir reingekommen sind? Die Kartusche darüber? Dies ist eines der bemerkenswertesten Beispiele für die Architektur öffentlicher Gebäude in New York, und höchstwahrscheinlich bist du das schmierigste Arschloch, das je seinen Fuß hier reingesetzt hat.»

Doron Phipps mußte lachen, er konnte einfach nicht anders. «Ich hab keinen beschissenen Cartoon gesehen. Au!»

Lou Dellinger ließ seinen Nacken los und wischte die Hand an der Schulter seines Mantels ab. «Hast du den Mann verstanden, Pink? Er sagt, du bist medizinischer Abfall, der an den Jersey-Strand des Lebens angespült worden ist. Aber dein Mantel hier, der ist echt klasse, Homey. Was hat er dich gekostet?»

«Du hast überhaupt keine Vorstellung, Pink», sagte Cullen, «von der Tiefe der Scheiße, in der du steckst. Wegen der *Nine*, die du James Cobb gegeben hast, ist James höchstwahrscheinlich ausgeknipst worden. Wenn du ihm die *Nine* nicht gegeben hättest –»

«Ich hab sie ihm nicht *gegeben*, ich hab sie ihm *geliehen*.»

«He, Doron», flüsterte Bond, James Bond in Doron Phipps' Ohr. «Halt gottverdammt deine Schnauze.»

«Wenn du ihm die *Nine* nicht gegeben hättest», wiederholte Cullen, «dann hätte er sich höchstwahrscheinlich aus der Klemme reden können, hätte wahrscheinlich einfach gehen können. Die *Nine* hat die Bande aufgebracht, sie hat sie wütend gemacht, sie hat sie feindselig gemacht. James ist tot, und du bist dafür verantwortlich.»

«He, hör auf mit der Scheiße, Bulle. Scheiß auf dein verantw- Au!»

«Und James die *Nine* gegeben zu haben», fuhr Cullen fort, «ist noch das Geringste deiner Probleme, nachdem ich jetzt weiß, daß du der kleine Dealer bist, den ich am Union Square aufgescheucht habe. Urplötzlich ist es dein größtes Problem geworden, mir den Namen desjenigen zu verraten, der Arverne Dale ausgeknipst hat.»

«Wer zum Geier ist Arverne – Au!»

«Du kannst unmöglich so nah an die Stelle rangekommen sein, an der Arverne ausgeknipst wurde, ohne mir etwas zu sagen zu haben, Pink. Ist einfach nicht drin. Ich überspringe den Teil, in dem ich dich frage, *ob* du was gehört hast, ich gehe direkt zu dem Teil über, wo ich dich frage, *was* du gehört hast.»

Doron Phipps wickelte die Schöße seines langen Mantels um die Beine und verschränkte die Arme vor der Brust. «Ich will einen Anwalt.»

«Hier gibt's keine Anwälte», sagte Yas Watley. «Willst du einen Feuerwehrmann?»

Cullen lächelte, damit Yas, jung und immer noch dabei, seine schlagfertigen Antworten zu perfektionieren, nicht entmutigt wurde.

Irgendwo in den Unterkünften der Feuerwehrmänner klingelte ein Telefon, was Doron Phipps auf einen anderen Gedanken brachte. «Ich will mal telefonieren. Ihr müßt mich telefonieren lassen.»

«Wenn wir dich einlochen, Pink», sagte Bond, James Bond, «darfst du auch einen Anruf machen. Im Moment aber hängen wir hier einfach nur ein bißchen rum.»

Noch eine Idee. «Draußen auf der Straße ist ein Telefon. Ich hab's gesehen. Ich ruf von da aus an.»

Niemand sagte etwas.

Doron Phipps rutschte zur Kante des Ledersessels. Sein Ledermantel klebte auf dem Leder des Sessels. All das Leder, all die Ungewißheit, ließ seinen Arsch schwitzen, seine Eier braten.

Niemand sagte ihm, er solle bleiben, wo er war.

«Wenn ich jetzt zur Tür geh, stürzt ihr Vögel euch doch sofort auf mich.»

Niemand widersprach ihm.

Doron Phipps ließ sich zurück in den Sessel fallen. «Scheiß doch auf euch Typen.»

«Du bist nicht cool, Pink – geile Klamotten oder nicht», sagte Cullen. «Aber vielleicht tröstet es dich, daß du nicht absolut bescheuert bist. Viele Typen in deiner Branche sind's nämlich. Also – ein Name.»

Einen Moment lang schloß Doron Phipps die Augen. Er kniff seinen Nasenrücken zusammen. Wenn er die Augen wieder aufmachte, vielleicht waren dann alle verschwunden.

Er schlug sie wieder auf. «Scheiße.»

«Einen Namen, Pink.»

«Ich kenn keinen beschissenen Namen.»

«Noch so ein Zufall, Pink», sagte Cullen. «Unmittelbar nachdem ich dich gesehen habe, hab ich gesehen, wie Arverne Dale ausgeknipst wurde. Ich wollte mir einen Film ansehen, hab aus dem Fenster des Foyers geschaut, hab einen Espresso getrunken, und dann ist es direkt gegenüber auf der anderen Straßenseite passiert. Ich hab den Leuten gesagt, meinen Kollegen, daß ich den Täter nicht gut genug gesehen hab, um ihn zu identifizieren, aber je länger ich hier sitze, je besser ich dich kennenlerne, desto mehr fängst du an, genau wie er auszusehen –»

«He, was redest du da für einen Scheiß?» Er wedelte mit seiner hellen Hand. «Welches andere Arschloch sieht so aus? Au!»

«Es besteht eine frappierende Ähnlichkeit. Je länger ich hier sitze. Ist wirklich kein Wunder, oder, Pink, daß du die *Nine* loswerden wolltest, wo doch mit dem Ding ein Arschloch umgelegt worden ist.»

«O, nein. Komm schon, Mann.»

Cullen warf die Hände in die Luft. «He. Ein Name. Gib mir einen Namen, und gleich siehst du mit jeder Sekunde weniger und weniger wie der Täter aus.»

«Mann, du kapierst das verdammt nicht.»

«Erzähl's mir.»

«Du blickst das nicht.»

«Dann klär mich auf.»

«Wenn ich euch was erzähle, machen die mich fertig.»

«‹Die›?»

«Sag ich doch.»

«Hast du Angst vor dem Täter?»

«Sag ich doch.»

«Oder vor seiner Gang?»

«Sag ich doch.»

«Einen Scheißdreck sagst du, Pink. Du gibst nur Geblubber von dir.»

Doron Phipps schloß wieder die Augen und preßte seinen Nasenrücken zusammen.

«Pink.»

«Laß mich mal kurz nachdenken.»

Yas Watley lachte. «Was denn, und deinen alten Rekord brechen?»

Lou Dellinger sah Cullen an und zwinkerte.

Cullen zwinkerte zurück.

Auf der Fahrt von Hriniaks Haus in der Bronx zu Tower Records, Cullen am Steuer seines Subaru-Kombi, seiner Yuppie-Karre, Yas Watley in Schlaf versunken, sein Kopf zurückgesackt auf die Lehne des Rücksitzes, Bond, James Bond in seinem – natürlich –, Trans Am hinter ihnen, hatte Lou Dellinger, auf dem Beifahrersitz, gesagt: «Ich mußte es Kinshasa sagen, Joe.»

«Sagtest du bereits.»

«Ich konnte es ihr *nicht* nicht sagen.»

«Sagtest du bereits.»

Das Radio lief leise – CBS-FM. Bei Joe Cocker drehte er lauter, *When the Night Comes*:

Two spirits in the night, we can leave before the morning light.
Where there's nothing left to lose, there's nothing left to fear.
So meet me on the edge of town
Won't keep you waiting, I'll be 'round.
Then you and me, we'll just roll right out of here.
I just want to be the one you run to
I just want to be the one you come to
I just want to be –

Lou Dellinger schaltete das Radio aus.

«He!» Cullen streckte die Hand aus, um es wieder einzuschalten.

Sie schlug auf seinen Oberarm. Ein richtig kräftiger Schlag war es nicht, aber weh tat es dennoch. «Verdammt, was ist denn?» Cullen rieb sich den Arm. «Mensch!»

«Gut. Was verdammt noch mal los ist? Hast du was mit diesem rothaarigen Miststück, das ist los?»

«Ich bitte dich, Lou.»

«Tut mir leid. Mit diesem rothaarigen Weißbrot?»

Cullen lachte. «Nein.»

«Es ist sogar noch schlimmer, stimmt's? Du bist in sie verknallt.»

Cullen schüttelte den Kopf. «Nein.»

«Ich bin's gewöhnt, gegen Weißbrote immer den kürzeren zu ziehen», sagte Lou Dellinger. «Es hat schon früh angefangen. Auf der High School hab ich die Wahl zum Klassensprecher an ein Weißbrot verloren, dessen Programm lautete: ‹Jeden Tag Wandertag.›»

Cullen lachte.

«Ich kapier ja, daß du auf den Rotschopf stehst», meinte Lou Dellinger. «Verkrüppelt und alles.»

Ein Fuß wie ein verbogener Knöchel wie bei einem Pferd. «Ich würde sie nicht direkt verkrüppelt nennen.»

«Weißt du, was sie Salome gesagt hat?»

Cullen schaute zu ihr hinüber, schwarze Wildlederjacke, schwarzer Kaschmir-Rollkragenpullover, schwarze Samtjeans, schwarze Wildlederboots, schwarze Ponyfrisur, schwarze Sonnenbrille, schwarz in der äußersten schwarzen Ecke des Beifahrersitzes. «Was wer Salome gesagt hat?»

«Der Rotschopf. Salome hat sie gefragt –»

«Mary Cath war bei Salome?»

«Oooh. ‹Mary Cath.› Oooh. Hör sich das einer an.»

«Lou.»

«Sie hat sich mit Judy Katz getroffen. Sie sind vorbeigekommen, um Salome kurz Hallo zu sagen.»

«Mary Cath hat sich mit Judy Katz getroffen?»

«Glaubst du wirklich, daß du fahren solltest – wo du doch tief schläfst und alles?» Cullen verbog das Lenkrad zu einer Brezel.

Nach einer Weile fuhr Lou Dellinger fort: «Salome hat den Rotschopf nach dem Fuß gefragt, hat gefragt, ob sie humpelt. Sie hat geantwortet, nur beim Gehen. Salome hat gelacht. Judy meinte, das wäre das erste Mal seit... Es *war* das erste Mal.»

Als sie von der Henry Hudson Bridge kamen, wurde der Verkehr dichter und wahnwitzig, daher konzentrierte sich Cullen eine Weile darauf, einfach zu überleben.

«Und wo hast du deine Neunzig-Tage-Nadel?» fragte Lou Dellinger. «Du hast doch nicht etwa...?»

«Nein. Bei dem Treffen, zu dem ich meistens gehe, direkt neben dem Revier, ist der vierte Donnerstag des Monats zur Feier von Jahrestagen reserviert. Übermorgen werde ich wieder hingehen.»

Weiter fahren.

«Außerdem ist sie nett», sagte Lou Dellinger. «Der Rotschopf. Aber ich schätze, das weißt du schon, wo du doch dauernd mit ihr zusammen bist und alles.»

«Ich hab sie mit in meine Wohnung genommen, damit sie mal Luft holen kann. Sie hat mir Kirby Gallagher gegeben. Als ich von meinem kleinen Ausflug ins *Tango & Cash* zurückgekommen bin, war sie nicht mehr da. Mehr war da nicht, mehr ist da nicht.»

«Du hast sie nicht mal angerufen?»

«Ich hatte alles, was ich bekommen konnte. Ich wollte sie nicht drängen.»

«Typische Sichtweise eines Mannes. Gedrängt zu werden ist manchmal ein tolles Gefühl.»

«Ihr Vater ist ein hohes Tier. Es würde nie funktionieren.»

«Ihr Vater ist ein Schleimbeutel. Bei all dieser Scheiße von wegen Dewey Traynor in den Knast bringen, warten auf Brian Cassidy doch selbst ein paar Jährchen.»

«*Das* würde nie funktionieren.»

«Wer auch immer dir einen Rosengarten versprochen hat, Arschloch, hat nur Scheiße erzählt. Es ist wegen Ann, stimmt's?»

Ann, Ann Jones, sein Mädchen, als er noch ihr Typ gewesen war, die... wann in New York eintreffen sollte? Am späten Mittwoch, oder? Den ganzen Donnerstag und Freitag Termine, einschließlich zum Mittagessen. Freitagabend trifft sie sich mit Mabel, aber am Donnerstagabend hatte sie frei. Wollte ganz *sophisticated* sein und sich allein ein Theaterstück ansehen – das neue Mamet vielleicht. Lieber würde sie aber den Cullen sehen. «Es ist alles. Der Job, meine Kinder, das Saufen. Einsamkeit ist für eine Menge Leute ein Symptom der Krankheit. Das Bedürfnis, allein zu sein, ist etwas, gegen das ich immer ankämpfe. Deshalb gehe ich zu Versammlungen. Versammlungen sind immer gut besucht. Ich bin schon seit einigen Tagen bei keiner Versammlung mehr gewesen. Es fehlt mir. Was Frauen betrifft, neige ich dazu, zwanghaft besitzergreifend zu sein. Ich vermute, ein Teil von mir will ausgehen und tanzen, in Clubs gehen, aber ich tu's eigentlich nie. Ich will mit ihnen zu Hause bleiben, sie ganz für mich allein haben.»

«Herzchen, ein Mann, der zu Hause bleibt... Du darfst dich nicht immer so unter Druck setzen. Prügel nicht immer auf dich selbst ein. Der Rotschopf – Mary Catherine – Mary Cath – sie hätte sofort aus ihrem Loch kriechen sollen. Ich verstehe schon, warum sie's nicht getan hat, aber das entschuldigt es nicht. Aber – nochmals aber – das bedeutet nicht, daß ich euch beiden nicht alles Gute wünsche.»

«Lou, es gibt keine wir beide.»

«Wessen Schuld ist das?»

«Ich weiß nicht mal, wo sie wohnt.»

«*Ich* weiß aber, wo sie wohnt. West One-Two, zwischen Greenwich und West Four. Hab sie nach Hause gefahren.»

«Wann?»

«Nachdem Judy Katz mit ihr geredet hat, mußte ich auch mit ihr reden.»

«Aber du hast doch gesagt, vorhin erst, bei Hriniak –»

«Ich wollte nur sehen, wie du dich windest. Und ich fand, es war noch nicht an der Zeit, daß die hohen Tiere alles erfahren. Du hast noch einen Grund, dich mit ihr anzufreunden.»

«*Noch* einen Grund?»

Yas Watley sagte etwas im Schlaf, und Lou Dellinger drehte sich zur Seite, um ihn anzusehen. Sie blieb so sitzen und legte dort eine Hand auf Cullens Schulter, wo sie ihn geschlagen hatte. «Sie haßt ihren alten Herrn... Was ist? Warum glotzt du mich so an?»

Auf der rechten Seite, Damen und Herren, sehen wir die George Washington Bridge, tralala Meter lang, tralala Meter hoch, die tralalaste Hängebrücke in der Tralala. Der nächste, naheliegendste, beste Weg weg von hier.

Hold on. I'll be back for you before too long.
But for now there's something else that's calling me.
So take me down a lonesome road, point me east and let me go.
There's a suitcase waits for me packed with memories.
I just want to be the one you run to
I just want to be the one you come to
I just want to be there for someone
When the night comes.

«Wie glotze ich dich an?» sagte Cullen.

«Verängstigt.»

Cullen fuhr weiter.

«Soll ich es sagen, Joe, oder sagst du es?»

«Was sagen? Ach, vergiß es. Ich weiß was.» Cullen warf einen Blick über seine rechte Schulter, setzte sich vor ein schnell fahrendes Taxi und schoß die Ausfahrt zum Yachthafen hinunter. Bond, James Bond, nicht in der Lage, rechtzeitig zu reagieren, fuhr weiter Richtung Süden auf der Autobahn, wobei er seine Hupe empört und bestürzt aufheulen ließ.

Cullen fuhr rechts ran und hielt hinter dem Wrack eines Buick Electra, der bis auf Rahmen und Räder zerlegt war. Yas Watley verschlief das alles.

Cullen schaltete den Motor aus. Er behielt die Hände auf dem Steuer, die Augen nach vorn gerichtet, wie ein Kind, das Autofahren spielt. «Was ich dir jetzt erzähle, hab ich bei Hriniak ausgelassen. Letzten Dienstag, als ich runter auf die Straße ging, um mit Cassidy zu reden, da hat er von seinem Autotelefon aus telefoniert, mit seiner

Frau geredet. Sie wollte wissen, wann er zum Abendessen zu Hause sei. Er sagte, ungefähr in einer Stunde, sie sagte, sie hätten Besuch, könnte er es nicht etwas genauer sagen. Er sagte, es wird ungefähr eine Stunde dauern. Er sagte: ‹Wenn sie so lange bleiben kann, schön. Wenn nicht, dann eben nicht.› Er legte auf. Es war Mary Cath. Wenn sie ihn haßt, wenn es ihm egal ist, ob sie zum Abendessen bleibt oder nicht, warum war sie dann überhaupt dort?»

Lou Dellingers Hand lag immer noch auf Cullens Schulter. «Es war ihr Geburtstag. Wußtest du das nicht?»

«... Nein.» Sie hatte ihm die Anekdote über Joey Adams' Geburtstag erzählt, davon, daß Bess Myerson und Imelda Marcos *Happy Birthday* gesungen hatten, ohne ihm allerdings zu sagen, daß sie selbst gerade erst Geburtstag gehabt hatte. So viel zu befreundet sein.

«Es war ihr Geburtstag», wiederholte Lou Dellinger.

«Sie ist über Nacht geblieben. Warum ist sie über Nacht geblieben?»

«Ihrem alten Herrn ging's nicht gut. Das hat sie wenigstens Judy Katz gesagt. Das hat sie mir gesagt.»

«Glaubst du das?»

Lou Dellinger nahm ihre Hand fort, drehte sich wieder nach vorn, starrte aus der Windschutzscheibe, wie ein Kind, das spielt, gefahren zu werden.

«Lou?»

«Scheiße, ich weiß es nicht. Wer weiß schon, was wirklich passiert ist?»

«Als ich mit Cassidys Frau sprechen wollte, als dann Cassidy und Andy Garcia aufgetaucht sind –»

Lou Dellinger schnaubte verächtlich. «Andy Gar*cia*.»

«– ist Cassidy mit seiner Frau irgendwo nach hinten gegangen. Er hat ihr weh getan.»

Lou Dellinger sah zu Cullen hinüber. «Ihr weh getan?»

Cullen schüttelte den Kopf. «Er ist zu gut. Wahrscheinlich hat er nicht mal eine Spur hinterlassen, oder wenn doch, dann eine Spur an einer Stelle, wo niemand außer ihm sie sehen kann.»

«Und? Was willst du damit sagen?»

Cullen veränderte die Haltung seiner Hände auf dem Lenkrad.

«Joe.»

Cullen drehte den Zündschlüssel, legte den Gang ein und bog hinter dem Buick wieder auf die Straße.

«Joe?»

«Bringen wir die Sache mit Doron Phipps unter Dach und Fach», sagte Cullen.

«Dennis Worthy», sagte Doron Phipps.

Cullen sagte: «Was ist mit dem?»

«Es heißt, er soll Arverne Dale ausgeknipst haben. Wegen 'ner Maus.»

«Einer Frau?»

«Stephanie Mills.»

«Wie die Sängerin?»

«Wie die, nur sie ist es nicht.»

«Also, wer hat jetzt was gemacht?» fragte Lou Dellinger.

Doron Phipps zuckte mit den Achseln. «Mehr weiß ich nicht.»

«Wo liegt Worthys Bude?» fragte sie.

Doron schüttelte den Kopf. «Keinen Schimmer.»

«In Manhattan? In Brooklyn?»

«Keine Ahnung.»

«Wo wohnt Stephanie?»

«Verdammt, ich hab keinen Schimmer.»

Cullen glaubte ihm. Es war so wenig. «Gute Nacht, Pink.»

Doron Phipps ließ die Hände von seinem Nasenrücken sinken. Er öffnete die Augen. «Was?»

«Good-bye. Raus. Später. Beim nächstenmal wird's schlimmer.»

Doron blieb einfach sitzen.

«Yo, Pink», sagte Bond, James Bond. «Später.»

Und Doron war auf und davon, hinterließ einen feuchten Flecken auf dem Ledersessel.

Cullen sprang vom Schreibtisch. Er verschränkte die Finger, hob die Hände über den Kopf und reckte sich. Dann ließ er die Hände fallen und schüttelte sie aus. «Bond, James Bond.»

«Sarge?»

«Mach's nicht sofort, aber sobald du kannst, nachdem du ein bißchen geschlafen hast, setzt du dich mit Captain Lambert, Narcotics, in Verbindung und gibst ihm Dennis Worthy. Er wird wollen, daß du es mehr als einmal mit seinen Leuten durchgehst, sei also darauf vorbereitet. Er soll sich mit Captain Neuman in Verbindung setzen, Neuman wird erklären, warum Lambert Cassidy aus der Sache raushalten soll. Mit je weniger Leuten du sprichst, desto besser, das liegt auf der Hand, deshalb: wenn du zwischen den Gesprächen mal nichts zu tun hast, bitte kein unnötiges Getratsche, kein überflüssiges Gequatsche.»

Bond, James Bond nickte. «Sarge.»

«Yas?»

«Sarge?»

«Gute Nacht.»

«Ach, komm schon, Sarge.»

«Ich wüßte nicht, was du heute abend noch tun kannst, Yas, außer dich aufs Ohr zu hauen.»

«Was ist mit Lou?»

«Lou auch.»

«Was ist mit dir?»

«Ich habe noch ein paar Sachen zu erledigen.»

«Zum Beispiel was?»

Sachen eben. «Gute Nacht, Yas.»

«Gute Nacht, Sarge.»

«Gute Nacht, Lou.»

«Gute Nacht, Sergeant Cullen.»

Cullen ließ die Schultern fallen. «*Bitte*, Lou.»

«Gute Nacht, Joe.»

21

Ein paar Sachen zu erledigen. Nur ein paar Sachen. Wie in seinem Subaru-Kombi sitzen, seiner Yuppie-Karre, auf der West One-Two, zwischen Greenwich und West Four, jede Stunde oder so aussteigen, um sich die Beine zu vertreten, die Twelfth runter gehen, um in dem griechischen Imbiß an der Ecke zur Greenwich einen Kaffee zu besorgen, wieder einsteigen und jedesmal auf einem anderen Platz sitzen – hinten links, hinten rechts, Beifahrersitz, Fahrersitz – wie ein Radscha, der die Zimmer seines Palasts ausprobiert; das Handschuhfach aufräumen (keine Verwendung mehr für das Kinoprogramm aus der *Post* für das Wochenende des 7. bis 9. Juni 1991; keine Neugier mehr bezüglich dieser Rezepte aus der *Times* für *Zuppa fredda di peperoni*, Hühnchen, gebraten unter einem Ziegel, weißen Bohnensalat; keine Ahnung mehr, warum er aus einer Illustrierten, deren Schrift ihm überhaupt nicht bekannt vorkam, die Kritik eines Buchs mit dem Titel *Wie leite ich erfolgreich eine Besprechung – in der 1/2 Zeit* ausgerissen hatte); seine Sammlung von Straßenkarten durchgehen (warum hatte er eine Karte von Hawaii, und wie würde es sein, an einem Ort mit Namen wie Waianapanapa, Pu'uhonu a Honaunau oder Kealaikahiki zu leben?); Radio hören, das zu dieser Uhrzeit größtenteils Musik für Selbstmordkandidaten brachte: Doors, Wagner, der späte Miles Davis; aus seiner Sporttasche auf dem Rücksitz das Hound-Tape rausholen, das – obwohl erst neuneinhalb Tage alt – schon merkwürdig prähistorisch klang:

«Hier ist wieder der Hound. Wir sind zurück. Danke, Dave, daß du das Tapedeck repariert hast. Das waren die Wünsche, jeder einzelne von ihnen: die Dell Royals, A-Bomb Bop, Mojo Watson, Love Bloodhound, Cookie and the Cupcakes, I'm Twisted, und die Rockefellers mit Orange Peel. Jetzt wißt ihr's.

Ich schätze, wir sollten jetzt mit Knuckleheads und den Nachrichten fortfahren. Il Brooché, Miss Sally, ziehen Sie Strohhalme.

He, he.»

«Werfen Sie eine Münze.»

«Werfen Sie einen Halm.»

«Osterhase erschossen. Wie wär's damit?»

«Aaah.»

«Aaah. Aktuell, häßlich und lustig.»

«‹Wellington, Neuseeland: Eine Stadt auf der Südinsel, die von einer in die Tausende gehenden Karnickelplage heimgesucht wurde, plant für das Osterwochenende eine Massenerschießung der im Überfluß vorhandenen Schädlinge. Die Stadt Alexandria, die sich selbst Karnickel-Hauptstadt der Welt nennt, wird Bargeldpreise an Jägerteams aussetzen, die die meisten Karnickel innerhalb von achtundzwanzig Stunden abschießen –›»

«Fetz ein Häschen weg.»

«‹Die Beute wird am Samstagabend beim Osterfestival der Stadt gezählt, und die siegreiche Mannschaft erhält 320 Dollar – U.S. – sowie einen Pokal.› Ich vermute, wahrscheinlich einen großen Schokoladenosterhasen.»

«Mit abgefressenem Kopf.»

«‹Die Karnickel wurden von europäischen Siedlern nach Neuseeland und Australien gebracht und besitzen auf dem Land keine natürlichen Feinde› – außer vielleicht die Menschen?»

«Gehen wir die Entsagungen eine nach der anderen durch.»

«Was gibt's zu entsagen, Hoss?»

«Nun, da hätten wir erst mal diesen Mittwoch die A-Bones mit

dem Great Gaylord in der Big Combo-Reihe der Knitting Factory. *Dafür haben wir nachher noch Freikarten zu vergeben. Die* Knitting Factory - *das ist ein Laden, in den ich noch nie einen Fuß gesetzt habe. Bislang war das für mich immer Indianerland.»*

«Yeah, Athens, Georgia, und die Knitting Factory – *Orte, an die wir nicht gehen.»*

«Das siehst du völlig richtig. Die Big Combo-Reihe war, als sie vor ein paar Jahren noch im Folk City *stattfand, so ungefähr die angesagteste Sache der Stadt. Und mittwoch abends kann man in New York gut ausgehen.*

So, ich glaube, es ist Zeit für den Blues Hangover, und legen wir los mit Jerry McCane, My Next Door Neighbor, 'Bout to Make Me Lose My Mind.»

Als er zum viertenmal vom Imbiß zurück war, auf dem Bordstein stand und ein Western Sandwich mampfte, auf Vollkorntoast, die Kühlerhaube als Tisch benutzte, erkannte Cullen, was ihm an diesem Block vertraut vorkam, was an diesem *vu déjà* war, wie Houghton B. Umstead sich ausdrücken würde (als Hausfrankophiler der Witwen und Waisen schnitt Umstead immer *French in Action* auf Channel 13 mit, genau wie Cullen den Hound aufzeichnete): Er und Ann, Ann Jones, sein Mädchen, als er noch ihr Typ gewesen war, hatten sich in diesem Block mal eine Wohnung angesehen, auf dieser Seite der Straße, zwei Häuser weiter auf dieser Seite der West Fourth.

Daß ihre Ecke die Ecke von West Twelfth und West Fourth sein konnte, Straßen, die östlich der Sixth Avenue parallel verliefen und sich hier, im tiefsten West Village schnitten, war eines der Dinge, die Ann am besten an dem gefielen, was sie beharrlich «den Deal» nannte.

«Das Apartment ist schon okay –» ein schmales Wohnzimmer, ein magersüchtiges Schlafzimmer, eine Mikro-Küche im ersten Stock eines Graystone; es besaß rachitische Flügelfenster im Wohnzimmer, aus denen man auf die Betonterrasse des Mieters im Erdgeschoß und seine Amateurskulpturen hinausblicken konnte, auf die Ergebnisse seiner Picasso-Fahrrad-Lenkstangen-Periode – «aber bei dieser Anschrift muß man es eigentlich nehmen. West Twelfth direkt östlich der West Fourth? Ich kann's gar nicht erwarten, das Mabel zu erzählen. Diese Adresse wird sie nie finden. Wenn sie erst mal südlich der Fifty-Seventh ist, ist alles nur noch Kreta für sie... Das Labyrinth.»

«Ah, ich hab's verstanden», hatte Cullen über Kaffeetassen in genau diesem Imbiß gesagt, damals noch unter einer anderen Geschäftsführung und mit einer anderen Inneneinrichtung. «Wir können Mabel einen Plan malen.»

«Soll heißen, wir nehmen's?»

«...»

«Ich wußte es. Ich wußte, daß es dir nicht ernst ist.»

«Findest du nicht auch, daß wir uns erst noch ein paar andere Wohnungen anschauen sollten?»

«Das hier ist New *York*. Man nimmt die erste Wohnung, die man sieht, und schätzt sich glücklich, 2000 Dollar im Monat und 20 Prozent Maklerprovision bezahlen zu dürfen. Oh, nicht nur glücklich – nein, gesegnet.»

«Wir haben es nicht eilig, Ann.»

«*Du* hast es nicht eilig – offensichtlich.»

«Damit will ich doch nur sagen, daß wir doch nicht eben erst aus dem Bus aus Minneapolis gestiegen sind. Wir haben doch Wohnungen, in denen wir leben.»

«*Wo*hnungen.»

«Wir sollten uns noch ein paar andere ansehen.»

«Nein. Vergiß es.»

«Was soll das heißen?»

«Der Deal ist gelaufen.»

«Du sagst dauernd ‹Deal›. Es ist kein ‹Deal›. ‹Deal› klingt so kalt, so berechnend.»

«Hah. Ist ein Deal nicht einfach eine Vereinbarung? Eine Abmachung? Es ist absolut nichts Abwertendes an einem Deal. Was ist los – ist es nicht romantisch genug für dich? Wie willst du es denn nennen: eine *ménage à deux*? Da wir nicht verheiratet sind, brauche ich einen Deal. Ich brauche einen Schutz davor, daß du mich nicht einfach so sitzen läßt –»

«Ich beabsichtige nicht, dich sitzenzulassen.»

«– und mir die Miete aufhalst.»

«Ich beabsichtige nicht, dich sitzenzulassen.»

«Also machen wir's?»

«Ann, verdreh doch bitte nicht alles. Ich habe eine Menge ...»

«Was? Ich will's hören. Sag es. Eine Menge Zweifel?»

«Fragen.»

«Zum Beispiel? ... Wer bringt den Müll raus? *Ich* werde den Müll rausbringen. Ich bin nicht stolz. Ich bin stark. Es ist eine ausgezeichnete Möglichkeit, die Nachbarn kennenzulernen. Es ist eine ausgezeichnete Möglichkeit, ihre schmutzigen kleinen Geheimnisse zu entdecken. Erinnerst du dich noch an diesen Burschen, der in Dylans Müll rumgewühlt hat? Was sonst noch? Welche anderen Fragen? ... Wer wird putzen? Ich hab nichts dagegen, diese Aufgabe zu teilen, aber andererseits meine ich wirklich, wir sollten uns dafür jemanden engagieren. Welchen Radiosender einstellen, während wir uns morgens darauf vorbereiten, zur Arbeit zu gehen? Das ist eine schwierige Frage. Bruce und Rita – meine Bodybuilder-Freunde, du erinnerst dich? Die tragen morgens Walkmen. Jeder seinen eigenen. Bruce steht auf Imus, Rita auf NPR. Abends schwimmen sie auf derselben Wellenlänge, daher ist das dann kein Problem mehr ... Welche Fragen noch?»

«...»

«Grundsätzliche Fragen?»

«Ja.»

«Grundlegende Fragen.»

«Ja.»

Sie trank ihren Kaffee aus und wischte sich den Mund an einer Serviette ab. «Wie ich schon sagte, der Deal ist gelaufen.»

«Laß uns noch ein paar andere Wohnungen ansehen, Ann.»

Am Ende sahen sie sich noch eine andere Wohnung an, ein Zwei-Zimmer-Apartment in einem sterilen Hochhaus über *Balducci's*, zwei Meter fünfzehn hohe Decken, symbolische Wände, dafür aber auf der obersten Etage (der Makler nannte es ‹Penthouse›), mit Blick über das gesamte West Village, den Hudson und Hoboken.

Sie ließen den Makler in der Wohnung zurück, um verschiedene Telefonate zu führen. Im Fahrstuhl sagte Ann: «Nett und sonnig.»

«Heiß im Sommer», sagte Cullen. «Besonders weil's ja auch im obersten Stock liegt.»

«Das Penthouse.»

Auf der Straße, Busse ergossen sich, Taxis kreischten, Limousinen parkten in zweiter Reihe, während Uptown-Frauen auf der Jagd nach Downtown-Delikatessen waren, ein Obdachloser sich mit einem Pappschild gegen die Hauswand lehnte, auf dem er behauptete, er habe mal für Drexel Burnham Lambert gearbeitet, sah Ann Cullen an und stemmte die Hände in die Hüften. «Hör zu, es ist lächerlich. Vergessen wir die Sache einfach. Ich wünsche mir immer noch, es wäre nicht so, aber du bist ein verheirateter Mann.»

Er war seit elf Jahren geschieden, doch er widersprach nicht. Er wußte, daß sie nicht meinte, er sei immer noch mit Connie, Connie Carrera, verheiratet, seiner Frau, als er noch ihr Mann gewesen war;

er wußte, sie meinte, nachdem er die Schlinge (Anns Wort dafür) einmal selbst gebunden und sie schließlich wieder soweit durchtrennt hatte, wie er konnte, angesichts der Tatsache, daß zwei Kinder gezeugt worden waren, würde er für sehr lange Zeit großen Abstand zu jeder Frau halten, die er dabei beobachtete, wie sie ihr Lasso freischüttelte.

«Es ist wie bei einem *Tilt-a-Whirl*», sagte Ann. «Als ich noch auf der High School war, bin ich mal auf einem Jahrmarkt mit einem *Tilt-a-Whirl* gefahren und hab anschließend über die Stufen gekotzt. Danach bin ich nie wieder in so ein Karussell gestiegen. Wenn mich aber jemand fragt, ob ich auf Jahrmärkten in Karussells gehe, wie zum Beispiel ein *Tilt-a-Whirl*, dann sage ich ja.» Und sie winkte ein Taxi heran und stieg ohne ein weiteres Wort ein. Sie wechselten noch andere Worte in dem Jahr, bevor Ann nach Kalifornien umzog, aber kein einziges mehr über ein Zusammenleben.

Um halb sechs trat ein Mann in den Dreißigern, dunkelgrauer Anzug, weißes Hemd, modisch knallige Krawatte, schwarze Halbschuhe, aus dem Vordereingang eines Wohnhauses, an das Cullen (dessen erster Streifendienst als Polizist, vergessen Sie das bitte nicht, damals Mitte der sechziger Jahre, genau hier im Six gewesen war) sich als Parkhaus erinnerte. Als Banker oder Broker oder Anwalt, so vermutete Cullen, war der Mann der erste Bewohner des Blocks, der zur Arbeit aufbrach. Ivan Boesky-Zeit, Si Newhouse-Zeit; ein Frühaufsteher-Vogel, der sich den Wurm schnappt, damit er auch geschnappt bleibt. Cullen vermutete, daß er zur Seventh Avenue gehen und sich ein Cab Downtown besorgen würde, doch er bog links auf die Greenwich ein und ging nach Nordwesten. Soviel zu Vermutungen.

Um Viertel vor sechs stieg eine Frau mit gebleichten blonden Stoppelhaaren, slawischen Wangenknochen, Oma-Sonnenbrille und schwarzer Motorradlederjacke über einem schwarzen Minikleid aus einem Taxi direkt gegenüber der Stelle, wo Cullen wartete. Sie ging die Stufen eines Reihenhauses hoch, wobei sie an einem gekrümmten Finger ihre sehr hochhackigen Pumps an deren Riemchen baumeln ließ. Die Laufmasche auf der rechten Wade ihrer Strumpfhose war Zeugnis der Leidenschaftlichkeit, mit der sie gefeiert hatte. Heim ist der Seemann, heim von der See, der Jäger heim vom Hügel, der Nachtschwärmer heim aus dem Club.

Um zehn vor sechs kam aus der gleichen Tür, durch die die Nachtschwärmerin verschwunden war, ein Amateur-Profi-Radfahrer, ein Trek 2500-Fahrrad auf der Schulter, Specialized-Helm, Oakley Blades-Sonnenbrille, Hemd und Shorts von Descente, und ging vorsichtig auf den Hacken seiner Spezial-Rennradschuhe von Look die Stufen hinunter. Er setzte auf und brauste davon, wobei sein Rad so gut getunt war, daß es überhaupt keinen Laut von sich gab.

Um sechs schaltete Cullen die Nachrichten ein.

«An diesem Morgen marschieren bereits Hunderte von Polizeibeamten an den Straßen der Narrows in Brooklyn auf, während sich die Einwohner darauf vorbereiten, um den katholischen Priester zu trauern, der am Sonntag Selbstmord beging, offenbar aus Gram über die rassisch motivierte Vergewaltigung und den Mord, in die eine Reihe Jugendlicher aus den Narrows verwickelt waren. Bürgermeisterin Freedman, Gouverneur Mazilli, die Senatoren Lea und Garraty und Francis Kardinal King werden bei dem Gottesdienst und der anschließenden Beisetzung von Father Michael O'Neill erwartet...

Die Polizei lehnte es ab, einen Bericht des New Yorker Dispatch *zu bestätigen oder dementieren, nach dem ein Hauptverdächtiger in dem Narrows-Zwischenfall sich im Sommerhaus seiner Familie an der Südseite von Long Island versteckt hält. Die stellvertretende Pressesprecherin der Polizei Sally Jacobs –»*

Cullen schaltete das Radio aus. Mary Catherine Koenig kam auf ihn zu, ein Fuß, wie ein verbogener Knöchel wie bei einem Pferd, humpelte nur, wenn sie ging, den Kopf gesenkt, las die Titelseite der *Times*, die sie von ihrer Türschwelle aufgehoben hatte. Sie trug ein blaues Nadelstreifenkostüm, ein weißes Seiden-T-Shirt, schwarze Plateausohlen; eine braune Ledertasche hatte sie sich über die Schulter geschwungen. Ihr üppiges Haar war mit Hornkämmen hochgesteckt. Sie spürte, daß er aus dem Wagen stieg – daß jemand aus einem Wagen stieg –, und hielt sich dichter an den Hauswänden, um ihm im Vorbeigehen aus dem Weg zu gehen, wobei sie immer noch die Meldungen auf der ersten Seite überflog, inzwischen unter dem Kniff in der Mitte angelangt war.

«Mary Cath?»

«Oh... Hallo.» Als sie so abrupt stehen blieb, und weil sie ja einen Fuß hatte wie ein verbogener Knöchel wie bei einem Pferd, schwankte sie ein wenig.

«Ich wollte Sie nicht erschrecken. Sie waren so... versunken.»

«Ich versinke leicht. Ich vermute, das ist gefährlich.»

«Wie geht's Ihnen?»

«Gut.»

«Auf dem Weg zur U-Bahn?»

«Zur U-Bahn? Nein. Ich gehe zu Fuß zur Arbeit. Ich will drüben an der Ecke einen Kaffee trinken. Imbisse und Cafés sind etwas, wovon es im West Village nicht genug gibt.»

«Ich könnte Sie zur Arbeit fahren.»

«Warum?»

«Einfach... nur so. Stimmt etwas nicht? Sie sehen wütend aus.»

«Ich schätze...»

«Ich weiß von Ihrem Treffen mit Judy Katz. Und mit Lou Dellinger.»

Sie hatte fragend die Stirn gerunzelt; jetzt sah sie ihn finster an. «Soviel zu Vertraulichkeit.»

«Ich will damit sagen, ich weiß, was Sie durchgemacht haben.»

«Ach ja? Wissen Sie das?»

«... Können wir uns nicht irgendwo hinsetzen? Zusammen eine Tasse Kaffee trinken?»

«Ich habe Judy Katz und Detective Dellinger alles gesagt. Ich habe einen Anwalt. Er hat mir geraten, zu niemandem mehr ein Wort zu sagen, sofern er nicht dabei ist.»

Cullen wußte, er wußte es *einfach*, daß ihr Anwalt der St. Martin-Typ war, Mr. Ambivalent, Mr. Yuppie. Sehen Sie? Sehen Sie, wie sie jetzt *seinen* Subaru-Kombi ansah – dabei wahrscheinlich dachte, vielleicht sollte sie sich einen besseren Anwalt besorgen, wenn derjenige, den sie hatte, sich nur einen Wagen leisten konnte, den sich auch ein Cop leisten konnte. «Mary Catherine...»

Sie hörte, daß ihr Name um zwei Silben gewachsen war. «Ja?»

«Ihr Vater...»

Ein Funke Besorgnis. «Ja?»

«...»

«Ist mit ihm alles in Ordnung? Es ist doch nichts passiert?»

«Nein... Aber es ist durchaus möglich, daß er sich in Schwierigkeiten befindet.»

«‹Schwierigkeiten?›»

«Ja.»

«Mit der Polizei?»

«Ja.»

«Verwaltungsschwierigkeiten?»

«Ja.»

«Sie waren bei der Internal Affairs, stimmt's? Detective Dellinger hat das gesagt.»

Einmal bei der Internal Affairs, immer bei der Internal Affairs. «Ja.»

«Daddy hat die Internal Affairs schon immer gehaßt.»

*Dad*dy? «Er hat einen Mann umbringen lassen. Einen Informanten.»

«Einen Spitzel?»

«Eine Singdrossel.»

«Eine *Sing*drossel?»

«Eine Singdrossel, die ihm vertraut hat. Ihrem Daddy vertraut hat.»

Sie schreckte bei dem Sarkasmus in seiner Stimme zurück, schwankte auf ihrem Fuß wie ein verbogener Knöchel wie bei einem Pferd. «Ist er verhaftet worden? Mein *Va*ter?»

«Nein. Es läuft ein Ermittlungsverfahren.»

«Ermitteln *Sie* gegen ihn?»

«Ich bin ein Zeuge gegen ihn. Ich bin letzte Woche Zeuge eines Mordes geworden. Ihr Vater –»

«Zeuge gegen ihn. Zeuge eines Mordes. Sie sind anscheinend ein vielbeschäftigter Zeuge.»

«... Ihr Vater hat mir gesagt, ich solle aussagen, der Mörder sei ein Mann gewesen, von dem er behauptet, er habe diesen Informanten ermordet.» Das war das erste Mal, daß er versucht hatte, es in einem einzigen, kurzen Satz zusammenzufassen. Es klang nicht nach besonders viel; es klang nicht besonders griffig.

«Wann war das?» fragte Mary Catherine, mußte, da es nicht nach besonders viel geklungen hatte, eigentlich nach überhaupt nichts geklungen hatte, die Ereignisse zeitlich einordnen. «Wann haben Sie diesen Mord gesehen?»

«Vor einer Woche. Am Saint Patrick's Day. Ihr Vater hat an diesem Abend mit mir gesprochen. Unmittelbar bevor er zum Abendessen nach Hause kam. Ihrem Geburtstagsabendessen.»

Sie legte eine Hand über ihre Augen. Dann war er also ein Voyeur und hatte ihr nachspioniert. «Und Sie haben mir gegenüber nichts davon erwähnt?»

«Mary Catherine, Sie müssen verstehen, wenn Sie erst einmal anfangen, über das eine Aussage zu machen, was Sie gesehen haben –»

«Moment. Wir reden hier nicht von mir. Wir reden vielmehr darüber, daß Sie mich belogen haben.»

Hatte er gelogen? Oder hatte er einfach nur ausgelassen? Oder umarrangiert? Er war nicht sicher.

Auf der anderen Straßenseite, aus dem Vordereingang des Reihenhauses, kam die Blondine mit den Wangenknochen, das Haar inzwischen feucht nach einer Dusche; sie hatte sich umgezogen: bedruckter Baumwollrock, Kaschmirpullover, wollener Blazer, Absätze in einer vernünftigen Höhe – die Nacht lag hinter ihr, sie war bereit für den neuen Tag. Mit einem entschlossenen Getrappel lief sie die Stufen herunter, überquerte die Straße und kam nun direkt auf sie zu. «Mit dir alles in Ordnung, Mary Cath?»

Einen Augenblick lang starrte Mary Catherine diese neue Zutat an. «Dana, hi.»

«Mit dir alles *okay*?»

«Ja, ja, alles in Ordnung.»

«Ich weiß ja, daß du mich für verrückt hältst», meinte die Blondine mit den Wangenknochen, «aber dieser Mann saß schon hier, als ich vor einer ganzen Weile nach Hause gekommen bin, und jetzt ist er immer noch hier, und da dachte ich, vielleicht...»

«Dana Norton, Joe Cullen.»

Dana Norton lehnte sich zurück, um ihn von oben bis unten zu mustern. Eine Spur Kokain, ihr Brennstoff für die Nacht, glitzerte noch in ihren Augen. «Joe Cullen?... Ann Jones, richtig?»

«... Ich kenne Ann, ja.»

«Ich bin Producer bei ABC. Wir haben versucht, Ann zu bekommen, bevor sie nach L.A. gegangen ist. Wie geht's ihr?»

«Gut.»

Dana Norton zog sich zurück, winkte mit der Hand. «Okay, ich hab's doch noch kapiert. Ich bin ein bißchen langsam, aber ich hab's kapiert. Tut mir leid, daß ich mich eingemischt habe.»

«Ich ruf dich an, Dana», sagte Mary Catherine.

«Ich hab nur versucht, ein guter Bürger zu sein. Hätt ich's nicht getan, würde ich mich jetzt beschissen fühlen. Jetzt fühle ich mich ganz eindeutig beschissen.»

«Ich ruf dich an.»

Dana Norton eilte von dannen.

Mary Catherine brachte ihre Tasche nach vorn. Sie zog den Reißverschluß auf, faltete die Zeitung in Viertel und schob sie hinein. Sie zog den Reißverschluß wieder zu, schob die Tasche zurück nach hinten, rieb sich kurz die Hände und verschränkte dann die Arme. «Ein Grund, warum ich aus Ihrer Wohnung fortgegangen bin, war, daß wir miteinander hätten schlafen müssen, wenn ich's nicht getan hätte... Uns lieben.»

«Können wir uns nicht irgendwo hinsetzen?»

«Haben Sie's schon mal mit einem Krüppel getrieben?»

«... Wenn Sie Ihre Aussage über das machen, was Sie gesehen haben, werden Sie auch sagen müssen, warum Sie bei Ihren Eltern gewesen sind.»

«Es war mein Geburtstag.»

Cullen ließ die Schultern hängen.

«Ich glaube, Dana fand Sie ganz nett. Sie war vermutlich aufrichtig besorgt, ob auch alles in Ordnung war, aber ich glaube, sie wollte Sie auch kennenlernen. Sie weiß, daß ich mich mit jemandem treffe, daher dachte sie wahrscheinlich, es sei schon okay. Zu blöd, daß sie es mißverstanden hat. Außer, na ja, sie hat's nicht mißverstanden, oder? Fast hätten wir miteinander geschlafen. Uns geliebt.»

«Ich hab die Sechs-Uhr-Nachrichten gehört, und sie haben nichts darüber gebracht», sagte Cullen, «aber schon sehr bald wird man Kirby Gallagher verhaften. Höchstwahrscheinlich im Sommerhaus seiner Familie auf Long Island. Falls Sie also geglaubt haben, daß es irgendwie, aus welchem Grund auch immer, nicht zu einem Prozeß oder Prozessen käme, dann liegen Sie damit falsch. Kirby wird alle verpfeifen. Genau so läuft das. Der erste, den es erwischt, zieht so viele andere wie möglich mit sich runter. Alle werden gute Anwälte bekommen, harte, knallharte Anwälte. Ich hoffe, Ihr Anwalt –» der St. Martin-Typ, Mr. Ambivalent, Mr. Yuppie – «ist auch ein knallharter Anwalt, denn man wird Sie bei lebendigem Leib auffressen, wenn Sie nicht den bestmöglichen Schutz bekommen. Sie werden ihnen die Wahrheit sagen müssen, warum Sie bei Ihren Eltern waren, und wenn Sie das tun, wird das von den anderen Wahrheiten in Ihrer Aussage ablenken. Mein Rat lautet – kann gut sein, daß Ihr Anwalt das anders sieht –, aber mein Rat lautet jedenfalls, darüber jetzt die Wahrheit zu sagen.»

Mary Catherine nahm die Arme auseinander und verschränkte sie sofort wieder. «Wieso wissen Sie so viel?»

«Ich weiß es nicht. Ich habe nur...»

«Und diese knallharten Anwälte, wie kommen Sie darauf –»

«Sie werden. Glauben Sie mir, sie werden.»

Cullens Pieper meldete sich. Er schaltete ihn sofort aus.

Mary Catherine musterte ihn von oben bis unten, als erwarte sie bereits, daß er an einer anderen Stelle zu klingeln begann. «Direkt um die Ecke gibt es eine Telefonzelle.»

Cullen griff in seinen Wagen nach dem Funktelefon. Er rief *Widows and Orphans* an. Molly Evers meldete sich.

«Joe Cullen.»

«Morgen, Sergeant. Captain Neuman will mit Ihnen reden. Eine Sekunde.»

Cullen legte eine Hand über die Sprechmuschel. «Selbst wenn es keine Vergewaltigung und keinen Mord gegeben hätte, ist dies etwas, das Sie tun müßten.»

«‹Dies›?»

«Sie wissen schon, was ich meine.»

Mary Catherine sah ihn aufmerksam an. «Wieso wissen Sie so viel?»

«Cullen?» fragte Neuman.

«Ja, Captain?»

«Internal Affairs wird jetzt gegen Ihren Freund Tommy Caruso aktiv. Maslosky will Sie dabei haben. Sollte es zu einer Festnahme kommen, werden Sie aussagen müssen, daß Sie davon in Kenntnis gesetzt wurden, daß er angeblich Blablabla. Sie verstehen, was ich meine?»

«Wo soll ich mich mit ihnen treffen?»

«Auf der West nähe Vestry. Um die Ecke vom *Tango & Cash.*»

Cullen schaltete das Telefon aus und legte es in den Wagen zurück. Er sah Mary Catherine an. Er konnte sie bitten mitzukommen, sie einladen, einen Blick durch den Spion in das private Hinterzimmer des *Tango & Cash* zu werfen, um zu sehen, daß Buckaroo Banzai Koenig einer der Weißbrote war, die Texas Hold 'Em spielten. «Sie haben mich gefragt, das erste Mal, als wir uns im *Glimmering Girl* unterhalten haben, ob ich wüßte, was ein Schwätzer ist. Ich werde Sie nicht fragen – ich weiß, daß Sie es wissen –, was eine *Irish beauty* ist.»

Da sie einen Fuß wie einen verbogenen Knöchel wie bei einem Pferd hatte, mußte sie ständig in Bewegung bleiben, sich wiegen, einen Schritt machen, zurückweichen, vortreten. Was er sagte, ließ sie mit ihren Bewegungen aufhören, ließ sie einen langen, langen Augenblick verharren. Er dachte schon, sie würde ihn anschreien, um sich schlagen, widersprechen, verlangen, daß er das sofort zurücknahm. Aber sie blieb ruhig und nachdenklich: «Sie sind ein guter Mann, Joe. Ich höre, was Sie sagen. Ich weiß Ihre Besorgnis zu schätzen. Das klingt unecht, ich weiß, aber ich bin Ihnen zutiefst dankbar für alles, was Sie für mich getan haben. Jetzt liegt es allein an mir.»

Cullen ging zu ihr und ergriff ihre Hände. «Ich habe seit 93 Tagen keinen Alkohol angerührt. Das ist mein eigenes Verdienst *und* etwas, das ich niemals allein geschafft hätte. Das gleiche gilt auch für Sie. Nicht weil Sie schwach sind, sondern weil Sie zahlenmäßig unterlegen sind. Sie brauchen Hilfe. Es gibt Menschen, die warten nur darauf, Ihnen zu helfen, warten darauf, Sie willkommen zu heißen, weil sie ganz genau wissen, wer Sie sind und was Sie durchgemacht haben. Sie müssen es tun. Es gibt keine andere Möglichkeit.»

Sie sah in seine Augen, doch ihr Blick senkte sich immer wieder vor Schmerz. Sie zog ihre Hände frei, behutsam zwar, aber dennoch unmißverständlich. Weil sie einen Fuß wie einen verbogenen Knöchel wie bei einem Pferd hatte, schwankte sie einen Moment, bevor sie das Gleichgewicht fand.

«Ich muß jetzt los», sagte Cullen.

Sie nickte.

«Meine Nummer steht im Telefonbuch. Sie können aber auch das Revier Midtown West anrufen.»

Sie nickte.

«Judy Katz, Lou Dellinger – die können Ihnen auch helfen.»

Sie nickte.

Es gab nichts mehr zu sagen, also stieg er in seinen Wagen und fuhr fort, Mr. Experte, Mr. Einen-Tag-nach-dem-Anderen. Als er rechts auf die Greenwich einbog, schwenkte er weit aus, um einen Lastwagen zu überholen, der die Frühausgabe der *Post* auslieferte, gefährdete dabei den Amateur-Profi-Radfahrer, der von seinem morgendlichen Training zurückkehrte.

«Du bist nicht allein auf der Straße», brüllte der Radfahrer.

Mr. Verkehrsrowdy.

22

Der Fluß wogte und plätscherte immer noch am Fuß der Vestry Street, aber das Viertel, nachts beherrscht von Nachtschwärmern, Club-Kids, Outlaws, Obdachlosen, wurde tagsüber zur vorübergehenden Verwendung von den Menschen zurückverlangt.

Bewohner des Independence Plaza wagten sich aus ihren Ziegeltürmen herunter, setzten vorsichtig ihre Zehenspitzen in den Strom des Güterverkehrs auf der Greenwich Street, sagten sich, nachdem sie wieder eine Nacht überstanden hatten, daß New York am frühen Morgen immer noch eine tolle Stadt war, die Bronx immer noch oben und die Battery immer noch unten war.

Auf der anderen Straßenseite der Greenwich spritzte ein Hausmeister den Bürgersteig vor einem nachgemachten Cajun-Restaurant ab, das Ann, Ann Jones, Cullens Mädchen, als er noch ihr Typ gewesen war, einmal zu dem Lokal mit dem niedlichsten Namen aller Eßlokale in einer Stadt voll davon gekürt hatte: *Hows Bayou*.

Schulkinder mit Rucksäcken von L. L. Bean, Eddie Bauer, Patagonia, schicke Überlebenskünstler der Großstadt, stapften in Reeboks, Nikes, Adidas, L. A. Gears durch das Getöse, gehütet von Vätern in T-Shirts, Müttern mit Perlenketten und Diane Sawyer-Frisuren, Väter in zweireihigen Anzügen, Müttern mit nietenbesetzten Lederkragen und Sheena Easton-Stachelfrisur.

Shearson Lehman-Drohnen summten widerwillig zurück in den Bienenkorb, bestenfalls halbherzig bereit, einen weiteren Tag das zu tun, was immer sie taten. Berittene Polizisten ließen ihre großen braunen Wallache zurück zu den Ställen des First Precinct kloppern. Scharfe Gerüche von Paprikalagerhäusern vermischten sich mit dem Auspuffgestank des Verkehrs im Holland Tunnel, der über die Canal Street blökte und um den Ausfahrtskreisel auf die Hudson zentrifugierte.

Drei Häuser weiter als das *Tango & Cash*, vor dem fensterlosen Büro eines Abrißunternehmers, lehnten vier Männer und eine Frau, alle in Jeans und Windjacken und Baseballmützen und Turnschuhen – selbst die jüngsten Schulkinder, die naivsten Eltern erkannten sofort, daß es Cops waren – an parkenden Autos, beäugten mißtrauisch jeden Passanten, besonders die Schwarzen, die Hispanics, die Asiaten, die Weißen, die Jungen, die Alten, die Wohlhabenden und Abgerissenen, die Linkshändigen und Rechtshändigen, die Gesunden und die Krüppel, Autofahrer, Fahrradfahrer, Fußgänger, Herumtreiber, die Ratten in der Gosse und die Tauben auf den Giebeln.

Richie Maslosky von der Internal Affairs, mit einer weißen Asics-Kappe, nickte Cullen zu. Jetzt waren sie zu sechst. «Joe.»

«Inspector.»

«Sie kennen Captain Gillette, vermute ich.»

Das Walkie-talkie am Ohr, sich anstrengend, eine Mitteilung von einer Verstärkungseinheit aus dem Spreu des statischen Rauschens zu worfeln, berührte Gillette flüchtig den Schirm seiner Yankees-Kappe. Er hatte etwas im Mund, worauf er rhythmisch, periodisch mampfte, wobei sich seine Zähne wie Kastagnetten anhörten. Cullen kannte Gillette nicht, genausowenig wie seinen Ruf, aber es war beruhigend, daß alles von jemandem koordiniert wurde, der gleichzeitig telefonieren, Hallo sagen und Kaugummi oder Kautabak kauen konnte. «Captain.»

«Und das hier ist Sergeant Bodwell, Dan Bodwell. Danny hat früher bei der Abteilung für Kapitalverbrechen gearbeitet, ist dann zur Westküste gegangen, nach San Diego, jetzt ist er zurück. Sie können ihn nach dem beschissenen Grund fragen, uns jedenfalls sagt er nichts. Joe Cullen.»

Bodwell war, was Zimmerman, Neil Zimmerman, Cullens Partner, bevor er ausgeknipst wurde, immer Z.A., kurz für *Zu Attraktiv*, genannt hatte, was bedeutete, er war ein Riese von einem Hurensohn, breit und tief und hoch und für jeden mittelmäßigen Scharfschützen problemlos zu treffen: ein zu attraktives Ziel. Er trug eine Mütze von den San Diego Padres, die echt aussah, nicht so eine wie die, die man hier an der *Right Coast* kaufen konnte.

Cullen kam sich irgendwie nackt vor. Wenn diese Sache vorbei war, würde er eine Großfahndung rausgeben und das ganze Department für die Suche nach seiner gestohlenen St. Louis Cardinals-Mütze einspannen, die Reproduktion einer Mütze, die in den vierziger Jahren von den Gewinnern von vier Wimpeln und drei World Series getragen wurde. Hatte irgendeine Mannschaft so was in letzter Zeit geschafft? Nein. Was auch der Grund war, warum er seine gottverdammte Mütze zurückhaben mußte, sie besaß eine Geschichte. «Dan.»

Bodwell nahm Cullens Hand und zerquetschte sie und ließ sie fallen. «Giuseppe.»

«Detective Reed und Detective Dellinger kennen Sie ja.»

Detective Reed, Jimmy Reed, hatte Cullen noch nie gemocht. Er war nie da, wenn man ihn brauchte, wenn Arbeit wartete. Wie jetzt – er beugte sich durch die Seitenscheibe eines Streifenwagens und wühlte nach irgendwas im Handschuhfach. Wahrscheinlich nach nichts – alles, um nur ja nicht einen Vorgesetzten ansehen zu müssen, der ihm eine Aufgabe übertragen könnte. Das Logo auf Reeds Mütze konnte Cullen nicht sehen, aber die Farbe war das Blau der Mets.

Cullen freute sich, Detective Dellinger zu sehen, in ihrer schwarzen Wildlederjacke, dem schwarzen Rollkragenpullover, den schwarzen Samtjeans, schwarzen Wildlederboots und dem zusätzlichen Accessoire einer schwarzen Ray-Ban mit grauen Gläsern. Und raten Sie mal, was sie auf dem Kopf trug. Richtig – eine Baseballmütze, schwarz, mit dem Logo *Fever* (wie in *Jungle Fever*). «Sergeant. Was steht an?»

«Detective. Geschlafen?»

«Ein bißchen. Und Sie?»

Cullen nickte. Oder vielleicht schüttelte er auch den Kopf.

Lou Dellinger lächelte. Sie wußte, welche Sachen, einfach nur Sachen, Cullen zu erledigen gehabt hatte.

Gillette stopfte das Walkie-talkie in seine Gesäßtasche und ließ einmal den Kopf kreisen, um die anderen um sich zu versammeln. «Verstärkungseinheiten Able, Baker, Charlie in Position, Inspector. Da Sie ja gerade erst gekommen sind, Culs, werde ich Ihnen jetzt sagen, was ich den anderen bereits gesagt habe. Ihr Freund Tommy Caruso spielt jetzt seit kurz nach Mitternacht im *Cash* Hold 'Em um hohe Einsätze. Ein Officer in Zivil, neu im Department, aber mit viel Erfahrung, Ex-Nassau County, Caruso wird sie nicht identifizieren können, Rome, Cynthia, Blondine, langes, glattes Haar, falls Sie ihr begegnen sollten, sieht aus wie – Was würdest du sagen, wem sie ähnlich sieht, Dels?»

«Annie Dillard», sagte Lou Dellinger.

«Wer zum Geier das auch immer ist. Irgendeine Schriftstellerin. Rome ist jetzt seit eins drin, macht einen auf Kellnerin. Ihr Freund Traynor hat die Sache eingefädelt. Außerdem hat er uns einen Lageplan gezeichnet. Wir werden durch den Vordereingang reingehen – genau hier. Über Nacht, bis um sechs, wird die Tür normalerweise bewacht. Um diese Zeit jetzt ist sie normalerweise abgeschlossen, die Gäste kommen allerdings von innen noch raus. Traynor hat das Ding so eingestellt, daß wir auch von außen rein können. Dels, sobald du drin bist, kümmerst du dich um diesen Notausgang, den du der Verstärkung Able aufmachst...»

Während er zuschaute, wie Gillettes knochiger Finger auf den Plan einstach und ihn zerschnitt, ein Plan, der von einer ruhigen Hand mit blauem Filzstift auf die Rückseite einer Speisekarte eines Delis gemalt worden war, während er Gillettes Hip-hop-Befehlen zuhörte, wurde Cullen urplötzlich schwindlig. Weil er nicht geschlafen hatte vielleicht, weil er Sachen zu erledigen gehabt hatte, eben einfach nur Sachen. Oder vielleicht war es auch zuviel Kaffee. Oder das Western Sandwich. Oder die unbeholfene Gavotte, die er mit Mary Catherine Cassidy Koenig getanzt hatte, wobei er nicht gesagt hatte, was er hatte sagen wollen, was zu sagen er die halbe Nacht geübt hatte, sondern einfach nur mit Worten um sich geworfen hatte, zugesehen hatte, wie sie in einem einzigen Durcheinander um seine Füße herum runterfielen, um ihre Füße, von denen einer wie ein verbogener Knöchel wie bei einem Pferd aussah.

Vielleicht machte ihn aber auch schwindlig, wie Gillette sagte, *Ihr Freund Tommy Caruso*, und dann, wenn schon nicht ganz im gleichen Atemzug, so aber doch definitiv im gleichen Leben, sagte *Ihr Freund Traynor*. Bei solchen Freunden...

Oder vielleicht lag's auch daran, daß Gillette allen anderen eine Aufgabe gab, während Cullen nichts anderes zu tun hatte, als sich zurückzuhalten, für Rückendeckung zu sorgen, das fünfte Rad zu spielen. «Captain?»

Gillette hob die Augenbrauen, ließ sein Kauzeugs knallen (was bedeutete, daß es Kaugummi sein mußte, oder nicht?), wedelte fragend und ungeduldig mit der Hand. *Yeah? Was denn?*

«Ich würde Caruso gern rausholen, Sir.»

Gillette grunzte. «Ihn in einem Leichensack rausbringen, meinen Sie wohl, denn nach allem, was ich so höre, sieht's doch so zwischen euch beiden aus.»

Das hatte Cullen nicht gemeint, er hatte gemeint, Caruso an dem Stacheldraht rauszuschleifen, den er ihm um die Eier legen würde, oder an den Batterieklammern, die er ihm an die Ohrläppchen geklemmt hätte, oder an der Angelleine mit Haken, die er ihm in die Nagelbetten versenken würde. Ein Leichensack war noch viel zu gut für Caruso, ein Leichensack bedeutete Erste Klasse. Cullen wollte Caruso im Zwischendeck rausbringen, in der Bilge.

«Außerdem», sagte Maslosky, «wird sich Caruso in einem Disziplinarverfahren verantworten müssen, vor Gericht, die ganze Scheiße eben, und Sie brauchen wir dabei als Zeuge, wir wollen nicht, daß *Sie* in einem Leichensack rauskommen.»

«Er kämpft schmutzig», sagte Cullen. Er warf Lou Dellinger einen Blick zu, denn sie wußte von dem Madonna-Bluff, mit dem er Caruso reingelegt hatte, doch sie antwortete mit einem so ausdruckslosen Blick wie glattes Mahagoni. «Hat das jeder mitgekriegt? Caruso kämpft mit schmutzigen Tricks.»

Womit Cullen nicht gemeint hatte, daß Caruso mit einem Uzi Luger 9 Millimeter Karabiner bewaffnet sein würde. Hätte er das gewußt, dann hätte er die Empfehlung ausgesprochen, den Abbruchspezialisten von nebenan zu engagieren.

Caruso feuerte die Uzi nicht ab, er hob sie einfach nur einen Sekundenbruchteil, bevor Bodwell (*das* hast du von deinem Giuseppe, liebster Dan) und die drei Männer der Verstärkungsgruppe Baker die Tür zum Hinterzimmer des *Tango & Cash* auftreten wollten. Indem er die Tür aufriß, die Uzi nacheinander auf die Stirn jedes der Männer richtete, bewirkte Caruso, daß Bodwell und die Männer der Verstärkungsgruppe zu Experten für Kette und Schuß des Industrieteppichs auf dem Boden des Flurs vor der Tür wurden, daß sie zu lebenden Beispielen von Männern wurden, deren Herzschläge sich innerhalb weniger Sekunden von etwa siebzig Schlägen pro Minute auf siebenhundert beschleunigten.

Während dieser Sekunden verschwand Caruso. Sie waren nur zu sechst. Zu siebt, wenn man Cynthia Rome mitrechnete, die Jungfrau in Zivil, neu im Department, seit eins war sie drin und gab sich als Kellnerin aus, vielleicht hatte Caruso sie ja doch erkannt, denn warum sonst sollte er darauf gewartet haben, wie sie durch genau diese Tür hereinkamen?

Rome (für Cullen sah sie Mary Travers ähnlicher als Annie Dillard) glaubte Caruso sei durch eine Tür direkt neben der Tür in das Hinterzimmer und eine Treppe hinunter in ein Kellergeschoß geflüchtet. Ein Fenster des Kellergeschosses war an seinen rostigen Scharnieren aufgerissen worden, und jemand war offensichtlich hinausgeklettert. Die Gasse, zu der das Fenster «Zugang» bot, wie Gillette sich über das Funkgerät eines Streifenwagens gegenüber Chief Ruth im Präsidium ausdrückte, besaß an ihrem einen Ende eine solide Mauer und einen dreieinhalb Meter hohen Maschendrahtzaun mit Stacheldrahtkrone an ihrem andern. Caruso hatte sich für den Stacheldraht entschieden und Fasern seines lachsfarbenen Anzugs und Proben seines Bluts zurückgelassen, mit dem die Spurensicherung und die Kriminaltechnik herumspielen konnten.

«Wahrscheinlich Gruppe Z», sagte Lou Dellinger und meinte Carusos Blut. «Wie kann das Arschloch andere Cops nur so bedrohen?»

«Er ist ein Schurke», sagte Cullen. «Bei der I. A. begegnet man allen möglichen Arten von Schurken, und Caruso ist einer. Illegales Poker zu spielen ist noch das geringste seiner Verbrechen.»

«Er wohnt in Rockland», sagte Gillette. «New City. Auf geht's. Er fährt einen Dodge Stealth.»

Cullen verstand nichts von Autos, er hielt einen Stealth für ein Flugzeug, aber das spielte keine Rolle. «Er fährt nicht nach Hause, um Himmels willen. Er geht zu seinem Herrn und Meister.»

Gillette wirbelte zu Cullen herum, bohrte sich dabei fast selbst in den Bürgersteig. «Seinem *was*?»

«Zu Cassidys Haus. Ohne Cassidy wird er gar nichts unternehmen.»

Gillette sah Maslosky an, der nur mit den Achseln zuckte. «Bodwell, fahren Sie mit einer Einheit rauf nach New City. Unterwegs nehmen Sie noch zwei weitere Einheiten mit. Falls er dort *ist*, verständigen Sie uns. Alles klar? Alle anderen aufsitzen und Sergeant Cullen folgen. Captain, setzen Sie sich mit dem Sondereinsatzkommando in Verbindung.»

Gillette sah glasklar, wie er aus dem Vordergrund der Fernsehnachrichten in die finsteren, dunklen Ecken am Rand gedrängt wurde, sah, wie er vom Anführer der Truppe zu nur einem weiteren Arschloch-Cop mit Baseballkappe degradiert wurde. «Inspector, ich –»

«Wir haben Scheiße gebaut, Gillette. Sie, ich, wir alle. Versuchen wir jetzt, nicht noch mal Scheiße zu bauen. Hängen Sie sich an den Funk und rufen Sie das Sondereinsatzkommando. Alle anderen aufsatteln jetzt und Sergeant Cullen folgen.»

23

Auf der Vestry zur West.

Nach Süden auf der West vorbei an Laight, vorbei an Hubert, vorbei an North Moore, vorbei an Harrison, Chambers, Murray, Barclay, Vesey.

Wer waren diese Typen? Wer waren Laight, Hubert, Moore, Harrison, Chambers, Murray, Barclay, Vesey?

Lebte heute ein *South* Moore oder hatte es je einen gegeben?

Es war einmal vor langer, langer Zeit, da war Cullen auf eine Party im National Arts Club am Gramercy Park eingeladen, eine literarische Party – also eine Party der Verlagsbranche, die für ausländische Verleger geschmissen wurde, die wegen der ABA in der Stadt waren, und zwar von einer Agentur, zu deren Klienten auch Ann gehörte, Ann Jones, Cullens Mädchen, als er noch ihr Typ gewesen war. In einem ochsenblutfarbenen Reyon-Kleid mit Spaghettiträgern war Ann bei einigen japanischen Moguln der große Hit gewesen, und Cullen wurde von einer vergnügten, rüstigen alten Frau ins Schlepptau genommen, deren Akzent er nicht einordnen konnte und deren Namen er nie erfuhr. Weil er ein Cop war und möglicherweise einen Notruf absetzen mußte, zeigte sie ihm die wunderbar geräumige Telefonzelle aus Holz und Glas, möbliert mit einem hölzernen Sessel, unter der marmornen Haupttreppe; weil er ein Cop war und möglicherweise schnell verschwinden mußte, erzählte sie ihm von dem Geheimgang, der in südlicher Richtung zur 19th Street verlief und der von Calvert Vaux gebaut worden war, als er das neugotische Gebäude als Residenz für den Politiker Samuel Tilden (der bei der allgemeinen Wahl der Präsidentschaftswahl von 1876 eine Viertelmillion mehr Stimmen erhielt als Rutherford B. Hayes, erzählte die vergnügte, rüstige alte Frau, dann aber im Wahlmännergremium verlor) entwarf; weil er ein Cop war, der behauptete, schon mal ein Buch gelesen zu haben, skizzierte sie Cullen ein Buch, das sie gerade über das *Olde New York* schrieb, ein New York bevölkert mit Rutherfords und Lispenards und Cortlandts. «Leute mit Straßen, die nach ihnen benannt wurden», hatte Cullen gesagt, und die vergnügte, rüstige alte Frau hatte energisch genickt und gesagt: «Genau. Wir reden hier über Straßen.»

Die Dinge, an die man so denkt, wenn man schnell fährt, wenn man so tut, als wär man Steve McQueen in *Bullitt*, wenn man so tut, der eigene Wagen wär was immer Steve McQueen für einen Wagen in *Bullitt* gefahren hatte, Cullen verstand nichts von Autos, irgendein kleiner roter Flitzer statt eines Subaru-Kombi, einer Yuppie-Karre, versuchte zu vergessen, daß Steve McQueen nicht selbst gefahren war, daß ein Stuntman an seiner Stelle gefahren war, daß die Straßen für diese Szene extra geräumt worden waren, daß die ganze Autoszene choreografiert worden war, daß Feuerwehr und Krankenwagen einsatzbereit gestanden hatten, daß jedem klar war, daß Steve McQueen der Star war, komm ihm nicht in die Quere, versuchte zu vergessen, daß das hier die echte Sache war, Baby.

Liberty, Cedar, Albany, Carlisle, Rector, Morris.

Vor langer, langer Zeit, damals, in der Zeit des *wirklich* alten Olde New York, als Cullens Kinder noch Kinder waren, als Jim noch James war und sich nicht dafür interessierte, ob er zwei Schritte aktueller war als das, was gerade aktuell in der Musikszene angesagt war oder nicht, als Tenny noch die erste Frau werden wollte, die zum Mars flog und noch keinen Gedanken daran verschwendet hatte, ob oder ob es da oben keinen Benetton gab, als Connie, Connie Carrera, noch Cullens Frau und er ihr Mann gewesen war, da waren sie *en famille* zwei- oder dreimal im Jahr an die Spitze von Manhattan runtergekommen, um mit der Staten Island Ferry zu fahren, um auf die Freiheitsstatue zu steigen (damals war Ellis Island noch ein Schandfleck gewesen, den man nicht besuchen konnte, damals, in den *wirklich* alten Tagen), um die Aussichtsterrasse des World Trade Center zu besuchen. Jedesmal, wenn sie an der Morris Street vorbeikamen, auf dem Weg von oder zu der U-Bahn im Trade Center, fragte sich der eine oder andere von ihnen laut, wie es kam, daß eine Straße nach einer Katze benannt war, und alle anderen lachten dann. (Kapiert? Morris die Katze? Morris die Neun-Leben-Katzenfutter-Katze? Ach ja – man muß eigentlich selbst dabeigewesen sein!)

Unmittelbar vor der Rampe runter in den Brooklyn-Battery Tunnel latschte Cullen voll auf die Bremse, streckte sein rechtes Bein voll aus und hob sich kerzengerade aus dem Sitz.

«Was zum Teufel?» sagte Lou Dellinger, die wieder mal neben ihm auf dem Beifahrersitz saß.

«Mann» und «Hey» protestierten zwei der Verstärkungs-Beamten auf dem Rücksitz, fragten sich, wie es kam, wo sie schon mal endlich bei einer echten Verfolgungsjagd dabei waren, wieso der Wagen, der die Verfolgung machte, ausgerechnet ein Subaru-Kombi, eine Yuppie-Karre sein mußte, statt eines ... eines Stealth.

Cullen jagte den Subaru über den Mittelstreifen. «Er wird nicht zu Cassidy fahren. Er wird ins Drogendezernat fahren.»

Auf der Gegenfahrbahn holperte er vom Mittelstreifen und raste zurück nach Norden.

Morris, Rector, Carlisle, Albany, Cedar, Liberty.

«Okay», sagte Lou Dellinger. «Ich geb's auf. Wieso sollte er ins Drogendezernat fahren?»

«Geld, Drogen, Beweismaterial», sagte Cullen.

Vesey, Barclay, Murray, Chambers, Harrison, North Moore, Hubert, Laight, Vestry, Desbrosses, Watts, Canal.

Tell me what street, mußte Cullen jedesmal leise vor sich hin summen, wenn er hier unten herumfuhr, *compares with Watts Street in July*.

Urplötzlich dichter Verkehr. Kein schnelles Fahren mehr möglich, genaugenommen überhaupt kein Fahren mehr möglich.

«Was willst du damit sagen?» fragte Lou Dellinger. «Caruso nimmt Drogen?»

«Warum nicht?»

«Ich weiß auch nicht, warum nicht. Ich schätze, manchmal denke ich ... wünsche ich mir ... ich weiß auch nicht, warum nicht.»

Cullens Autotelefon meldete sich.

«Geh du ran, Lou. Das ist Maslosky.»

Lou Dellinger meldete sich, sagte «Drogendezernat», hörte zu und legte auf.

«Was hat er gesagt?» fragte Cullen.

Lou Dellinger schlug mit der Faust aufs Armaturenbrett. «Ich hasse diese Scheiße. Ich hasse es, wenn jemand mich bittet, einen Anruf entgegenzunehmen, und dann wissen will, was gesagt wurde.»

Die Klage einer Frau, die gottverdammt zu oft das falsche Spiel mit den falschen Chips gespielt hatte.

Wenn das hier vorbei war, wenn er seine historische St. Louis Cardinals-Mütze zurück hatte, würde Cullen das Projekt starten, jemanden zu finden, den kennenzulernen Lou interessieren würde.

Dürfte nicht allzu schwierig sein. Er kannte Tausende alleinstehender Männer. Mal nachdenken...

Er kannte Bernie Mifflin aus dem Y. Mit seinen 76 Jahren ging Bernie jeden Tag eine Stunde schwimmen, anschließend in die Sauna oder ins Dampfbad, erhielt einmal wöchentlich eine schwedische Massage. Außerdem rauchte er große Zigarren, brachte 150 Pfund auf die Waage, aß bei jeder Mahlzeit sehr fett und haßte alle Schwarzen. Er nannte sie immer «Affenamerikaner», wobei er darauf baute, daß seine Zuhörer meinten, seiner alternden Zunge sei nur ein Versprecher unterlaufen, daß niemand das deutsche Wort *Affe* als solches erkannte.

Ted Winston kannte er aus seinem Haus. Ted war 30 und irgendwas, gut einsneunzig groß, 130 Pfund schwer, hatte tolles Haar, tolle Augen, tolle Zähne, tolle Muskeln, war ein Triathlet. Ted ließ den Amateur-Profi-Radfahrer, den Cullen auf der West One-Two zwischen Greenwich und West Four gesehen hatte, aussehen wie einen Dreiradfahrer. Serotta Colorado II Fillet, Profile Aero 2s, Shimano Dura Ace STI Super SLR, Pearl Izumi Coors Light, Duegi 6618, Samson Stratics, Specialized Air Force II – Cullen wußte nicht, was was war, was Fahrrad, was Ersatzteil, was Bekleidung, was Drum und Dran war, aber Ted hatte das alles, und er fuhr es, oder darin oder damit, immerzu, im Morgengrauen, in der Abenddämmerung, mittags, an Wochenenden den ganzen Tag. Wenn er nicht damit fuhr, reparierte er es, mit Teilen und Werkzeugen, mit denen die Fußböden seiner Wohnung übersät waren, überall auf seinen Möbeln herumlagen. Den Rest seiner Zeit lief er – fünfzehn oder zwanzig Meilen waren für Ted noch leichtes Training – oder schwamm er – nicht in einem YMCA-Pool für Waschlappen, sondern im Meer,

Rockaway Beach, acht Monate im Jahr. Ted hatte jede Menge Zeit für eine Beziehung; er hatte genau zweieinhalb Minuten.

Er kannte... Das war's so ungefähr.

Musik. Füllte den Wagen aus. Blues. Lou Dellinger hatte das Hound-Tape in den Cassettenrecorder geschoben. Das Ende von Jerry McCane, *My Next Door Neighbor, 'Bout to Make Me Lose My Mind*, der Anfang von Papa Lightfoot, *Jump the Boogie*.

Die beiden Jungs von der Verstärkung auf dem Rücksitz sahen aus, als stünden sie auch unmittelbar davor, den Verstand zu verlieren.

«Was ist das für eine Scheiße?» fragte Lou Dellinger.

Cullen schaltete den Recorder aus. Wenn sie schon mit dem Blues Hangover nicht klarkam, was würde sie dann erst vom Geflügel-Abschnitt der Hound-Show halten? «Ruf Maslosky über die Zentrale. Dewey Traynor muß Caruso einen Tip gegeben haben. Und zwar in letzter Minute. Traynor hat bis zu einem gewissen Punkt unser Ding mitgespielt, dann muß ihm klargeworden sein, daß Caruso ihn ausknipsen würde, wenn er dahinterkam, daß er uns geholfen hat, und wir werden ihn bestenfalls in den Knast stecken, weil er Caruso geholfen hat. Irgendwer sollte Traynor einlochen.»

Lou Dellinger wählte die Nummer der Zentrale und ließ sich zu Masloskys Wagen durchstellen. Sie wartete. Sie sagte: «Detective Dellinger... Sergeant Cullen wünscht die Festnahme von Dewey Traynor. Er glaubt, Traynor hätte kalte Füße bekommen und Caruso den Tip gegeben, daß wir kommen, um ihn aus dem Verkehr zu ziehen... Ja, Sir.»

Sie legte auf. «Er hat gesagt, ‹Das fällt ihm aber *früh* ein›.»

Cullen lächelte.

Der Stau begann sich aufzulösen, aber nur langsam. Der Verkehr bewegte sich jetzt mit 25 Meilen die Stunde.

Morton, Barrow, Christopher, 10th, Charles, Perry, Eleventh, Bank, Bethune.

West One-Two.

Zeit, einen Blick die West One-Two hinunterzuwerfen, um zu sehen, ob er bis runter zur West Four schauen konnte, bis zur Greenwich.

Lou Dellinger bemerkte seinen Blick. «Und, was hat sie gesagt?»

Er sagte nicht *Was hat wer gesagt?* Er sagte: «Sie hat Angst, irgendwas zu sagen.»

«Meinst du, Cassidy wär auch schmutzig?»

«Hm-hmmmh.»

«Das ist alles? Nur ‹Hm-hmmh›?»

«Er besitzt viel Macht. Viel Macht korrumpiert viel.» Ohne Lord Acton nahetreten zu wollen. Wer *war* Lord Acton? Gab es in London oder wo auch immer Straßen, die nach ihm benannt waren?

«Weiß sie es?»

Er sagte nicht *Wer weiß was?* Er sagte «Ja».

«Was ist mit ihrer Mutter, seiner Frau?»

Cullen schüttelte den Kopf.

«Wie kann sie nichts wissen?»

«Sie hat versprochen zu lieben, zu ehren und zu leugnen», sagte Cullen.

Lou Dellinger schnaubte verächtlich.

Jane, Horatio, Gansevoort, Little West One-Two, 13th, 14th. Das Drogendezernat lag unmittelbar vor ihnen, auf der 15th, zwischen den 10th und 11th Aves. Cullen erspähte die Wagen des Sondereinsatzkommandos und fuhr rechts ran.

Maslosky war unmittelbar hinter ihm und zog los, um mit den Jungs von der Einsatzgruppe die Köpfe zusammenzustecken, mit den Spezialisten für Töten auf große Distanz und Verkrüppeln auf kurze, die knallharten Typen, die schon in zu vielen Kriegen oder zu wenigen gekämpft hatten. Sie besaßen Karten und Grundrisse (echte, Blaupausen, keine von Hand gemalte Scheiße) und Verkabelungsdiagramme und Pläne der Klimaanlage und weiß der Henker was sonst noch alles. Woher hatten sie das? Hatten sie Pläne jedes einzelnen Hauses in der Stadt? Wahrscheinlich. Wahrscheinlich hatten sie Pläne jedes einzelnen Hauses auf Hawaii. Keiner von ihnen sah Cullen an. Oder doch? Alle trugen dunkle Sonnenbrillen, es war unmöglich zu sagen.

Cullen ging zu Maslosky. «Inspector?»

Fetzen von Einsatzgruppen-Jargon. «Zugang... infiltrieren... überlappende Felder...»

«Inspector?»

Maslosky wirbelte zu ihm herum. «Nicht. Jetzt. Cullen.»

Cullen trat einen Schritt zurück. «Okay, okay.» Er hakte sich bei Lou Dellinger ein. «Komm, gehen wir was spazieren.»

Sie machte keine klugscheißerische Bemerkung, fragte nicht, ob er einen geblasen oder es klassisch haben wollte, entzog sich nicht, ließ sich einfach von ihm führen.

Zurück zur 11th Ave, rauf zur 16th, nach Osten Richtung 10th. «Bevor hier das Drogendezernat untergebracht wurde, noch vor deiner Zeit, war es ein Nebengebäude der Asservatenabteilung. Es gibt einen Tunnel, eine Zufahrt eigentlich, aber sie ist überdacht und wurde früher für Autos und Laster benutzt, die sichergestellt, geborgen, was auch immer worden waren. Die wurden dann irgendwann versteigert. Es war eine große Sache. Zeitungen, Fernsehen. Die Leute boten für Ganoven-Karren. Die menschliche Seite. Ich bin mal mit dem Bruder meiner Ex dort unten gewesen, damit er sich nach einem Wagen umsehen konnte.»

«Die mit Abstand blödeste Sache ist es», sagte Lou Dellinger, «wenn irgendwelche Ärsche einem erzählen, irgendwas ist vor deiner Zeit passiert.»

«Drauf gekommen bin ich», sagte Cullen, «weil ich gerade an eine Party denken mußte, auf der ich mal war, ist schon ein paar Jahre her, die von einem Literaturagenten für ausländische Buchverleger geworfen wurde, die wegen einem Kongreß in der Stadt waren. Ein Freund hat mich eingeladen. Ich kam mit einer Frau ins Gespräch, die Nachforschungen über die New Yorker Geschichte anstellte und wußte, daß das Gebäude, in dem wir uns befanden, der National Arts Club am Gramercy Park, ursprünglich die Residenz von Samuel Tilden war – wie in Tilden High School. Tilden ließ sich einen Geheimgang nach Süden zur 19th Street bauen. Tilden – ich weiß nicht, ob dies das einzige Mal war, daß so was passierte – erhielt in der Präsidentschaftswahl von 1876 mehr Stimmen bei der allgemeinen Wahl – er kandidierte gegen Hayes, Rutherford B. Hayes –, verlor aber bei der Abstimmung des Wahlmännergremiums.»

Lou Dellinger starrte ihn fassungslos an. «Was zum *Teufel?*»

«Ich habe Angst», sagte Cullen. «Das ist alles. Ich hatte keine, als wir ins *Tango & Cash* gegangen sind. Hätte ich haben sollen, war aber nicht so. Als ich das letzte Mal mit Caruso aneinandergeraten bin, habe ich gewonnen. Das hat mich übertrieben selbstsicher gemacht. Unterschätze niemals einen Schurken.»

Vor dem großen Tor zur Tunnel-Zufahrt, auf der Suche nach einer Möglichkeit hineinzugelangen, sagte Lou Dellinger: «War Ann Jones dieser Freund?»

Cullen sagte nicht *Der Freund, der was getan hat?* Er sagte «Ja».

Sie fanden neben der großen Tür eine kleinere Tür. Natürlich war sie offen. Heutzutage war einfach alles in New York abgeschlossen – Parks, Spielplätze, Zoos, Pools, Museen, Bibliotheken, öffentliche Bedürfnisanstalten, spät nachts manche U-Bahnstationen, selbst verlassene Gebäude und leerstehende Grundstücke – und diese Tür war offen.

Sie betraten ein längliches, kaltes Betongewölbe, in dem es nach Öl und Gummi und Rattenscheiße stank.

«Hast du so was öfters gemacht, als du noch dicke mit ihr warst?» fragte Lou Dellinger.

Cullen sagte nicht *Was hab ich mit wem gemacht?* Er sagte: «Dann und wann.»

Am Ende des Gewölbes befand sich eine Laderampe. In der Mitte der Rampe war eine Tür. *Die* würde aber abgeschlossen sein.

«Muß nett gewesen sein – mit Schriftstellern und so zu tun zu haben und so 'ne Scheiße», meinte Lou Dellinger.

«Kurt Vonnegut und Jill Krementz», sagte Cullen.

«Was ist mit denen?»

«Die waren auch da. Die gehen überall hin. Gingen. Jetzt sind sie geschieden. Das sind die einzigen, an die ich mich erinnere. Ach, und einmal bin ich Jane Powell begegnet.»

«Wem?»

Vor ihrer Zeit. «Sie hat in Musicals mitgespielt. *Seven Brides for Seven Brothers.*»

«Eine kleine Blondine, richtig?»

«Richtig. Sie hatte damals gerade ihre Autobiographie veröffentlicht. Sie hat mir das Gefühl gegeben, sie wäre an diesem Tag nur deshalb rausgekommen, um mich kennenzulernen.»

Wieder dieses verächtliche Schnauben. «Du bist ein echter Softie, weißt du das, Cullen?»

Die Tür war offen. Dahinter lag ein schummriger Korridor, und am Ende des Korridors führte eine schummrige Treppe nach oben. Die Tür am Kopfende der Treppe würde aber bestimmt verschlossen sein.

«Muß eine ziemlich einsame Arbeit sein, so als Schriftsteller», kommentierte Lou Dellinger. «Ich würde wahrscheinlich jede Chance nutzen, auszugehen.»

«Ann hat immer jemanden zitiert –» er wußte, daß es Red Smith war, aber Red Smith war vor Lous Zeit – «der sagte, schreiben sei kinderleicht: man setzt sich einfach vor eine Schreibmaschine und öffnet eine Ader.»

«Sie fehlt dir, stimmt's?» fragte Lou Dellinger. «Dir fehlt dieses Leben. Mary Cath – die ist doch genaugenommen in derselben Branche.»

Cullen vermißte das Vermissen – diesen leeren Schmerz am linken

Rand des Herzens, in der Mitte seines Bauchs, hinter seinen Augen, der bedeutete, daß etwas Gewohntes nicht da war, daß etwas Stetiges unterbrochen worden war. Papier bedeckt Stein, Stein bricht Schere, Schere schneidet Papier, Vermissen ist alle Male besser als Vergessen.

Die Tür am Kopfende der Treppe war offen. Dahinter lag ein weiterer schummriger Korridor mit vielen, vielen Türen auf beiden gleich langen Seiten.

Cullen zog seine .38er und legte einen Finger an die Lippen. Lou Dellinger warf ihm einen Blick zu wie: Was zum Geier glaubst du eigentlich, was ich bin, bescheuert, oder was? Ihre Kanone war eine neun Millimeter Beretta. Mattschwarz, natürlich. Ihre Kugeln waren wahrscheinlich auch schwarz.

Hinter einer Tür klingelte ein Telefon. Und klingelte und klingelte. Hier in der wunderbaren Welt des Drogendezernats war es immer noch ziemlich früh am Tag. Narcs waren Nachteulen.

Hinter einer anderen Tür spielte ein Radio. Michael Bolton, *Love is a Wonderful Thing*. Keine Narc-Musik. Vermutlich eine Sekretärin. Narcs standen auf sexy Babes – Mariah Carey, Wilson Phillips, Whitney Houston, Gloria Estefan. Und, natürlich, Madonna.

Cullen deutete auf die Tür und sich selbst.

Lou Dellinger nickte und preßte sich flach gegen die Wand neben der Tür.

Cullen legte eine Hand auf den Knauf, drehte ihn ganz langsam Stück für Stück. Aus Michael Bolton wurde Amy Grant, *Baby Baby*. Definitiv eine Sekretärin.

Cullen hatte den Türknauf ganz gedreht. Er drückte gegen die Tür und hob sie gleichzeitig – für den Fall, daß sie klemmte – leicht an. Er öffnete die Tür einen Spaltbreit.

Lou Dellinger legte eine Hand auf Cullens Arm. Sie neigte ihren Kopf nach links, deutete mit den Augen kurz nach links.

Den Flur hinunter auf der linken Seite, unten am Ende des Korridors, eine Treppe hinunter hinter einer Tür am Ende dieses Korridors, kam jemand, schnell, veranstaltete ein hektisches *Ratatata* auf Metallstufen.

Cullen zog die Tür wieder zu.

Ratata, ratata, ratata. Gene Kelly. Fred Astaire. Donald O'Connor.

Nein. Eine Frau. Ginger Rogers, Cyd Charisse. Ann Miller. Marge Champion.

Die Füße erreichten den Treppenabsatz hinter der Tür am Ende des Korridors und liefen weiter hinunter, hinunter, hinunter.

Cullen atmete aus.

Lou Dellinger ebenfalls. Sie sah Cullen wieder an, dann an ihm vorbei, den Korridor hinab in die andere Richtung. Ihre Augen wurden riesengroß, und wieder hörte sie auf zu atmen.

Cullen folgte ihrem Blick.

Beide Augen aufgerissen, ein Scharfschütze, der es verdammt ernst meinte, Andy Gar-, Tommy Caruso sah Cullen den Lauf seiner Uzi Luger Kaliber Karabiner entlang an.

Aus Amy Grant wurde C&C Music Factory, *Gonna Make You Sweat*.

24

«Hände hoch, Cullen», raunte Caruso, sein Freund Caruso. «Finger weg von der Tür.»

Cullen ließ los.

«Und jetzt dreh dich in meine Richtung und stell dich vor die andere Wand.»

Cullen fragte nicht *Welche Wand meinst du, Andy? Äh, sorry. Ich meine, welche Wand meinst du, Tommy?* Er drehte sich zu Caruso um und trat zu der Wand gegenüber der Wand, vor der Lou Dellinger stand.

Caruso war gekleidet wie jeder schurkische Cop in jedem schlechten Film über Cops – hellgrauer, seidig glänzender Anzug, weißes Hemd mit großem Kragen, blaue, kleingepunktete Krawatte, gewienerte schwarze Halbschuhe. Goldene Armbanduhr am linken Handgelenk, eine Rolex-Imi, goldenes Namensarmband am rechten, protziger Goldring am Zeigefinger der rechten Hand, seinem Schußfinger.

«Und jetzt legt einer nach dem anderen – du zuerst, Cullen – seine Kanone auf den Boden und tritt sie zu mir rüber. Verpaßt dem Ding einen ordentlichen Tritt.»

Cullen legte seine .38er auf den Boden und verpaßte ihr einen ordentlichen Tritt. Die .38er prallte erst von einer, dann von der anderen Wand ab und schlitterte genau zwischen Carusos Beine.

Jaaaaaaa.

«Jetzt du, Kleine. Und wenn's geht, vielleicht nicht ganz so laut. Alles klar?»

Lou Dellinger legte ihre schwarze Beretta auf den Boden und trat gemächlich dagegen. Nach drei Viertel der Strecke blieb sie liegen.

Lou Dellinger machte einen Schritt auf die Beretta zu. «Sorry. Ich heb sie noch mal auf.»

Caruso machte kleine, enge Kreisbewegungen mit dem Lauf der äußerst unfreundlichen Uzi. «Bleib stehen, Fotze.»

Sie trat einen Schritt zurück und zuckte mit den Achseln.

«Was habt ihr noch dabei?» fragte Caruso.

Lou Dellinger griff sich zwischen die Beine. «Magst du Schokolade?»

Caruso, sein Freund Caruso, richtete die Uzi auf Cullens Brust.

Cullen deutete auf seinen Knöchel.

«Her damit», befahl Caruso. «Nimm sie mit der linken Hand raus.»

Cullen bückte sich und löste das Knöchelholster und nahm die .32er raus. Er ließ sie über den Boden schlittern. Sie traf Carusos linken Fuß und flog schräg zwischen seinen Beinen durch.

Jaaaaaaa.

Aus C&C Music Factory wurde Rod Stewart, *Rhythm of My Heart*. Ein Radiosender mit Programm speziell für Sekretärinnen.

«Leg ihm Handschellen an, Kleine», sagte Caruso.

Lou Dellinger spreizte die Hände. «Scheiße, ich hab meine Handschellen vergessen. Ich hab mein Diaphragma vergessen, meine Handschellen, meine –»

Plötzlich stand Caruso dicht vor ihr, schwang den rechten Ellbogen und erwischte sie mit dem Schaft der äußerst unfreundlichen Uzi an der Seite des Kopfs. Sie krachte gegen die Wand, und wie eine Figur aus einem Zeichentrickfilm rutschte sie auf den Boden.

Die Tür wurde aufgerissen und Rod Stewart ergoß sich auf den Korridor.

Eine scharfe junge Frau in Minirock und Netzstrümpfen, mit toupierten Haaren, großen Ohrringen, Ringen an allen Fingern, sogar an den Daumen – todsicher eine Sekretärin, es sei denn, sie war eine Narc, verkleidet als solche –, legte die Hände lässig auf die Hüften. «He, Jungs, was dagegen?»

Caruso richtete die äußerst unfreundliche Uzi auf sie. «Geh rein. Mach die Tür zu. Halt's Maul.»

Sie gehorchte mit bebenden Lippen und Tränen in den Augen.

Caruso richtete die äußerst unfreundliche Uzi auf Cullen. «Dreh dich um. Knie dich hin. Hände hinter den Kopf.»

Cullen tat, was sein Freund Caruso ihm sagte. Caruso legte eine Handschelle um ein Handgelenk und riß es nach unten. «Die andere Hand.»

Cullen senkte die andere Hand und hielt sie hinter den Rücken.

Caruso fesselte sie. Dann trat er schnell zurück und sammelte die Kanonen ein, Lou Dellingers Beretta, Cullens .32er und .38er. «Aufstehen.»

Cullen stand auf.

«Setz dich in Bewegung.»

Cullen setzte sich in Bewegung. Er ging auf die Tür am Ende des Korridors zu, hinter der eine Treppe lag, auf der vor gar nicht allzu langer Zeit eine Frau ziemlich schnell heruntergekommen war und dabei ein flottes Ratata auf die Metallstufen gelegt hatte: Ginger Rogers, Cyd Charisse, Ann Miller, Marge Champion.

Aus Rod Stewart wurde Deee-Lite, *Power of Love.*

«Andy – äh, sorry. Tommy?»

«Halt die Schnauze, Cullen.»

«Ich meine ja nur, daß du wissen solltest, daß die harten Jungs vom Sondereinsatzkommando überall im Haus rumlaufen. Heckenschützen, die ganze Scheiße eben.»

Sie waren vor der Tür.

Cullen blieb stehen.

Caruso trat dicht hinter ihn und griff um ihn herum, um die Tür zu öffnen.

Cullen ließ die Hüfte kreisen und versuchte, einen Ellbogen in Carusos Magengegend zu donnern. Er traf – irgendwie.

Caruso lachte.

Mit auf den Rücken gefesselten Händen war der Irgendwie-Schlag ein liebevoller Klaps gewesen.

«Rauf, Arschloch», sagte Caruso.

Cullen fragte nicht *Was heißt rauf, Tom? Wohin rauf?* Er fing einfach an, die metallenen Stufen hinaufzugehen.

Dritter Stock.

Also, wo waren jetzt die harten Jungs, die Heckenschützen, die ganze Scheiße eben? Studierten sie immer noch ihre Hausgrundrisse, versuchten sie vielleicht dahinterzukommen, wieso sie Grundrisse von Häusern auf Hawaii hatten?

Vierter Stock.

Cullen war nicht außer Atem. Das war interessant. All seine ganze Schwimmerei, all sein Racquetballspielen. Ted Winston, aufgepaßt;

Cullen würde ihn zu einem Rennen herausfordern und ihm seinen Triathletenarsch aufreißen.

Fünfter Stock.

Der Treppenabsatz auf dem fünften war überflutet mit natürlichem Licht, was bedeutete, als nächstes kam das Dach.

Cullen blieb stehen.

Caruso stieß ihm den Lauf der äußerst unfreundlichen Uzi ins Kreuz.

«Rauf?» fragte Cullen.

«Rauf», antwortete Caruso.

Cullen wollte nicht aufs Dach. Er hatte nicht direkt Höhenangst, er hatte ganz einfach das, was er für ein gesundes Mißtrauen Höhen gegenüber hielt. Besonders, wenn er gefesselt war. Besonders, wenn ihm jemand eine Waffe in den Rücken drückte. Besonders, wenn er von jemandem weitergestoßen wurde, der ihn auf den Tod nicht ausstehen konnte.

«Rauf?» versuchte er es noch mal.

Caruso, sein Freund Caruso, stieß ihm den Lauf der äußerst unfreundlichen Uzi in den Rücken.

Cullen stieg weiter rauf, unheimlich langsam, immer schön einen Fuß nach dem andern, ganz vorsichtig, ließ sich alle Zeit der Welt, mußte nirgendwohin, hatte nichts vor, mußte sich mit niemandem treffen.

Wieder stieß Caruso ihn, hart diesmal.

Cullen stieg schneller.

Er erreichte das Dach noch am gleichen Tag, was erheblich zu früh war. Die gleiche Woche wäre noch zu früh gewesen. Er hätte überhaupt kein Problem damit gehabt, irgendwann in diesem Monat dort anzukommen. Ja, sogar irgendwann später in diesem Jahr. Er hatte es *überhaupt nicht* eilig. Irgendwann in diesem Jahr wäre immer noch früh genug gewesen.

Die Tür zum Dach war mit einem Riegel verschlossen. Das ergab einen Sinn. Wenn man Leute aus Parks, Spielplätzen, Zoos, Pools, Museen, Bibliotheken, öffentlichen Bedürfnisanstalten, spät nachts aus manchen U-Bahnstationen, ja sogar verlassenen Häusern und leerstehenden Grundstücken fernhalten wollte, dann sorgte man gottverdammt besser auch dafür, daß sie nicht ins Drogendezernat einsteigen konnten. Könnte doch gut sein, daß sie glatt versuchten, etwas zu stehlen: Geld, Drogen, Beweismaterial.

Beweismaterial.

Beweismaterial für was?

Caruso hatte überhaupt nichts dabei. Nur seine äußerst unfreundliche Uzi. Und Lou Dellingers Beretta, und Cullens .32er und .38er, die die Taschen seines seidig schimmernden Anzugs ausbeulten.

Das bedeutete eins von zwei Dingen: entweder hatte er noch keine Zeit gehabt, das zu holen, weswegen er hergekommen war. Oder aber, was auch immer es war, weswegen er hergekommen war, war kompakt, taschengroß und tragbar.

Gute Arbeit, Cullen.

Danke.

Und was zum Geier jetzt, Cullen?

...

«Weg von der Tür, Cullen», sagte Caruso, sein Freund Caruso.

Liebevoller Klaps, oder kein liebevoller Klaps, Caruso wollte nicht riskieren, daß Cullen beim nächstenmal mehr Glück hatte.

Cullen trat zurück.

Er trat gegen eine Wand zurück.

Die Wand besaß ein Geländer, eine Balustrade, wie auch immer man so was nannte.

Mit seinen gefesselten Händen konnte er das Geländer packen, die Balustrade, das wie auch immer man es nannte.

Er umklammerte das Geländer, und als sich Caruso seine äußerst unfreundliche Uzi unter den Arm klemmte, um den Riegel zu lösen – der natürlich festsaß, man konnte nicht vorsichtig genug sein bei Parks, Spielplätzen, Zoos, Pools, Museen, Bibliotheken, öffentlichen Bedürfnisanstalten, spät nachts in manchen U-Bahnstationen, verlassenen Häusern, leerstehenden Grundstücken, Hauptquartieren des Drogendezernats –, trat Cullen so fest er konnte nach Carusos Hüfte. Er würde Caruso die Hüfte brechen, und während Caruso, sein Freund Caruso, sich auf dem Treppenabsatz vor Schmerzen krümmte, die schlimmer waren als jeder Schmerz, den er sich je erträumt hatte, würde Cullen erst mal eine ganze Weile auf seiner Hüfte stehenbleiben, ihm dann eine ganze Weile ins Gesicht treten, sich dann an seinen Eiern an die Arbeit machen, an seinem Solarplexus und schließlich wieder seiner Hüfte.

Er traf so ziemlich voll daneben, streifte mit der Sohle eines Fußes kaum Carusos Ellbogen, renkte sich beinahe beide Schultern aus, als er verzweifelt versuchte, auf dem Treppenabsatz nicht flach aufs Kreuz zu knallen.

Caruso lachte.

Caruso bekam den Riegel auf.

Caruso öffnete die Tür.

Carusos Kopf wurde von einem knallharten Typ weggeblasen, von einem Heckenschützen, der schließlich unter all den Plänen von Häusern auf Hawaii doch noch den richtigen Grundriß gefunden und entdeckt hatte, wie man auf das Dach kommen konnte, wo er darauf wartete, daß Caruso seine jämmerliche Birne aus der Tür schob. Paaaf.

Nein.

Leider nicht.

Kein knallharter Typ, kein Heckenschütze, kein Paaaf, kein gar nichts. Nur der blaue Himmel und eine schöne Aussicht auf Jersey, eine andere Aussicht auf Hoboken als die Aussicht aus dem Zwei-Zimmer-Penthouse-Apartment in dem sterilen Hochhaus über *Balducci's*, zwei Meter fünfzehn hohe Decken, symbolische Wände, das Cullen und Ann, Ann Jones, sein Mädchen, als er noch ihr Typ gewesen war, sich angesehen hatten, als sie kurz in Erwägung zogen, einen Deal zu machen.

Caruso, sein Freund Caruso, hielt die Tür auf und winkte Cullen mit seiner äußerst unfreundlichen Uzi weiter. «Auf geht's, Arschloch.»

Cullen trat durch die Tür aufs Dach.

Der Tag entwickelte sich zu einem der etwa ein halbes Dutzend Tage im Jahr, an denen man sich New York als einen Ort vorstellen kann, an dem man tatsächlich leben könnte, und für den man mehr als nur einen flüchtigen Blick übrig hat; ein Tag, an dem die Winde wie auch immer wehen müssen, um sowohl den Jersey-Smog als auch den Queens-Smog als auch den Manhattan-Smog fernzuhalten und diese kleine Welt frisch und knackig und kontrastreich zu machen; ein Tag, an dem das Getöse des Häusereinreißens irgendwie den Lärm des Häuserhochziehens aufhebt, wenn die Zahl der Tragödien, Unfälle, Katastrophen, Mißgeschicke, die Polizeiwagen, Krankenwagen, Feuerwehrwagen erfordern, eine Zahl ist, wie man sie in einer ruhigen kleinen Stadt irgendwo im Mittleren Westen erwarten würde, im pazifischen Nordwesten, im Südosten, auf Hawaii, irgendwo, statt der üblichen Zahl, wie sie in dem letzten urbanen Miasma Höllenloch Jauchegrube auf der Welt erreicht wird. Der Himmel hatte die Farbe, die bekannt ist als...

Blau?

Ja, vielen Dank. Das ist es – Blau. Der Himmel hatte die als Blau bekannte und in diesem Teil der Welt selten gesehene Farbe; diese flauschigen weißen Dinger dort waren Wolken; das war der Rhythmus der Straßen, den man von unten aufsteigen hören konnte, der Samba des Lebens.

«*Right*», sagte Caruso, sein Freund Caruso. Meinte er *right* wie in *richtig, genau, Volltreffer*? Oder meinte er *right* wie in *rechts*?

Cullen sagte nicht *Äh, meinst du damit nach rechts* gehen, *Tommy?* Er ging einfach nach rechts, folgte der Krümmung des Holzstegs, der auf der Teerpappenoberfläche des Dachs errichtet worden war.

Vor langer, langer Zeit – na ja, vor ein paar Jahren, als Cullens Kinder schon keine Kinder mehr waren, aber auch noch keine weltgewandten, scharfsinnigen Menschen, als Jim noch James war und Eishockeystar werden wollte und glaubte, daß Madonna und Lita Ford die Schnittkante der In-Musik wetzten, als Tenny gerade erst anfing darüber nachzudenken, die erste Frau zu sein, die zum Mars flog, und Gedanken daran, ob oder ob es dort kein Benetton gab, noch nicht mal angefangen hatten, ihre Sicht über die interplanetarische Zukunft zu trüben, da waren Cullen und die Kids auf genau so einem Holzsteg durch das Great Swamp National Wildlife Refuge gegangen, im Morris County, New Jersey, in der Nähe von Madison, New Jersey, wohin die Kids und ihre Mutter, Connie, Connie Carrera, Cullens Frau, als er noch ihr Mann gewesen war, mit Connies neuem Mann, dem Stiefvater der Kids, Doug Aiello, gezogen waren, nachdem Connies und Dougs Autos beide gestohlen, Doug in der U-Bahn, Tenny auf offener Straße vor ihrer Schule und James am Lasker Rink im Central Park überfallen und ausgeraubt worden waren.

Mit 40 Milliarden Quadratmeter, oder weiß der Henker wieviel, natürlicher Natur war der Swamp (Tenny nannte ihn *Schwemp*, als wäre es so was wie eine jiddische Enklave direkt neben dem *Schtetl*) Heimat von haufenweise Bäumen, gallonenweise Dreck, stapelweise Farnwedel, klumpenweise Rohrkolben, kakophonieweise Vogelrufen (er hatte nie auch nur einen einzigen Vogel gesehen, was wußte er denn, konnte auch gut sein, daß die Vogelrufe nichts als Bandaufzeichnungen waren), geschwaderweise Moskitos (die er ebenfalls nicht gesehen, dafür aber ihre Stiche gespürt hatte) und gerüchteweise Damwild und Bären und Schlangen. Der Holzsteg, ein schmaler, hölzerner, erhöhter Highway für die Zweibeiner, wand und schlängelte sich über das Unterholz, unter dem hochwuchernden Grünzeug, hierhin und dahin, damit, um zu... Er konnte es nicht sagen, Cullen konnte es einfach nicht sagen, welchen Sinn dieser Holzsteg haben sollte, oder welchen Sinn der Swamp haben sollte, oder warum ihm der Vergleich überhaupt in den Sinn gekommen war. Er wollte nach Hause, das war alles. Er wollte nicht mehr hier sein.

«*Right*», sagte Caruso. «Und *right.*»

Wie meinte er das wieder?

Cullen sagte nicht *Zweimal* right, *Tommy? Wenn zwei* wrongs *ein* right *ergeben, ergeben dann nicht zwei* rights *ein* wrong? Sagte nicht *Ich meine,* right *und dann* right *und dann wieder* right *und wir sind wieder genau da, wo wir angefangen haben, so ungefähr, zurück an der Stelle, wo wir hergekommen sind, wo wir doch eigentlich vor den knallharten Typen des Sonderkommandos weglaufen sollten, vor den Heckenschützen, vor all der Scheiße, statt dessen scheinen wir im Kreis zu laufen, Tom, ich meine, das machen wir doch, oder nicht?* Er bog einfach nach rechts ab und dann wieder nach rechts, auch wenn das bedeutete, daß sie den Bunker, die Bude, das wie auch immer es hieß umschifften, das mitten auf dem Dach hockte und das Treppenhaus und irgendwelche Geräte beherbergte, die klickten und brummten und irgendwas mit dem Fahrstuhl zu tun zu haben schienen.

«Stopp», sagte Caruso. «Die Leiter rauf.»

Die metallene Leiter zu der kleinen Metalltür, die in den Bunker, die Bude, das Wartungsmodul oder -nodul, in das was immer es ist führt, Tommy? Das sagte Cullen nicht, er stieg einfach die Leiter rauf, vorsichtig, unbeholfen, Schritt für Schritt, sieh nur, Ma, freihändig, und ohne daß es ihm gesagt werden mußte, lehnte er sich vor der Tür zurück, damit Caruso, sein Freund Caruso, von dort, wo er auf dem Holzsteg stand, raufgreifen und die Tür aufziehen konnte, die zwar eine Verschlußvorrichtung, aber weder einen Riegel noch einen Haken hatte.

Du möchtest, daß ich dort reinklettere, Tom? Mit dem Kopf zuerst, schau nur, Ma, freihändig, auf meinen Knien und meinem Kinn und meiner Brust? Das alles sagte Cullen nicht, er schlängelte sich auf seinem Kinn und seiner Brust und seinen Oberschenkeln und seinen Knien durch die Tür, schlängelte sich in einen dunklen, muffigen, fensterlosen Raum, von dem er wußte, daß er und Caruso dort so lange Zeit wie eben nötig verbringen würden, bis die knallharten Typen vom Sondereinsatzkommando, die Heckenschützen, der ganze Scheiß eben, das Dach wieder verlassen hatten, bis sie beschlossen, daß Caruso, falls er überhaupt im Gebäude gewesen war, wie die Sekretärin beharrlich behaupten würde, daß er es gewesen war, wie die bewußtlose Lou Dellinger anzudeuten schien, daß er es gewesen war, falls er überhaupt aufs Dach gegangen war, wie die entriegelte Tür, von innen entriegelte Tür, nahezulegen schien, dann war er über die Brüstung zwischen dem Dach dieses Gebäudes und der eines der unmittelbar angrenzenden Gebäude links oder rechts geklettert, war dann ihre jeweiligen Feuerleitern runtergestiegen oder über ihre jeweiligen Treppenhäuser nach unten gegangen, die ganz sicher nicht verriegelt sein würden, Parks, Spielplätze, Zoos, Pools, Museen, Bibliotheken, öffentliche Bedürfnisanstalten, spät nachts manche U-Bahnstationen, verlassene Gebäude, leerstehende Grundstücke waren abgeschlossen, aber doch nicht die Türen zu Treppenhäusern, über die schurkische Cops mit ihrem Geld, ihren Drogen, ihrem Beweismaterial fliehen könnten.

Caruso kletterte hinter Cullen hinein und zog die Tür zu. Soviel zu dem herrlichen Tag. Aber, he, was war schon ein Tag, herrlich oder bar aller Großartigkeit, wenn man eine solche einmalige Chance bekam, eine wunderbare neue Freundschaft zu hegen und zu pflegen?

«So, Tommy», sagte Cullen. «Jetzt will ich dich aber mal was fragen.»

«Leck mich, du beschissenes, dreckiges Arschloch.»

«Du verstehst mich falsch, Tom. Ich will überhaupt nicht wissen, was hier abgeht. Ich will nicht wissen, was du hier abziehst, wo deine Kohle ist, dein Shit, das Beweismaterial. Ich will wissen, was du von Sting hältst.»

Caruso fauchte und stach mit dem Schaft seiner äußerst unfreundlichen Uzi auf die Dunkelheit ein, so als würde er nach einer Ratte stoßen. Vielleicht war's ja auch eine Ratte, es war viel zu dunkel, um das zu erkennen. Vielleicht stach Caruso ja auch gar nicht mit dem Schaft zu, vielleicht war's ja der Lauf.

«Nein, im Ernst, ich mein's wirklich so. Ich meine, hier hast du einen Burschen – er sieht sagenhaft aus, er ist ein guter Musiker, ein recht passabler Sänger, ja, sogar ein interessanter Sänger, ein guter Komponist. Aber seine Texte...! Ich meine, denk doch mal drüber nach: *Roxanne, Message in a Bottle, I Stand So Close* oder wie der Titel verdammt noch mal heißt. Grauenhaft. Unter aller Kritik. Das gehört mit zu den schlechtesten Texten in der gesamten Geschichte der Pop-Musik. Slayer schreibt bessere Texte. Whitesnake. Megadeath. Ich bitte dich. Sag's mir. Ganz im Vertrauen. Was hältst du von ihm?»

Ziemlich lange Zeit atmete Caruso kaum. Eine Weile dachte Cullen schon, er wäre ein ausgemachter Glückspilz, ihm wäre eine so haarsträubende Frage eingefallen, daß sie doch tatsächlich seinen Freund Caruso umgebracht hatte, aber nach einer weiteren Weile konnte er seinen Freund Caruso wieder atmen hören. Kaum. Sein Atmen war das Atmen eines Mannes, der mit seiner Energie haushaltet, der weiß, daß er noch viele Meilen vor sich hat und noch ordentlich die Fetzen fliegen lassen muß, bevor er relaxen kann, deshalb muß er sich erholen, solange er dazu noch Gelegenheit hat.

Das Atmen einer Schlange, das Atmen einer Ratte.

«Häh? Tom?»

«Leck mich», flüsterte Caruso.

«Damit willst du doch nicht etwa sagen, daß du Sting *gut* findest? Er ist ein interessanter Bursche, *gar* keine Frage, aber die Police, diese Sache mit Wynton Marsalis, das Solo-Zeugs, diese Schildkröten-Geschichte, die Käfige, ist mir egal, von welcher Phase seiner Karriere du redest – du kannst sogar so weit zurückgehen wie *Quadophenia* – hast du *Quadrophenia* mal gesehen? Selbst damals, so faszinierend er auch immer aussah –»

«Bist du andersrum?» fragte Caruso.

Hab ihn. «Was?»

«Bist du ein Homo? Eine Schwuchtel?»

«...»

«Du quasselst und quasselst an einem Streifen davon, wie gut der Kerl aussieht», sagte Caruso. «Du mußt eine beschissene Schwuchtel Tucke Arsch-Jockey sein.»

«... Tja ...»

«Oh, Scheiße.»

«Hör zu, Tommy, wenn du's noch nicht ausprobiert hast, wie kannst du's dann verdammen?»

Caruso machte ein würgendes Geräusch. Oder vielleicht würgte er ja auch in echt, war wirklich angeekelt, daß er in seiner überstürzten Flucht mit seinem Geld, seinen Drogen, seinem Beweismaterial eine beschissene Schwuchtel Tucke Arsch-Jockey als Geisel genommen hatte.

«Es gibt keinen einzigen Homosexuellen auf der Welt», sagte Cullen, «dessen Verhalten so anomal, so pervers, so egozentrisch ist wie das der Leute, die bei Baseballspielen in die Fernsehkameras winken.»

«Was für eine Scheiße redest du da?» sagte Caruso.

«*Foul ball* in die Tribünen, *First base*-Seite, die Kamera im Unterstand am *Third base* kriegt das mit, die Fans auf der *First base*-Seite wissen das, irgendwie wissen sie es einfach, sie sehen ein Lämpchen auf der Kamera aufleuchten oder sie haben zu Hause vor dem Fernseher schon genug Spiele gesehen, um zu wissen –»

«Schnauze», zischte Caruso.

«– sie stehen auf und winken –»

«Schnauz*e*!» spuckte Caruso aus.

«Wem winken sie zu? Haben sie jemanden zu Hause gelassen – wahrscheinlich Mom –, die sich das Spiel im Fernsehen ansehen soll, und jetzt sehen soll – Hmpf.»

Cullen schnappte nach Luft, als Caruso, sein Freund Caruso, den Schaft seiner beschissenen ätzenden Uzi bepißten Luger Kaliber schwanzlutschender Karabiner in Cullens Magen rammte, das würde Cullen lehren zu quatschen und zu quatschen, seinen angeblichen Freunden etwas zu geben, worauf sie zielen konnten.

«Setz dich auf deine Schnauze», sagte Caruso überflüssigerweise. «Und halt sie geschlossen.»

Cullen hatte überhaupt keine andere Wahl. Jeder Atemzug bohrte sich schmerzhaft in seine Lungen. Es tat so weh, daß es eine ganze Weile dauerte, bis er verstand, was Caruso so nervös gemacht hatte.

Schritte.

Auf den Metallstufen, die vom fünften Stock aufs Dach führten.

Auf dem Treppenabsatz des Dachs.

Auf dem Holzsteg.

Auf der Teerpappe.

Hohe Absätze.

Ein knallharter Typ vom Sondereinsatzkommando, ein Heckenschütze, mit hohen Absätzen?

Auf der Metalleiter.

Ein Klopfen an die Metalltür des Bunkers, der Bude, des Wartungsmoduls, des Wartungsnoduls, was auch immer.

Ein Anklopfen?

Zimmerservice?

Freundliche Nachbarn mit einem Willkommensgruß?

Vorsicht Kamera?

«Tommy?»

Eine Frau.

Ein Callgirl?

«*Tommy.*»

Caruso, Cullens Freund Caruso, rührte sich nicht, er reagierte nicht, er antwortete nicht. Er war gut, er war sehr sehr gut. Jemand weniger Gutes würde nicht warten, er würde direkt aufspringen und die Tür aufmachen und, peng, würde den Kopf weggeblasen bekommen von einem knallharten Typen, einem Heckenschützen, der dahintergekommen war, daß die scharfe junge Frau in Minirock und Netzstrümpfen, mit den toupierten Haaren, großen Ohrringen, Ringen an allen Fingern, sogar an den Daumen – sie könnte zwar eine Sekretärin sein, aber sie war auf jeden Fall dicke mit Caruso, sie hatte ihm verraten, daß Caruso sich auf dem Dach versteckte, auf sie wartete, damit sie ihm sagte, es ist jetzt cool rauszukommen, die knallharten Typen vom Sondereinsatzkommando, die Heckenschützen und der ganze Scheiß, alle waren jetzt weg, er hatte sie gezwungen, mit ihm aufs Dach zu gehen, er hat sie gezwungen, Caruso zu sagen, es war jetzt cool rauszukommen, Caruso würde sein Gesicht zeigen und... peng.

Aber Caruso wartete. Er wartete darauf, daß die scharfe junge Frau in Minirock und Netzstrümpfen, mit den toupierten Haaren, großen Ohrringen, Ringen an allen Fingern, sogar an den Daumen, sagte, den knallharten Typen vom Sondereinsatzkommando sagte, daß irgendwas nicht in Ordnung war, daß sich irgend etwas geändert haben müßte, Tommy hätte doch gesagt, er würde in diesem kleinen Raum sein, hinter der Metalltür am Ende der metallenen Leiter, aber da war er nicht, er mußte dann wohl über die Brüstung zu einem der anderen Gebäude gestiegen sein, deren Feuerleitern runter, deren Treppenhäuser runter, sie mochte ja dicke sein mit Tommy, aber sie war bei weitem nicht so gut wie er, sie war überhaupt nicht gut bei dieser Sache, sie würde schwach werden, sie würde in Panik geraten, sie würde mit irgendwas losplatzen, mit irgendwas.

Nichts.

«*Tommy!*» flüsterte die scharfe junge Frau wieder.

Caruso verlagerte sich auf die Knie. Er kroch zur Tür. Er öffnete sie. Leuchtend blaues weißes silbernes Licht stürzte in den kleinen Raum, plätscherte, flutete, schwallte herein.

«Bleib da, Scheißkopf», raunte Caruso, sein Freund Caruso, über die Schulter. Er drehte sich auf der Stelle auf seinen Händen und Knien, wie eine Katze, die ihren Schlafplatz vorbereitet, die ihn in die richtige Form knetete, und verschwand rückwärts durch die Tür auf die Leiter, schleifte seine äußerst unfreundliche Uzi hinter sich her.

Rückwärts kletterte er die Leiter runter.

Er drehte sich um zu der scharfen jungen Frau in Minirock und Netzstrümpfen, mit den toupierten Haaren, großen Ohrringen, Ringen an allen Fingern, sogar an den Daumen.

Sie war nicht mehr da. Oder vielleicht war sie auch nie da gewesen.

Dafür aber Lou Dellinger, eine .32er in beiden Händen, genau auf seine Stirn gerichtet. «Hände hoch, Weißbrot. Laß die Uzi einfach fallen, wirf sie einfach hinter dich.»

Caruso warf die äußerst unfreundliche Uzi hinter sich.

Lou Dellinger schob das Korn vorne auf dem Lauf der .32er direkt unter Carusos Nase. «Ich hab dich nur gefragt, ob du Schokolade magst, Weißbrot. Ich hab nie behauptet, ich hätte nicht noch eine andere Kanone.»

«Leck mich», sagte Caruso.

Lou Dellinger lachte. «Joe?»

«Lou?»

«Mit dir alles okay?»

«Ja. Ich komme raus.»

«Schaffst du's?»

«Ja. Ich komme raus.»

Cullen schlängelte sich auf seinem Kinn und seiner Brust und seinen Oberschenkeln und seinen Knien durch die Tür, zappelte sich aus dem dunklen, schmutzigen, muffigen, fensterlosen Raum in den leuchtend blauen weißen silbernen Tag, kletterte die Leiter auf den Holzsteg über der Teerpappenoberfläche des Dachs hinunter.

Urplötzlich, wohin man auch schaute, ist eigentlich jemals ein Cop in der Nähe, wenn man einen braucht, wimmelte es von knallharten Typen des Sondereinsatzkommandos, von Heckenschützen und all der Scheiße, Baseballmützen, kugelsicheren Westen, schwarzen, raffinierten Turnschuhen, gelbes Licht sammelnden Ferngläsern, Bellen und Knurren und Grunzen und Schnauben, es wurde über die Dachkante nach unten gezeigt, nach oben zum Himmel, AR-15er wurden geschwungen, Schußfinger auf den Abzügen, stinksauer wie nur was, weil sie leider, leider keine Chance bekommen hatten, jemanden wegzublasen.

Lou Dellinger drückte den Lauf der .32er gegen Carusos Oberlippe. «Die Schlüssel, Weißbrot.»

Caruso nuschelte irgendwas.

Lou Dellinger schlug ihm mit dem Handrücken quer übers Gesicht. Sein Mund blutete. Die knallharten Typen vom Sondereinsatzkommando summten und brummten – nur vielleicht, nur möglicherweise...

«Linke Tasche», knurrte Caruso.

«Terry!»

Die junge Frau im Minirock, in Netzstrümpfen, mit den toupierten Haaren, großen Ohrringen, Ringen an allen Fingern, sogar an den Daumen – sie war die ganze Zeit dort gewesen –, eine Hand auf der Brust gespreizt. «Ich?»

«Nimm den Schlüssel. Schließ die Handschellen auf.»

Terry fischte die Schlüssel aus Carusos Tasche.

«Fotze», sagte Caruso.

«Leck mich», sagte Terry.

«Sachte, ihr zwei», sagte Lou Dellinger.

Terry schloß die Handschellen auf.

Cullen riß die Handschellen runter und massierte sich die Handgelenke. Er stellte sich vor Caruso, seinen Freund Caruso. Er machte aus Daumen und Zeigefinger eine Pistole und setzte den Lauf genau zwischen Carusos Augen.

Caruso blinzelte.

«Peng, Arschloch», sagte Cullen.

25

«Sprich mit mir, Lou.» Cullen griff nach oben und verdrehte den Innenspiegel seines Subaru-Kombis, seiner Yuppie-Karre, zurück an die Stelle, an der er ihm zeigte, was er ohnehin wußte – daß der Verkehr hinter ihm auf der Brooklyn Bridge in Richtung Brooklyn genauso dicht war wie der Verkehr vor ihm.

Lou Dellinger, die wieder mal auf dem Beifahrersitz saß, lümmelte sich auf ihrem Sitz zurück, nachdem sie jetzt nicht mehr im Spiegel die große dunkelrote Schramme untersuchen konnte, die der Schaft von Carusos Uzi (die äußerst unfreundliche Uzi von Cullens Freund Caruso) auf ihrer linken Wange hinterlassen hatte. Vorsichtig berührte sie die Stelle mit der Spitze ihres Mittelfingers. «Theresa Marchese, neunundzwanzig, Datentypistin, arbeitet seit sechs Jahren beim Department, beim Drogendezernat seit letzten September. Caruso hat sie seit ihrer ersten Woche dort geknallt. Sie war tief beeindruckt – er sah super aus, er hatte geile Klamotten, er war dicke mit den höchsten hohen Tieren. Seit dieser ersten Woche hat sie regelmäßig auf seinem Schwanz gesessen. Er hat ihr irgendwas von Ehe vorgefaselt, und nie ist ihr auch nur eine Sekunde in den Sinn gekommen, erst heute, als sie in dem Korridor stand, als sie gesehen hat, wie er uns bedrohte, daß er ihr nur einen vom Pferd erzählte.

Der Dreh war simple Wirtschaftskriminalität – Erpressung. Die Opfer waren Anwälte, die gegen Cash dicke Fische verteidigen – mittlere Dealer aufwärts. Nehmen wir mal an, du bist so ein Anwalt, sagen wir, ich bin Theresa: Deinen Namen erfahre ich, wenn die Anklageerhebung in meinem Computer auftaucht, ich ruf dich kurz an und sag dir, Herr Anwalt, es kostet dich zehn Prozent von deinem Honorar, wenn du so-und-so als Mandanten behalten willst, denn andernfalls werde ich rumerzählen, daß du eine höhere Anzahlung einsackst, als du der Anwaltskammer oder dem Finanzamt mitteilst. Scheiß doch drauf, wenn's nicht stimmt, du wirst das Risiko nicht eingehen, und außerdem stimmt's wahrscheinlich sowieso. Wenn du erst mal angebissen hast, sorge ich dafür, daß du praktisch nicht mehr vom Haken kommst, indem ich dich wissen lasse, bevor es sich auf der Straße rumgesprochen hat, wer verhaftet worden ist, wer ein Bewährungsproblem hat oder für wen und wie Berufung eingelegt werden muß. Du kannst sagen, du weißt selbst, wo der Hase lang läuft, du willst nichts davon wissen. Aber der springende Punkt ist doch, du *weißt* davon, du kannst absolut nichts tun, um es *nicht* zu wissen, ich hab's dir doch gerade gesagt, ich hab dich am Haken, ich kenne dich, du profitierst von Insiderinformationen, du bist am Arsch.

Sammy Sylvester war ein mittlerer Dealer für Kay Jay, Kyle Jackson, einem großen Heroin-Dealer Downtown, und nebenbei war Sammy auch noch eine Singdrossel des Departments. Ab und an wurde Sammy hopsgenommen, und Sammys Anwalt, Roger Wellington, Wallingford, Westerly – der gleiche Name wie irgend so eine beschissene Stadt in New England –, kriegt einen Anruf von Theresa. Westport, Westerfield, Wetherington – was auch immer, er fand ihr Angebot gar nicht verlockend, aber was blieb ihm schon übrig, er hat irgendwas darüber zu Sammy gesagt, irgendwas in der Richtung wie wem zum Henker kann man heute noch trauen, ohne allerdings von Sammys Sangeskarriere zu wissen. Sammy hat dann natürlich sofort sein Liedchen gesungen, er hat es Brian Cassidy gesungen, der ihn überhaupt erst zur Singdrossel ausgebildet hat, ohne zu wissen, dieser arme Drecksack, daß Caruso selbst ein Dealer war, daß Cassidy der große Mann dahinter war.

Natürlich wollte Cassidy Sammys Liedchen aus den Charts haben, also hat Caruso ihn ausgeknipst. Der Hit des Monats ging so, Cassidys und Carusos Hit, daß Dewey Traynor hinter allem stecken sollte. Sie haben dann versucht, dich zu benutzen, Dewey wegen der Arverne Dale-Sache einfahren zu lassen, jemand im Knast, der ihnen noch was schuldete, würde dann Dewey ausknipsen. Den Rest der Geschichte kennst du ja selbst.»

Eingekeilt hinter einem Lastwagen, der feuergefährliche Stoffe transportierte, überlegte Cullen, daß *Bullitt* nur Mumpitz war, genau wie *French Connection*, denn die einzige Zeit, zu der man eine Verfolgungsjagd per Auto in einer großen, megalopolitanischen Gegend machen konnte, war genau um drei Uhr am Morgen des ersten Weihnachtstags. Er überlegte, wie nett es sein würde, einen sicheren Beruf zu haben, wie zum Beispiel feuergefährliche Stoffe durch die Gegend zu transportieren. Oder vielleicht Kettensägen zu jonglieren oder mit Haien zu kämpfen oder Taranteln zu züchten. «Der Junge, der sich aufgehangen hat – dieser Patrick Quinn. Gehörte er zu dem Narrows-Mob oder war er nur ein zufälliger Zeuge?»

«Er hat was gesehen», sagte Lou Dellinger. «Der Abschiedsbrief des Priesters nennt einige Namen von Leuten, die Patrick gesehen hat, aber Anwälte – und einflußreiche Katholiken – stellen sich schon von hier bis nach Kanada an, um darzulegen, warum das nicht als Beweismaterial zulässig ist.»

«Und Kirby Gallagher – wie steht's mit Kirby Gallagher?»

«Er hat sich heute nachmittag den Detectives in Suffolk gestellt. Sein Bruder hat die Cops in Southampton angerufen.»

«Sein Bruder Sean? Er hat mehrere Brüder.»

«Ich weiß es nicht. Ein Bruder.»

«Mary Cath war mit Sean Gallagher verlobt. Vor etlichen Jahren. Sie hat die Verlobung gelöst, um jemanden zu heiraten, der nicht aus den Narrows stammte.»

«Glück für sie», kommentierte Lou Dellinger. «Einen Jungen aus dem Viertel zu heiraten ist nicht gesund, ist nicht normal. Die Welt ist verdammt groß und das Viertel ist klein wie nur was, kleiner geht's nicht mehr.»

Das Autotelefon klingelte. Der Fahrer des Lasters, der feuergefährliche Stoffe transportierte: *Okay, Kumpel, tauschen wir die Karre, du setzt dich mal hinters Steuer von der Schüssel her, und ich versuch mal mein Glück, ein paar Gangster einzubuchten. Kommen.*

Ohne darum gebeten worden zu sein, ging Lou Dellinger ran. «Detective Dellinger... Ja, Sir... Nein, mit ihm ist alles in Ordnung....................................» Sie legte auf und seufzte tief, strich mit der Spitze ihres Mittelfingers über die Schramme auf ihrem Gesicht. «Der Captain. Lamberts Leute haben Dennis Worthy gefunden und verhaftet. Besitz einer nicht lizenzierten .25er Raven, genau, was du ja auch schon vermutet hattest. Gott, was bist du doch für ein smarter Motherfucker. Queens. Hollis. Run DMC-Land. Die Moms von meiner Moms wohnt in Hollis, apropos Viertel, aus denen man lieber wegbleiben sollte. Ich glaub, ich hab's dir nie erzählt, ich hab dich abgelästert, was das Törnen betrifft, aber ziemlich genau heute vor einem Jahr bin ich voll auf Gras abgefahren. An Wochenenden, auf Parties gab's auch schon mal Primos.

Übersetzung, für diejenigen, die gerade aus dem Greyhound aus San Antonio, Texas, gestiegen sind: Obwohl sie sich wegen seiner Sauferei über Cullen lustig machte, letztes Frühjahr hatte Lou Dellinger Drogenmißbrauch mit Marihuana betrieben, bei besonderen Gelegenheiten sogar Drogenmißbrauch mit Kokain versetzten Marihuanazigaretten.

«Nein», sagte Cullen. «Hast du nicht.»

«Tut mir leid.»

«Ist schon okay. Danke, daß du es mir gesagt hast. Wie bist du davon runtergekommen?»

«Von heute auf morgen. Genau wie du. Außerdem mache ich bei einem Programm mit.»

Cullen schaute zu ihr hinüber. Der Verkehr bewegte sich immer noch nicht, daher sah er sie sehr lange an. «Was macht dein Gesicht?»

Sie berührte ihren Bluterguß mit der Spitze des Mittelfingers. «Tut weh. Gesoffen hab ich auch. *Dark and stormys* – schon mal getrunken? Dunkler Rum und jamaikanisches Ingwerbier. Negritos – ich weiß nicht mal, woraus *die* gemixt werden. Man kann das Zeug trinken und trinken, und man kriegt nicht mal mit, daß das, was man für eine Wand gehalten hat, tatsächlich der Boden ist, auf dem man liegt. Ich bete viel. Betest du viel?»

«Der Teil ist etwas problematisch», sagte Cullen. «Gott, so wie du ihn verstehst – also, ich verstehe ihn eigentlich nicht. Höhere Macht. Das klingt wie... ein Fernglas.»

Lou Dellinger schnaubte. «Du hörst dich ganz an wie ich. Ich hab mich selbst diese Scheiße auch schon sagen hören. Schon mal den Ausdruck Gutes Ordentliches Design gehört – G. O. D?»

«Hab ich, ja. Natur, Sphärenmusik – darüber hab ich mir auch schon mal Gedanken gemacht. Ich schätze, irgendwie funktioniert's für mich.»

«Für uns beide ist doch das Wichtigste», sagte Lou Dellinger, «gar nicht erst wieder damit anzufangen.»

«Nicht damit anfangen. Immer dabeibleiben.»

«Es funktioniert, wenn man sich Mühe gibt.»

Cullen legte eine Hand auf Lous Schulter und drückte.

Sie legte ihre Hand über seine und drückte. «Außerdem hat der Captain noch gesagt –»

Cullen lachte, und sie lächelte.

«Außerdem hat der Captain noch gesagt, Cassidy sei zu Hause, genau wie du's vermutet hast. Das Problem ist nur, er hält seine Frau als Geisel. Er verlangt eine kugelsichere Weste und ein Flugzeug nach Kolumbien. Ich schätze, er will mit den Arschlöchern aus Medellín zusammen sein.»

Neuman hatte das Kommando. Um die Ecke, auf der Sixth zwischen Van Buren und Jackson, hockten knallharte Typen vom Sondereinsatzkommando in Mannschaftswagen, aber für den Augenblick war das hier Neumans Show, bis ihm entweder die Ideen, die Zeit oder das Glück ausgingen. Obwohl normalerweise viel zu eitel, sich mit seiner Bifokalbrille in der Öffentlichkeit sehen zu lassen, hatte er sie jetzt auf der Nase, was bedeutete, es war ihm ernst. «Cullen, freut mich, Sie zu sehen. Offensichtlich hatten Sie recht, was Cassidy betraf. Oder wenigstens lagen Sie nicht voll daneben.»

«Captain, ich bin schon in seinem Haus gewesen. Ich kenne mich da a-»

Neuman drehte sich von Cullen fort und legte den Kopf in den Nacken, um Lou Dellinger durch die unteren Gläser seiner Bifokalbrille zu fixieren. «Hat sich schon mal irgendwer das Auge da angesehen, Detective?»

Lou Dellinger berührte mit der Spitze des Mittelfingers ihre Schramme. «Ich bin okay. Es ist außerdem der Wangenknochen, nicht das Auge.»

«Lassen Sie sich das versorgen. Um die Ecke warten Sanitäter.»

«Captain?»

«Was denn, Cullen? Ich weiß. Sie wollen reingehen. Tja, Sie werden nicht reingehen. Leute, die so was berufsmäßig machen, die werden reingehen. Sie kennen sich aus? Dann schießen Sie mal los. In wie vielen Zimmern des Hauses sind Sie gewesen?»

«...»

«Sehen Sie, was ich meine? Sie waren auf der Veranda, Sie waren im Hausflur, Sie waren – wo noch? – im Wohnzimmer, im Eßzimmer?»

Weder noch. Nur in der Diele.

«Es ist ein beschissen großes Haus mit einer Menge Zimmern. Ausgebauter Keller. Abgeschlossene Veranden auf zwei Etagen hinter dem Haus. Ein *großes* Haus. Er könnte überall sein. Cassidy, meine ich. Er hält sich von den Fenstern fern, läßt das Licht aus. Er ist kein beschissener Trottel. Er hat ein paarmal telefoniert. Einer der Nachbarn, der das Haus ziemlich gut zu kennen scheint, sagt, es gibt Telefone in Wohnzimmer, Küche, Schlafzimmer und im Keller. Zumindest der Apparat in der Küche ist ein schnurloses Telefon, daher wissen wir nicht, ob er das oder ein anderes schnurloses Telefon benutzt und herumlatscht, wo auch immer zum Teufel er rumlatschen will. Außerdem hat er, das ist vernünftig, das ist logisch, ein Telefon in seinem Arbeitszimmer, im ersten Stock nach hinten raus, dort ist dieser Nachbar nie gewesen.»

«Okay, Captain, Sie haben gewonnen, ich kenne das Haus nicht», sagte Cullen. «Aber ich kenne Cassidy. Wenn ich nahe genug herankommen kann, um mit ihm zu reden, über Telefon oder ein Megaphon, dann kriege ich ihn auch raus.»

Neuman legte den Kopf zurück, um Cullen durch die unteren Linsen anzusehen. «Ach, ja? Erzählen Sie mir davon. Erzählen Sie mir, was Sie von Cassidy wissen, das ich nicht weiß.»

Cullen sagte: «Ich weiß, daß er Alkoholiker ist –»

«Das weiß ich auch», sagte Neuman.

Cullen sagte: «Ich weiß, daß er seine Frau schlägt.»

Neuman senkte den Kopf nach vorn und sah Cullen durch den oberen Teil der Brille an. «Ach ja?»

«Am Abend des Saint Patrick's Day», sagte Cullen, «am Geburtstag seiner Tochter, da hatte er keine Lebensmittelvergiftung, er hat auch kein Tylenol mit Kodein genommen, er hat sich vollaufen lassen und ist aus der Rolle gefallen, war betrunken genug und ausfallend genug, daß seine Tochter, die zum Abendessen gekommen war, über Nacht geblieben ist, um ihre Mutter zu beschützen. Sie ist über Nacht geblieben, um ihre Mutter zu beschützen, sie wurde Zeuge des Mordes an James Cobb, an der Vergewaltigung von Salome Speed, sie hat die Neun-eins-eins angerufen, hat Kardinal- statt Ordinalzahlen benutzt. Sie ist raus auf die Straße gegangen, sie hat wenigstens einen

Mann gesehen, den sie kannte und der Salome Speed attackierte, sie hat ihm zugerufen –»

«Um Himmels willen, Kirby, laß das arme Mädchen in Ruhe.»

Neuman schaute an Cullen vorbei, weil er wissen wollte, wer Cullen unterbrochen, seine Geschichte beendet hatte, zog sein Kinn noch weiter ein, um ganz über den oberen Brillenrand hinwegzusehen.

Cullen mußte sich nicht umdrehen, um zu sehen, wer ihn unterbrochen, wer seine Geschichte beendet hatte. Aber er tat es dennoch.

Mary Catherine Cassidy Koenig reckte ihr Kinn, warf die Schultern zurück, nahm eine unerschrockene Pose ein. Doch in ihren Augen flackerte Angst, ihre Lippen bebten. Sie bedankte sich mit einem Kopfnicken bei Molly Evers, die sie hergefahren hatte, und versuchte, Cullen anzulächeln. «Hallo, Joe.»

«Mary Cath.»

«Sie sind...?»

«Neuman, ja. Captain Neuman.»

«Hallo, Detective Dellinger.»

«Hallo, Ms. Koenig.»

«Captain Neuman?» sagte Mary Cath.

«Ma'am?»

«Was Sergeant Cullen da gerade gesagt hat... Es stimmt. Mit einer Ausnahme. Mein Vater hat meine Mutter an diesem Abend geschlagen, er hat sie nicht einfach nur bedroht. Er hat sie auf Brust und Rücken und Beine und Hüfte und Hintern geschlagen, wohin er sie immer schlägt, wo niemand außer ihm selbst die blauen Flecken sehen konnte. Er hat einen Gummiknüppel benutzt, eine seiner Lieblingswaffen. Mutter sagt, er hätte auch schon Totschläger, Schlagringe, Holzknüppel, gefüllte Socken und Handtücher benutzt. Haben Sie *The Grifters* gesehen – die Sache mit den in ein Handtuch gewickelten Orangen? Auf das alles ist Daddy von ganz allein gekommen, sagt Mutter. Mutter hat gesagt, all die Sachen, die ihm einfielen, das würde sie an Dick Tracy erinnern. *Crimestoppers Notebook* – erinnern Sie sich daran? Mein Vater hat Dick Tracy geliebt – nicht den Film; Madonna macht ihm eine Scheißangst. Lieben eigentlich alle Cops Dick Tracy? Witze darüber zu machen ist ein Aspekt von Mutters Verleugnung. Sie... sie glaubt ihm, wenn er ihr sagt, sie habe es verdient. Sie ist unvollkommen. Sie ist alles andere als perfekt. Denn immerhin hat sie einen Krüppel zur Welt gebracht. Mutter hat getrunken, als sie schwanger war, und vielleicht ist das der Grund, warum ich dieses... dieses Ding habe. Aber es ist möglich, einfach nur eine Möglichkeit, daß er sie geschlagen hat, als sie schwanger war, und daß ich als Beweis dafür dieses Ding habe.

Das Geräusch, wenn mein Vater meine Mutter schlug, ist ein Leitmotiv meines Lebens. Als ich noch klein war, wußte ich wirklich nicht, was das für Geräusche waren: dumpfe Schläge und leises Wimmern. Einmal habe ich meinen Vater danach gefragt; er sagte, das seien Eichhörnchen auf dem Dach. Die spielen.

‹Die hören sich aber an, als würde ihnen was weh tun, als würden sie weinen.›

‹Lächerlich.›

‹So hört's sich aber an.›

‹So hören sich Eichhörnchen eben an, wenn sie spielen. Du weißt doch gar nichts über Eichhörnchen, oder?›

‹Nein, aber –›

‹Weißt du etwas?›

‹Nein, aber –›

‹Mary Catherine.› Er hatte so eine ganz bestimmte Art, ‹Mary *Catherine*› zu sagen, er biß dabei die Zähne zusammen, ganz fest. ‹Mary *Cath*erine.› Als ich älter wurde, sperrte ich die Geräusche einfach aus. Die Geräusche blieben die gleichen, die Geräuschen waren immer noch da. Dumpfe Schläge und leises Wimmern. Aber ich sperrte sie aus. Keine dumpfen Schläge und kein leises Wimmern mehr. Musik. Viel Musik. Beethovens *Siebente*. Beethovens *Viertes Klavierkonzert*. Dukas' *Villanelle*, Schuberts *Die Forelle*. *Missa Luba*, Mance Lipscomb, der Reverend Gary Davis mit *I'll Be All Right*. Neil Young und *Down by the River*, Brewer und Shipley mit *One Toke Over the Line*. Ich hielt mich für ziemlich verwegen, weil ich den Text von *One Toke Over the Line* kannte. Van Morrison. Die Eagles. Bruce. Steve Forbert. Kennen Sie Steve Forbert, Mr. Hound Dog? *Going Down to Laurel*? John Stewart. Kennen Sie John Stewart? *California Bloodlines*, *Mother Country*. Bonnie Tyler, Bonnie Raitt, Bonnie Kolak. Joni Mitchell. Gott sei Dank hatte ich die. Ich habe viel zu lange zu Hause gewohnt, bis ich fünfundzwanzig wurde, habe diese dumpfen Schläge und das leise Wimmern ausgesperrt, mit Hilfe der Musik, Gott sei Dank für die Musik. Gott sei Dank für Kopfhörer ...

Koenig. Ich habe Ihnen von Koenig erzählt, Joe. Wir haben uns in einem Taxi kennengelernt, er sang *Down Where the Drunkards Roll*, wir haben geheiratet. Seitdem bin ich kaum noch zu Hause gewesen. Nicht dort zu sein, machte es sehr leicht, die dumpfen Schläge und das leise Wimmern nicht zu hören. Ich brauchte nicht mal mehr die Kopfhörer. Ich brauchte nicht mal mehr Musik. Heute höre ich nicht mehr oft Musik. Bis auf Lucinda Williams. Es gibt eine große Lücke in meinen musikalischen Kenntnissen; sie existiert, weil ich keine Musik mehr brauchte, um die dumpfen Schläge und das leise Wimmern zu überdecken...

Eine *Irish beauty* – eine irische Schönheit. Sie haben mich nach einer irischen Schönheit gefragt, Joe. Ich weiß, was eine irische Schönheit ist. Das ist ein Ausdruck, den mein Vater benutzt – irische Schönheit. Eine irische Schönheit... eine irische Schönheit... eine irische Schönheit ist eine Frau... ist eine Frau... eine Frau mit zwei schwarzen... zwei schwarzen Augen.»

Sie weinte jetzt, Tränen rollten ihr aus den Augen, tropften von ihrer Nase, platschten auf die Revers ihres blauen Nadelstreifenkostüms und ihr weißes Seiden-T-Shirt. Da sie einen Fuß wie einen verbogenen Knöchel wie bei einem Pferd hatte, schwankte sie auf ihren schwarzen Plateauabsätzen.

Lou Dellinger trat zu Mary Cath, nahm sie in die Arme und führte sie zu einer alten Parkbank, deren Betonrahmen schief war, deren Holzlatten Palimpseste waren für die hineingeschnitzten Initialen von Liebespärchen. «Joe, hol die Sanitäter, und dann bringen wir sie fort von hier.»

Cullen rührte sich nicht. Er wollte, daß Lou Dellinger die Sanitäter holte, *er* wollte Mary Cath in den Armen halten.

«Joe!»

Er machte einen Schritt, in keine bestimmte Richtung.

«Joe, warten Sie!» Mary Cath streckte ihm eine Hand entgegen, und er ging zu ihr und ergriff sie.

Neuman wußte nicht, ob er sich alles durch den unteren oder oberen Teil seiner Bifokalbrille ansehen sollte. Sein Kopf wippte vor und zurück, rauf und runter.

«Ich will mit Ihnen gehen», sagte Mary Cath.

«Sugar, unsere Krankenwagen haben Räder», sagte Lou Dellinger. «Wir lassen ihn herkommen.»

«Ich will keinen Krankenwagen. Ich will mit Ihnen kommen – ins Haus gehen.»

Cullen sah Lou Dellinger an, die sich weigerte, seinem Blick zu begegnen.

«Denk gottverdammt nicht mal dran, Joe», sagte Lou Dellinger. «Bringen wir sie endlich weg von hier. Captain, würden Sie bitte den verdammten Krankenwagen kommen lassen?»

Neuman sah sie durch den oberen Teil seiner Bifokalbrille an. Er sah sie durch den unteren Teil an. Er winkte einem Grünschnabel in Uniform zu, der ein Stück den Block hinunter an einem Streifenwagen lehnte. Der Grünschnabel in Uniform kam herübergetrabt, da er schon zu viele Filme gesehen hatte, in denen von Grünschnäbeln in Uniform verlangt wurde, den Helden zu spielen.

«Captain?»

«Hol uns einen Krankenwagen, okay, Junge? Für Ms. Cassidy hier. Keine Sirenen oder so, okay?»

Der Grünschnabel salutierte und spurtete los.

«Ich will keinen Krankenwagen», sagte Mary Cath. Sie verschränkte die Arme in Lou Dellingers Umarmung.

«Mary Cath, es ist doch nur, damit Sie nicht hier bleiben müssen», sagte Cullen.

«Wir schicken alle von hier fort, Ms. Cassidy», sagte Neuman. «Zu jedermanns Sicherheit, das ist alles.»

«Ich will mit Ihnen gehen, Joe.»

«Ms. Cassidy, er geht nirgendwohin. Er ist hier, er hilft, aber er *geht* nirgendwohin. Ich weiß nicht, was Sie denken, aber er geht *nirgendwohin.*»

«Es gibt Leute, die so etwas jeden Tag machen, Sugar. Die sorgen dafür, daß niemand zu Schaden kommt.»

«Captain –»

«Nein, Cullen. Nein.»

«Ich kenne den Mann.»

«Ja, schön. Hört sich ganz so an, als wär das vielleicht wirklich so.»

«Er hat sich respektlos mir gegenüber verhalten. Er hat geglaubt, ich würde nach seiner Pfeife tanzen, nach seiner Melodie tanzen, nur weil ich Alkoholiker bin.»

«Das ist für mich aber noch lange kein Grund, Sie da reinzuschicken.»

«Ich habe mit seiner Frau gesprochen. Sie hat das Gefühl, glaube ich, daß ich etwas von dem weiß, was sie durchgemacht hat, daß ich weiß, was in der Nacht des St. Paddy's Day geschehen ist.»

Neuman nahm seine Bifokalbrille ab, rieb die Gläser am Aufschlag seiner Anzugjacke sauber und setzte sie wieder auf. «Reden Sie mit dem X-Man und ZZ.» Er hob das Kinn in Richtung von Xavier (der X-Man) Nuñez und Jim Moore, bekannt, wegen seines taillenlangen Bartes, als ZZ Cop; beide Ex-knallharte Typen des Sondereinsatzkommandos, bevor ihre Partner ausgeknipst wurden und kein Mensch mehr aufsatteln und mit ihnen reiten wollte; sie stützten sich mit den Ellbogen auf dem Kotflügel eines Streifenwagens ab, zeichneten Pläne und Skizzen auf einem großen Block Millimeterpapier, den Moore überall mit sich herumschleppte. «Sie arbeiten dran, wie man reinkommt.»

«Unter der Veranda hinter dem Haus –» Mary Catherine Cassidy Koenig schlingerte zwischen sie – «gibt es ein Fenster, das in den Keller führt. Die Scheibe ist schon vor Jahren kaputtgegangen, und der Rahmen ist jetzt mit einer Sperrholzplatte versehen. Es läßt sich nicht verriegeln. Als Kind war das mein Geheimeingang. Man kann auf die Waschmaschine runterklettern. Wenn man sich dann umdreht, befindet sich die Kette einer Deckenlampe direkt vor einem. Ein achtjähriger Krüppel konnte das tun, also können Sie es auch.»

Wenn ein achtjähriger Krüppel das tun konnte, kann's auch ein fünfzigjähriger Alkoholiker – meinte sie das? Cullen, Neuman, Lou Dellinger sahen zuerst sich und dann Mary Cath an.

«Sind Sie sicher, daß es immer noch so ist?» fragte Cullen.

Mary Cath nickte. «Vom Keller führen zwei Treppen nach oben. Haben diese Männer einen Grundriß des Hauses? Ich zeige es Ihnen. Nichts verändert sich jemals in Zwei-zwanzig Jackson.»

26

Ein achtjähriger Krüppel konnte durch das Kellerfenster klettern, und ein fünfzigjähriger Alkoholiker konnte es auch.

Okay, dann riß sich der Alkoholiker vielleicht die Schulter seines Sakkos an einem lauernden Nagel auf, mit dem das Stück Sperrholz am Fensterrahmen befestigt war, vielleicht verschlug es ihm den Atem, weil er zu früh das Gewicht auf seinen Unterleib verlagerte, bevor seine Füße die Oberkante der Waschmaschine gefunden hatten. Große Sache. Bitte nicht vergessen: Der achtjährige Krüppel hatte sich ja auch keine Sorgen gemacht, womöglich von einem sadistischen, schurkischen Cop angegriffen zu werden; der fünfzigjährige Alkoholiker war verständlicherweise mit einem solchen Gedanken beschäftigt.

Als er wieder atmen konnte, saß Cullen auf der Waschmaschine und tastete nach der Lampenkette. *Voilà!* Er zog nicht dran, er wartete vielmehr, ob durch das nur noch angelehnte Fenster vielleicht genug Licht hereinfiel, um sich durch den Keller zu tasten.

Es war gerade eben hell genug.

Hell genug, um zu sehen, daß der sadistische, schurkische Cop genau dort vor ihm stand, bereit ihn auszuknipsen, ob er nun soweit war oder nicht. 50 Jahre, nicht einfach nur ein Meilenstein, sondern ein Endpunkt, und das war's dann.

Nein.

Der sadistische, schurkische Cop war nur ein Hemd auf einem Kleiderbügel an einer Wäscheleine.

Cullen lauschte.

Irgendwo im Haus spielte ein Radio. Diesmal keine Talkshow, die gute Ratschläge gab, wo man die beste Tiramisù kaufen konnte. Nachrichten. Ausschließlich-Nachrichten-immer-wenn-Sie-uns-22-Minuten-geben-liefern-wir-Ihnen-alle-Neuigkeiten-der-Welt Nachrichten. Cassidy hörte sich Berichte über seine eigene Belagerung an. Soll er ruhig. Ich meine, immerhin, es kommt nicht gerade oft vor, daß im 22-Minuten-Nachrichtenüberblick – im 22-Tage-Nachrichtenüberblick – etwas über *uns* gebracht wird.

Irgendwo anders, draußen, vor dem Fenster, unter der Veranda, hinter dem Garten, hinter den Gärten der Häuser des nächsten Blocks, an der Monroe Avenue, schrie ein Baby. Ein Kleinkind mit kräftiger Stimme. Das Leben ging weiter. Da drüben keine Belagerungen. Nur nasse Windeln und leere Bäuche und die felsenfeste Überzeugung, daß Mama weggelaufen war und einen völlig einsam und allein auf der Welt zurückgelassen hatte.

Darüber, über allem andern, ein Jet auf dem Weg nach St. Martin, nach Calvi, nach Cedar Rapids.

In diesem Haus, 220 Jackson, zwischen Five und Six, wurde eine Toilette gespült. Selbst sadistische, schurkische Cops müssen mal pinkeln, ja, sogar ihre Geiseln.

Die Toilette war im ersten Stock gespült worden, ganz bestimmt dort oben. Das war beruhigend, irgendwie – zu wissen, daß sich eine ganze Etage zwischen ihm und Cassidy befand, zwischen einem fünfzigjährigen Alkoholiker und einem sadistischen, schurkischen Cop.

Eine weitere tröstende Sache – ja, sogar gleich zwei – waren die .38er in seiner Hand und die .32er, normalerweise in einem Knöchelhalfter, jetzt aber in seinem Schulterhalfter, beide Kanonen von Caruso, seinem Freund Caruso, zurückbekommen und wieder auf der richtigen Seite, wie Cullen es sich gern und für gewöhnlich vorstellte, des Gesetzes.

Allerdings: Vielleicht war die Toilette, die gespült worden war, *nicht* im ersten Stock, vielleicht befand sie sich im Erdgeschoß, direkt am Kopfende der Treppe, entsprechend den Änderungen, die Mary Catherine Cassidy Koenig auf X-Mans und ZZ Cops-Plan hinzugefügt hatte, und die Cullen jetzt gleich, jeden Moment, hinaufsteigen würde. Vielleicht wartete der sadistische, schurkische Cop, mit geleerter Blase und klarem Verstand, schon darauf, daß der fünfzigjährige Alkoholiker die Treppe raufkam und *seine* Blase geleert bekam.

Falls der fünfzigjährige Alkoholiker jemals von der Waschmaschine runterkam. Falls der fünfzigjährige Alkoholiker nicht wieder durch das Fenster und nach draußen unter der Veranda hervorkletterte, Neuman suchte und sagte: *Captain? Sie hatten recht, das ist wirklich kein Job für einen fünfzigjährigen Alkoholiker. Das ist ein Job für Leute, die so was jeden Tag machen, die dafür sorgen, daß niemand zu Schaden kommt.*

Und wo zum Henker gehen Sie jetzt hin, Cullen?

Ich? Och, ich gehe mir einen trinken.

Cullen rutschte von der Waschmaschine.

Er machte einen Schritt.

Er nahm den Schritt zurück.

Plötzlich war es im Keller viel zu dunkel, um sich zu bewegen, viel zu dunkel, um gut genug zu sehen, um sich schon in Bewegung setzen zu können. Eine Mondfinsternis? Eine Sonnenfinsternis? Nein: nur eine dicke, fette Wolke in einem Himmel voller dicker, fetter Wolken, die sich vor die Sonne schoben, sie aussperrte, ihr Licht nicht durchließ.

Dann erinnerte sich Cullen an etwas – an einen Trick, den er irgendwo und irgendwann in der Vergangenheit mal von irgendwem gelernt hatte: Wenn du im Dunkeln stehst und etwas sehen willst, dann mach einfach die Augen zu.

Ein Kino. Er hatte den Trick in einem Kino gelernt. Wenn man aus dem hellen Tageslicht in ein dunkles Kino kommt, und man nichts sehen kann, um sich einen Platz zu suchen, dann mach einfach ein paar Sekunden deine Augen zu, damit sich deine Pupillen oder Corneae oder Retinae oder weiß der Henker was, Cullen verstand nichts von Augen, auf die Dunkelheit einstellen konnten. Dann mach sie wieder auf; vorher praktisch blind, konnte man jetzt auf einmal sehen.

Ann, Ann Jones, sein Mädchen, als er noch ihr Typ gewesen war, hatte ihm diesen Trick beigebracht. Damals hatte sie noch beim *City Magazine* gearbeitet, und manchmal schlich sie sich nachmittags aus dem Büro, und er nahm sich auch ein paar Stunden frei, und dann gingen sie sich den aktuellen großen Kinohit ansehen, einen Film, für den sie sich in einer Schlange würden anstellen müssen, falls sie ihn am Wochenende sehen wollten, besonders abends. *Verbrechen und andere Kleinigkeiten* – das hatten sie sich an einem Nachmittag unter der Woche angesehen. *Lawrence von Arabien*, die ungekürzte Fassung – das hatten sie sich an einem Nachmittag unter der Woche angesehen. *Die Hexen von Eastwick* – das hatten sie sich an einem Nachmittag unter der Woche angesehen und waren in der Mitte des Films raus und in die *Oyster Bar* im *Plaza* gegangen und hatten sich über berühmte Paare unterhalten – Gerald und Sara Murphy, Nick und Nora Charles, Scott und Zelda, Bruce und Demi, Ryan und Farrah, Orpheus und Eurydike, Paul und Linda –, und sich gefragt, ob sie jemals auch eins sein würden.

Cullen schloß die Augen und öffnete sie und konnte sehen – konnte sehen, daß der sadistische, schurkische Cop diesmal tatsächlich direkt vor ihm stand, bereit ihn auszuknipsen, bereit oder nicht. 50 *Jahre*, nicht einfach nur ein Meilenstein, sondern ein Endpunkt, und das war's dann.

Ein sadistischer, schurkischer Cop mit einer *Fever*-Baseballmütze.

Also. Es war kein sadistischer, schurkischer Cop, es war einfach nur die typische alte Reflexion in einem typischen alten, zerbrochenen, lebensgroßen Spiegel, der in den Keller verstaut, aber nicht weggeworfen worden war, weil, nun, man konnte ja nie wissen, wann man einen lebensgroßen Spiegel mit einem Sprung brauchte, der sich wie ein Blitz über Zweidrittel des Spiegels zog.

Lou Dellinger hatte ihm die *Fever*-Mütze gegeben. Sie hatte dabei nichts gesagt, sie hatte sie einfach von ihrem Kopf genommen und ihr Handgelenk gedreht und die Mütze Cullen auf den Kopf gesetzt. Sie hatte Neigung und Gierung angepaßt, einmal genickt, «Geil» gesagt und sich dann umgedreht.

Cullen hatte sich nicht mehr nackt gefühlt, er hatte seine historische St. Louis Cardinals-Kappe nicht mehr ganz so sehr vermißt. Er hatte sich auf einer Wellenlänge mit den Jungs und Mädels aus dem Viertel gefühlt, hatte sich zur ganzen Truppe zugehörig gefühlt.

Die dicke, fette Wolke verzog sich von der Sonne, und alles wurde wieder heller.

Irgendwo – nicht im Radio im Haus, irgendwo anders, in der Stereoanlage eines vorbeifahrenden Autos vielleicht? – sang jemand: «*Just for the taste of it – Diet Coke.*»

Cullen hätte im Moment nichts gegen eine Cola Light gehabt. Auch nichts gegen eine Classic Coke oder Cherry Coke, einen – *just for the taste of it* – Drink: Ein schönes großes Glas Gin und Cognac mit Limonenschnitz, Bourbon und Rum on the rocks, Brandy und Wodka, Mescal und Irish Cream, Kahlùa und Tequila mit einem Miller Genuine Corona Bud Löwenbräu Draft Dos Dry Becks Pacifico Lite St. Paulie Girl Equis zum runterspülen.

Was war noch gleich Lou Dellingers Lieblingsdrink gewesen? Ein *dark and stormy. Barkeeper, einen* dark and stormy *bitte. Einen Doppelten, mach ihn noch* darker, *noch* stormier, *mach ihn am* darkesten *und am* stormiesten, *laß doch gleich die Flasche hier, eine Runde für alle und noch einen für unterwegs.*

Tja, was soll man sagen? Suche und du wirst finden. Frage und du bekommst Antworten. Schnüffel im Keller eines sadistischen, schurkischen Cops rum, und sieh nur, über was du da stolperst: Cassidys Geheimdepot – Kisten um Kisten um Kisten –, nicht einfach nur Flaschen, nein, *Kisten,* er mußte sich von jedem Spirituosengeschäft der Gegend, in den Narrows, in Brooklyn, in der ganzen Stadt schmieren lassen – Kisten mit Irish Whiskey, Scotch Whisky, Canadian Whiskey. Wo anfangen? Womit beginnen? Wieviel Zeit hat man? Gab es je genug Zeit? *Huuu-ah!*

Cullens Walkie-talkie rülpste.

Und kein Wunder. Die Jungs und Mädels draußen mußten was von diesem Geheimdepot wissen, das Geheimdepot mußte auf dem Lageplan vom X-Man und dem ZZ Cop mit einem großen, fetten Kreuz gekennzeichnet sein, die Jungs und Mädels draußen mußten sich wohl gedacht haben, daß Cullen so ungefähr genau jetzt so ungefähr direkt vor dem Geheimdepot stehen mußte, sie wollten ihre schlimmsten Verdachtsmomente bestätigt sehen.

Cullen.

Djah, Cap'n?

Sind Sie betrunken, Cullen?

Djah, Cap'n.

Mein Gott, Cullen.

Aye, aye, Cap'n.

Sie arbeiten nicht mehr an der Sache, Cullen. Ich schicke jemanden rein, der so etwas jeden Tag macht, der dafür sorgen wird, daß niemand zu Schaden kommt.

Djah, Cap'n.
Ich schicke jetzt einen achtjährigen Krüppel rein.
Guuuaahtäieeeeedeaaaaah, Cap'n.
Was, Cullen? Was haben Sie gesagt?
Gute... Idee, Cap'n.
Cullen?
Djah, Cap'n?
Sie können mich mal.
Djah, Cap'n.

Cullen, der schnurstracks um das Geheimdepot herumgegangen war – was für ein Bursche, was für ein Mann, was für ein nüchterner, aufrechter Kerl –, tastete nach der Sprechtaste des Walkie-talkies. Der Rülpser war ein Zeichen gewesen, um Kontakt herzustellen, um sich zu vergewissern, daß er drin war. Er drückte einmal auf die Sprechtaste, um so zu signalisieren, daß er drin war.

Eine dicke, fette Wolke schob sich vor die Sonne, und alles wurde dunkel.

Sein Empfänger rülpste wieder – zweimal.

Das bedeutete, die Jungs und Mädels draußen hatten ihm was zu sagen, etwas, das er unbedingt wissen mußte. Wenn er jetzt zweimal auf die Sprechtaste drückte, bedeutete das, es war okay für die Jungs und Mädels, sie konnten senden, er befand sich an einer Stelle, von der er sicher sagen konnte, daß niemand die Sendung mithören würde.

Falls der sadistische, schurkische Cop vor dem Bad am Kopfende der Treppe stand, die Blase leer, der Kopf klar, und darauf wartete, daß der fünfzigjährige Alkoholiker die Treppe raufkam und sich *seine* Blase leeren ließ, dann war das jetzt weder die richtige Zeit noch der richtige Ort, eine Sendung zu empfangen. Aber Cullen hatte schon eine ganze Weile in der Nähe der Tür am Kopfende der Treppe keine Geräusche mehr gehört; er war geneigt zu glauben, daß, sofern Cassidy nicht sehr, *sehr* gut war (erheblich besser als sein Kumpan und Handlanger Caruso, Cullens Freund Caruso, von dem Cullen zunächst auch geglaubt hatte, daß er gut war, der sich dann aber als alles andere als gut herausstellte, weil er nämlich der scharfen jungen Terry gesagt hatte, wo er sich rumtreiben würde, bis die Luft wieder rein war, ganz und gar keine besonders gute Idee, ihr so was zu sagen, wenn man bedachte, daß ihr, nachdem sie erst mal mit eigenen Augen gesehen hatte, wie er seine Kollegen auf dem Korridor bedrohte, klar geworden war, daß sein Gerede von wegen Hochzeit, und was sonst noch alles, nur leeres Geschwafel war, er hatte sie nur auf seinem Schwanz haben wollen, und das war's dann auch schon, was er von ihr gewollt hatte), Cassidy sonst irgendwo im Haus sein mußte, nicht im Erdgeschoß, sondern weiter oben.

Cullen drückte zweimal auf die Taste.

«Können Sie mich verstehen? Kommen.» ZZ Cop mit seiner Anderthalb-Packs-Marlboro-Stimme.

«Kommen», antwortete Cullen zur Seite geflüstert.

«Sie ist auch drin, Joe. Sie ist auf dem Gelände. Kommen.»

Sie? Madonna? Cher? Gloria Estefan? Nicht viele Menschen waren so bedeutend, daß sie von einem Pronomen hinlänglich erfaßt wurden.

Auf dem *Gelände*? Wer redete schon so? Und wieso mußten es immer Cops sein? Was war überhaupt ein Gelände? War es der Singular von Geländer oder was? Hatte es was mit Ländern zu tun?

«Wiederholen, bitte. Kommen.»

«Cassidys Tochter. Sie ist durch die Tür in die Küche rein. Niemand konnte sie aufhalten. Sie ist jetzt irgendwo im ersten Stock. Kommen.»

Was zum Teufel? Warum? Warum machte sie so was? Warum habt ihr sie nicht aufhalten können? All diese Fragen tauchten vor Cullen auf, und wäre er draußen gewesen, von Angesicht zu Angesicht mit den Jungs und Mädels, dann hätte er sie das auch gefragt und hätte klare Antworten verlangt. Hier drinnen aber, verbunden via Radiowellen über den Äther, sagte er einfach nur «Verstanden» und schaltete das Walkie-talkie aus.

Wahnsinn. Genau, was ihm noch gefehlt hatte. Drinnen in 220 Jackson, dem Heim eines sadistischen, schurkischen Cops, statt draußen, wohin sie gehörte, zu den anderen Jungs und Mädels, eine Frau, deren erste Worte an ihn *Ann Jones* gewesen waren, sein Mädchen, als er noch ihr Typ gewesen war; eine Frau mit Blazer, perfekter Haut, mit roten, üppigen Haaren, im Nacken und an den Schultern aufgesteckt, hoch auf ihrem Kopf aufgetürmt und von Kämmen gehalten; mit grünen, intelligenten Augen, einer tiefen, rauhen Stimme wie bei einem Filmstar aus den Vierzigern, wie bei Claudette Colbert in *Atemlos nach Florida*; mit einem langen und sehnigen Hals, vorstehendem Schlüsselbein, kräftigen Handgelenken und Händen, kleinen Brüsten, einem Leberfleck rechts über ihrer Oberlippe, wie Madonna (apropos Madonna), kühle Haut, geübter Händedruck; sechs Jahre mit einem Bewerber um die Aufnahme in die Manson Family verheiratet; eine Frau, die bei Bananarama mitmachen wollte, um *Robert De Niro's Waiting* zu singen; die einen Artikel aus dem *New Yorker* über die Party zu Joey Adams' achtzehntem Geburtstag aufbewahrte; die einen ambivalenten Yuppie-Freund hatte, der mit ihr nach St. Martin wollte, die gerade eine Biographie des Duke of Windsor ausgelesen hatte, die Johnny Depps «Winona Forever»-Tätowierung für eines der traurigsten Sachen überhaupt hielt, die Lucinda Williams' *Side of the Road* liebte, über eine Frau, die ihren Freund im Wagen sitzen läßt und auf ein Feld hinausgeht, nur um mal zu sehen, wie es sich anfühlt, allein zu sein; die seit sie romantische Gedanken hatte, wollte, daß es etwas ganz Besonderes zwischen ihr und einem Mann war, wenn sie ihr Haar löste; deren Vater ihre Mutter mit Totschlägern, Schlagringen, Knüppeln, Socken und Handtüchern beschwert mit Orangen schlug; die die dumpfen Schläge und das leise Wimmern mit Musik über Kopfhörer aussperrte – Beethoven, Dukas, Schubert, *Missa Luba*, Mance Lipscomb, Reverend Gary Davis, Neil Young, Brewer and Shipley, Van Morrison, Eagles, Bruce Springsteen, Steve Forbert, John Stewart, Bonnie Tyler, Bonnie Raitt, Bonnie Kolak; die heute nicht mehr oft Musik hörte, mit Ausnahme von Lucinda Williams; die einen Fuß wie einen verbogenen Knöchel wie bei einem Pferd hatte.

Eine dicke, fette Wolke schob sich fort von der Sonne, und alles wurde wieder hell.

Cullen setzte einen Fuß auf die Treppe – ein Fuß wie ein Fuß zitternd wie der Fuß eines fünfzigjährigen Alkoholikers. Die Stufen waren mit Gummi ausgelegt, und die Stufen knarrten nicht.

Noch einen Schritt.

Ein Knarren.

Aber nicht sein Knarren, das Knarren von jemand anderem, direkt über seinem Kopf.

Von weit fort – eine Sirene. Hatte nichts mit dem Schlamassel hier in 220 Jackson zu tun, irgendeine andere Krise in einer Stadt verschlungen von Krisen. Das Jaul-Jaule eines Krankenwagens, ein Cowboy-Fahrer hinter dem Steuer, der andere auf dem Beifahrersitz. Wahrscheinlich zu spät dran zum Mittagessen, zu spät für die Mittagsshow in einer Oben-ohne-Bar.

Mittag? Schon?

Cullen warf einen Blick auf die Uhr. Zehn nach zwölf. Er hatte schon nicht mehr geschlafen seit... seit er wußte nicht mehr wann, außer daß er irgendwann an diesem Tag ein kurzes Nickerchen in seinem Wagen gemacht hatte, in seinem Subaru-Kombi, seiner Yuppie-Karre, auf der West One-Two, zwischen Greenwich und West

Four. Gegessen hatte er schon nichts mehr seit diesem Western Sandwich, Vollkornweißbrot, auf der Kühlerhaube der Yuppie-Karre als Tischersatz, nachdem er von seinem kleinen Nickerchen aufgewacht war. Er war auf alles vorbereitet, was ein sadistischer, schurkischer Cop ihm entgegenschmeißen konnte, besonders jetzt, nachdem die Tochter des sadistischen, schurkischen Cops, mit einem Fuß wie ein verbogener Knöchel wie bei einem Pferd, auch auf dem Gelände war.

Noch einen Schritt.

Und noch einen. Noch einen, zwei, drei, vier, fünf, sechs, sieben, acht, neun, zehn weitere.

Er stand vor der Tür am Kopfende der Treppe. Der Tür, die, das wußte er von X-Mans und ZZ Cops Plan, überarbeitet und erweitert von Mary Catherine Cassidy Koenig, in eine kleine Diele vor der Küche führte. Gegenüber dieser Tür befand sich die Toilette; links von dieser Tür lag die Küche, rechts ein Zugang ins Eßzimmer. Unmittelbar vor dem Zugang ins Eßzimmer, links von der kleinen Diele abgehend, befand sich eine schmale Treppe in den ersten Stock. Cullens Strategie – er besaß eine Strategie, was zu hören Sie sicherlich erfreuen wird – bestand darin, einen kurzen Blick in die Küche und das Eßzimmer zu werfen, dann die Treppe zum ersten Stock hinaufzugehen. Immer die Höhen einnehmen – so verlief seine Argumentation; laß die Bastarde auf keinen Fall über deinem Kopf rumtanzen.

Aber es hatte sich so manches verändert, seit er sich diese Strategie zurechtgelegt hatte. Jetzt war *sie* auf dem *Gelände*, und bevor er etwas gegen sadistische, schurkische Cops unternehmen konnte, mußte er sie hier raus schaffen.

Er legte eine Hand auf den Türknauf.

Er lauschte.

Eine dicke, fette Wolke schob sich vor die Sonne, und alles wurde dunkel.

Aus dem Radio, hier im Haus, ein Werbespott von General Electric: «Du erweckst gute Dinge zum Leben.»

Er öffnete die Tür, hob, schwang, glitt durch, die .38er gezogen, hierhin, dorthin, dahin gerichtet.

Nichts. Niemand.

Komisch, daß man in solchen Augenblicken praktisch nicht mehr atmete. Man sollte doch meinen, man würde eine Menge atmen, damit das Hirn besser, am besten funktionierte. Stürmischer, am stürmischsten.

Cullen warf einen kurzen Blick in die Küche.

Niemand. Nichts.

Er warf einen kurzen Blick ins Eßzimmer.

Nichts. Nur Nippes, Kunstgegenstände, Kuriositäten, Figurinen, Liebhaberstücke, Zierdingsbumse. Niemand.

Die dicke, fette Wolke schob sich wieder von der Sonne weg, und alles wurde heller.

Showtime. Zeit für die Treppe.

Du solltest auch noch im Wohnzimmer nachsehen, Cowboy.

Ist doch sowieso keiner da. Vorderseite des Hauses. Ungeschützt. Und das alles.

Du solltest in der Eingangsdiele nachsehen.

Wird schon keiner sein.

Du solltest trotzdem nachsehen.

He! Wer hat hier das Kommando?

Ein fünfzigjähriger Alkoholiker vielleicht?

Die schmale, hintere Treppe führte fünf Stufen hinauf, bog dann scharf nach links und weiter nach oben. Auf den Stufen der schmalen, hinteren Treppe war kein Gummibelag. Ein sadistischer, schurkischer Cop konnte unbemerkt am Kopfende der Treppe stehen und darauf lauschen, wie ein fünfzigjähriger Alkoholiker raufkam –

«Mutter?»

27

Cullen hörte ganz auf zu atmen. Die Stimme – Mary Catherine Cassidy Koenigs Stimme – war vom ersten Stock gekommen, nicht vom Kopfende der schmalen, hinteren Treppe, von irgendwo ein Stück davon entfernt, von der Vorderseite des Hauses.

«Mom?»

Sie war durch die Küchentür ins Haus gekommen, Mary Catherine Cassidy Koenig; sie war durch die Küche ins Eßzimmer gegangen, dann in die Eingangsdiele, dann die Treppe im vorderen Teil des Hauses nach oben, die mit Teppichboden ausgelegte vordere Treppe. Cullen konnte es förmlich sehen, konnte sehen, wie sie unsicher die Treppe hinaufschlingerte, mit ihrem Fuß wie ein verbogener Knöchel wie bei einem Pferd.

Eine dicke, fette Wolke schob sich vor die Sonne, und alles wurde dunkel.

«Mom*my*?»

Das Kratzen eines Stuhls über einen Holzfußboden. Schritte. Ein scharfes, schroffes, gemeines Pssst – das Pssst eines sadistischen, schurkischen Cops. All diese Geräusche aus dem hinteren Teil des Hauses, vielleicht aus dem Raum, den der X-Man und ZZ Cop auf ihrem Plan als *Geste-S-Zimmer* markiert hatten, wobei ihnen unter dem Druck des Augenblicks ein Schreibfehler unterlaufen war, den Mary Catherine aber Nähzimmer genannt hatte. Mit einem Fenster, das zur 218 Jackson Avenue führte, und einem zweiten, das sich auf die zweite, im ersten Stock hinter dem Haus liegende Veranda öffnete, auf die Veranda über dem Garten hinter dem Haus, auf die Gärten der Häuser des nächsten Blocks an der Monroe Avenue, war das Näh-/Geste-S-Zimmer genau die Art von Raum, den sich ein sadistischer, schurkischer Cop aussuchen würde, wenn er belagert wurde – ein abseits gelegener Raum, schwer zu erreichen, beinahe unmöglich von außen einzusehen, aber mit ausreichend gutem Ausblick, ein echter Aussichtspunkt, ein absolut vorteilhafter Aussichtspunkt.

«Mommy, ich bin's, Mary Cath. Bist du in Ordnung?»

Cullen ging durch die Küche, durch das Eßzimmer, in die Eingangsdiele, die mit Teppichboden ausgelegten Stufen zum Treppenabsatz hinauf. Vom Treppenabsatz konnte er ein Stück des zentralen Flurs im ersten Stock einsehen; er konnte die Oberkante der Tür am Ende des Flurs sehen, der Tür in das Zimmer, das der X-Man und ZZ Cop auf ihrem Plan als *Haupt-S-Zimmer* gekennzeichnet und das Mary Cath «das Zimmer meiner Mutter» genannt hatte, was für einen fünfzigjährigen Alkoholiker auf jeden Fall bedeutete, daß ihre Mutter nicht mit ihrem sadistischen, schurkischen Cop-Vater schlief und schon sehr lange nicht mehr geschlafen hatte. In diesem Zimmer würde Mary Cath sein, dort würde sie zuerst nachgesehen haben, es war vermutlich das einzige Zimmer im ganzen Haus, in dem sie sich sicher fühlte. (Das Zimmer, das sie «mein Zimmer» genannt hatte, hatte sie ihnen mit einer wegwerfenden Handbewegung gezeigt.)

Von der Tür des Haupt-S-Zimmers konnte man die gesamte Länge des Flurs auf dem ersten Stock hinuntersehen zu einer Tür, die auf den hinteren Balkon im ersten Stock führte. Die Tür des Näh-/Geste-S-Zimmers lag auf der linken Seite des Flurs, wenn man mit dem Rücken zur Straßenseite stand. Zwischen diesem Zimmer und dem Kopfende der Treppe auf dieser Seite, der linken Seite, befand sich das Zimmer, das sie als ihr Zimmer abgetan hatte. Unmittelbar gegenüber dem Kopfende der Treppe, mit einer Tür, die sich von der rechten

Seite auf den Gang öffnete, wenn man mit dem Rücken zur Straße stand, lag ein Zimmer, das der X-Man und ZZ Cop auf ihrem Plan einfach *S-Zimmer* genannt hatten und zu dem Mary Cath nichts zu sagen gehabt hatte.

Das Zimmer ihres Vaters. Zweifellos das Zimmer ihres Vaters. Das war das Zimmer, in dem Cullen sein wollte. Von dessen Tür aus würde er in das Haupt-S-Zimmer einsehen und vielleicht sogar einen Blick in das Näh-/Geste-S-Zimmer werfen können.

«Brian Cassidy!»

Die dicke, fette Wolke schob sich von der Sonne fort, und alles wurde heller.

Cullen sah, wie sich die Lichtverhältnisse im Flur änderten, wußte, daß Mary Cath vor der Tür zum Zimmer ihrer Mutter stand. Er wollte ihr zurufen, daß sie sich von dieser Tür fernhalten solle, von der Tür wegtreten, unter ein Bett, unter einen Stein kriechen solle.

«Hörst du mich, Brian Cassidy?»

Geh von der Tür weg, tritt von der Tür zurück, kriech unter ein Bett, unter einen Stein.

«Brian Cassidy, gottverdammt, laß meine Mutter gehen!»

Bitte, geh von dieser Tür weg. Bitte.

Ein quietschendes Geräusch, eine Art metallisches Stöhnen: Das Geräusch eines Türknopfs, der heimlich gedreht wurde. Das Geräusch kam von links, aus der Richtung des Näh-/Geste-S-Zimmers.

Bitte.

«Mom?»

«...»

«Daddy?»

Ein weiteres Quietschen, das Quietschen von jemand, der ging.

Schlingerte.

Aus der Tür des Haupt-S-Zimmers schlingerte und den Flur hinunter auf das Kopfende der Treppe zu.

Mary Catherine Cassidy Koenig blieb mit einer Hand auf der Krone des Pfostens am oberen Ende des Geländers stehen.

Sie fuhr erschreckt zusammen, als hätte sie einen Geist gesehen.

Sie hatte einen fünfzigjährigen Alkoholiker gesehen.

Cullen gab ihr mit einem Zeichen zu verstehen, daß sie zu ihm kommen solle.

Sie wich zurück.

Eine dicke, fette Wolke schob sich vor die Sonne, und alles wurde dunkler.

Cullen spreizte die Hände. *Bitte*.

Sie wich weiter zurück, schaute von ihm zu der Tür weiter den Flur hinunter auf der linken Seite.

Bitte.

Sie wich noch weiter zurück, und Cullen war sicher, sie überzeugt zu haben, er war drauf und dran zu behaupten, er habe telepathisch mit ihr kommuniziert, um sie von der Notwendigkeit zu überzeugen, gottverdammt so schnell wie möglich wieder ins Zimmer ihrer Mutter zu verschwinden, wo sie in Sicherheit war.

Dann setzte sie sich den Flur hinunter zum Nähzimmer in Bewegung, ging schnell, praktisch ohne zu schlingern. Sie sah Cullen nicht an, sie schaute stur geradeaus.

So *gerade* noch rechtzeitig schaffte Cullen es die Treppe hinauf, um ihr linkes Handgelenk zu packen, als es für den Bruchteil einer Sekunde hinter ihr zurückblieb, bevor sie ihren linken Arm nach vorn schwang, während sie schnell den Flur hinunterging. Er packte ihr Handgelenk und drehte sie zu sich herum und nahm sie auf die Arme und lief den Flur zurück hinunter und in das Zimmer ihrer Mutter. Ohne großes Zeremoniell, ohne jede Zärtlichkeit legte er sie aufs Bett – ohne darüber nachzudenken, daß wenn er sich je vorgestellt haben sollte, sie auf ein Bett zu legen, dann hätte er sich bestimmt vorgestellt, dies mit einem ausgeklügelten Zeremoniell, mit außergewöhnlicher Zärtlichkeit, mit heißer Sanftheit und feuchter Rauheit, sowohl mit Vorfreude als auch mit Angst zu tun, da er es noch nie mit einem Krüppel getrieben hatte.

Er schloß die Tür und kehrte zum Bett zurück und setzte sich neben sie – sie hatte sich aufgesetzt, nachdem sie ohne großes Zeremoniell, ohne Zärtlichkeit, mit schierer Rauheit abgeladen worden war, und schwang ihre Beine über die Bettkante (ein Bein mit einem Fuß wie ein verbogener Knöchel wie bei einem Pferd) – und legte seine Lippen dicht an ihr Ohr. «Er darf nicht wissen, daß ich hier bin.»

Sie wandte den Kopf, um ihm etwas zu erwidern, doch er nahm eine Handvoll ihres roten, üppigen Haars, hochgesteckt von Nacken und Schultern, hoch auf den Kopf getürmt und dort festgehalten von Hornkämmen. Er veränderte seinen Griff, um ihren Kopf zu packen, und drehte ihn so, daß er direkt in ihr Ohr sprechen konnte, so leise, daß er sich kaum selbst hörte. «Er darf es nicht wissen. Das bedeutet, Sie sagen nichts. *Nichts*. Haben Sie das verstanden?»

Sie legte eine Hand auf die Hand, die ihren Kopf umklammerte, berührte seine Knöchel, bat ihn mit ihrer Berührung, sie loszulassen.

Er ließ sie nicht los. So leise, daß er es selbst kaum verstehen konnte, sagte er: «Haben Sie das verstanden?»

Sie nickte einmal, zuckte zusammen, um ihn wissen zu lassen, daß er ihr weh tat.

«Gehen Sie in den Schrank dort, und machen Sie hinter sich die Tür zu», sagte er so leise, daß er sich selbst kaum verstehen konnte.

Sie runzelte die Stirn und versuchte, den Kopf so zu drehen, daß sie ihn ansehen konnte.

Er verstärkte den Griff um ihren Kopf und erlaubte nicht, daß sie sich zu ihm umdrehte.

Sie zuckte zusammen.

Die dicke, fette Wolke schob sich fort von der Sonne, und alles wurde heller.

«Gehen Sie in den Schrank. Machen Sie die Tür zu.»

Sie leckte sich über die Lippen.

Er umklammerte ihren Kopf fester.

Sie nickte, zuckte dabei wieder zusammen.

Er ließ sie los, stand auf, trat fort.

Sie reckte ihren Hals. Sie wollte ihren Kopf an der Stelle berühren, wo er sie gepackt hatte, tat es aber nicht – wie ein Baseballspieler, der sich nicht an der Stelle reiben will, wo er verletzt worden ist.

Er deutete auf den Schrank.

Sie schaute nicht dorthin, wohin er zeigte. Sie sah ihn nicht an. Sie stand auf und schlingerte auf ihrem Fuß wie ein verbogener Knöchel wie bei einem Pferd zum Schrank. Sie schob einige Kleidungsstücke zur Seite und trat ein. Sie zog die Tür bis auf einen winzigen Spalt zu.

Cullen ging zu dem Schrank und drückte die Tür ganz zu.

Er ging zur Schlafzimmertür und kniete sich hin, um einen Blick durchs Schlüsselloch zu werfen.

Eine fette Wolke schob sich vor die Sonne, und alles wurde dunkel.

Und einfach so verzog sich die dicke, fette Wolke auch schon wieder. Alles wurde heller.

Nichts. Niemand.

Von hier konnte Cullen sehen, daß die Tür auf der linken Seite den Flur hinunter, die Tür des Näh-/Geste-S-Zimmers, geschlossen war.

Die Tür zu dem Zimmer auf der rechten Seite des Flurs, die Tür von Cassidys Zimmer, stand offen.

Er öffnete die Tür. Sie hatte offen gestanden, als Cassidy sie das letzte Mal gesehen hatte, also ließ er sie jetzt auch offen. Schnell glitt er den Flur hinunter und schlüpfte durch die Tür in Cassidys Zimmer.

Komisch, daß er immer noch fast nicht atmete.

Cullen lauschte.

Eine Männerstimme, dramatisch, nachdrücklich, fordernd. «Nein! Du verstehst das falsch! Hör mir zu!»

Im Näh-/Geste-S-Zimmer mußte ein Fernseher stehen. Cassidy sah sich eine Seifenoper oder einen Spielfilm an.

«Ihr habt sie reingelassen, jetzt holt ihr sie auch wieder raus... Nicht erst in fünf Minuten. Jetzt! Nehmt das beschissene Megaphon und sagt ihr, daß sie gottverdammt sofort wieder rauskommen soll.»

Beschissen. Gottverdammt. Ein nicht jugendfreier Film. Jemand – Ann, Ann Jones, sein Mädchen, als er noch ihr Typ gewesen war? Nein. Ein Freund von Ann, ein Kollege, jemand, der für das *City Magazine* Filmkritiken schrieb, bevor das *City* einging, wieder ins Leben gerufen und zu *Metro* umbenannt wurde. Wie hieß er noch gleich? John Anthony. John Anthony hatte Cullen erzählt, daß ein Film mit nur einem einzigen *beschissen* oder *gottverdammt* noch bis dreizehn Jahren freigegeben werden konnte, mehr als das bedeutete aber zwangsläufig ‹nicht jugendfrei›.

Also sahen sich die Cassidys einen nicht jugendfreien Film an. Wie nett.

Nein, taten sie nicht. Das war Cassidy selbst. Am Telefon. Am Telefon mit den Jungs und Mädels draußen.

Cullen schaute sich um und erspähte eine Telefon, eines der ersten Tastentelefone, gedrungen, häßlich, auf dem Tisch neben Cassidys Bett. Er ging dorthin, legte einen Finger unter den Hörer und hielt die Gabel gedrückt, bis er den Hörer am Ohr hatte. Dann ließ er langsam langsam langsam die Gabel los, kein Klicken, kein verräterisches Zeichen, daß er sich eingeklinkt hatte. Er bedeckte die Sprechmuschel mit der Hand, um sein Atmen zu verbergen – nicht *daß* er überhaupt atmete; nur *falls* er atmete. Er hörte zu.

«*...Sonst ist keiner drin, Brian.*» Neuman, der log, daß sich die Balken bogen. «*Niemand hat weiter auf sie geachtet. Kein Mensch hat gesehen, wie sie hinter das Haus gegangen ist. Wir sind alle hier auf dieser Seite. Das wissen Sie genau. Sie muß sich durch den Garten eines Ihrer Nachbarn rangeschlichen haben. Sie ist schließlich hier aufgewachsen, um Himmels willen.*»

«*Ich will, daß sie von hier verschwindet*», sagte Cassidy. «*Häng dich an das beschissene Megaphon und sorg dafür, daß sie gottverdammt hier verschwindet.*»

«*Lassen Sie mich jemanden reinschicken*», sagte Neuman.

«Nein!»

«Wahrscheinlich hat sie Angst. Sie wird wahrscheinlich nicht von allein rauskommen. Ich werde eine Beamtin reinschicken. Sie können Sie durchsuchen.»

«Jake …» Urplötzlich klang Cassidy sehr müde; er klang gar nicht mehr beharrlich und fordernd. *«Ich bin nicht gerade erst auf einem beschissenen Muli in die Stadt geritten.»*

«… Das weiß ich doch, Bri.» Neuman klang aufrichtig respektvoll, von einem altgedienten Cop zum anderen altgedienten Cop, nicht ehrlicher Cop zu sadistischem Schurken.

«Häng dich an das beschissene Megaphon.»

«Bri, wir können diese Sache auch einfacher beenden. Lassen Sie einfach –»

«Erzähl mir keinen Scheiß, Jake.»

«– Pauline durch die Haustür rauskommen. Geben Sie uns eine Minute –»

«Du bist berühmt für dein Scheißgelaber, Jake!»

«– damit wir uns vergewissern können, daß mit ihr alles in Ordnung ist. Anschließend kommen Sie nach ihr raus –»

«Aber du kriegst mich mit deinem Scheißgelaber nicht rum. Also, häng dich endlich an das beschissene Megaphon und sieh zu, daß du Mary Catherine gottverdammt endlich hier rausholst.»

«Brian, denken Sie doch mal einen Moment über –»

Aber Cassidy knallte den Hörer auf die Gabel.

Cullen legte den Hörer von Cassidys Schlafzimmertelefon auf und kehrte zur Tür zurück. Er linste zu der Tür des Näh-/Geste-S-Zimmers hinüber. Er suchte nach Schatten, die sich bewegten, nach sich veränderndem Licht unter der Tür.

Nichts.

Cassidy würde vor dem Fenster stehen, dem Fenster, das einen Blick auf 218 Jackson hatte, aus dem er höchstwahrscheinlich auch einen Blick auf die Straße werfen konnte, wo er auf das beschissene Megaphon lauschte, auf die Aufforderung an seine Tochter lauschte, sofort das Haus zu verlassen.

Quieeeetsch quaaaaaack. «Miz Cassidy?» Neuman, verstärkt. «Mary Catherine?»

So. Das ist es. Der Augenblick ist gekommen. Los geht's.

Cullen ging. Aus der Tür von Cassidys Schlafzimmer (er hatte sich nicht mal umgeschaut, hatte sich nicht die Einrichtung angesehen, nicht in den Schubladen geschnüffelt), rüber zum Treppengeländer, weiter am Geländer entlang, die linke Seite des Flurs hinunter, bis genau vor die Tür des Näh- / Geste-S-Zimmers.

Er lauschte.

Nichts.

Quieeeetsch quaaaaaack. «Mary Catherine, verlassen Sie umgehend das Gelände.»

Cullen lächelte.

Cullen ging durch die Tür, seine .38er gezückt, schwenkte sie nach links, in die Mitte, nach rechts, in die Mitte.

Nichts.

Niemand.

Scheiße. Cassidy war nicht im Nähzimmer / Geste-S-Zimmer, er befand sich im am weitesten hinten gelegenen Zimmer unten am anderen Ende des Flurs auf der Rechten, in seinem sogenannten Studierzimmer.

Was hatte ein sadistischer, schurkischer Cop zu studieren? Sadismus? Schurkereien?

Cullen fragte sich, wieviel Lärm er dabei veranstaltet hatte, aus Cassidys Schlafzimmer, über und den Flur hinunter und dann in das Nähzimmer / Geste-S-Zimmer zu gelangen. Oh, wahrscheinlich ungefähr soviel wie eine Elefantenherde. Ganz bestimmt soviel wie ein fünfzigjähriger Alkoholiker.

Er stand dicht an der Tür und linste den Flur zur Tür des Studierzimmers hinunter.

Sie stand offen.

Natürlich war sie offen. Cassidy hatte gehört, wie er den Flur überquert hatte und war nun hinter ihm her, bereit, seine Blase zu entleeren.

Cullen wartete.

Nichts. Niemand.

Er lauschte.

Nichts.

Das Telefon klingelte.

Es klingelte im Studierzimmer, es klingelte in Cassidys Schlafzimmer, es klingelte im Hauptschlafzimmer, es klingelte an mehr als einer Stelle im Erdgeschoß.

Mr. Cassidy? Bob Boomer hier, Boomer Bach Bradley and Bimbo Investment Consultants. Wie geht's Ihnen denn heute?

Und klingelte.

Julio?...

Ali?...

Satyajit?...

Und klingelte.

Was zum *Geier* war hier los? Wo *waren* alle? Noch vor fünf Minuten wimmelte es hier geradezu von Leuten, Cassidy telefonierte, bestellte sich Pizza, seine Tochter schlingerte durchs Haus, rief nach ihrer Mutter, brüllte ihn an, und jetzt... keiner mehr da.

Und klingelte.

Vielleicht war Cassidy nicht in der Nähe eines Telefons. Vielleicht war er wieder auf der Toilette, leerte seine Blase. Vielleicht war er...

Quieeeetsch quaaaaaack. «Brian... Jake hier. Sie ist jetzt draußen. Sie hat das Gelände verlassen.» Eine Pause, ein Herzschlag, eine Zäsur. «Warum kommen Sie jetzt nicht auch einfach raus, Bri?... Kommen Sie... Schicken Sie Pauline raus, und dann kommen Sie selbst raus. Wir reden über alles. Nichts ist in Stein gemeißelt. Wir können uns etwas überlegen...» *Quieeeetsch quaaaaaack.* Da er nicht mal sich selbst überzeugen konnte, schaltete Neuman das Megaphon einfach wieder aus.

Eine dicke, fette Wolke schob sich vor die Sonne, und alles wurde dunkel.

Komm schon, komm schon, komm schon.

Noch einmal aus der Tür gelinst.

Nichts. Niemand.

Tja, nicht ganz niemand.

Brian Cassidy.

Er stand in der Tür zum Balkon im ersten Stock, hatte Cullen den Rücken zugekehrt, die Hände auf den Türpfosten, das Gewicht auf die Hände verlagert, den Kopf auf die Seite geneigt, die linke Seite, auf seine Schulter gelegt, die Positur eines Mannes, der erschöpft, verbraucht, erledigt, fertig war.

Cullen glitt in die Mitte des Flurs hinaus, umklammerte die .38er mit beiden Händen, hatte die Beine gespreizt, das Herz völlig ruhig und gelassen.

«Brian.»

Cassidy hob müde den Kopf von der Schulter, drehte ihn ein wenig nach links, nicht weit genug, um sehen zu können, wer es war, nicht mal am Rande seines Blickfelds.

«Halt sie schön oben, Brian.»

Cassidy drehte seinen Kopf ein paar Gradbruchteile weiter. «Wer ist das? Lambert?»

«Schön oben lassen, Brian, geh von der Tür weg. Nicht umdrehen.»

«Cullen. Es ist Cullen, stimmt's?»

«Halt sie oben.»

«Ich bin wirklich froh, daß du es bist, Cullen. Ich meine, Scheiße, es könnte jemand sein, der weiß, was er tut, statt irgend so ein beschissener Säufer.»

Cullen machte einen Schritt auf Cassidy zu, dann noch einen.

«He, Cullen?»

«Laß sie oben.»

«Fickst du meine Tochter? Ich weiß nicht, wie ich jetzt darauf komme, aber es ist mir gerade so in den Sinn gekommen. Tust du doch, stimmt's? Du fickst meine Tochter.»

Cullen machte einen weiteren Schritt.

«Falls sie fickt wie ihre Mutter, dann muß ich dir sagen, Cullen, tja, aber das wirst du ja inzwischen auch schon mitgekriegt haben, falls sie fickt wie ihre Mutter, dann bist du besser dran, wenn du dich mit deiner Hand gut stellst. Du bist besser dran, wenn du dich an ein beschissenes, dreckiges Flittchen hältst. Du bist besser dran, wenn du dich an irgendein Spick Spaghetti Nigger Arschloch hältst.»

Genau in diesem Moment, genau in diesem beschissenen, gottverdammten Augenblick tauchte die Frühlingssonne hinter einer dicken, fetten Wolke auf, und das Sonnenlicht loderte durch die Balkontür herein, verschlang den Balkon, verwandelte Brian Cassidy von einem Mann in eine Silhouette, ein spinnenartiges Etwas, einen Alien, knochenlos, ektoplasmatisch. Das Licht blendete Cullen für einen Moment, und Cassidy wußte es. Er drehte wirbelte flog peitschte herum, hatte die Hände vor sich gestreckt, zusammen gehalten, zielte richtete griff attackierte schoß ballerte feuerte.

Woher die Kanone gekommen war, Cullen hatte nicht den geringsten beschissenen Schimmer. Hatte sie die ganze Zeit über in Cassidys Hand gelegen oder hatte sie vorne in seinem Gürtel oder hinten in seiner Gesäßtasche gesteckt? Cullen hätte es bemerken müssen. Aber was spielte es schon für eine Rolle, auf lange Sicht gesehen, in einem größeren Rahmen? Cassidy hatte eine Kanone, er hatte sie von irgendwoher gezogen, er schoß damit, schoß damit auf Cullen, 50 *Jahre*, nicht einfach nur ein Meilenstein, ein Endpunkt, und das war's dann, was spielte es schon für eine Rolle?

Cullen warf sich auf den Boden des Flurs und rollte sich nach links, rollte sich nach rechts, kam auf die Knie hoch, hielt seine .38er in beiden Händen und feuerte. Eins, zwei, drei, vier, fünf, sechs.

Er ließ sich auf die Ellbogen fallen, rollte nach links, zog blitzschnell ein frisches Reservemagazin aus der Tasche, riß den Zylinder auf, knallte die frische Munition rein, rollte nach rechts, kam auf die Knie hoch.

Cassidy lag auf dem Rücken auf dem Balkon, die Füße nach oben, die Arme ausgebreitet, das Kinn gereckt, das Gesicht zur Sonne gedreht, ließ sich bräunen, seine letzte Bräune, mußte sich keine Sorgen mehr wegen eines Sonnenbrands machen, er war drauf und dran zu verbrutzeln.

Cullen trat hinaus auf den Balkon und kickte Cassidys Kanone zur Seite. Er beugte sich vor und tastete seinen Hals ab. Kein Puls, aber andererseits würde man ja auch keinen Puls bei einem Mann erwarten, der ein großes, blutiges Loch an der Stelle hatte, wo mal sein Mund gewesen war. Der Mund war kein empfohlenes Zielgebiet, aber Leute, die so redeten, wie Cassidy mit Cullen geredet hatte, mußten damit rechnen, vielleicht genau an dieser Stelle erschossen zu werden. Oder so.

Cullen zog sich auf den Flur zurück und drückte die Tür von Cassidys Studierzimmer ganz auf. Ein nettes Zimmer – schlicht, einfach: ein Eichenschreibtisch und dazu passender Bistrostuhl; ein eichener Bücherschrank mit wenigen gebundenen Büchern – allem Anschein nach Lehrbücher, Werke über Kriminologie vielleicht, mehr Taschenbücher, Krimis für den Massenmarkt, Western, Techno-Thriller; an der Wand ein gerahmtes Poster aus der Fernsehserie *Police Story*. Vor der Wand, unter dem Poster, eine pseudodänische Couch; darauf, zusammengekauert wie ein Kunstspringer, der eine Kanonenkugel machte, in ihrer Wochentags-tagsüber-Uniform – graue Strickjacke, weiße Bluse mit rundem Kragen, dunkelgrauer Rock, flache schwarze Schuhe, die Frisur ihres weißen Haars für immer unmodern, sie für immer wie fünfundsechzig aussehen lassend – Pauline Cassidy.

«Es ist alles in Ordnung.» Cullen berührte die Schulter unter der grauen Strickjacke. «Es ist vorbei.»

Er ging zu dem Schreibtisch und nahm das schnurlose Telefon.

Was zum Geier machte er denn da, er kannte doch die Nummer der Jungs und Mädels draußen gar nicht. Er legte das Telefon wieder hin und tastete nach seinem Walkie-talkie. Gestohlen, genau wie die Mütze der Cardinals.

Er ging hinaus auf den Flur. Das Walkie-talkie lag vor der Wand, hatte sich gelöst, als er sich herumgerollt hatte.

Hallo! Wen haben wir denn da?

Unten am Ende des Flurs, vor der Tür zum Hauptschlafzimmer, auf dem Rücken liegend wie ihr Vater, die Füße nach oben gedreht, ein Fuß wie ein verbogener Knöchel wie bei einem Pferd, die Arme ausgebreitet, die Jacke ihres blauen Nadelstreifenkostüms weit offen, färbte sich das weiße Seiden-T-Shirt langsam rot von dem Blut, das aus dem Loch unter ihrem Herzen gepumpt wurde – Mary Catherine Cassidy Koenig.

28

«Meine Haare tun weh», sagte Mary Cath.

«Pssst.» Während Blut zwischen den Fingern der Hand heraussickerte, die das Loch unter ihrem Herzen zuhielt, drückte Cullen auf die Sprechtaste des Walkie-talkies. «Gottverdammt, *Sani*täter.»

«Die Kämme. Nimm die Kämme raus.»

«Sei bitte still, Mary Cath. Bitte.» Während Blut den Rücken der Hand schwärzte, die das Loch unter ihrem Herzen zuhielt, nahm Cullen zuerst den einen und dann den anderen Hornkamm heraus. Ihre Haare, wie üppig und ein ganz anderes Rot als das Rot des Bluts, das ihr Hemd durchnäßte, fiel über den Boden des Flurs, durch die Schlafzimmertür, über den Schlafzimmerboden, durch das Fenster auf die Straße darunter, quer über die Straße, in den Jackson Park, durch den Park, durch die Narrows, durch Brooklyn, durch das ganze beschissene New York City, über die ganze Welt.

«Es tut weh, Joe. Es tut so weh.»

«Pssst.» Während die Hand, die das Loch unter ihrem Herzen zuhielt, in Blut ertrank, kämpfte Cullen mit dem Walkie-talkie. «Hier Cullen. Ich will hier oben Sanitäter, im Flur auf dem ersten Stock. Sofort!»

«Joe.»

«Pssst.»

«Ist meine Mutter –»

«Sie ist in Ordnung.» Mit der Hand auf dem Loch unter ihrem Herzen bis zum Handgelenk in Blut schleuderte Cullen das Walkie-talkie gegen die Wand. «Weißt du was?»

«Ich hätte im Schrank bleiben sollen?»

Am liebsten hätte er sie geschlagen, vermöbelt, zum Krüppel gemacht, weil sie nicht im Schrank, aus der Schußlinie, aus der Schußlinie ihres sadistischen, schurkischen Cop-Vaters geblieben war. Während sich die Manschette am Arm der Hand, die das Loch unter ihrem Herzen zuhielt, am Rand mit Blut verfärbte, legte Cullen seine Fingerspitzen auf ihren Mund. «Sprich nicht. Hör mir einfach nur zu. Ich habe mir diesen Song, dieses Gedicht eingeprägt. Mir war das nicht klar. Ich hab's ja nur einmal gelesen, in der Bar, an der Wand. An der Wand in der Bar. Das Mädchen. *The Glimmering Girl.*»

«Joe?»

«Pssst. Hör zu ... ‹*I went out to the hazel wood, / Because a fire was in my head, / And cut and peeled a hazel wand, / And hooked a berry ... to a thread ...*›»

Cullen weinte eine Weile. Sie legte beide Hände über die Hand, die das Loch unter ihrem Herzen zuhielt.

«‹*And when white moths were on the wing,*
And moth-like stars were flickering out,
I dropped the berry in a stream
And caught a little silver trout,
When I had laid it on the floor
I went to blow the fire aflame –›»

«Joe, es tut mir leid.»

«Pssst.»

«Es tut mir wirklich leid. Es tut mir so leid. Ich –»

«‹*But something rustled on the floor, / And some one called me by my name –*›»

«Joe?»

«‹*It had become a glimmering girl –*›»

«O, mein Gott, Joe, bitte, nein. Es tut weh.»

«‹*With apple blossoms in her hair*
Who called me by my name and ran
And faded through the brightening air –›»

«Joe?»

«‹*Though I am old with wandering*
Through hollow lands and hilly lands,
I will find out where she has gone –›»

«Joe? Joe. Joe!» Lou Dellinger kniete sich neben Mary Cath und hob, hob ganz behutsam ihre Hände von Cullens Hand, die das Loch unter ihrem Herzen zuhielt. «Joe.»

«‹*And kiss her lips and take her hands –*›»

«Ach, Joe.»

«‹And walk among long dappled grass…›»

Lou Dellinger kroch rückwärts auf Händen und Knien, bis sie gegen die Wand stieß. Dann drehte sie sich um und setzte sich auf den Boden, während Cullen weinte.

Draußen fuhr ein Krankenwagen vor. Jaul-jaul. Türen wurden geschlagen. Eine Bahre klapperte über den Weg vor dem Haus.

Eine dicke, fette Wolke schob sich vor die Sonne, und alles wurde dunkel. Einfach so zog die Wolke wieder ab, und alles wurde heller.

Cullen holte tief Luft. Noch einmal. Er fand mit seinen Händen Mary Caths Hände und hielt sie.

«‹And walk among long dappled grass
And pluck till time and times are done
The silver apples of the moon,
The golden apples of the sun.›»

29

«Hi, ich bin's, Ann, es ist Donnerstagmorgen. Ich habe gehört, was passiert ist. Mabel hat mich angerufen. Ich weiß nicht, was ich dazu sagen soll. Es ist schrecklich. Es tut mir leid…

Ich weiß nicht, was ich sagen soll. Das habe ich schon gesagt. Ich weiß nicht, was ich sagen soll…

Ich wünschte, du wärst da. Du müßtest irgendwas sagen, und dann würde ich irgendwas sagen, und dann würdest du wieder irgendwas sagen. Wir würden uns unterhalten…

Ich bin im Paramount. Zimmer elf-achtzehn. In etwa fünf Minuten muß ich zu einem Termin los. Es ist jetzt zehn nach acht.

Wo bist du?…

Ist mit dir alles in Ordnung?

Was für eine schreckliche Geschichte.

Ich kenne Mary Cath. Ich kannte Mary Cath. Sie war eine reizende… kluge… herzliche… anständige Frau. Sie hat immer so getan, als würde sie sich freuen, mich zu sehen, was aber nicht der Fall gewesen sein kann, denn meistens war ich dort – in ihrem Büro –, um mich über irgend etwas zu beschweren, um eine Beschwerde einzulegen, um zu meckern und zu stöhnen und zu jammern…

Ich mag es nicht, mit diesem Anrufbeantworter zu reden. Ich werde noch mal versuchen, dich auf der Arbeit zu erreichen.

Bye. Ich war's, Ann.»

«Ich schon wieder. Aus für mich. Die Nummer, die ich von deiner Arbeit habe, ist die bei der Internal Affairs, und da bist du ja nicht mehr, oder? Du bist jetzt bei den Witwen und Waisen. Mabel hat mir erzählt, daß diese Abteilung so genannt wird. Cop-Humor. Galgenhumor. Wer auch immer bei der Internal Affairs ans Telefon gegangen ist – es war niemand, den ich kenne, noch von früher –, wollte mir die Nummer der Witwen und Waisen nicht geben und wollte mir auch nicht den richtigen Namen der Abteilung verraten, damit ich selbst im Telefonbuch nachschlagen konnte. Die Bruderschaft der Cops, vermute ich. Allerdings hat er angeboten, eine Nachricht entgegenzunehmen…

Mabel hat mir einen Artikel von Jack Farrell gefaxt, der andeutete – anklingen ließ? – andeutete – andeutete, daß du und Mary Cath gerade angefangen habt, Freunde zu werden. Ich hoffe, das ist so. Ich meine, ich hoffe, ihr wart nicht… du warst nicht… sie war nicht… Du weißt schon, was ich meine…

Sie war sehr hübsch. Diese Haare…

Jack ist vielleicht ein Schreiberling. Was für ein Gefühl war es, daß er dort in dem Haus bei dir war, während – Vergiß es. Tut mir leid. Das hätte ich nicht sagen sollen. Das war überflüssig. Es tut mir leid.

Ich mußte meine Pläne ändern. Ich hatte gehofft, dich heute abend zu sehen, aber ich werde leider absagen müssen. Statt dessen werde ich mich mit Mabel treffen, damit ich direkt wieder zurück nach Los Angeles fliegen kann, wenn ich meine Termine morgen nachmittag hinter mir habe. Ich werde rechtzeitig dort sein, um Tomás zu treffen – Tomás ist der Typ, von dem ich dir schon erzählt habe, der Chicano-Junkie – Ex-Junkie, rekonvaleszierender Junkie, mein Ex-Verlobter –, um dabei zu sein, wenn er für seine Arbeit mit Gangs eine Auszeichnung der Stadt erhält. Es ist wichtig. Er hat mich gebeten, dabei zu sein…

Ich hoffe, du wirst auch jemanden bitten, für dich da zu sein. Ich hoffe, du versuchst nicht, mit allem allein fertig zu werden. Kein Mensch wird mit so was allein fertig. Das können wir einfach nicht. Wir sind nicht dafür gemacht…

Tomás… Tja, er hat mich gebeten, mein Überdenken noch mal zu überdenken, und das kann ich ihm einfach nicht abschlagen, das schulde ich ihm, er ist kein schlechter Mann, er hat einfach nur ein beschissenes Leben gehabt...

Letzte Nacht konnte ich nicht einschlafen. Jet-lag. Im Fernsehen lief Magnolien aus Stahl. *Ich hatte den Film noch nicht gesehen. Julia Roberts macht mich nervös. Ihr Mund ist so groß. Und Sally Field – sie hatte einen Nervenzusammenbruch, stimmt's? In* Mr. Universum *habe ich sie geliebt, aber das ist schon tausend Jahre her. Ich mag Dolly Parton. Sie bringt mich zum lächeln. Es gibt da eine Szene zwischen Dolly Parton und Sam Shepard, die den fundamentalen Wortwechsel zwischen einer Frau und einem Mann darstellt. Er liegt auf dem Rücken und repariert den Wagen, und sie versucht mit ihm über etwas zu reden, das etwas mit Gefühlen zu tun hat, nicht mit Vergasern. Er sagt: ‹Gibst du mir mal den Ringschlüssel, ja›, und sie sagt: ‹Oh, ich kann den einen nicht vom andern unterscheiden›, und er sagt: ‹Den* Ringschlüssel.› *Was kümmert's uns überhaupt, wenn wir ohnehin nichts mehr zustande bringen?...*

Ich muß jetzt los. Ich bin schon spät dran. Ich wünschte, du wärst da, dann könnte ich... dann könnte ich dir sagen, daß ich dich liebe.

Ich liebe dich.

Hier spricht Ann, Ann Jones.»

30

«Hi, Leute, ich heiße Howie, und ich bin Alkoholiker.»

«Hi, Howie.»

«Herzlich willkommen zu unserem regelmäßigen Halb-sechs-Treffen. Es ist der vierte Donnerstag im Monat, und dies ist heute unser Jubiläumstreffen. Wir kommen zusammen, um uns mit denen unserer Freunde und Alkoholikerkollegen zu freuen, die heute Meilensteine ihrer Nüchternheit feiern, und um ihnen dafür zu danken, daß wir anderen auch nüchtern bleiben. Zunächst möchten wir diejenigen feiern, die 90 Tage ununterbrochener Nüchternheit erreicht haben. Die Neunziger sind sehr wichtig für uns. Die ersten 90 Tage können sehr hart sein.

Der erste heute ist Joe C. Joe?»

«Hi, Leute. Ich bin *nicht* Joe C. Das habt ihr euch wahrscheinlich schon gedacht. Ich heiße Lou, ich bin Alkoholikerin und Süchtige.»

«Hi, Lou.»

«Ach ja, und Joe C. ist ein Freund von mir. Wir sind Arbeitskollegen. Ich bin jetzt etwas mehr als ein Jahr dabei – dreizehn Monate und zehn Tage sind's ganz genau. Auch wenn ich die meiste Zeit der vergangenen 90 Tage gewußt habe, daß Joe versucht, trocken zu werden, hat er erst vor ein paar Tagen erfahren, daß ich auch versuche, trocken zu werden, oder daß ich überhaupt jemals getrunken habe oder abhängig war. Ich bin wirklich froh, daß ich ihm das schließlich erzählt habe, und wir haben beide irgendwie beschlossen, daß wir heute abend zusammen feiern sollten, es uns endlich erzählt zu haben.

Vor heute abend bin ich noch nie zusammen mit Joe in diesen Räumen hier gewesen, und ich werde euch jetzt auch keinen Scheiß darüber erzählen, was für ein Typ er ist, denn die meisten von euch, glaube ich wenigstens, kennen ihn sowieso besser als ich, weil sie ja mit ihm zusammen in diesen Räumen hier waren. Deshalb möchte ich jetzt einfach nur Joe ankündigen und ihm meine Glückwünsche aussprechen und diese Anstecknadel überreichen ...

Das G auf der Nadel steht für Gott, und der Punkt symbolisiert dich, und das A steht für die AA. Solange du eine Hand den AA und eine Hand Gott ausstreckst, wirst du auch keinen Drink in die Hand nehmen können. Glückwunsch, Joe. Gott segne dich.»

«Joe, Joe, Joe!»

«Joe, Joe, Joe!»

«Joe, Joe, Joe!»

«Joe, Joe, Joe!»

«Danke. Euch allen vielen Dank. Danke, Lou ... Das ist toll. Das ist wirklich toll. Ich habe im Laufe der Zeit im Rahmen meiner Arbeit schon einige Orden und Auszeichnungen erhalten, aber keiner und keine davon bedeutet mir soviel wie diese. Ich bin euch wirklich dankbar. Ohne euch Leute hätte ich es nie geschafft. Sie gehört nicht mir allein, sie gehört uns allen ...

Beim erstenmal bin ich nur widerwillig zu einem Jubiläumstreffen gekommen. Damals hatte ich, wenn ich mich nicht irre, erst sechs Tage hinter mir, und ich hatte einfach Angst, eingeschüchtert zu werden von all diesen großen Zahlen – neunzig, hundertachtzig, dreihundertfünfundsechzig, zwei Jahre, fünf Jahre, zehn, fünfzehn Jahre. Und ich *war* ein bißchen eingeschüchtert. Ich glaube, ich hielt es immer noch für so was wie einen Wettbewerb. Ich versuche es heute nicht mehr als Wettbewerb zu sehen, allerdings nicht immer mit Erfolg. Aber was ich darüber hinaus empfunden habe, was mich einfach überwältigt hat, das war die Offenbarung dessen, was für mich erreichbar sein konnte. Sam, ich kenne dich kaum. Mary Beth, Joe. Ihr alle habt an diesem Abend euer Jubiläum gefeiert, und ich war einfach sprachlos, das ist das einzige Wort, über eure Gelassenheit und Courage und Weisheit. Ihr alle habt für mich diese Tugenden verkörpert.

Außerdem hatte ich das Gefühl – ihr habt mir dieses Gefühl vermittelt –, daß ihr, wenn ich selbst die 90 oder 180 oder 365 Tage erreichte, nicht irgendwo weit vor mir sein würdet, sondern direkt neben mir, mit einer ausgestreckten Hand, falls ich sie brauchte. Und hier seid ihr jetzt alle...

Die letzten Tage waren ganz schön hart für mich. Ich kann von Glück reden, daß ich noch lebe. Jemand, der langsam zu einem guten Freund wurde, ist tot. Die Gefahr gehört zu meinem Job. Meine Arbeit ist eine gefährliche Arbeit, aber sie muß getan werden, und ich glaube, es ist wichtig, daß ich sie tue, denn ich mache meine Sache gut. Auch Freunde zu verlieren gehört leider zu diesem Job, und das steckt niemand leicht weg. Ich bin dankbar, daß ich das Programm habe, ich bin dankbar, daß ich euch Leute habe, ich bin dankbar für diese Räume hier, ich bin dankbar, daß ich bei der Arbeit einen Freund wie Lou habe, der mir während der Zeit beisteht, die es dauert, mit meiner Trauer fertig zu werden.

Ich möchte euch gern ein Gedicht vorlesen. Ich werde es morgen beim Trauergottesdienst für meinen toten Freund vorlesen, und ich muß üben, es vorzulesen, um zu sehen, ob ich es schaffe, ohne zusammenzubrechen. Bislang, als ich es zu Hause geübt habe, habe ich es nicht geschafft. Ich hoffe, ihr habt Geduld mit mir. Es ist von Yeats, von William Butler Yeats. Es heißt *Brown Penny*... Los geht's:

‹I whispered, «I am too young.»
And then, «I am old enough»;
Wherefore I threw a penny
To find out if I might love.
«Go and love, go and love, young man,
If the lady be young and fair.»
Ah, penny, brown penny, brown penny,
I am looped in the loops of her hair›...

Wartet einen Moment. Es ist noch nicht zu Ende. Ich brauche nur einen Augenblick... Okay, weiter geht's. Danke, daß ihr soviel Geduld mit mir habt.

‹O love is the crooked thing.
There is nobody wise enough.
To find out all that is in it,
For he would be thinking of love
'Till the stars had run away
And the shadows eaten the moon.
Ah, penny, brown penny, brown penny,
One cannot begin it too soon.›»

geboren 1943
in New Mexico
war Journalist
lebt in Chapel Hill, North Carolina
schrieb u. a. New York Babylon, Dschungelkampf (Nr. 2773), Nowhere Man (Nr. 2925), Saint Mike (Nr. 2924), Violent Love (Nr. 3037), Kältesturz, Death Story (Nr. 3011), Dirty Cops (Nr. 3108)

Frank Göhre
New York Babylon

Die Obsessionen des Jerry Oster

Charles Ives ist ein Snob – sagen seine Kollegen. Sie glauben, daß er seine Nachmittage im Museum of Modern Art verbringt und sich bulgarische Filme ohne Untertitel ansieht. Das tut er zwar nicht, aber Ives weiß zum Beispiel, daß Keats die *Ode an die Nachtigall* geschrieben hat, Vergils Gefährte Dante ist, was bedeutet, Dimaggio ist Dom, nicht Joe, was bedeutet, daß ein Grundnahrungsmittel meat und nicht eggs ist, was wiederum bedeutet, daß Stevens als Autor von *The Anecdote of the Jar* stimmt.

Ives löst so ein Kreuzworträtsel im Vorübergehen, in der Redaktion. Charles Ives ist Journalist, Reporter in New York. Kein New Yorker. Das betont er, wenn seine Freundin Kate ihm vorwirft, daß New Yorker vom wirklichen Leben nicht die geringste Ahnung haben.

Charles Ives kommt aus Wiscounsin, Michigan, und blickt voll durch. Denkt er. Er ist dabei, einen Vorfall in SoHo zu recherchieren.

Ein Mann ist von einem Einbrecher erschossen worden. Der Mann hat den Einbrecher in seinem Apartment überrascht, ist mit einem Küchenmesser auf ihn losgegangen und hat ihn noch niederstechen können, bevor ihn dann die tödliche Kugel traf. Nicht gerade aufsehenerregend. Keine heiße Spur für New Yorker Verhältnisse. Wenn der Mann nicht ein TV-Star gewesen wäre. Er war in einer ganzen Menge von Werbespots zu sehen: Dieser Typ, der mit einer Bootsladung Bier über einen Parkteich rudert. Großartig! Und seine Frau Pamela – ja, das ist sie, schon beim ersten Blick. Eine geheimnisvolle Schönheit. Sie sucht Charles Ives spätabends in seiner Wohnung auf, und ihre verhängnisvolle Affäre beginnt mit einem Kaffee.

«Möchten Sie einen Drink?» sagte ich. – «Hätten Sie einen Kaffee?» – «Aber sicher.» Ich ging in die Küche, machte mir einen Scotch, trank, stellte Wasser auf und gab Bohnen in die Mühle. Die Geräusche lockten sie an die Tür. «Soviel Mühe wollte ich Ihnen nicht machen.» – «Es ist keine Mühe.» Sie nickte. «Ich weiß. Ich mahle meinen Kaffee immer selber, und stets sagten die Leute: ‹Oh, machen Sie sich nicht die Mühe›, und ich sage dann stets: ‹Es ist keine Mühe.›» – «Geht so schnell wie Pulverkaffee», sagte ich, «und ist hundertmal besser.» – «Was für eine Sorte?» fragte Pamela. «Französischer.» – «Ich trinke französischen Mokka – mit einer Spitze Zimt.» – «Hab ich nie probiert», sagte ich. Übertrieben sorgfältig ging ich meine Gewürze durch. «Nichts. Kein Zimt.» – «Kaufen Sie Ihren Kaffee bei McNulty's?» sagte Pamela.» – «Noble and Bowman. Ist meistens nicht so voll.» – «Bei McNulty's herrscht immer ein schreckliches Gedränge», sagte Pamela. Ich nahm den Wasserkessel von der Flamme und übergoß den gemahlenen Kaffee. – «Das Wasser kocht nicht», sagte Pamela. – «Soll es auch nicht», sagte ich. «Es soll heiß sein, aber nicht kochen.» – «Warum das?» – Ich zuckte mit den Schultern. «Damit der Kaffee nicht so einen großen Schock bekommt oder so ähnlich.»

Pamela ist genau die Frau, die einen Mann wie Charles Ives um den Verstand bringen kann. Zumal ihm Kate im Moment ein wenig auf den Geist geht. Sie will ein Baby von ihm und noch so einiges. Etwas mehr Verbindlichkeit. Ives sieht sich schon als Daddy am Gartenzaun stehen, mit Hypotheken und Raten für Haus und Auto belastet. Kate bringt ihn allmählich so weit, daß er nicht einmal mehr Lust hat, mit ihr zu schlafen. Er sagt ihr vorerst Good bye und taucht ab, gerät tief in den Strudel von «New York Babylon».

Jerry Oster erzählt in seinem ersten Kriminalroman die Geschichte eines Mannes, der einen krankhaften Drang nach etwas Unerreichbarem hat: Nympholepsie nennt es seine Freundin. Man könnte auch sagen, Charles Ives hat eine Obsession, ist besessen von der Vorstellung, eine Frau für sich erobern zu müssen, die er in seiner Phantasie überhöht, ihr eine Bedeutung gibt, die nichts mit ihrer Realität gemein hat. Er glaubt, eine «Heilige» zu lieben, und muß später sehen, daß sich über sein Bild von ihr eine schmierige Schicht legt, ein kleiner, schmutziger Film abläuft. Jerry Oster schreibt über Männer, die desillusioniert werden oder es bereits sind.

Er selbst macht den Eindruck, ein völlig anderer Typ zu sein. Er hat ein schmales Gesicht, große, freundlich blickende Augen, ein offenes Lächeln. Hohe Stirn, glattgekämmtes Haar, nicht zu kurz, nicht zu lang. Jerry Oster ist 1943 in New Mexico geboren, kommt als Zehnjähriger nach New York, besucht die High School, später die Columbia University, belegt als Hauptfach englische Literatur. Danach hat er einen Job bei United Press International New Service, dann bei Reuter und schließlich bei den New York Daily News. Ein Journalist, ein Mann wie Charles Ives.

Die Ausgangssituation in *New York Babylon* ist ohne Frage autobiographisch. Jerry Oster war Polizeireporter, hat unzählige Tatorte aufgesucht, über alle möglichen Verbrechen geschrieben. Vorstellbar, daß er dabei auch einer Frau wie Pamela begegnet ist. Und ihr gefolgt ist – in Gedanken. Sie später wieder entdeckt hat im Guckkasten, auf der Leinwand eines schäbigen Kinos. Durchaus denkbar, daß er seitdem Frauen anders sieht – beängstigend triebhaft und letztendlich dann kalt und berechnend. Er ist fasziniert und zugleich abgestoßen. Überall setzt ihm fortan dieser Typ Frau zu. Beinahe lebensgroß lockt sie auf Plakaten: «Sie hatte ihre linke Hüfte herausgestreckt, und ihre linke Hand lag auf ihrem Hintern – lag ganz leicht darauf, nicht richtig fest, sondern glitt vielmehr in einem leichten Streicheln darüber. Ihre Haut war weiß: weiß gegen das schwarze Kleid, weiß gegen ihr rotbraunes Haar, weiß gegen ihre dunkelrot geschminkten Lippen, weiß gegen die kurze weiße Pelzjacke. An ihrem linken Handgelenk hatte sie ein goldenes Armband, an ihrem rechten Ringfinger einen silbernen Ring. Sie trug hochhackige silberne Sandalen. Sie war schon überall gewesen, hatte alles gemacht und würde es wieder tun, sobald es etwas Neues gab; mit ihr zu gehen würde kostspielig sein.»

Jerry Oster macht sich und den Leser heiß auf sie. Und schon schnappt ein Messer auf, gleitet die Klinge am Oberschenkel der Frau entlang, der durch den Schlitz ihres Kleides bis zur Hüfte nackt ist.

So beginnt *Dschungelkampf*. Mit dem Verlangen, es dieser Braut zu zeigen. Drei Kids bringen sich gegenseitig hoch. Die U-Bahn donnert heran. Im Abteil bleiben die Jungs auf ihrem Trip. Sie greifen sich eine verängstigte Krankenschwester, die nun stellvertretend herhalten soll. Doch da ist auch noch ein Mann. Er trägt Mokassins und einen marineblauen Pullover: «Er hätte gut ein Student sein können, vielleicht schon ein bißchen zu alt, oder auch ein etwas junger Professor – für Englisch oder Mathematik. Er hätte auch ein Dichter sein können oder ein Banker, der sich unters gemeine Volk mischte.» Wahrscheinlich aber verbirgt sich Jerry Oster hinter der Beschreibung. Der Autor wird diese und ähnliche Szenen in der Subway oft genug miterlebt haben. Wie jeder New Yorker. Kriminalität in der U-Bahn. Raub, Vergewaltigungen, Mord. Jerry Oster läßt seinen Mann cool die Waffe ziehen und einen der Typen umnieten. Lieutenant Jacob «Jake» Neuman und Sergeant Bobby Redfield übernehmen den Fall.

Lieutnant Jacob «Jake» Neuman vom New York City Department,

Mordkommission, wiegt gut 250 Pfund. Er hat dunkles, krauses Haar und trägt Kleidungsstücke, die absolut nicht zusammenpassen: leuchtende Karos, Hemden in Gelb- und Blau- und Rottönen, wie sie nur von hundertprozentig synthetischen Stoffen erreicht werden können. Er hat zwei Hüte: einen Strohschlapphut für den Frühling und Sommer, einen braunen Filzschlapphut für Herbst und Winter. Er ist klein, untersetzt, und er haßt das Mitteilungsbedürfnis einiger Zeugen, ihre Selbstdarstellung: Gerede, Gerede, Gerede. Und er atmet auf, wenn er endlich mal auf jemanden trifft, der ihn nicht vollsülzt: Kein langes Geschwätz, kein Geplapper, keine Reminiszenzen, keine Abschweifungen, kein plötzlicher Themenwechsel. Einfach nur klare, deutliche Jas und Neins, einfach nur die nüchternen Fakten. Kein Gerede, Gerede, Gerede. Einfach nur ein Gespräch und Punkt. Das aber hat er äußerst selten. In New York zieht so ziemlich jeder seine eigene kleine oder größere Show ab.

Jake steht oft früh auf und bereitet sich vor seinem nervenzehrenden Job ein schnelles Frühstück zu.

Verheiratet ist Jake mit Maria, die ihm an körperlichem Gewicht nicht viel nachsteht – 200 Pfund bringt sie auf die Waage. Maria stammt aus San Juan, hat fünfzehn oder zwanzig Schwestern, und Kusinen, Millionen Kusinen, zu Hause in San Juan, in Miami, in Jersey City, in der Bronx und wahrscheinlich auch auf dem Dachboden. Das denkt Jake manchmal, wenn sie ebenfalls redet und redet und redet. Zudem versorgt Maria ihn geradezu erbarmungslos: «Die Sandwiches waren in Wachspapier eingeschlagen, die Pickles und die Eier lagen in Plastik-Brotbeuteln. Das alles lag neben einer braunen Tüte, auf die Maria eine blaue Thermoskanne gestellt hatte. Gegen die Kanne hatte sie einen Zettel gelehnt: Lieber Jacob, pack die Sandwiches, die Pickles, die Eier, das Salz und den Pfeffer in die Papiertüte. Füll die Thermoskanne mit Kaffee aus der Kaffeemaschine. Nimm die Papiertüte und die Thermoskanne mit. Trink nicht aus der Thermoskanne, während du fährst. – Love Maria.»

Doch bleiben wir noch einen Moment bei dem eigentlichen Thema des Kriminalromanschriftstellers Jerry Oster. In *New York Babylon* klingt es bereits an, in *Dschungelkampf* wird es zum Wahn, zieht Oster es voll durch. Es geht ihm um das offenbar tief verwurzelte Trauma vieler amerikanischer Männer, die mit allem fertig zu werden glauben, nur eben nicht mit Frauen, die straight und dynamisch ihre eigenen Wege gehen: «Ich habe sie umgebracht, weil sie den Tod verdient hat. Sie hat verdient zu sterben, weil sie nämlich selbst ein

Killer ist. Sie mordet Männer, sie kastriert sie. Sie nimmt die Eier der Männer in ihre Hände, schneidet sie ab, kaut sie durch und spuckt sie wieder aus. Nacht für Nacht, während Millionen von Menschen zuschauen. Dafür bekommt sie eine halbe Million Dollar im Jahr. Dafür nennt man sie einen Star – eine Journalistin. Und sie ist nicht das einzige Miststück, die einzige miese Fotze dieser Art. Bei weitem nicht. Die Welt ist voll von ihnen. Mit ihren tiefen Ausschnitten, ihren Röcken mit den langen Schlitzen, mit ihrer aufreizenden Arroganz. Sie sind Killer – Männer-Killer. Eier-Knacker. Kastrierer. Sie saugen den Männern das Leben aus – und sie saugen einem Mann die Seele aus. Sie nennen sich selbst Feministinnen, aber sie sind doch nichts anderes als Killer.» Düsterer Hintergrund und zugleich Erklärung für den blindwütigen Haß und diese Paranoia ist bei Jerry Oster die größte Niederlage in der Geschichte der USA, der verlorene Krieg in Vietnam, an dessen Hölle eine ganze Generation verraten wurde. Die verschont blieben, kamen zurück, und fanden keinen Platz mehr in der Gesellschaft. Es hatte sich etwas verändert mit ihnen. Die jungen Männer hatten das Grauen gesehen. Unvorstellbares, waren auf einem langen, üblen Trip. Zu Hause weiß man kaum etwas davon, hat gelebt wie bisher. Die Frauen ein wenig mehr. Sie haben sich weitgehend befreit, treten klarer, selbstbewußter auf, handeln eigenständig. Das ist der echt harte Teil für Jerry Osters Protagonisten, daran klinken sie aus. Sie haben gerade erst einen Krieg verloren und wollen nicht schon wieder unterliegen, nicht im Job und erst recht nicht im Bett. Sie wollen und können sich nicht damit abfinden, daß sie längst nicht mehr die Heroen sind, die sagenhaften Typen, es eigentlich nie waren. Doch es ist so, in beinahe jeder Beziehung. Es ist die Realität, zumindest im New Yorker Alltag.

«Jake» Neuman hatte die Nummer nicht. Er begreift erst spät, was da um ihn herum abgeht. Der «Dschungelkampf» auf den Straßen und in den Apartments Manhattans hinterläßt auch bei ihm eine Macke. Er schmeißt seinen Job.

Jerry Oster hat mit seinem zweiten Kriminalroman große Beachtung gefunden. Es ist ein Polizeiroman der Spitzenklasse. Lieutenant Jacob «Jake» Neuman vom New York City Police Department, Mordkommission, konnte zwangsläufig nicht so einfach Abschied nehmen. In *Nowhere Man* tritt er wieder auf: «Als er jetzt in den Spiegel sah, sich wirklich sein Gesicht ansah, sich dann umdrehte, um sich in dem lebensgroßen Spiegel an der Badezimmertür anzusehen, sah er keinen New York City Police Department Detective Lieutenant im Ruhestand, früherer Chef der Uptown West Special Homicide Investigations Unit, Gewinner von einem Haufen Medaillen und einer besonderen Auszeichnung durch den Bürgermeister. Er sah keinen Veteranen von 33 Jahren im Department und vierzehn Jahren Ehe. Er sah keinen 54 Jahre alten, dicken Mann mit dürftigem Haarwuchs, in einem weißen Fruit-of-the-Loom-T-Shirt, khakifarbener, Dee-Cee-Arbeitshose, dunkelbraunen, kurzen Nylonsocken mit beigem Muster und schwarzen, halbhohen Converse-All-Stars-Basketball-Schuhen. Er sah Jacob Neuman überhaupt nicht.» – Nicht den «alten» Jake Neuman. Der Detective muß sich in *Nowhere Man* nun auch mit faszinierenden Frauen auseinandersetzen, ist bei seinen Ermittlungen ständig gefährdet: «Sie war ungewöhnlich, weil sie Männerkleidung trug – nicht bloß lange Hosen und Hemden und flache Schuhe, sondern MÄNNERkleidung: heute einen zweireihigen Navy-Blazer über einem weißen Tennispullover mit Zopfmuster, ausgebeulte weiße lange Hose, schwarz-weiße Schuhe, ein Nadelstreifenhemd, einen Schlips; sie trug keinen Hut heute, sondern hatte ihr langes blondes Haar hochgesteckt, und von vorn sah ihre Frisur wie die eines Mannes aus – und ungewöhnlich, weil er, als er in ihre Augen blickte, ein Schild mit der Aufschrift Betreten verboten sah.»

Sie ist Filmemacherin, Dokumentarfilmerin. Sie hängt sich an Neuman und der sich an sie. Aber auch sie tötet. Sie killt Männer, die sie enttäuscht und gedemütigt haben. Die nichts über ihre Gefühle und Stimmungen, ihre Gedanken und Sehnsüchte wissen wollen. Die abhauen, wenn sie das fordert.

Das ist ein neuer Ansatz bei Jerry Oster. Der Versuch, in den bislang einzig als «Täterinnen» vorgeführten Frauen die «Opfer» zu sehen. In *Nowhere Man* läßt er erstmals eine Frau monologisieren, gibt ihr Raum, sich zu erklären. Die Bilder im Guckkasten der Phantasie bestimmen nicht länger allein die Handlung. Er wechselt die Perspektive, löst sich weitgehend von traditionellen Erzählungen, splittet die Handlung auf. Es ist «Jake» Neumans vorerst letzter Fall, bei dem ihm offensichtlich auch der Appetit vergeht. Statt Rührei-Schinken begnügt er sich morgens mit einem Sandwich mit Erdnußbutter. Seine Frau Maria gibt ihm nichts mehr mit auf den Weg. Sie erklärt ihm lapidar, daß im Kühlschrank noch etwas ist, für abends oder nachts, wenn er heimkommt. Ein Kollege bietet ihm bei sich zu Hause einen Imbiß an: Hähnchen kalt mit gefüllten Auberginen. «Jake» Neuman lehnt ab.

Jerry Oster hat mit *Nowhere Man* das Interesse an seinem Detective verloren. Sein darauffolgendes Buch *Saint Mike* ist ein Konglomerat verschiedener Stimmen: Gerede, Gerede, Gerede, würde Detective «Jake» Neuman seufzen. Ausufernde Assoziationsketten, die eigentliche Geschichte ist in unzählige Geschichten eingebettet. Widersprüche bleiben bewußt stehen. Die Wahrheit gibt es ohnehin nicht. Was für den einen einschneidend war, ist für den anderen eine Episode.

Zwei Frauen treffen aufeinander: Die FBI-Undercover-Agentin und eine High-School-Society-Lady, die mit Koks dealt. Sie ähneln sich. Um ihren Kampf geht es. Die Männer um sie herum sind schwafelnde, geil sabbernde Witzfiguren. Lächerlich, wenn sie – wie in den früheren Romanen Jerry Osters – wieder und wieder ihren Hack mit Frauen bejammern: «Sie joggte fünf Meilen vor dem Frühstück und spielte Squash nach der Arbeit. Am Wochenende machte sie Rucksacktouren, und im Sommer fuhr sie in den Himalaya zum hochalpinen Bergsteigen. Sie war Gourmet-Köchin, lizenzierte Barfrau, schneiderte ihre Sachen selbst – wenn sie wollte, denn sie war selbstverständlich Weltklasse im Shopping; sie hatte einen schwarzen Gürtel (Karate), ein Jura-Diplom (Harvard), promovierte gerade in Hochenergiephysik in Princeton, und in romantischer Philologie (Sorbonne). Und sie war auch de facto keine Jungfrau mehr, doch sie bevorzugte einen Vibrator, einen Orgasmotron. Barnes kannte ihren Typ; er hatte denselben geheiratet.»

Jerry Oster schreibt jetzt leichter, schneller und ironischer. Stärker als bisher vermittelt sich das Tempo, der Rap der Millionenstadt New York. Er hat – auf Filme übertragen – mit Schwarzweiß angefangen, eine kleine Geschichte erzählt, dann nahezu klassische Detectives eingeführt, *the good and the ugly cop*, seinen «Jake» Neuman zum *crash* gebracht, in Dolby-Stereo-Ton, eine Madonna/Dimanche-Story abgespult, ein Marathonlauf durch Manhattan, Lotto-Fieber und raffinierte Luder, mit Miami-Vice-Versatzstücken gearbeitet, und präsentiert nun Video-Clips, gekonnt geschnitten, dem Thema entsprechend in vielen Linien ausgelegten Koks. *That's it.* Ein sympathisch lächelnder New Yorker, der keine spektakuläre Biographie vorweisen kann, aber aufregende Romane schreibt.

Glossar

Zusammengestellt von Fürgen Bürger

Accroche-cœur – Wörtl. «Herzensfänger», im übertragenen Sinn vielleicht «Schmachtlocke»; Locke, die der betreffenden Person einen schmachtenden Ausdruck verleiht.

Acton, Lord – 1834–1902; britischer Historiker, der gesagt hat: *«Power tends to corrupt, and absolute power corrupts absolutely»*.

Archives – Früher das Verwaltungsgebäude einer Bundesbehörde, heute ein luxuriöses Apartmenthaus.

Baby nine – Eine halbautomatische Pistole Kaliber .380; zur Zeit en vogue, weil sie zum einen besonders klein ist und zum anderen dennoch «durchschlagende Power» besitzt.

Baltimore Catechism – Der berühmteste Katechismus der katholischen Kirche der USA.

Beghè, Francisca – Amerikanische Sängerin.

Boesky, Ivan – Ehemaliger Broker, der wegen Insidergeschäfte verurteilt wurde; Boesky war berühmt dafür, bereits um fünf Uhr morgens zur Arbeit zu erscheinen.

Bollé – Markenname einer Sonnenbrille, die mit dem Slogan *Put 'em on your face* (etwa «Knall dir das Ding auf die Nase!») vermarktet wird.

Brigadoon – Ein in Schottland spielendes – auch verfilmtes – Musical über ein magisches Dorf, das alle hundert Jahre nur für wenige Tage sichtbar wird.

Briggs, Joe Bob – *Nome de plume* eines Feuilletonschreibers für verschiedene große amerikanische Tageszeitungen, der in seinen humorvollen Kolumnen ganz bewußt Minderheiten und Frauen beleidigte.

Brooklyn Anti-Crime – Kriminalpolizeiliche Abteilung im New Yorker Bezirk Brooklyn, deren Aufgabenbereich das organisierte Verbrechen und Bandenkriminalität ist.

Brooks, Foster – Amerikanischer Komiker, dessen Markenzeichen es ist, einen Betrunkenen zu spielen.

Caller ID – Warenzeichen der Telefongesellschaft *New Jersey Bell* für eine Reihe von Serviceangeboten, zu denen die Anzeige der Telefonnummer des Anrufenden und das Sperren von Anrufen bestimmter Teilnehmer usw. gehört.

Cholo – Abwertendes Schimpfwort für einen Latino.

Coney Island E. R. – Vollständig *Coney Island Hospital Emergency Room*; Unfallstation bzw. Notaufnahme des Coney Island Hospital.

Countess Mara – Markenname teurer Mode-Accessoires für Männer.

Dangerfield, Rodney – Populärer amerikanischer Nachtclub- und Filmkomiker.

Deegan – Vollständig *Major Deegan Expressway*; Nord-Süd-Autobahn durch die New Yorker Bronx.

Die Crimmins-Kinder – Im Jahre 1965 angeblich von ihrer eigenen Mutter in New York ermordet.

Dillard, Annie – Amerikanische Schriftstellerin.

Doherty, Joe – Angehöriger der IRA, der in einem New Yorker Gefängnis einsitzt.

Donnybrook – Als Substantiv steht der Name dieses Orts in der Nähe der irischen Hauptstadt Dublin für eine Massenschlägerei, derbe Keilerei oder allgemeines Gerangel. Donnybrook war für seine großen Jahrmärkte bekannt – und für die unweigerlich dort stattfindenden Keilereien.

Drexel Burnham Lambert – Bedeutendes Wall Street-Brokerhaus.

Eddie Bauer – Hersteller von Outdoor-Bekleidung.

8-ball-Jacke – Auf dem Rücken einer *8-ball-Jacke* ist die schwarze Kugel Nr. 8 des Pool-Billard abgebildet. Solche Jacken sind in der – US-amerikanischen – Drogenszene beliebt; ein *8-ball*-Kokain entspricht einem 1/8 Gramm.

Fitzgerald, Barry – Charakterdarsteller im Film, der sich auf Charaktere mit ausgeprägtem irischem Akzent spezialisierte.

G.O.D. – *Good Orderly Design* oder Gutes Ordentliches Design. Atheisten und Agnostiker, besonders als Mitglieder der Anonymen Alkoholiker, verwenden gelegentlich diesen Begriff, um die Welt zu erfassen. Die Welt ist nicht Gottes Schöpfung, sondern vielmehr die Manifestation eines Guten Ordentlichen Designs, einer überirdischen Naturkraft.

GFW – Die *Guild of Freelance Writers* ist eine fiktive Gewerkschaft.

Graves, Robert – 1895–1985; britischer Dichter, Romancier und Essayist.

Hamilton, Edith – 1867–1963; Amerikanische Altphilologin und Mythologin.

Iditarod – Ein jährlich veranstaltetes Schlittenhunderennen über 1158 Meilen von Anchorage nach Nome in Alaska.

Jolt – Markenname eines stark gesüßten Softdrinks mit viel Koffein.

Jones, James Earl – Amerikanischer Schauspieler mit unverwechselbar tiefer Stimme.

Karnak – Die Figur eines Zauberers, der gelegentlich von Johnny Carson in den *Tonight Show* gespielt wurde.

Kos – Slang von Reportern, Cops, Taxifahrern für die Kosciusko Bridge über den Narrow Creek zwischen Brooklyn und Queens.

Kreskin – In den siebziger Jahren populärer Fernsehzauberer.

Mamet, David – Amerikanischer Dramatiker.

Nagel – Amerikanischer Illustrator, dessen Arbeiten regelmäßig im *Playboy* erscheinen.

Narrows – Die Narrows ist ein fiktiver Stadtteil im New Yorker Borough Brooklyn, gelegen zwischen den (realen) Stadtteilen Bay Ridge und Sunset Park. Im Osten wird das Viertel durch den Gowanus Expressway und im Westen durch den New York Harbor begrenzt. Die in Ost-West-Richtung verlaufenden Avenues sind nach früheren Präsidenten der USA benannt (beginnend im Süden): Washington, Adams (John und John Quincy teilen sich eine Straße), Jefferson, Madison, Monroe, Jackson, Van Buren, Harrison, Tyler, Polk, Taylor, Fillmore, Pierce, Buchanan, Lincoln, Johnson und Grant. Die Straßen in Nord-Süd-Richtung, beginnend am Hafen, sind von eins bis neun durchnumeriert. (Die real existierende Straße namens Narrows Avenue, die von der Verrazano Bridge nach Owl's Head Park verläuft, liegt nicht in den Narrows, sondern in Bay Ridge.) Die U-Bahnlinie verläuft entlang der 7th Street mit Eingängen an Van Buren und Monroe Avenue. Das *Flood's* liegt an der nordöstlichen Ecke der Kreuzung von 7th Street und Jackson Avenue. *St. Finnian's* (natürlich auch eine fiktive Gemeinde) liegt auf der westlichen Seite der 9th Street zwischen Polk und Tyler Avenue. Der Parnell Park wird begrenzt von Van Buren (im Norden) und Jackson Avenue (im Süden), von der 5th (im Westen) und 6th Street (im Osten). Die Einwohner waren früher nahezu ausschließlich irischstämmig, doch in den letzten Jahren siedeln sich an der Peripherie zunehmend auch Schwarze, Lateinamerikaner, Menschen aus der Karibik und Asien an.

National Theater – Filmpalast am Times Square.

Natori, Josie – Amerikanische Modedesignerin.

Newhouse, Si – Manager in der Verlagsbranche; berühmt dafür, bereits um fünf Uhr morgens zur Arbeit zu erscheinen.

NoHo – Akronym for *North of Houston Street* in New York (gebildet entsprechend dem bekannteren Manhattaner Stadtteil SoHo = *South of Houston Street*; anders als die wie HJUUSTN ausgesprochene texanische Stadt Houston sagt man bei der Houston Street HAUSTN). Als diese einst eher öde Gegend im East Village – auch *LoBro* für *Lower Broadway* genannt – Mitte der achtziger Jahre aufgrund niedriger Gewerbemieten attraktiv wurde und sich schicke Boutiquen und Cafés anzusiedeln begannen, erhielt NoHo starken Auftrieb.

Nosh Box – New Yorker *Deli* oder Imbiß: Das jiddische Wort *Nosh* bedeutet *Snack*.

NPR – National Public Radio; öffentliches Radio-Network, das vorwiegend von Intellektuellen gehört wird.

P-Funk – Extrem reines Heroin.

Paragon – *Paragon Sporting Goods*: Sportgeschäft Ecke 18th Street und Broadway.

Patagonia – Hersteller von Outdoor-Bekleidung. Es gibt eine Filiale in München.

Patz, Etan – Ein achtjähriger Junge, der 1980 in der Nähe seines New Yorker Elternhauses spurlos aus der U-Bahn verschwand.

Phoenix House – New Yorker Wohnheim für Drogensüchtige nach Beendigung einer Therapie.

Plymouth Gran Fury – Standard-Pkw der New Yorker Kriminalpolizei.

Poland Spring – Markenname eines Mineralwassers.

Raven – Vollständig *Raven MP-25*, eine Maschinenpistole Kaliber .25. Die Waffe ist leicht, kann problemlos unter der Kleidung verborgen werden und ist vor allem billig – daher sehr beliebt auf der Straße.

Santayana, George – 1863–1952, amerikanischer Philosoph und Dichter spanischer Herkunft. Das Zitat lautet korrekt: «Wenn man sich nicht an die Vergangenheit erinnern kann, ist man verurteilt, sie zu wiederholen.»

Sawyer, Diane – Amerikanische Fernsehjournalistin, die durch eine markante Frisur bekannt ist.

Shearson Lehman – Muttergesellschaft u. a. von *American Express;* die

Firma besitzt ein Verwaltungsgebäude an der Hudson Street in Manhattan.

Six – Das 6th Precinct – Sechstes Revier. Im alltäglichen Sprachgebrauch von amerikanischen Polizisten werden häufig der Klarheit wegen Kardinal- statt Ordinalzahlen benutzt.

Smartfood – Markenname für einen Snack bestehend aus Popcorn mit Käse.

Snugli – Markenname einer Tragevorrichtung, mit deren Hilfe man ein Baby vor der Brust tragen kann.

Steinberg, Lisa – Mädchen, das 1986 in New York von ihrem Vater erschlagen wurde.

Swank – Pornografisches Magazin, noch erheblich deutlicher und drastischer als die amerikanischen Ausgaben des *Hustler* oder *Penthouse*.

The Book of Kells – weltberühmte und reich ausgeschmückte irische Handschrift aus dem 8. Jahrhundert.

The Great War and Modern Memory – von Paul Fussell; Literaturgeschichte über die Auswirkungend des Ersten Weltkriegs.

The Welcome Wagon – Organisation von ehrenamtlichen Mitarbeitern in kleinen und mittleren amerikanischen Städten, die neue Bewohner besucht und diesen Informationen über die Geminde zur Verfügung stellt.

Tilt-a-Whirl – Karussell, bei dem man sich in kreisförmig angebrachte «Käfige» stellt; dank Zentrifugalkraft fällt man nicht heraus, wenn das Ding in vertikale Stellung gebracht wird.

Tombs – Das *Tombs* ist ein Gefängnis in Manhattan.

Travers, Mary – Blonde amerikanische Folksängerin des Trios Peter, Paul und Mary.

Très Riches Heures de Jean, Duc de Berry – berühmte französische Handschrift aus dem 15. Jahrhundert.

Twinkies – Markenname von gefüllten kleinen Kuchen, besonders beliebt bei Kindern.

VH-1 – Musikkanal im Kabelfernsehen; ähnlich MTV, allerdings für ein älteres Publikum.

Vuarnets – Markenname teurer Sonnenbrillen.